Bernd Sülzer · Unternehmen Harzreise

Bernd Sülzer

Unternehmen Harzreise

Roman

Weismann Verlag

I

General Jochen Hoff, Leiter des Bundesnachrichtendienstes BND, traf wenige Minuten vor zehn im Bundeskanzleramt ein und wurde sogleich empfangen. Dr. Lothar Wenzel, Staatssekretär und Chef des Kanzleramtes, begrüßte ihn und bot ihm mit einer Handbewegung einen Sessel an.

»Freut mich, General Hoff, Sie zwischendurch mal zu sehen.« Hoff verstand den Wink, sich möglichst kurz zu fassen – man hatte sich erst eine Woche zuvor bei der monatlichen Routinebesprechung mit den Chefs der Dienste getroffen. Inzwischen aber war eine Information eingegangen, die den General bewogen hatte, zum erstenmal in seiner Laufbahn von sich aus um einen kurzfristigen Termin im Kanzleramt nachzusuchen.

»Wenn ich gleich zur Sache kommen darf, Herr Staatssekretär?«

»Bitte.«

»Sagt Ihnen der Name Dederichs etwas?«

»Nein.«

»Ich meine Karl Dederichs vom Ministerrat der DDR.«

»Ja. Natürlich.«

»Sie sind ihm einmal begegnet, Herr Staatssekretär, vor zwei Jahren, bei der Eröffnung der DDR-Ausstellung in Köln.«

»Ich erinnere mich. Was ist mit ihm?«

»Er will fliehen.«

»Wohin?« fragte Wenzel trocken.

Wenn General Hoff eine andere Reaktion erwartet hatte, so war ihm dies jedenfalls nicht anzumerken. Ohne seine Worte allzu eindringlich klingen zu lassen, fuhr er fort: »Herr Staatssekretär, Karl Dederichs, Mitglied des Präsidiums des Ministerrates der DDR und Mitglied des Deutsch-Sowjetischen Militärausschusses, hat uns seine Absicht mitgeteilt, seinen ständigen Wohnsitz in die Bundesrepublik zu verlegen.«

Wenzel sah den General schweigend an, und Hoff glaubte schon, seine sarkastische Formulierung sei unbemerkt durchgegangen, als der Staatssekretär fragte: »Und was glauben Sie, Hoff, bekommt er die Ausreisegenehmigung?«

Eins zu eins, dachte Hoff.

»Wegen der Ausreise, Herr Staatssekretär, mache ich mir wenig Sorgen, Dederichs überlegt sich da sicher was. Das Problem scheint mir eher bei der Einreise zu liegen.«

»Und warum?«

»Der Mann ist allergrößtes Kaliber, gehört zur Spitze der DDR-Hierarchie, ist politischer und militärischer Geheimnisträger ersten Ranges. Wenn so einer überläuft, sind politische Folgen nicht auszuschließen.«

»Da haben Sie wohl recht, Herr General. Und als Wahlheimat hat er die Bundesrepublik ausersehen?«

»So hat er es uns mitgeteilt.«

»Wer ist ›uns‹?«

»Dem BND.«

»Und was heißt ›mitgeteilt‹? Ich nehme an, er hat keinen Brief geschrieben.«

»Er hat die üblichen Kanäle benutzt.«

»Die üblichen Kanäle. Ah, ja.«

Wenzel öffnete eine Schublade des Schreibtisches, nahm

ein Zigarillo heraus und ging zu Hoff hinüber. Er setzte sich, zog langsam, wie in Zeitlupe, eine Schachtel Streichhölzer aus der Jackentasche, entnahm vorsichtig, als ob er nichts zerbrechen wollte, ein Streichholz, betrachtete es, zündete es behutsam an, hob es mit einer bedächtigen Bewegung unter die Spitze des Zigarillo und sog einige Male. Dann betrachtete er nachdenklich die Glut, blies das Streichholz aus und legte es zögernd in den Aschenbecher. Auf Hoff wirkte das Ganze wie ein Ritual.

Wenzel lehnte sich zurück und tat noch einige Züge, wobei er Hoff anblickte. Dann sagte er: »Also, General Hoff, ich darf mal zusammenfassen. Ein Mann gehört zur Spitze der DDR-Hierarchie, wie Sie sagen, ist eine ganz dicke Nummer. Ein strammer Kommunist ist er selbstverständlich auch, sonst wäre er nicht so weit nach oben gekommen. Ein solcher Mann lebt doch auch drüben ganz gut, oder was meinen Sie?«

»Das ist anzunehmen.«

»Gut, das nehmen wir also an. Können Sie mir dann sagen, General Hoff, warum ein solcher Mann überlaufen will?«

»Nein, über die Motive haben wir noch keine Informationen.«

»Haben wir also noch nicht. Dabei wären die gerade so interessant. Was kann ein Mann wollen, der in der DDR lebt und manchmal am Westfernsehen nascht? Der sehnt sich vielleicht nach schottischem Whisky oder feinem Rasierwasser – bekommt unser Mann doch spielend. Oder will unser Mann ein schnelles Auto? Hat er doch. Vielleicht möchte er verreisen, sagen wir mal nach Paris – kann er doch. Oder er liebt Pornohefte – die kann er sich aus Paris mitbringen, und unser Genosse muß an der Grenze sicher nicht den Koffer öffnen. Und wenn er gar ein Freund guter Literatur ist – um da ranzukommen, braucht man nicht erst in den Ministerrat aufzusteigen. Und er hat sogar, was uns hier so manchen Abend vergoldet: Westfernsehen. Braucht dafür noch nicht einmal Gebühren zu zahlen. Warum will unser Mann überlaufen?«

»Er kann unser drittes Programm nicht empfangen, Herr Staatssekretär.«

Wenzel war nicht anzusehen, ob ihn diese Bemerkung amüsiert hatte. »Könnte es sein, Herr General, daß Ihre Information schlicht falsch ist?«

Hoff hatte mit diesem Einwand gerechnet. Er griff zu seinem Aktenkoffer, den er neben dem Sessel abgestellt hatte, öffnete ihn, holte eine Mappe heraus und legte sie vor sich auf den Tisch. »Ich habe diese Information genau geprüft, Herr Dr. Wenzel. Ich bin alle Nahtstellen der Informationskette durchgegangen, habe gecheckt, wo die Gegenseite uns Spielmaterial hätte einspeisen können, und was die Motive sein könnten. Ich habe alle diese Möglichkeiten verworfen und bin zu dem Schluß gekommen, daß die Information echt ist. Den absoluten Beweis kann ich nicht anbieten. Wie Sie schon zutreffend bemerkten, hat Dederichs uns keinen Brief geschrieben, aber den Kontakt halte ich für zuverlässig. Absolute Beweise haben wir vor dem Eintreten eines Ereignisses noch nie erbringen können, aber Sie mögen meine bisherige Arbeit dahingehend beurteilen, wie oft meine Analysen stimmten und wie oft ich mich geirrt habe.«

»In diesem Haus hat noch nie jemand an der Qualität Ihrer Arbeit gezweifelt.«

»Danke.« Hoff wies mit einer Kopfbewegung auf die Mappe, die er auf den Tisch gelegt hatte. »Ich habe Ihnen hier eine Akte zusammengestellt. Sie enthält meinen Bericht über den Weg, wie die Information zu uns gelangt ist, alle Überprüfungsmaßnahmen zur Verifizierung der Information, alle vorangegangenen Kontakte zu Dederichs und ein persönliches Dossier über ihn, was er macht, wie er lebt, welches Material er uns mitbringen könnte. Über die

Motive seines geplanten Ortswechsels müssen wir uns noch Klarheit verschaffen. Ich werde das nachreichen.«

Der Staatssekretär sah Hoff mit starrem Blick an. »Was heißt das«, fragte er, jedes einzelne Wort betonend, »alle vorangegangenen Kontakte zu Dederichs?«

»Wir haben in der Vergangenheit unregelmäßig Kontakte zu Dederichs gehabt und zuweilen Informationen bekommen, die für unsere Arbeit hilfreich waren.«

»Wie lange schon?«

»Etwa zehn Jahre. Lange bevor Dederichs seine heutige Position hatte. Ich habe das von meinem Vorgänger übernommen.«

Wenzel hatte Mühe, sich zu beherrschen. In der Anstrengung, ruhig zu sprechen, klang seine Stimme heiser.

»Heißt das, Hoff, daß der BND in der Staats- und Regierungsspitze der DDR einen Agenten unterhält, von dem die Bundesregierung nichts weiß?«

»Um Gottes willen, nein. Dederichs ist kein Agent, er spioniert nicht für uns. Er hat uns nie etwas verraten, das der DDR geschadet hätte. Daß er offensichtlich jetzt dazu bereit ist, verändert die Lage völlig. Deshalb bin ich hier. Aber er war nie unser Mitarbeiter.«

»Wenn er nichts verraten hat, welcher Art waren dann die Informationen, die Sie als hilfreich bezeichnen?«

»Mehr diplomatischer Art. Er hat uns den einen oder anderen Wink gegeben, wie bestimmte Situationen ablaufen würden.«

»Nennen Sie bitte präzise Beispiele!«

»Als Guillaume seinerzeit hier im Kanzleramt aufflog, hat Dederichs uns auf heftige Auseinandersetzungen zwischen Rußland und der DDR aufmerksam gemacht. Unser Bericht ermöglichte der Bundesregierung damals, differenziert zu reagieren. Ähnliche Fälle habe ich in dem Bericht für Sie aufgeführt.«

Wenzel zog die Akte zu sich herüber, ohne sie jedoch zu öffnen. »Ist in den Berichten des BND an das Kanzleramt jemals Dederichs als Quelle genannt worden?«

»Nein, nie.«

»Warum nicht?«

»Dederichs war für uns nur der Tipgeber. In jedem Fall haben wir dann selber gründlich recherchiert, und erst wenn wir eigene Ergebnisse hatten, die absolut wasserdicht waren, haben wir berichtet. Einige Male sind wir auch umgekehrt vorgegangen. Wir haben uns Erkenntnisse, bei denen wir uns nicht sicher waren, von Dederichs bestätigen lassen.«

»Zum Beispiel?«

»Zum Beispiel beim sogenannten Mißbrauch der Transitwege. Wir hatten Hinweise auf eine starke Fraktion im Zentralkomitee, im Staatsrat und Ministerrat, die eine fristlose Aufhebung des Transitabkommens forderte. Wir sind dann unsererseits an Dederichs herangetreten, der uns bestätigte, daß wir mit drastischen Maßnahmen zu rechnen hätten, wenn Bonn nichts unternähme, um wenigstens den professionellen Fluchthelfern das Handwerk zu erschweren.«

Wenzel nickte: »So ist es dann ja auch geschehen.«

Er stand auf, ging wieder zum Schreibtisch hinüber und drückte eine Taste der Sprechanlage. Er bat die Sekretärin, ihm einen Termin mit Bundeskanzler Pauls zu arrangieren, möglichst noch für den Vormittag. Dann lehnte er sich zurück und verschränkte die Hände hinter dem Kopf. Ohne Hoff anzusehen, als würde er zu sich selbst sprechen, fuhr er fort.

»Das dürfte wohl das Motiv für die Flucht sein. Zwar war er kein Spion, aber er hatte jahrelang Kontakte zum BND. Er ist kein Verräter, aber – sagen wir mal – ein Leck. Jetzt hat er Grund zu der Annahme, daß seine Kontakte rauskommen könnten, und er will abhauen. Er weiß natürlich, daß seine Beteuerung, er habe nicht für den BND gearbeitet, ihm nichts nützen würde. Es genügt, *mit* dem BND gearbeitet zu haben.«

Hoffs Antwort klang, als ob er ebenfalls laut nachdenke. Während er sprach, blickte er auf ein Bild an der gegenüberliegenden Wand.

»Das wäre ein Motiv, wenn man sicher sein könnte, daß Dederichs aus eigenem Antrieb gehandelt hat. Dann wäre es logisch, daß er Aufdeckung zu fürchten hat. Es ist aber auch möglich, daß er sozusagen in offizieller Mission tätig geworden ist, daß die DDR-Führung uns auf diesem Wege bestimmte Informationen zuspielen wollte. Dann wäre er gedeckt.«

»Richtig, so etwas gibt es«, erwiderte Wenzel nachdenklich, ohne seine äußerlich entspannte Haltung zu verändern. »Das ergäbe in einigen Fällen einen Sinn. Möglich, daß die Gegenseite uns beruhigen wollte, daß die eine oder andere Störung im Berlinverkehr nicht politischer Natur war. Oder daß sie uns beim Mißbrauch der Transitwege warnen wollte. Aber im Fall Guillaume liegen die Dinge anders. Die DDR konnte kein Interesse daran haben, uns über Streitigkeiten mit der Sowjetunion zu informieren.«

»Die DDR nicht«, warf Hoff ein, »aber vielleicht die Sowjetunion. Dederichs steht hoch im Kurs bei den Sowjets, sie vertrauen ihm. Vielleicht beliefert er auch sie. Die Sowjets könnten ein Interesse daran gehabt haben, uns zu signalisieren, daß sie mit dem Fall nichts zu tun hatten. Dederichs als Bote für zwei Herren, das ist denkbar.«

»Dann stehen wir wieder vor der Frage nach dem Motiv. Warum will er plötzlich weg?«

»Er will gar nicht plötzlich. Wenn er sich in Gefahr glaubte, entdeckt zu werden, könnte er ja einfach kommen, das Rentenalter gilt ja wohl für diese Chargen nicht. Dann wäre er hier, würde von der einschlägigen Presse gefeiert, und wir hätten den Schwarzen Peter. Statt dessen kündigt er uns seine Absicht an. Er weiß natürlich, daß bei uns nicht nur reine Freude über seinen Schritt herrschen wird. Er kann sich in unsere Lage versetzen und sich die politischen Folgen ausmalen. Also sondiert er. Er macht uns sozusagen ein Angebot und will wissen, was wir als Gegenleistung bieten. Vieles spricht dafür, daß er es nicht eilig hat.«

»Was könnte er uns mitbringen?«

»Alles was gut und teuer ist. Wirklich alles. Bedenken Sie, Herr Staatssekretär: Präsidium des Ministerrats, Deutsch-Sowjetischer Militärausschuß.«

»Mein Gott, das ist alles so phantastisch, Hoff. So was würde ich noch nicht einmal träumen.«

Hoff antwortete nicht, und Wenzel fuhr fort: »Wenn wir nun ablehnen? Wenn wir sagen: Danke, nicht interessiert, bitte bleiben Sie, wo Sie sind. Was dann?«

»Dann, Herr Staatssekretär, können wir die Situation nicht mehr kontrollieren. Entweder bleibt er dann drüben. Oder er kommt trotzdem. Wir könnten ihn nicht daran hindern, und zurückschicken könnten wir ihn auch nicht. Vor allem muß er sich ab sofort wirklich Gedanken über Entdeckung machen. Selbst wenn alle anderen Kontakte zu uns offiziell waren und er durch seine Auftraggeber gedeckt ist – diesmal hat er wirklich auf eigene Rechnung gearbeitet. Jetzt ist er tatsächlich zum Agenten geworden.«

Die Sekretärin meldete sich über die Sprechanlage: »Das mit dem Termin beim Kanzler wird schwierig, Herr Dr. Wenzel. Roelling möchte Sie sprechen. Soll ich durchlegen?«

»Ja, bitte.«

Wolfgang Roelling war der persönliche Referent des Kanzlers und Chef des ›Vorzimmers‹, das heißt des Sekretariats, das Bundeskanzler Pauls direkt zuarbeitete. Er teilte Wenzel mit, daß der Vormittag absolut dicht sei, Pauls habe keine Minute frei, auch nicht am Nachmittag. Höchstens in der Mittagspause sei etwas zu machen, vielleicht um halb drei. Wenzel legte auf.

»General Hoff, ich werde jetzt Ihre Akte lesen und danach den Bundeskanzler sehen. Wo sind Sie für den Rest des Tages zu erreichen?«

»Ich fahre erst heute abend nach Pullach zurück. Sie erreichen mich unter meiner Bonner Nummer.«

Wenzel begleitete Hoff zur Tür und dankte ihm für seinen Besuch. Bevor der General den Raum verließ, fragte Wenzel noch: »Ihr Bericht – enthält er auch eine Beurteilung der Situation oder Lösungsvorschläge?«

»Nein, ich habe nur die Fakten zusammengestellt. Ich gehe davon aus, daß die Politik berührt ist.«

Die Politik war in der Tat berührt. In welchem Ausmaß jedoch, das hätte General Hoff auch in seinen kühnsten Träumen nicht geahnt. Berührt war das, was in einem ganz kleinen Kreis von Eingeweihten als »Neue Ostpolitik« bezeichnet wurde – ständige Geheimkontakte zwischen der Bundesrepublik und der Sowjetunion zur Sondierung der Möglichkeiten einer Wiedervereinigung Deutschlands.

Der Anstoß für diese Entwicklung war überraschenderweise von den Sowjets ausgegangen. Am Ende eines Staatsbesuches des sowjetischen Parteichefs in Bonn hatte der Bundespräsident zu einem Abschiedsessen auf Schloß Gymnich eingeladen. Nach dem Mahl war man in lockeren Gruppen in den Schloßpark gegangen, wo das Gürzenich-Orchester auf Wunsch des hohen Gastes aus Mozarts Hornkonzerten spielte. Bundeskanzler Pauls und sein Pressesprecher Liebherr unterhielten sich mit dem sowjetischen Außenminister Scherpin über Literatur; der Russe sprach fließend Deutsch und hatte über Grimmelshausen promoviert. Als Liebherr sich schließlich zu einer anderen Gruppe gesellte, fragte Scherpin den Kanzler unvermittelt: »Warum denkt ihr eigentlich nicht mehr an die Wiedervereinigung?«

Pauls blieb stehen und sah seinen Gast fassungslos an. Er brauchte einige Sekunden, bis er sich wieder gefangen hatte und antworten konnte: »Die lösbaren Probleme stehen uns manchmal schon bis zum Hals. Für die unlösbaren ist bei uns der Oppositionsführer zuständig.«

Scherpin lachte. »Die Probleme des Oppositionsführers sind deshalb unlösbar, weil er der Oppositionsführer ist. Darum habe ich Sie gefragt.«

»Das gilt auch umgekehrt, Herr Minister. Ein Bundeskanzler, der ein unlösbares Problem zu lösen versucht, kann leicht Oppositionsführer werden.«

Scherpin lachte immer noch. Aber Pauls merkte ihm seine Ungeduld an. »Herr Bundeskanzler, gleich kommt Ihr liebenswürdiger Herr Bundespräsident oder seine bezaubernde Gemahlin oder gar Ihr tüchtiger Herr Oppositionsführer, weil sie glauben, daß wir beide uns langweilen, und Sie haben mir noch keine Antwort gegeben.«

Pauls entschied sich, auf alle diplomatischen Umwege zu verzichten.

»Fedor Scherpin, was würde Ihr Genosse Parteichef zu Ihrer Frage sagen?«

»Er hat mir dieselbe Frage gestellt. Er hat gefragt: Denken die nicht mehr an die Wiedervereinigung? Ich habe geantwortet, ich weiß es nicht, aber ich werde versuchen, es herauszufinden.«

»Gut, die Antwort: Ich denke an die Wiedervereinigung. Aber nur bei Nacht, Scherpin. Sie wissen schon, ›dann bin ich um den Schlaf gebracht‹. Ich denke oft daran. Aber ich sehe keine Regierung der Welt, mit der ich darüber sprechen könnte.«

Scherpin sagte: »Warum sprechen Sie nicht mit uns darüber, Herr Bundeskanzler?«

Das Gespräch wurde unterbrochen durch den Bundespräsidenten, der, den sowjetischen Parteichef untergehakt und seine Gattin sowie Staatssekretär Liebherr neben sich, gut gelaunt rief: »Ich verlange, Herr Bundeskanzler, über den Inhalt Ihrer Unterredung mit Außenminister Scherpin unterrichtet zu werden.«

Statt Pauls antwortete Scherpin: »Wir haben über Heine gesprochen.« Und an den Bundeskanzler gewandt, fügte er lächelnd hinzu: »Das Ende des Gedichtes lautet übrigens:

›Es kommt mein Weib, schön wie der Morgen,
und lächelt fort die deutschen Sorgen.‹«

»Na, darauf sollten wir anstoßen«, sagte der Bundespräsident.

So begann die »Neue Ostpolitik«. Pauls traf sich noch in derselben Nacht mit seinen engsten Beratern und Vertrauten: dem Staatsminister im Kanzleramt Bodo Förster, den Staatssekretären Wenzel und Liebherr sowie seinem persönlichen Referenten Wolfgang Roelling. Die Bedeutung von Scherpins Vorstoß wurde unter allen nur denkbaren Aspekten analysiert, jede Möglichkeit wurde diskutiert, jedes vorstellbare Motiv kritisch überprüft. Das Angebot konnte ernstgemeint, es konnte als Warnung für die DDR-Führung gedacht sein. Aber auch das Gegenteil war denkbar: Es konnte der Konsolidierung der DDR dienen, da die Vergangenheit gezeigt hatte, daß die Westalliierten sich immer dann um freundschaftliche Kontakte zur DDR bemühten, wenn auch nur das Gerücht auftauchte, es werde über die Wiedervereinigung nachgedacht; Bonns Verbündete fühlten sich wohler, wenn es zwei deutsche Staaten gab. Schließlich konnte der Vorstoß darauf abzielen, das ohnehin bestehende Mißtrauen zwischen der Bundesrepublik und den USA zu vertiefen – daß ein wiedervereinigtes Deutschland nicht Mitglied der NATO sein würde, war selbstverständlich, und über eine solche Kräfteverschiebung würde sich der amerikanische Präsident seine ganz bestimmten Gedanken machen.

Dem Kreml war klar, daß nur ein einziges Angebot die Bundesrepublik zum Austritt aus der NATO bewegen konnte: die Wiedervereinigung. Natürlich würde dies ein sehr langwieriger Prozeß sein, man würde die DDR nicht einfach opfern können, schon deshalb nicht, weil ein solcher Schritt auch in den anderen Staaten des Warschauer Paktes gefährliche Gelüste zu wecken drohte. Eine Wiedervereinigung durfte nicht nur die Einverleibung der DDR in die Bundesrepublik sein, sie mußte auch das System Westdeutschlands verändern. Der Gedanke, einen wichtigen Bündnisstaat zu verlieren, wurde allerdings erleichtert durch die politische Situation der DDR. Hatte man in der Bundesrepublik den Gedanken an Wiedervereinigung begraben, so lebte er in der DDR als allgegenwärtige Sehnsucht fort. Immer noch schalteten dort, einmalig in der ganzen Welt, mehr als neunzig Prozent der Bevölkerung allabendlich das Fernsehprogramm eines anderen Landes ein – das Westfernsehen. Welche Erfolge die DDR-Führung auch immer vorweisen mochte, sie wurde gemessen am westlichen Nachbarn und hatte keine Chance. Die DDR war die ständige Demonstration dafür, daß Sozialismus nur mit Gewalt und gegen das Volk durchgesetzt werden konnte.

So war es schließlich auf dem Empfang des Bundespräsidenten zu Scherpins Vorstoß gekommen, den Bundeskanzler Pauls und seine Berater die ganze Nacht lang diskutierten. Am Ende beschloß man, völlig erschöpft, das Angebot als ernstgemeint zu behandeln. Den Ausschlag gab Pauls mit dem Argument, in den fünfziger Jahren habe es schon einmal ein solches Angebot der Sowjetunion gegeben, das man damals nicht einmal einer ernsthaften Prüfung für wert befunden habe. Einen solch gigantischen historischen Fehler noch einmal zu begehen, dürfe sich kein Bundeskanzler leisten.

Pauls gab am nächsten Tag seinem Außenminister Hansen einen umfassenden Bericht und beauftragte ihn, mit Scherpin unter Berufung auf das Gespräch im Schloßpark Kontakt aufzunehmen. Scherpin gab nicht nur die erhoffte Bestätigung des Angebots, sondern machte auch gleich Detailvorschläge für die Durchführung der Geheimverhandlungen. Und so konnte die »Neue Ostpolitik«, unter allerstrengster Geheimhaltung gegenüber dem Rest der Welt einschließlich des größeren Teiles des Bundeskabinetts und vor allem gegenüber der DDR-Führung, in ihre erste konkrete Phase treten. Deutscher Verhandlungsführer war, mit wechselnden Kontaktorten und über die unterschiedlichsten Kanäle, Staatsminister Bodo Förster vom Bundeskanzleramt. Von ihm stammte auch der Entwurf der deutschen Verhandlungsbasis, ein Angebotskatalog für die Wiedervereinigung, der unter anderem folgende Punkte enthielt: Austritt der Bundesrepublik aus der NATO, defensive Rüstung der Bundeswehr, massive wirtschaftliche und technologische Unterstützung der Sowjetunion einschließlich gigantischer Gemeinschaftsprojekte in Sibirien, ein unkündbarer Konsultationsvertrag mit Moskau, die Garantie für eine bestimmte Anzahl kommunistischer Mitglieder der Bundesregierung und schließlich eine staatenbundähnliche Übergangsregelung für 30 Jahre, so daß in der DDR, bei ständig sich verbessernden wirtschaftlichen Verhältnissen in einer Konföderation mit der Bundesrepublik, auch unter einem parlamentarischen System kommunistische Parteien wählbar würden. Die Beibehaltung des parlamentarisch-demokratischen Systems, so hatte Pauls bestimmt, dürfe nicht zur Verhandlung stehen.

Seit mehr als einem Jahr war mit wachsendem Erfolg über diesen Katalog verhandelt worden, als General Hoff vom Bundesnachrichtendienst im Kanzleramt berichtete, daß der prominente DDR-Bürger Karl Dederichs beabsichtige, in die Bundesrepublik zu fliehen.

Nachdem General Hoff gegangen war, hatte Staatssekretär Wenzel die Akte Dederichs gelesen und erstattete dem Bundeskanzler nach dem Mittagessen Bericht. Der Kanzler bat Wenzel, umgehend Staatsminister Förster, Außenminister Hansen und Innenminister Henrici zu unterrichten und die Herren aufzufordern, aus der Sicht ihres Ressorts ein Szenario über die politischen Folgen einer Flucht Dederichs' zu entwerfen: persönlich, handschriftlich, ohne Kopie und ohne Hinzuziehung von Mitarbeitern. Wenzel verbrachte den Nachmittag damit, die Herren zu informieren. Anschließend rief er Hoff an und bat ihn, noch einmal ins Kanzleramt zu kommen. Hoff erschien zwanzig Minuten später.

»Herr General, der Kanzler ist nun informiert. Er läßt Sie grüßen und dankt Ihnen für Ihre Arbeit in dieser Sache. Die Hauptarbeit steht uns natürlich noch bevor, und Ihnen besonders. Sobald wir das Problem in vollem Umfang überschauen, werden wir eine Art Krisenstab bilden, dem auch Sie angehören werden. Zunächst aber brauchen wir mehr Informationen, und zwar ganz dringend. Der Bundeskanzler bittet Sie, möglichst schnell Kontakt mit Dederichs aufzunehmen. Ist das möglich?«

»Ja.«

»Sie sollen ihm zwei Dinge übermitteln. Erstens, daß wir interessiert sind, daß aber der Zeitpunkt des Unternehmens und die Art der Durchführung von uns bestimmt werden. Stellen Sie als ungefähren Zeitrahmen die nächsten paar Monate in Aussicht. Wenn Ihre Vermutung richtig ist und er es nicht eilig hat, wird er damit einverstanden sein. Und zweitens: Bevor wir den nächsten Schritt machen, wollen wir sein Motiv wissen. Er soll uns genau sagen, warum er abhauen will.«

»Gut. Und was sollen wir ihm sagen, wenn er unser Angebot erfahren will?«

Wenzel überlegte kurz. »Nichts. Nichts Konkretes. Nur

ganz allgemein, daß wir seinen Wert kennen und er mit einem entsprechend großzügigen Angebot rechnen kann. Wir wollen erst das Motiv, dann kommen die Details.«

Hoff nickte. Wenzel stand auf, öffnete einen in die Wandtäfelung eingelassenen Schrank und nahm eine Flasche Whisky und zwei Gläser heraus. »Wir werden uns wohl jetzt öfter sehen«, sagte er zu Hoff. »Trinken Sie ein Glas mit?«

Wenzel schenkte ein und reichte Hoff ein Glas. Nach einer angedeuteten Verbeugung nahmen beide einen Schluck. Wenzel lehnte sich zurück und betrachtete nachdenklich sein Glas.

»Der Tag hatte es in sich«, sagte er schließlich.

»Ich werde den Eindruck nicht los«, erwiderte Hoff lächelnd, »daß ich schlechte Nachricht überbracht habe.«

»Wenn noch heute die Boten für die miesen Nachrichten geköpft würden, die sie überbringen, wäre Ihr Leben jetzt in der Tat keinen Pfifferling mehr wert.«

Als Hoff sich zehn Minuten später verabschiedete, sagte Wenzel: »Geben Sie jede neue Information sofort durch. Wenn ich nicht erreichbar bin, an Minister Förster. Wenn Sie herkommen, nehmen Sie einen Hubschrauber. Ach ja, ich habe Ihnen jetzt für die Rückreise auch einen Hubschrauber bestellt. Ihr Fahrer kann den Wagen nachbringen.«

Zehn Tage später, am 3. Juni, fand die erste Lagebesprechung statt. Hoff hatte die gewünschten Informationen beschafft, und die betroffenen Minister hatten ihre Papiere über die möglichen Folgen einer Flucht Dederichs' fertiggestellt. Um neun Uhr abends empfing Bundeskanzler Pauls seinen Staatsminister Bodo Förster, den Innenminister Bert Henrici, Außenminister Wilhelm Hansen, die Staatssekretäre Lothar Wenzel und Karl-Heinz Liebherr, seinen Referenten Wolfgang Roelling sowie BND-Chef Jochen Hoff. Bundeskanzler Pauls eröffnete die Sitzung: »Meine Herren, die Anwesenheit von Pressesprecher Liebherr bedeutet nicht, daß der Inhalt unserer Unterredung morgen in der Zeitung stehen soll.«

Das überraschend laute Gelächter der Herren war weniger eine angemessene Reaktion auf die Bemerkung des Kanzlers, als vielmehr ein Ausdruck der Ahnung, daß dies für den Rest der Sitzung der letzte Anlaß zum Lachen gewesen sein könnte.

Pauls wandte sich an Wenzel und sagte: »Lothar, geben Sie uns die Lage.«

Staatssekretär Wenzel begann: »Seit zehn Tagen wissen wir, daß Karl Dederichs, Mitglied des Präsidiums des Ministerrats der DDR und des Deutsch-Sowjetischen Militärausschusses, die DDR verlassen will, um« – Wenzel stockte einen Moment – »sich in der Bundesrepublik niederzulassen. Er ist, über den BND, mit uns in Verbindung getreten. Kontakte zwischen Dederichs und dem BND bestehen seit zehn Jahren, wobei Dederichs sich darauf beschränkt, politische Tips zu geben, ohne Staatsgeheimnisse der DDR zu verraten. Dazu ist er jedoch jetzt bereit, und er möchte wissen, was wir ihm für die Informationen, die er uns mitbringen kann, zu bieten bereit sind. Er ist einverstanden, daß wir, ein angemessenes Angebot vorausgesetzt, den Zeitpunkt seiner Flucht bestimmen und die Durchführung organisieren. Er hat allerdings einen zeitlichen Rahmen gesteckt: Er wünscht, die Angelegenheit noch in diesem Jahr abzuwickeln. Das gibt uns etwa sechs Monate. Daraus geht hervor, daß er nicht in Gefahr ist. Andererseits werden die beiderseitigen Kontakte zwangsläufig zunehmen, und das erhöht sein Risiko. Sein Wunsch, die Sache in einer überschaubaren Zeit zu regeln, ist deshalb verständlich. Er weiß, daß seine Tat politische Implikationen hat und zeigt Verständnis, daß wir einige Zeit brauchen, um diesen Komplex zu regeln. Er läßt allerdings keinen Zweifel daran, daß er bei akuter Gefahr auf eigene Faust handelt, das heißt rüberkommt, ob uns das in Verlegenheit bringt oder nicht.«

Wenzel machte eine Pause und blickte in die Runde.

»Hat jemand Fragen?« sagte Pauls.

Innenminister Henrici räusperte sich. »Das Motiv, Herr Dr. Wenzel?«

»Ja, wir kennen das Motiv seit heute morgen«, fuhr Wenzel fort, »General Hoff hat uns berichtet. Das Motiv erscheint lächerlich und grotesk, und doch ist es die Wahrheit.«

Wieder unterbrach Wenzel seinen Bericht, aber niemand meldete sich zu Wort.

»Dederichs, verheiratet mit einer Lehrerin, eine volljährige Tochter, Studentin der Medizin, führt eine unglückliche Ehe.« Da keiner lachte, fuhr Wenzel fort: »Er hat Anfang des Jahres versucht, seiner Frau den Gedanken an eine Scheidung nahezubringen, ihr eine fürstliche Versorgung in Aussicht gestellt, inklusive Westauto und so weiter, aber sie hat rundweg abgelehnt. Grund: sie liebe ihn. Erstaunlich genug bei dem Schweinehund.«

Pauls zog die Augenbrauen zusammen, und Wenzel murmelte eine Entschuldigung. »Also, sie hat abgelehnt. Als er daraufhin andeutete, in seiner Position mühelos eine Scheidung auch gegen ihren Willen herbeiführen zu können, und daß der Genosse Erziehungsminister ihm nur allzu gern den Gefallen täte, sie beispielsweise auf die Insel Rügen zu versetzen, da hat sie ihm gesagt, sie wisse von seinen verräterischen Kontakten zu einem ausländischen Geheimdienst, und er solle sich das mit der Scheidung und der Insel Rügen noch einmal überlegen. Er hat dann wohl erst gar nicht versucht, seiner Gattin klarzumachen, daß seine Kontakte nicht verräterischer Natur waren, weil das nicht vor dem Staatssicherheitsdienst und erst recht nicht vor dem KGB in Moskau ziehen würde. Seitdem liebt er sie weiter nach Kräften, aber er hat uns mitgeteilt, daß seine Kräfte nachlassen und er noch in diesem Jahr einer längeren Erholung bedarf, außerhalb der DDR.«

»Vielen Dank, Lothar«, sagte Pauls. »Wir brauchen diesen Punkt nicht zu diskutieren, so abenteuerlich Ihnen das alles auch erscheinen mag. General Hoff versichert, daß es die Wahrheit ist. Ich bitte, daß wir die Aussprache zurückstellen und uns erst über die möglichen Folgen berichten lassen, die von der Sache zu erwarten sind. Wilhelm, wollen Sie beginnen?«

Außenminister Hansen setzte sich in seinem Sessel auf. »Punkt eins. Als Mitglied des Präsidiums des Ministerrats kennt Dederichs alle Interna der DDR. Alle. Durch seinen Überlauf würde die DDR-Führung völlig nackt dastehen. Folgen: Versuche der DDR-Führung, sich hermetisch abzuriegeln, zu retten, was zu retten ist. Möglicherweise Blockade Berlins, um zu beweisen, daß man noch handlungsfähig ist. Dies wiederum mit Konsequenzen für unsere Stellung gegenüber Amerika: engere Beziehung, da nur die USA eine Berlin-Bedrohung wirksam kontern können. Fazit: drastische Einschränkung unseres Handlungsspielraums, hohes Risiko internationaler Verwicklungen, die nicht in unserem Interesse liegen und von uns kaum beeinflußt werden können.

Punkt zwei: Als Mitglied des Deutsch-Sowjetischen Militärausschusses kennt Dederichs die gesamte militärische Planung des Warschauer Paktes für alle Eventualitäten. Er ist auf diesem Gebiet über Details besser informiert als, sagen wir, der Ministerpräsident der DDR. Er weiß, welche Ereignisse eintreten müssen, um einen sowjetischen Präventivschlag gegen China auszulösen. Er kann sagen, was geschehen müßte, um die Sowjets zu einem Angriff auf Westeuropa zu veranlassen. Er könnte uns mitteilen, welcher SED-Funktionär ausgebildet worden ist, um in einem solchen Falle, sagen wir, Oberbürgermeister von Hannover zu werden. Folgen des Überlaufs: Selbst wenn es uns gelänge, Dederichs gegen die Amerikaner abzuschirmen, selbst wenn wir ihn gleich nach seiner Ankunft töten würden, könnten wir durch nichts die Sowjets davon überzeugen, daß nicht alle ihre Geheimnisse an die USA verraten worden wären. Nichts auf der Welt könnte Moskau glauben machen, daß Dederichs nicht unser Agent war. Die Wiedervereinigung könnten wir dann auf alle Ewigkeit begraben.«

Der Bundeskanzler hatte bemerkt, daß General Hoff bei dem letzten Satz des Außenministers erstaunt aufblickte. »Herr General«, sagte er, »ich glaube, ich muß Ihnen das erklären. Wir stehen seit längerem in Verhandlungen mit der Sowjetunion über diesen Punkt. Staatssekretär Wenzel wird Ihnen nach der Sitzung Genaueres dazu sagen.«

General Hoff sah den Kanzler stumm an und nickte dann. Im gleichen Moment klingelte eines der Telefone. Roelling stand auf und nahm ab. »Für Sie, General Hoff. Pullach.« Hoff nahm den Hörer, nannte seinen Namen und hörte schweigend zu.

Während er telefonierte, ging die Sitzung weiter. Pauls dankte Außenminister Hansen für seinen Bericht und bat Staatsminister Förster fortzufahren.

»Ich habe mich in meiner Analyse auf die deutsch-sowjetischen Verhandlungen konzentriert«, begann Förster, »und hatte nicht sehr viel Arbeit, die Folgen zu beschreiben, die uns das Ereignis mit absoluter Sicherheit bringen würde. Ich kann der Aussage des Außenministers nichts hinzufügen: Ende der Verhandlungen, Ende aller Chancen, überhaupt noch einmal über Wiedervereinigung zu sprechen.«

»Vielen Dank, Bodo«, sagte der Kanzler. »Bert, was haben Sie zu berichten?«

Innenminister Bert Henrici winkte ab. »Nichts, was diese Horrorvision noch ergänzen könnte. Sicher, Reaktion der Opposition, peinliche Fragen, wenn Dederichs enthüllt, daß wir ihn nicht sofort beim ersten Muckser mit offenen Armen empfangen haben, Fragen der einschlägigen Presse, auf welcher Seite die Regierung eigentlich steht – alles Kleinigkeiten, nicht der Rede wert gemessen an dem, was Hansen leider unwiderlegbar in Aussicht gestellt hat.«

General Hoff hatte inzwischen sein Telefongespräch beendet und unauffällig wieder seinen Platz eingenommen.

»Das war das Vorspiel«, sagte Bundeskanzler Pauls. »Wir kommen jetzt zum einzigen Punkt der Tagesordnung: Was sollen wir machen? Ich bitte um Meldungen. Karl-Heinz?«

Pressesprecher Karl-Heinz Liebherr stand auf und knöpfte seine Jacke zu – eine Geste, die in dieser Situation ebenso rührend wie hilflos wirkte. »Es könnte sein, daß die Bundesrepublik noch nie vor einer so lebenswichtigen und lebensgefährlichen Situation gestanden hat. Und an uns ist es nun, Entscheidungen zu treffen, wie diese furchtbare Situation zu retten ist.«

Liebherr hätte keine Pause machen dürfen. So aber gab er Pauls die Gelegenheit, trocken zu bemerken: »Die Entscheidungen treffe ich dann schon selber, das soll Sie nicht belasten. Was wollten Sie sagen, Karl-Heinz?«

»Ich wollte sagen, daß in einer höchst bedrohlichen Situation unser Rat erbeten wird. Das hat nur Sinn, wenn alle Meinungen, auch die unkonventionellsten, hier geäußert und diskutiert werden dürfen.«

Pauls wurde ungeduldig. »Mein Gott, Karl-Heinz, wir haben hier keinen Empfang für die vereinigten Diözesanblätter. Kein Vorschlag hier wird daraufhin geprüft, ob er mit dem Grundgesetz konform ist. Also los, was gibt es?«

Liebherr entspannte sich, setzte sich erleichtert, knöpfte seine Jacke wieder auf und sagte dann fast beiläufig: »Ich schlage vor, daß wir Dederichs' Absicht an die DDR verraten.«

Keiner der Anwesenden schien überrascht, und Pauls bat um Stellungnahmen. Außenminister Hansen erhielt das Wort. »Auf den ersten Blick ein guter Vorschlag. Dederichs kommt nicht rüber und erspart uns all das, was hier ausgemalt worden ist. Wir haben mit der Sache nicht nur nichts zu tun, sondern beweisen sogar unseren guten Willen, indem wir den Mann ans Messer liefern. Nur: Unser Vorgehen wäre so einmalig, daß man drüben sofort ins Nachdenken käme. Warum, würden die sich fragen, hauen wir einen Agenten in die Pfanne, gegen den Guillaume ein Waisenknabe war? Denn daß Dederichs unser Agent war, davon würden die sich nicht abbringen lassen, nach den BND-Kontakten und so weiter. Daß wir sie nicht lieben, wissen die. Warum also servieren wir ihnen Dederichs? Die kämen schnell darauf, daß unsere Opfergabe den Sowjets gilt. Warum tun wir etwas so Unglaubliches, um den Großen Bruder bei Laune zu halten? Weil es da offensichtlich etwas gibt zwischen der Sowjetunion und uns, wovon die DDR bisher nichts wußte. Und es würde ihnen dämmern: Wir machen über ihre Köpfe hinweg in Wiedervereinigung. Und dann die Sowjets, ihre Sicht der Dinge: Dederichs, ein BND-Mann, hat alles verraten, was der Deutsch-Sowjetische Militärausschuß zu bieten hat. Nur um einer Entdeckung zuvorzukommen, schicken wir den Mann über den Jordan und versuchen so zu retten, was zu retten ist. Die ganze Zeit haben wir doppeltes Spiel gespielt. Nein, so sehr ich den Dederichs nach Sibirien wünsche, so geht es nicht.«

»Wie wäre es«, sagte Innenminister Henrici, »wenn wir ihn verschwinden lassen? Wir holen ihn raus und verlieren nie mehr ein Wort darüber. Keiner hat mehr was von ihm gehört.«

»Das hätte dieselben Folgen«, erwiderte Hansen, »nur mit zeitlicher Verschiebung. Wenn bei denen einer verschwindet – und dann auch noch einer in *der* Position – und keine Spur hinterläßt, dann ist der bestimmt nicht ins Kloster gegangen. Dann wissen die, der ist ab in den Westen. Wir hätten keine Chance, unsere Unschuld zu beweisen.«

»Und wenn wir ihn drüben töten?« warf Staatssekretär

Wenzel ein. »Wenn wir ihn einem ganz gewöhnlichen Raubmord zum Opfer fallen lassen? Dann kriegt er Staatsbegräbnis und alles, und wir sind aus der Sache raus.«

»Geht das?« fragte der Kanzler General Hoff.

»Es ist technisch machbar«, antwortete Hoff. »Schwierig, aber wohl machbar. Gesetzt den Fall, wir beseitigen Dederichs und legen Spuren, die auf Raubmord weisen, ohne eigene Spuren zu hinterlassen. Was macht dann seine Frau? Sie glaubt, ihr Mann hatte Verbindungen zu einem feindlichen Geheimdienst. Wird sie aussagen? Wenn sie aussagt, wird die Gegenseite, wie Außenminister Hansen bemerkte, ins Nachdenken kommen. Noch nie ist ein DDR-Bürger in solcher Position einem Raubmord zum Opfer gefallen, abgesehen davon, daß dieses Delikt dort weitaus seltener vorkommt als bei uns.«

»Und wenn nun beide getötet würden?« schlug Roelling vor.

»Mein Gott«, sagte Bodo Förster, »wenn Machiavelli uns gekannt hätte, wäre er wohl Mönch geworden.«

Pauls beschwichtigte: »Bodo, wir denken nur nach. Noch ist kein Killer unterwegs. General Hoff, was wäre, wenn man beide töten würde?«

»Das könnte durchgehen, Herr Bundeskanzler. Das könnte echt aussehen. Wir wissen aber nicht genug über die Frau. Sie lebt mit einem Mann zusammen, der sich scheiden lassen wollte und ihr die Versetzung auf eine entfernte Insel angedroht hat. Sie hat ihm gedroht, ihn zu vernichten. Sie weiß, er ist mächtig und könnte nach Wegen suchen, sie zu beseitigen. Vielleicht hat sie sich abgesichert. Vielleicht hat sie ihre Tochter eingeweiht oder sich Freunden anvertraut oder einen Brief hinterlegt. Sie ist ein Risiko, das wir nicht kalkulieren können. Aber die Frage ist gar nicht mehr relevant. Fest steht auf jeden Fall, daß Dederichs sich abgesichert hat. Ich habe vorhin eine Nachricht aus Pullach bekommen.«

Die Runde blickte Hoff gespannt an.

»Sie besagt«, fuhr der General fort, »daß Dederichs auch mit den Amerikanern Kontakt aufgenommen hat. Er hat sie gefragt, was sie für seinen Wechsel bieten. Die Amerikaner sind hoch erfreut. Was immer wir tun, die Amerikaner wissen, wer es getan hat. Dederichs hat eine Lebensversicherung abgeschlossen.«

Die Nachricht löste einen Schock aus. Einige Teilnehmer der Runde saßen wie gelähmt da, andere sprangen auf und verschafften sich Bewegung, um die neue Lage zu verarbeiten. Der Kanzler bedeutete Bodo Förster, ihm zu folgen, und ging zur Fensterfront. Die beiden Männer steckten die Köpfe zusammen und begannen leise miteinander zu reden. General Hoff saß allein und blickte abwesend auf einen Punkt an der Wand.

Nach ein paar Minuten ging Pauls wieder an seinen Platz zurück, und die anderen setzten sich ebenfalls. »Meine Herren«, begann der Kanzler, »wir werden das kontrollieren.« Er hatte seine rechte Hand zu einer Faust geballt und bei jedem einzelnen Wort auf den Tisch geklopft. Die Runde blickte ihn fast erleichtert an – die Entschlossenheit des Kanzlers übertrug sich, die Entscheidung war gefallen, die Diskussion beendet, jetzt würden Anordnungen getroffen werden.

Pauls fuhr fort. »Die Vorschläge, Dederichs an die Gegenseite zu verraten oder ihn sonstwie zu beseitigen, entfallen. Sie wären zwar auch nach der neuen Lage technisch noch durchführbar, aber die Amerikaner wüßten sofort, warum wir so etwas, sagen wir: Ungewöhnliches tun, und sie hätten bestimmt nicht die Freundlichkeit, unser Vorgehen mit Stillschweigen zu belohnen. Wir müssen ihn also rausholen, sonst machen es die Amerikaner. Bleibt der Vorschlag von Henrici, Dederichs spurlos verschwinden zu lassen. Wir haben die Einwände gegen diesen Vorschlag gehört. Fazit: Wir müssen ihn mit bestimmten Spuren verschwinden lassen, die alle von uns wegführen, die sich aber drüben zu einer plausiblen Erklärung zusammensetzen lassen. Ich weiß heute abend noch nicht, wie das gehen soll, aber«, wieder klopfte er hart auf den Tisch, »eines weiß ich ganz sicher: Es wird gehen, und wir werden es machen.«

Roelling meldete sich: »Was geschieht mit ihm, wenn er hier ist?«

»Wir teilen ihn mit den Amerikanern«, antwortete der Kanzler prompt. »Er wird auspacken und seinen Lohn kassieren. Wir werden den Amerikanern klarmachen, daß Dederichs' Geheimnisse nur etwas wert sind, wenn wir sie auch im geheimen genießen. Deshalb müssen sie unseren anonymen Weg akzeptieren. Dederichs selbst bekommt eine neue Identität. Aber das sind die kleineren Probleme. Die regeln wir, wenn es soweit ist.

Das Hauptproblem ist klar: Dederichs rausholen, ohne dabei oder danach aufzufallen. Dazu werden drei Stäbe gebildet. Erstens der politische Stab. Ihm gehören alle hier anwesenden Herren außer General Hoff an. Minister Förster leitet diesen Stab. Zweitens der operative Stab. Er besteht aus General Hoff, den Chefs von Verfassungsschutz und Bundeskriminalamt, dem Leiter des ›Bonner Stabes‹ Martin Wellem und, als Vorsitzendem, Staatssekretär Wenzel. Dr. Wenzel wird also im politischen und im operativen Stab vertreten sein. Drittens der exekutive Stab, der das Unternehmen ausführt: das ist Wellem und sein ›Bonner Stab‹. Die Kommunikationskette: Wellem berichtet an Wenzel, Wenzel an Förster, Förster berichtet an mich.

Meine Herren! Das sind viele Leute, die ab morgen von unserem Unternehmen wissen. Die Amerikaner noch nicht mitgezählt. Für Bonner Verhältnisse fast unmöglich, so was geheimzuhalten. Ich brauche Ihnen nicht zu sagen, was passieren kann, wenn nur einer eine unvorsichtige Bemerkung macht.«

Die Amerikaner, so erläuterte der Kanzler abschließend, würden über den Stand der Dinge laufend informiert und an allem beteiligt, was Dederichs mitbrächte. Man werde ihnen aber kategorisch klarmachen, daß die Durchführung des Unternehmens ausschließlich in deutscher Hand liege.

Damit war die Sitzung beendet. Der Kanzler wandte sich an Wenzel und sagte: »Wellem soll kommen.«

II

Martin Wellem bog um halb neun in die Einfahrt der Godesberger Lichtenbergallee ein. Das Tor aus stählernen Vierkantstäben mit ypsilonförmigen Stacheldrahtreitern teilte sich und gab den Weg frei, und Wellem passierte die in den Boden eingelassene Stahlschiene. Hinter ihm rollten die beiden Torflügel zurück zur Mitte, die Schlösser schnappten mit einem scharfen Klicken ein. Der wachhabende Offizier kam an den Wagen heran, beugte sich zum Fenster herunter und tippte mit den Fingerspitzen an seine Mütze. Wellem grüßte zurück, indem er kurz die linke Hand hob, und fuhr langsam weiter.

Das Haus in der Lichtenbergallee 5 machte nicht den Eindruck einer Dienststelle. Inmitten eines reichlich bewachsenen, wenn auch nicht sonderlich gepflegten Parks gelegen, an einer ruhigen Straße mit alten Kastanien, erschien die um die Jahrhundertwende erbaute Villa dem zufälligen Passanten eher wie die Residenz eines Botschafters. Das fast drei Meter hohe Gitter aus massiven Eisenstäben und die aufgezogenen Wachen bestätigten diesen Eindruck. Daß man an der Pforte nicht die früher übliche Messingplatte fand, die Auskunft über die Nutzung des Hauses gab, nicht einmal ein kleines Namensschild, war nicht verwunderlich in einer Zeit, da der

Terrorismus immer wieder blutige Triumphe feierte und seine führenden Vertreter den »totalen Krieg« angekündigt hatten. Anwohner wußten natürlich, daß in dem Haus Nummer 5 eine Regierungsbehörde arbeitete, die »Bonner Stab« genannt wurde, und aufmerksamen Zeitungslesern war nicht entgangen, daß der Bonner Stab etwas mit der Bewachung von Politikern zu tun hatte. Daß selbst eine Behörde auf ein Schild mit Namen und Bundesadler verzichtete, war in Bonn üblich geworden und erregte keinen Argwohn. Keineswegs durfte man daraus schließen, daß es sich um einen Ort geheimer Aktivitäten handelte. Jeder, der an der Pforte einen Wachbeamten gefragt hätte, um was für eine Dienststelle es sich handele, hätte die korrekte Antwort bekommen: »Ständiger Beraterstab Personenschutz beim Bundeskanzleramt«, allgemein geläufig als »Bonner Stab«. Einer größeren Öffentlichkeit allerdings war der Bonner Stab nicht bekannt. Journalisten, die sich in der ersten Zeit nach der unauffälligen, aber keineswegs geheimen Gründung der Behörde für deren Arbeit interessiert hatten, wußten, daß Personenschutz und was immer man darunter fassen mochte, hier eher abstrakt betrieben wurde, daß man theoretische Schwachpunkte in den Schutz- und Sicherungsmechanismen aller Art aufzuspüren versuchte, um sie vorbeugend zu beheben, daß in Planspielen auch denkbare Verbrechen durchexerziert wurden, wobei die Aufgabe des Bonner Stabes lediglich darin bestand, die Ergebnisse auszuwerten und gewonnene Erkenntnisse an zuständige Stellen weiterzuleiten, die dann zu entscheiden hatten, ob den Erkenntnissen auch praktische Maßnahmen folgen sollten. Da es einleuchtend war, daß man über nicht geschehene, aber immerhin vorstellbare Verbrechen der Öffentlichkeit nichts mitteilen konnte, um potentielle Täter nicht erst auf Ideen zu bringen, da überdies der begrenzte Einfluß der Behörde offensichtlich war, hatten die Journalisten rasch ihr Interesse verloren, und der Leiter des Bonner Stabes, Martin Wellem, war noch nie um ein Interview gebeten worden. Daß es in der Lichtenbergallee keine Sekretärinnen gab, daß die Beamten alle Schreibarbeiten eigenhändig erledigten, wurde nirgends als besonders scharfe Sicherheitsvorkehrung verstanden, sondern als Beweis für den recht unbedeutenden Status des Hauses innerhalb der Bonner Hierarchie.

Martin Wellem stellte seinen Wagen hinter der Villa ab. Er ging nicht sofort ins Haus, sondern schlenderte noch ein paar Minuten durch den Park. Die Wachen konnte man von hier aus nicht sehen. Eine stattliche Villa aus einer anderen Zeit, die, wenn man näher hinsah, einen Anstrich nötig hatte, in einem Park, der seine besten Tage auch schon hinter sich hatte. Wirklich perfekt gemacht, dachte Wellem nicht zum erstenmal. Aber auch unheimlich, daß diese Tarnung schon seit Jahren reibungslos funktioniert.

Wellem hatte am Abend zuvor, nachdem die Runde um Bundeskanzler Pauls auseinandergegangen war, einen Anruf von Staatssekretär Wenzel erhalten, der ihn bat, sofort ins Kanzleramt zu kommen und ihm zugleich mitteilte, der Kanzler wünsche ihn am nächsten Morgen um halb elf zu sehen.

Als Wellem an diesem Morgen sein Büro betrat, knapp zwei Stunden vor dem Termin mit Bundeskanzler Pauls, stand die Verbindungstür zum Raum seines Stellvertreters und Freundes Claus Haßlinghausen weit offen. Wellem stellte seinen Aktenkoffer ab und ging hinüber.

»Morgen, Claus. Wir haben eine neue Aufgabe bekommen.«

»Aha?«

»Ein Mann namens Dederichs muß aus der DDR rübergeholt werden. Top man und VIP und alles. Präsidium des Ministerrates und anderes.«

»Und wir sollen das planen?«

»Wir sollen das planen, Claus, und dann auch ausführen. Und niemand soll was merken.«

Der Bonner Stab arbeitete nicht auf der Grundlage eines Gesetzes, sondern war durch einen Kabinettsbeschluß als »Ständiger Beraterstab Personenschutz beim Bundeskanzleramt« ins Leben gerufen worden. Doch selbst im gegenwärtigen Kabinett war nur einem kleineren Teil der Mitglieder bekannt, daß der Bonner Stab die Funktion einer streng geheimen Einsatzgruppe zur besonderen Verwendung hatte, die immer dann in Aktion trat, wenn »Belange der Bundesrepublik Deutschland in gravierender Weise berührt« waren und »besonderes Vorgehen« oder »unkonventionelle Maßnahmen« (Zitate des geheimen Zusatzprotokolls) notwendig waren, Maßnahmen, die den anderen Organisationen des Staates nicht erlaubt waren. Das bedeutete Erledigung von Dreckarbeit, wie man sich in der Lichtenbergallee ausdrückte, wobei man das Grundgesetz und andere Gesetze des Bundes brechen durfte, wenn der Schutz des Grundgesetzes eben dieses erforderte; so hatte Martin Wellem sich einmal vor seinen Mitarbeitern ausgedrückt. Zum Beispiel war man dem geplanten Überfall arabischer Terroristen auf einen jüdischen Kindergarten in Köln auf die Spur gekommen, hatte die vier Attentäter aber nicht verhaften lassen – ihre Haft wäre ohnehin nicht von Dauer gewesen und hätte andere Verbrechen zwecks Freipressung nach sich gezogen –, sondern einen Tip an die Israelis gegeben, die das Problem dann diskret, aber gründlich und endgültig lösten. In einem anderen Fall war ein Agent der DDR, der es bis zum persönlichen Referenten des Verteidigungsministers gebracht hatte, einem Autounfall zum Opfer gefallen; seine Liebe zu schnellen Autos war bekannt gewesen. Seine öffentliche Enttarnung hätte die Regierung stürzen können, und der Sturz der Regierung wäre auch das Ende der »Neuen Ostpolitik« gewesen. Daß bei dem Unfall auch ein Unbeteiligter getötet worden war, verursachte Wellem immer noch Alpträume.

Solche Einsätze lagen zwar außerhalb des Gesetzes, aber

trotzdem wurde über sie genau Buch geführt. Über jeden Fall gab es einen handschriftlichen Bericht von Martin Wellem, ohne Kopie und mehrfach versiegelt, für das sogenannte »Kanzlerarchiv«, das nur dem Bundeskanzler zugänglich war und dem jeweils nachfolgenden Amtsinhaber persönlich übergeben wurde. Man ging davon aus, daß bei einem Wahlsieg der Opposition der neue Amtsinhaber zwar alle brisanten Geheimnisse seines Vorgängers erfahren, aber dennoch Stillschweigen über sein Wissen bewahren würde, da auch er in die Lage kommen könnte, sich dieses geheimen Instrumentes bedienen zu müssen.

Der Bonner Stab unter der Leitung von Ministerialrat Wellem beschäftigte nur ein Dutzend ständiger Beamter, im Hausjargon ›Schreibtischtäter‹ genannt. Je nach der Art eines Sondereinsatzes konnten vom BKA, BfV und BND Experten nach Godesberg abgeordnet werden, die in der Lichtenbergallee als »Leihgaben« bezeichnet wurden. Einzelne dieser Spezialisten waren schon bei mehreren Einsätzen dabei gewesen und galten als »Dauerleihgaben«.

Martin Wellem mußte über eine Stunde im Kanzleramt warten, bis er zusammen mit Staatssekretär Wenzel zum Bundeskanzler gebeten wurde.

»Tut mir leid«, sagte Pauls, als er Wellem die Hand reichte, »aber manchmal muß man das weniger Wichtige mit Geduld durchstehen, damit das Wichtige nicht so sehr auffällt.«

Die Herren setzten sich.

»Sie kennen die Fakten von Dr. Wenzel«, begann Pauls ohne Umschweife. »Sie kennen das Problem, und Sie und Ihr Team sollen es lösen. Sie haben schon schwierigere Aufgaben gelöst, aber diese ist die wichtigste. Noch nie hat so viel an Ihrem Erfolg gelegen. Der operative Stab unter Dr. Wenzel wird Ihnen jede Hilfe geben, die Sie brauchen. Bei politischen Implikationen ist Staatsminister Förster mit seinem Stab zuständig. Aber das wissen Sie bereits.«

Wellem nickte.

»Gut. Dederichs soll die DDR verlassen, ohne daß dort jemand mitbekommt, daß er sie verlassen hat, schon gar nicht, in welche Richtung. Sie hatten bereits Gelegenheit, über das Problem nachzudenken. Wie wollen Sie es anpakken?«

Wellem fiel auf, daß der Kanzler nicht fragte, ob das Problem überhaupt lösbar sei, sondern gleich auf die Durchführung zu sprechen kam. Er entschloß sich daher, seine grundsätzlichen Zweifel für sich zu behalten.

»Ich habe an einen Unfall gedacht, Herr Bundeskanzler«, sagte er. »Vielleicht ein Badeunfall. Alle Spuren führen an den Strand, aber die Leiche taucht nie mehr auf. Am besten ein Ort, an dem schon öfter Schwimmer spurlos verschwunden sind. Ich muß das mit meinen Leuten durchspielen.«

»Ausgezeichnete Idee«, bestätigte Pauls, »spielen Sie es durch, aber nicht zu lange, und dann führen Sie es durch. Ich wußte, daß es gehen würde. Wirklich gute Idee, Herr Wellem. Ich kann mich auf Sie verlassen.«

Das war das Zeichen, daß die Unterredung beendet war. Wellem wollte noch etwas erwidern, wußte aber nicht, wie er anfangen sollte. Außer einem albernen »Ja, aber« kam ihm nichts in den Sinn, und so schwieg er und blickte hilfesuchend zu Staatssekretär Wenzel hinüber. Der schien seine Not zu verstehen: »Sie wollten noch etwas sagen, Herr Wellem?«

»Ja«, sagte Martin Wellem.

»Ja?« sagte der Bundeskanzler.

»Das ist eine Möglichkeit, Herr Bundeskanzler, die allerdings von vielen Bedingungen abhängt.«

»Zum Beispiel?« unterbrach ihn Pauls eine Spur ärgerlich.

»Zum Beispiel davon, ob Dederichs gerne schwimmt, ob er

in letzter Zeit öfter mal schwimmen gegangen ist, oder ob er die Angewohnheit hat zu angeln, möglichst von einem Boot aus, möglichst auf einem einsamen See, möglichst im Morgengrauen und natürlich ohne Begleitung. Ob der See so beschaffen ist, daß ein Mensch darin verschwinden kann, ohne wieder aufzutauchen. Ob der See im günstigsten Fall schon andere Opfer gefordert hat, die alle nicht wieder aufgetaucht sind.«

»Gut, Sie werden das rausfinden.«

»Ja, natürlich. Ich wollte nur sagen, es war eine Idee, und es muß sich noch zeigen, ob sie etwas wert ist. Ich meine, wenn wir einen Haufen Kleider und Dederichs' Brieftasche an den Ostseestrand legen, und Dederichs' Frau schwört, daß ihr Mann Nichtschwimmer war und überhaupt das Baden verabscheute, dann war die Idee nichts wert.«

»Ja, ich verstehe, Wellem«, lenkte Pauls ein. »Ich weiß, was auf Sie zukommt. Aber Sie müssen das lösen. Bedenken Sie, was für uns alle auf dem Spiel steht, wenn Sie es nicht schaffen. Vielleicht schwimmt der Mann nicht. Vielleicht sammelt er einfach nur Briefmarken. Dann muß eben seine Briefmarkensammlung explodieren, verdammt nochmal. Sie bekommen alles, was Sie haben wollen.« Pauls lächelte zum erstenmal. »Und wenn es explodierende Briefmarken sind.«

Wellem lächelte zurück. »Vergiftete Briefmarken wären besser, Herr Bundeskanzler. Wenn er an einer leckt, fällt er um. Wir brauchen dann nur noch eine Leiche, die wie Dederichs aussieht. Denn den echten Dederichs wollen wir ja rüberholen.«

»Ja«, grinste Pauls, »und so wie es aussieht, würden wir ihm jede einzelne Marke ersetzen müssen. Prüfen Sie das mit dem Badeunfall doch lieber nochmal.«

Er stand auf und schüttelte Wellem die Hand. »Sie schaffen das!« Wellem verbeugte sich, und Staatssekretär Wenzel begleitete ihn hinaus.

Als Martin Wellem gegen ein Uhr mittags wieder in seinem Büro in der Lichtenbergallee eintraf, war Haßlinghausen gleich zur Stelle. Wellem bat ihn, die Tür zu schließen. Haßlinghausen setzte sich und wartete. Wellem stopfte sich schweigend eine Pfeife. Er wirkte abwesend, als versuchte er angestrengt, sich an etwas zu erinnern, das ihm einfach nicht einfallen wollte. Haßlinghausen brach schließlich das Schweigen.

»Man sagt, daß eine Audienz in der Paulskirche den Menschen andächtig werden läßt. Bei dir geht es noch weiter, Martin. Du wirkst erheblich gereift im Vergleich zu heute morgen.«

Wellem deutete ein Lächeln an. »Wir haben den Auftrag, Claus. Unsere Arbeitsplätze sind gesichert.«

Wellem berichtete von seiner Unterredung mit dem Bundeskanzler und bat dann über die Sprechanlage alle Mitarbeiter, in einer halben Stunde in den Konferenzraum zu kommen. Er gab Haßlinghausen eine dünne Akte mit unbeschriftetem Deckel, die er aus dem Kanzleramt mitgebracht hatte.

»Lies das mal, Claus. Es sind Kopien aus einem Dossier über Dederichs, das Hoff angelegt hat.«

Haßlinghausen überflog die wenigen Seiten, legte die Akte auf Wellems Schreibtisch zurück und fragte: »Wie gehen wir vor?«

»Ich schlage vor, wir informieren gleich unsere Leute und sammeln spontane Vorschläge. Von den brauchbaren machen wir kurze Planskizzen und geben sie noch heute an den BND zur Überprüfung weiter. In den nächsten Tagen müssen wir uns dann auf einen Plan festlegen. Hoffs Dossier über Dederichs sollten wir für alle kopieren. Es ist nicht viel, aber die Leute bekommen einen Eindruck.«

»Gut, ich erledige das eben.«

»Ach, noch was, Claus. Wir kriegen noch einen Mann vom BND als Leihgabe. Er soll für die ständige Verbindung zwischen uns und Pullach sorgen.«

Haßlinghausen nickte und ging mit Hoffs Akte in sein Büro hinüber. Wenige Minuten später kam er mit elf Kopien zurück, und die beiden Männer brachen zum Konferenzraum auf. Auf dem Weg dorthin zündete sich Wellem endlich seine Pfeife an.

In dem Konferenzraum gab es nichts, was einen Mitarbeiter hätte ablenken oder dazu verleiten können, die Gedanken schweifen zu lassen und sich nicht auf die Sache zu konzentrieren, die gerade verhandelt wurde. Es gab weder Bilder noch Blumen. Die Wände waren weiß, eine davon abwaschbar – sie diente als Schreibwand, auf der während der Sitzungen mit breitfaserigen Filzstiften Skizzen und Modelle entworfen wurden. Die Ausstattung war ausschließlich funktional: drei Tageslichtschreiber, Filmprojektor und Diagerät, Kopierer, Fernseher mit Videoanlage, zwei Tonbandgeräte, zwei Telefone, Vorrichtungen zum Aufhängen von Karten. In der Mitte des Raumes waren mehrere Metalltische so zusammengestellt, daß eine große Tafel entstand. Die Stühle waren immerhin gepolstert.

Haßlinghausen machte die Runde und verteilte die Kopien. Als alle zwölf Mitglieder des Bonner Stabes versammelt waren, beschrieb Wellem die neue Aufgabe, erläuterte kurz die Funktion der neugebildeten Stäbe und ordnete an, daß alle laufenden Arbeiten bis zum Abschluß des Unternehmens einzustellen seien, da das ganze Team für das Projekt gebraucht werde. Zum Schluß erwähnte er, den Bundeskanzler zitierend, daß sie für die Durchführung alles bekämen, was sie wollten – jedes Gerät und jeden Betrag.

Die Zuhörer zeigten keine nennenswerten Reaktionen, als Wellem zum Schluß gekommen war. Die Männer hatten gespannt zugehört, schienen aber, nachdem sie alles über den Auftrag, seine große Bedeutung und das damit verbundene Risiko erfahren hatten, nicht sonderlich überrascht zu sein. Spontane Fragen wurden nicht gestellt.

»Bitte, meine Herren«, sagte Wellem, »lesen Sie jetzt die vor Ihnen liegenden Papiere. Es handelt sich um eine erste, ganz grobe Beschreibung unseres Mannes.«

Nach einigen Minuten, als alle wieder aufblickten, bat Wellem um Wortmeldungen. Götz Meyer hob die Hand.

»Götz?«

»Um sauber arbeiten zu können, brauchen wir sehr viel mehr als dies. Wie kommen wir da ran?«

»Der Geheimdienst besorgt uns alle Informationen, die wir haben wollen.«

»Wie?«

»Das ist deren Job. Ich bin froh, daß wir uns darum nicht auch noch kümmern müssen.«

Es gab keine weiteren Meldungen mehr, und Wellem fuhr fort: »Ich bitte jetzt um Vorschläge zur Lösung des Problems. Nichts Ausgefeiltes, nur Stichworte. Wir sammeln erstmal alles. Also: wie holen wir Dederichs aus der DDR raus, ohne aufzufallen?«

Es meldeten sich gleich mehrere Teilnehmer.

»Leo?«

Leo Rieck begann: »Ich könnte mir ein nie ganz geklärtes Unglück an einem entlegenen Waldsee vorstellen . . .«

Wellem lachte spontan auf, und Rieck schaute ihn verwirrt an.

»Entschuldigen Sie, Leo, ich lache nicht über Ihren Vorschlag. Als Pauls mich vorhin fragte, fiel mir als erstes ein Badeunfall mit verschwundener Leiche ein. Er fand die Idee ausgezeichnet.«

»Dann sollten wir sie nicht weiterverfolgen«, entgegnete Rieck, und alle anderen lachten.

»Also, Nummer eins: Unfall am Wasser«, sagte Wellem, »verschiedene Variationen denkbar. Weiter. Alfred?«

»Wenn er eine Datscha hat«, gab Alfred Ebeling zu bedenken, »könnte die abbrennen. Fürchterliche Verwüstungen.«

»Und wenn sie keine Leiche finden?« warf Ernst Lütke ein.

Ebeling dachte nach. »Ich meine so ein Feuer, das nichts zurückläßt.«

»Sehr gut«, pflichtete Lütke sarkastisch bei. »Wie wäre es, wenn wir mit einem Tankwagen vorfahren, die Bude voll Kerosin pumpen und dann anstecken? Aber selbst dann finden die noch raus, daß keine Leiche drin ist.«

Ebeling war nicht entmutigt: »Dann müssen wir eben eine reintun.«

»Was?«

»Eine Leiche.«

Wiederum zeigte keiner der Anwesenden eine Spur von Erstaunen. Manfred Stankowski meldete sich: »Seine Frau ermordet ihn. Sie hat ein Motiv, wie wir gehört haben. Moment, Ernst, fang jetzt nicht von der Leiche an. Laß mich ausreden. Wir legen Spuren, die beweisen, daß sie ihn umgebracht hat. Die Leiche hat sie verschwinden lassen. Die wird nie gefunden, weil die Frau bis zuletzt hartnäckig leugnet, aber es hilft ihr nichts, alle Indizien sprechen gegen sie. Sie wird verurteilt, obwohl man den Toten nie findet. Eine besonders raffinierte Mörderin, aber den sozialistischen Sicherheitsorganen kann man nichts vormachen, die bringen's an den Tag.«

Die Runde war beeindruckt, die meisten nickten. Wellem sah Haßlinghausen stumm an.

Stankowski hatte noch eine Idee. »Denkbare Variante: Die Frau ermordet Dederichs und haut ab in den Westen. Sie hat alles von langer Hand vorbereitet, das beweisen die Spuren. Wir nehmen die Frau mit, wenn wir Dederichs holen. Dederichs wird nie gefunden, und die Gattin taucht im Westen unter.«

Werner Marfels unterbrach ihn: »Und wenn sie nun nicht untertaucht?«

»Ich meine wirklich endgültig untertauchen«, antwortete

Stankowski, »nach dem Motto: den Westen sehen und sterben. Aber wie gesagt, das ist nur eine Variante.«

Helmut Rott schlug einen Autounfall vor, mit brennendem Wagen und einem bis zur Unkenntlichkeit entstellten Fahrer.

Gert Brinken steuerte den Einfall bei, mit Dederichs eine echte Republikflucht in Szene zu setzen. »Dederichs flieht in den Westen. An irgendeinem Punkt der Friedensgrenze inszenieren wir was, so daß DDR-Posten ein paar Schüsse auf Westgebiet abgeben. Am nächsten Morgen steht in allen Zeitungen, daß an der Stelle ein Flüchtling, der sich schon auf Bundesgebiet befand, von DDR-Grenzwächtern tödlich getroffen worden ist. Unsere Regierung kann sogar protestieren. Die Gegenseite kann beruhigt sein: Zwar ist Dederichs im Westen, aber er kann nichts mehr verraten. Und das Motiv für die Flucht: Verzweiflung über eine unglückliche Ehe. Dederichs hat sich vorher mehreren Freunden anvertraut, seine Frau verweigere die Scheidung, habe ihm sogar gedroht, ihm Kontakte zum BND unterzuschieben, ein absurder Gedanke, wie die Freunde bestätigen werden. Entsprungen dem krankhaften Hirn seiner Frau, deren Rachegelüste keine Grenzen mehr kennen. Und Dederichs lebt unter uns als glücklicher Frührentner, der von Zeit zu Zeit sein eigenes Grab besucht und ein paar Blumen hinstellt.«

Einige Teilnehmer grinsten beifällig. Weitere Vorschläge wurden nicht gemacht. Martin Wellem gab Haßlinghausen durch eine Handbewegung zu verstehen, daß er für den Rest der Sitzung die Leitung übernehmen solle.

Haßlinghausen überflog seine Notizen und schrieb einige Namen an den Rand. »Also, wir haben fünf Vorschläge. Ich bitte, daß ihr bis Dienstschluß zu jedem Vorschlag ein Exposé macht, Umfang zwei Seiten. Und bitte keine neuen Varianten, nur das ausarbeiten, was hier gesagt worden ist. Am besten arbeitet ihr zu zweit. Erster Vorschlag, Unfall am Wasser: Leo

Rieck und Dieter Rentsch. Dann Brand der Datscha: Alfred Ebeling und Olaf Wiedenbrück. Gattenmord: Manfred Stankowski und Werner Marfels. Der Autounfall geht an Helmut Rott und Ernst Lütke. Bleiben Gert Brinken und Götz Meyer für den Vorschlag der Republikflucht. Das wär's. Wenn ihr fertig seid, bringt die Papiere bei mir vorbei.«

Die Sitzung war beendet. Drei Stunden später lagen alle Exposés vor. Haßlinghausen trug sie in den Keller, wo die Elektronik des Hauses untergebracht war, und gab sie über Telekopierer nach Pullach durch, natürlich verschlüsselt.

Nach dem Gespräch mit dem Bundeskanzler, an dem er zusammen mit Wellem teilgenommen hatte, empfing Staatssekretär Wenzel den Leiter der Nachrichtenabteilung der amerikanischen Botschaft und Koordinator aller CIA-Aktivitäten in der Bundesrepublik, Alex Scott. Offiziell wurde er lediglich als »Abteilungsleiter« ohne Hinweis auf sein spezifisches Tätigkeitsfeld bezeichnet, aber die deutschen Stellen kannten natürlich Scotts Funktion, und die Amerikaner wußten, daß die Deutschen sie kannten. Scott war also der geeignete Gesprächspartner in der Angelegenheit Dederichs.

»Mr. Scott«, empfing Wenzel seinen Besucher, »es freut mich, daß Sie so kurzfristig vorbeikommen konnten. Sie wissen wahrscheinlich, worum es geht.«

Scott sprach, anders als die meisten Angehörigen der amerikanischen Botschaft, ausgezeichnet deutsch. »Es ist nicht nur selbstverständlich, Herr Staatssekretär, Ihrem Wunsch nach einem Gespräch sofort nachzukommen, es ist darüber hinaus eine große Ehre für mich. Ich habe allerdings keine Vorstellung, worum es gehen könnte.«

»Es geht um unseren gemeinsamen Bekannten Dederichs, zur Zeit noch wohnhaft in der DDR.«

Scott gab mit keiner Miene zu erkennen, daß er den Namen schon einmal gehört hatte, täuschte aber auch kein Erstaunen vor. Wenzel hatte keine andere Reaktion erwartet und fuhr fort: »Dederichs ist an unsere beiden Länder herangetreten mit der Information, er wolle die DDR verlassen. Dies ist ein sehr schwerwiegender Schritt, der sorgfältigster Planung bedarf, um die möglichen politischen Folgen einzugrenzen. Dederichs selbst sieht das ebenso, sonst hätte er nicht diesen behutsamen Weg gewählt, sondern wäre einfach rübergekommen. Ich nehme an, wir sind in diesem Punkt der gleichen Ansicht?«

Scott gab mit einer Handbewegung lediglich zu verstehen, daß er nicht widersprach.

»Nun, Mr. Scott, die Bundesregierung wird Herrn Dederichs behilflich sein, weil sie, genau wie Ihre Regierung, für das Recht des Menschen eintritt, frei zu wählen, wo er leben möchte.«

Scott nickte.

»Die Bundesregierung ist weiterhin der Überzeugung, daß die Durchführung aller notwendigen Schritte allein in ihre Zuständigkeit fällt, da eine eventuelle Aktion von deutschem Boden aus gesteuert und durchgeführt werden muß. Sie wird also die Angelegenheit von Anfang bis Ende in die Hand nehmen und zu einem befriedigenden Abschluß führen. Die Bundesregierung wird keine Verletzung ihrer Souveränität dulden.«

Alex Scott erlaubte sich den Anflug eines Lächelns. Lothar Wenzel zwang sich, es zu übersehen.

»Wir werden selbstverständlich in ständiger Konsultation mit Ihnen stehen, Mr. Scott.«

»Was bedeutet Konsultation in diesem Fall konkret, Herr Staatssekretär?«

»Wir werden Sie in jeder Phase des Unternehmens auf dem laufenden halten, und ich bin sicher, daß wir auch Ihren

Rat brauchen werden. Die Arbeit selbst wird aber allein von uns erledigt.«

»Und wenn sie erledigt ist, was geschieht dann?«

»Was unter Freunden und Verbündeten üblich ist, Mr. Scott. Alles Material, das wir bekommen, steht selbstverständlich auch Ihrem Land uneingeschränkt zur Verfügung.«

»Wie wollen Sie vorgehen?«

»Wir holen Dederichs heraus, ohne daß drüben ein Verdacht entsteht, der unsere beiden Länder treffen könnte. Sie bekommen die Details später, wir sind noch mitten in der Planung. Dederichs erhält dann hier eine neue Identität.«

Wenzel stand auf. »Ich glaube, das ist im Moment alles. Staatsminister Förster, der die Aktion betreut, hat Ihren Botschafter, Mr. Mackenzie, für morgen um seinen Besuch gebeten und wird ihm alles erläutern. Ach ja, das darf ich nicht vergessen, ich habe noch eine Bitte. Falls von Ihrer Seite noch Kontakte zu Dederichs bestehen sollten, so bitte ich dringend, sie für die Dauer des Unternehmens nicht fortzusetzen, das würde für den Mann nur unnötige Risiken schaffen. Und, wie gesagt, es ist der Wunsch der Bundesregierung, in dieser Angelegenheit die Verantwortung allein zu tragen und nicht auch noch Freunde damit zu belasten. Die Bundesregierung betrachtet dies als ein internes Problem und würde jede Einmischung mit allen Mitteln zu verhindern suchen.«

Alex Scott nickte nur und ging.

Am nächsten Morgen fuhr Martin Wellem bereits um halb sieben zur Lichtenbergallee. Claus Haßlinghausen war schon da. »Schon was aus Pullach gekommen?« fragte Wellem.

»Noch nicht.«

Eine Weile sprach niemand. Haßlinghausen zog eine Schublade an seinem Schreibtisch auf, griff, ohne hinzusehen, nach einem ledernen Tabakbeutel und begann, sich eine Pfeife zu stopfen. Dann schob er den Beutel zu Wellem hinüber und bedeutete ihm mit einer Geste, daß er sich ebenfalls bedienen könne. Nachdem er die Pfeife angezündet hatte, lehnte er sich zurück und verschränkte die Hände hinter dem Kopf.

»Der strahlende Frühsommermorgen scheint keinen Eindruck auf dich zu machen. Du siehst alt und verhärmt aus.«

»Unsere Besprechung gestern, Claus. Wie völlig selbstverständlich wir darüber reden, Häuser anzuzünden, Leichen zu hinterlegen, eine unschuldige Frau umzubringen oder ihr lebenslänglich Zuchthaus anzuhängen. Als wenn es darum ginge, welcher Hausanstrich am besten zu unserem Park paßt. Findest du das manchmal auch makaber?«

Haßlinghausen antwortete ohne Zögern: »Nein.«

»Du glaubst, das ist normal?«

»Bei uns hier unten ist es normal. Ein paar Stufen höher wäre deine Frage vielleicht passend: ob die Situation normal ist, die eine Regierung dazu bringt, uns einzusetzen.«

»Und du glaubst, das geht immer so weiter, ohne daß wir auffallen?«

»Warum nicht?«

»Dann erbringen wir also den Beweis dafür, daß der bösen Tat kein Fluch folgt?«

»My dear Watson!«

Wellem lächelte, und Haßlinghausen fuhr fort: »Du hast zuviel gelesen, und immer die falschen Bücher. Wie der Dichter sagt: Such men are dangerous. Gefährlich für alle gesunden Nichtleser. Im Grunde rechnest du damit, daß eines Morgens hundert Kraniche hier auftauchen und so lange über unserem schönen Dienstsitz kreischen, bis alle Welt mit dem Finger auf uns zeigt und schreit: ›Haltet die Mörder.‹ Wahrscheinlich wunderst du dich jedesmal beim Aufwachen, daß du noch keine Handschellen anhast. Ich frage mich manchmal, wie du an diesen Job gekommen bist.«

Wellem lachte. »Gute Frage.«

Haßlinghausen grinste. »Der Laden läuft doch, Martin. In der Paulskirche halten sie uns für einen Verein von harmlosen Spinnern, die sich mit Sandkastenspielen beschäftigen – das schützt uns vor übergroßem Interesse. Pauls selber und ein paar Hohepriester wissen, was wir machen – das garantiert uns die Altersversorgung. Wir haben keine Klimaanlage, aber einen wirklich gut eingerichteten Keller. Unseren Kaffee müssen wir selber machen, dafür brauchen wir nicht aufzupassen, ob die Sekretärin horcht oder mit wem sie bumst. Wir kriegen nicht viele Anrufe, aber jede Information, die wir brauchen. Wir sind geheim, aber auf so unauffällige Weise, daß es nicht lästig wird. Sieh es mal so, Martin: Wir haben den Traum von der Tarnkappe verwirklicht.«

»Und wir sind den Pakt mit dem Teufel eingegangen.«

Haßlinghausen zündete seine Pfeife wieder an, zog ein paarmal und schüttelte den Kopf. »Kein Pakt mit dem Teufel. Klingt ja so, als wären die Brüder, mit denen wir es zu tun haben, unbesiegbar. Wenn sie das wirklich wären, könnten wir hier nicht mehr guten Gewissens arbeiten.«

»Um gutes Gewissen bemühe ich mich erst gar nicht, Claus. Gar kein Gewissen ist das, was wir brauchen.«

»Klar. Wir lassen einen aus dem Weg räumen oder geben den Brüdern gezinkte Tips, damit sie das selbst besorgen, oder womöglich müssen wir es sogar mal eigenhändig machen, und dann schmeckt uns das Abendessen nicht, und das Schachspiel macht auch keine rechte Freude mehr. Ich kenne das Gefühl ganz gut. Aber denk mal an die vier Typen, die von Allah berufen waren, vor unserer Nase den jüdischen Kindergarten auszurotten, um ein Signal gegen den Weltzionismus zu setzen. Wir haben's den Israelis gesteckt, und die haben das Problem ein für allemal gelöst. Schlechtes Gewissen? Ich sehe nur die Kinder vor mir, wenn die

Kerle zum Zug gekommen wären. Hast du deshalb Alpträume? Die Typen ruhen in Frieden.«

»Amen«, sagte Wellem. »Und nun raffet euch alle auf und gehet eurem finstern Tagwerk nach.«

Aber Haßlinghausen sprang auf den Ton nicht an. »Vielleicht müssen wir eines Tages nicht mehr im Finstern arbeiten. Laß noch ein paar dicke Sachen passieren, und wir kriegen ein Gesetz, das uns legalisiert. Dann machen wir uns ein ehrliches Schild an die Tür, auf dem steht, ›Her Majesty's very own killing team‹ oder so, und vor unserem Häuschen im Grünen patroullieren Wachposten, und unsere Tellerchen werden vom BKA durchleuchtet, und unser Bettchen teilen wir mit einem Leibwächter, und wenn wir einen Furz lassen, entsichern alle ihre Dienstwaffen.«

»Das mit dem Bettchen hat mich überzeugt«, sagte Wellem und stand auf.

Der amerikanische Botschafter in Bonn, Jonathan Mackenzie, residierte schon seit fünf Jahren in der Bundesrepublik, und trotzdem sprach er kaum ein Wort Deutsch. Sein Gespräch mit Staatsminister Förster wurde deshalb auf englisch geführt. Die Herren tauschten zunächst Fragen über ihre Urlaubspläne und das Befinden ihrer Familien aus; Mackenzie hatte vor, die Monate August und September auf seinem Besitz in West Virginia zu verbringen und jeden Tag zur Jagd zu gehen.

Man stieß auf einen glücklichen Heimaturlaub an, und Minister Förster schenkte seinem Gast von dem *Old Kentucky Rifle* nach.

»Mr. Ambassador«, eröffnete er den offiziellen Teil des Gesprächs, »Ihr Mitarbeiter Scott hat Ihnen sicher berichtet, daß uns demnächst ein Besucher ins Haus steht, der für unsere beiden Regierungen von großem Interesse ist.«

»Wir sind in der Tat sehr interessiert, Mr. Secretary. Dagegen scheint das Interesse der deutschen Regierung nicht allzu groß zu sein. Mr. Scott sagte mir, daß Sie den Mann nicht einfach kommen lassen, was der bequemste Weg wäre, sondern eine sehr umständliche und zeitraubende Prozedur entwickeln, die, obwohl ich keine Details kenne, doch vermutlich viele unnötige Risiken schafft.«

»Der Mann bringt höchste militärische Geheimnisse mit, deren Preisgabe das globale Gleichgewicht verändern könnte.«

»Globale Fragen gehörten bisher eher in die Kompetenz der USA als der Bundesrepublik. Um so erstaunter bin ich, daß die Bundesregierung in diesem Fall die alleinige Zuständigkeit beansprucht und offensichtlich beabsichtigt, amerikanische Interessen nicht zu berücksichtigen.«

»Davon kann keine Rede sein, Mr. Ambassador. Wir haben mit Ihnen Kontakt aufgenommen, gerade weil wir Ihre Interessen zu wahren gedenken.«

»Wir haben unsererseits bereits Kontakt mit dem Mann, Mr. Secretary, so daß wir die Wahrung unserer Interessen in unsere Hand nehmen können, ohne Sie bemühen zu müssen. Außerdem handelt es sich, wie Sie es selber ausgedrückt haben, um globale Belange, für die die USA die Verantwortung tragen.«

»Von denen die Bundesrepublik aber, als treuer Freund und enger Verbündeter der USA, betroffen ist.«

»Wir hätten in den vergangenen Jahren bei einigen notwendigen Aktionen, die amerikanische Menschenleben gekostet haben, die Unterstützung eines treuen Freundes und Verbündeten begrüßt. Leider war aber keine da.«

»Es scheint üblich geworden zu sein, Mr. Mackenzie, daß die USA ihre Freunde erst dann informieren, falls sie es überhaupt tun, wenn vollendete Tatsachen geschaffen worden sind. Das erweckt bei den Freunden den Eindruck, daß ihre

Meinung und folglich auch ihre Unterstützung nicht gefragt ist. Man kann sich doch andererseits einem Freund, oder gerade einem Freund, nicht aufdrängen.«

»Aber jetzt haben Sie offensichtlich vor, sich einzumischen.«

»Einmischung ist ein völlig unpassendes Wort, Sir. Dies ist unsere Aktion, sie findet auf deutschem Boden statt und berührt vitale deutsche Interessen, wir allein werden deshalb die Verantwortung für die Durchführung übernehmen. Dabei wird das globale, das heißt amerikanische Interesse natürlich voll gewahrt. In welcher Weise dies geschehen kann, darüber sollten wir uns jetzt verständigen.«

»Ich kann ohne Anweisung meiner Regierung nicht entscheiden, ob ich Ihre Sicht der Dinge zu akzeptieren in der Lage bin, Mr. Forster.«

Bodo Förster sah den Mann aus West Virginia kalt an. Der will allen Ernstes in Washington anfragen, dachte er, ob die Entscheidung des Bundeskanzlers akzeptabel ist. Der versteht nur Klartext. Förster beschloß, deutlich zu werden.

»Mr. Ambassador, der Bundeskanzler hat in dieser Sache entschieden und wird seine Entscheidung ausländischen Regierungen nicht zur Prüfung vorlegen. Er hat klargestellt, daß er Verletzungen der deutschen Souveränität, wie sie bedauerlicherweise in der Vergangenheit vorgekommen sind, auf keinen Fall dulden wird. Sie, Mr. Mackenzie, sind hier, um ein Angebot entgegenzunehmen. Sie können es annehmen oder ablehnen, eine dritte Möglichkeit gibt es nicht. Wir führen die Aktion durch, egal wie Ihre Antwort lautet.«

Der ungläubige Gesichtsausdruck des Botschafters erinnerte Förster an einen Boxchampion, der von einem Außenseiter einen Volltreffer einstecken muß und noch nicht fassen kann, daß er es ist, der auf dem Boden kniet und vom Ringrichter angezählt wird. Es dauerte einige Sekunden, bis er sich gefangen hatte.

»Alex Scott berichtete mir gestern, daß eine . . . er nannte es: Einmischung ›mit allen Mitteln‹ verhindert würde. Ich bin sicher, er hat den Staatssekretär falsch zitiert.«

»Er hat richtig zitiert, Mr. Mackenzie.«

»Was darf ich unter ›allen Mitteln‹ verstehen?«

»Es bedeutet zum Beispiel, daß ausländische Agenten, die Kontakt zu Dederichs suchen, nicht nur unser Unternehmen gefährden, sondern selbst ein allerhöchstes Risiko eingehen. Ihre Verhaftung in der DDR wäre sehr wahrscheinlich. Wir würden eine solche Entwicklung bedauern, könnten sie aber nicht verhindern.«

Mackenzie verstand die Drohung, man werde notfalls amerikanische Agenten in der DDR auffliegen lassen. Er schwieg, aber seine Miene verriet, daß er entschlossen war, diese Ungeheuerlichkeit zu gegebener Zeit zurückzuzahlen.

Förster wollte noch einmal von dem Bourbon einschenken, aber Mackenzie winkte ab.

»Wie lautet Ihr Angebot?« fragte er.

»Ich freue mich, Mr. Mackenzie, daß Sie eine Zusammenarbeit mit uns nicht grundsätzlich ausschließen. Wir sind uns sicher einig, und ich vermute, daß Washington derselben Meinung sein wird, daß Dederichs' Informationen besonders wertvoll sind, wenn die Gegenseite nicht erfährt, daß wir sie haben. Ein offener Überlauf wäre zwar sensationell und ein Triumph des freien Westens, aber die Sowjets würden von derselben Minute an alle militärischen Pläne, die Dederichs verraten kann, ändern, so daß wir nur noch wüßten, was sie vorgehabt *hätten*, aber nicht mehr, was sie vorhaben.«

Wider Willen ließ Mackenzie sich zu einem Nicken hinreißen. Förster registrierte es befriedigt, ohne seine Ausführungen zu unterbrechen.

»Unser Plan: Dederichs wird rausgeholt, ohne daß es drüben auffällt. Wir organisieren irgendeine Art von Unfall, zum Beispiel Tod durch Ertrinken. Wenn er hier ist, bekommt er eine neue Identität. Und nun das Angebot. Wir informieren Sie laufend über den Stand der Planung und Durchführung. Es wäre sinnvoll, wenn Sie zu diesem Zweck einen Kontaktmann bestimmen würden, der Verbindung zu unserem Leiter der Operation hält. Er heißt Martin Wellem und ist Ministerialrat. Nach Abschluß des Unternehmens werten wir das mitgebrachte Material gemeinsam aus. Alle Verhöre werden von deutschen und amerikanischen Vertretern gemeinsam geführt.«

Mackenzie überlegte. Er mußte sich eingestehen, daß die Offerte großzügig war, großzügiger als alles, was die Amerikaner in einem ähnlichen Fall umgekehrt den Deutschen zugestehen würden. Wo waren die Schwachstellen? Gemeinsame deutsch-amerikanische Verhöre, das sah auf den ersten Blick gut aus, aber . . .

Mackenzie fragte: »Können wir den Flüchtling auch allein verhören?«

»Die Bundesregierung«, erwiderte Förster ohne Zögern, »hält es für ökonomischer, wenn die Gespräche mit Dederichs im Beisein beider Seiten stattfinden, das erspart jedem von uns die Mühe, den anderen nachher zu informieren.«

Also doch eine Schwachstelle, dachte Mackenzie.

»Wo wird Dederichs sich niederlassen?«

»Wenn wir mit ihm fertig sind«, sagte Förster, »ist er ein freier Mann. Er bekommt makellose deutsche Papiere und wird über beträchtliche Mittel verfügen. Ich nehme an, er will in der Bundesrepublik bleiben. Aber wenn er nach Österreich will oder in die Schweiz, warum nicht? Oder«, fügte Förster lächelnd hinzu, »auch in die USA.«

Die Herren wechselten noch einige höfliche Worte über allgemeine Dinge. Förster gab zu, daß er ein lausiger Schütze sei und daß deshalb die Jagd nicht zu seinen Hobbys zähle. Beim Abschied fragte er den Botschafter: »Wer soll Ihr Kontaktmann sein?«

»Ich habe an Alex Scott gedacht.«

»Gut«, sagte Förster, »er soll Wellem anrufen.«

In die Botschaft zurückgekehrt, rief Jonathan Mackenzie sogleich seine engsten Mitarbeiter zu einer dringenden Besprechung zusammen.

Statt der erwarteten Stellungnahme aus Pullach zu den Exposés kam ein Anruf, daß für den Abend eine Sitzung des operativen Stabes im Kanzleramt anberaumt sei. Wellem bat, zusammen mit seinem Stellvertreter Haßlinghausen teilnehmen zu können. Man hatte keine Bedenken dagegen.

Die Sitzung fand nicht im Büro des Staatssekretärs statt, sondern in einem fensterlosen Raum, der in Ausstattung und Atmosphäre dem Konferenzraum in der Lichtenbergallee glich, nur daß es statt der spartanischen Stühle bequeme schwarze Ledersessel mit hoher Rückenlehne gab. Dr. Wenzel begrüßte die Teilnehmer mit Handschlag: General Hoff vom BND, BKA-Chef Larsenburg, Verfassungsschutzpräsident Lemberg, Wellem und Haßlinghausen. Dann erteilte er dem General das Wort.

Hoff stellte in Stichworten die fünf Exposés vor, die der Bonner Stab angefertigt hatte, und referierte anschließend ausführlich über das neue Material, das man über Dederichs zusammengetragen hatte. Anhand dieser umfangreichen Informationen wurden die Vorschläge aus der Lichtenbergallee auf ihre Verwendbarkeit geprüft, und nach längerer Diskussion war man sich einig, daß zwei Pläne unbrauchbar waren, zwei weitere dagegen realisierbar schienen und ein dritter Plan sich unter Umständen, wenn die geographischen Gegebenheiten genauer erforscht wären, als praktikabel erweisen könnte. Man einigte sich, alle drei Pläne auszuarbeiten, um für den Notfall Alternativen zu haben.

Damit war der Auftrag an den Bonner Stab beschlossen. Es gab noch eine Reihe technischer Fragen zu besprechen, und Staatssekretär Wenzel verabschiedete sich: Das sei Sache von Experten, man könne da ohne ihn auskommen. Als er gegangen war, erläuterte General Hoff die nächsten Schritte. Als erstes werde Dederichs über die Modalitäten seiner Flucht informiert und bekomme erste Anweisungen, wie er sich zu verhalten habe. Ferner erhalte er jetzt ein verbindliches Angebot für sein Leben im Westen, Minister Förster habe ihn autorisiert. Natürlich werde man ihm sehr eindringlich klarmachen, daß er ab sofort keine Wahl mehr habe und die amerikanische Karte im Ärmel vergessen müsse. Das nächste Problem seien die Kontakte zu ihm – sie müßten in den nächsten Wochen zwangsläufig erweitert werden, und dazu reichten die üblichen Kanäle nicht mehr aus. Man brauche unter Umständen auch längere persönliche Gespräche. Ein Team in Pullach werde versuchen, das zu organisieren. Schließlich bleibe die Kommunikation untereinander. Schon morgen werde sich in der Lichtenbergallee ein BND-Mann namens Weyerthal vorstellen, der für die Dauer der Aktion dort mitarbeite, den Bonner Stab berate und für die reibungslose Verbindung zu den Diensten zu sorgen habe. Alle Materialanforderungen gingen an ihn, er wisse, ob und wo etwas zu beschaffen sei. Im übrigen schlage er vor, daß diese Runde sich nicht regelmäßig treffe, sondern lediglich bei Bedarf und an wechselnden Orten. Die Herren waren einverstanden. Zum Schluß überreichte der General Martin Wellem eine Mappe mit den neuen Unterlagen über Dederichs.

III

Karl Dederichs führte, gemessen an seiner Bedeutung und Position im Staatsapparat, ein eher bescheidenes Leben. Am Rande der Hauptstadt der DDR, im Ortsteil Hohenschönhausen, bewohnte er mit seiner Familie ein Reihenhaus aus den dreißiger Jahren, das den Krieg unbeschädigt überstanden hatte. Es wurde nicht bewacht, und auch auf seinen Reisen durch die Republik verzichtete Dederichs ausdrücklich auf Begleitschutz. Es bestand auch keine Notwendigkeit dazu, denn es gab keinen Terrorismus in der DDR, und von der eigenen Bevölkerung brauchte kein Politiker Schaden für Leib und Leben zu befürchten – nirgendwo wäre ein politisches Attentat weniger denkbar gewesen als in dem Arbeiter- und Bauernstaat. Daß diese Sicherheit kein Beweis für die Beliebtheit des Regimes war, wußte jedermann. Deshalb wollten auch die meisten hohen Staatsfunktionäre nicht auf eine Leibwache verzichten, und man hatte Dederichs mehr als einen freundschaftlichen Hinweis gegeben, etwas für seinen Schutz zu tun. »Wenn ich in der BRD leben würde«, pflegte Dederichs darauf zu antworten, »hätte ich so etwas nötig. Hier aber bedroht mich niemand.« Wer hätte zu leugnen gewagt, daß solches Vertrauen angebracht war?

Die Familie Dederichs lebte unauffällig. Zwar war in der

Umgebung bekannt, welch hohe Position Karl Dederichs innehatte, oft genug erschien der prominente Nachbar im Fernsehen, aber äußerlich unterschied sich der Tagesablauf nicht von denen anderer Menschen. Als erste verließ morgens Erika Dederichs das Haus und fuhr in ihrem Wartburg zu ihrer Schule in Friedrichsfelde. Kurze Zeit später machte sich Karl Dederichs auf den Weg. Auf den Fahrten zu seinem Dienstsitz und abends wieder nach Hause steuerte er seinen olivgrünen Volvo selber; ansonsten nahm er einen Dienstwagen mit Chauffeur in Anspruch, wobei er auf längeren Fahrten des öfteren den Platz mit dem Fahrer tauschte. Am Morgen nahm er häufig seine Tochter Sabine mit in die Stadt, die noch zu Hause lebte und an der Humboldt-Universität Medizin studierte.

Karl Dederichs hatte keine engen Freunde. Mit 53 Jahren gehörte er nicht zur alten Garde derer, die im Kriege schon auf der richtigen Seite gestanden hatten oder gar schon in Spanien mit dabei gewesen waren und aus gemeinsam erlebter Not lebenslange Freundschaften geschlossen hatten. Es gab noch zuweilen Kontakte zu ehemaligen Studienfreunden, aber die Karriere des brillianten Aufsteigers hatte eine Distanz wachsen lassen, die Dederichs nicht unlieb war – Freundschaften konnten unangenehm sein. In seiner Position bedeuteten Freunde, daß man um Hilfe angegangen wurde, wenn jemand von ihnen in Schwierigkeiten steckte.

Karl Dederichs war ein guter Nachbar. Er war freundlich zu den Kindern und schwatzte am Wochenende mit den Leuten von nebenan über den Jägerzaun hinweg und lehnte auch eine angebotene Zigarette nicht ab. Er arbeitete im Garten und bastelte manchmal am Auto. Als er einmal längere Zeit krank gewesen war, hatten Nachbarn ihn besucht – keinem Präsidiumsmitglied des Ministerrats war wohl schon etwas Ähnliches widerfahren. Man sagte in Hohenschönhausen »Genosse Dederichs« und »du« zu ihm. Extravagante Hobbys hatte der privilegierte Funktionär nicht: Er genoß es, seinen Volvo zu fahren und zu pflegen; am Steuer seiner russischen Dienstlimousine, seinen Chauffeur auf dem Beifahrersitz, verließ er auf der Autobahn selten die linke Spur und kümmerte sich nicht um die vorgeschriebene Höchstgeschwindigkeit; und bei seiner Datscha im Harz stand sein Lieblingsauto – ein Geländewagen des Typs, der in der Volksarmee gebräuchlich war und nicht an private Kunden verkauft wurde, den zu beschaffen ihm jedoch keine Schwierigkeiten bereitet hatte.

Die Datscha im Harz war Dederichs' Elternhaus, außerhalb des kleinen Ortes Elend im Wald gelegen. Nach dem Tod seiner Eltern hatte Dederichs dort jeden Urlaub verbracht, anfangs zusammen mit seiner Familie, später auch allein; seine Frau hatte das Gefühl, von den Dorfbewohnern als Fremde behandelt zu werden, sie warf ihm vor, in sentimentalen Kindheitserinnerungen zu schwelgen und nannte das Haus ein Museum, weil er darauf bestand, alles unverändert zu lassen. Seit er ins Präsidium aufgerückt war, hatte er keinen längeren Urlaub mehr genommen, aber einmal im Monat fuhr er übers Wochenende in den Harz, um auf die Jagd zu gehen, zu wandern und seinen Geländewagen, der wie sein Volvo überall im Umkreis bekannt war, auf die Grenzen der Belastbarkeit zu prüfen. Die älteren Bewohner in Elend nannten ihn nicht »Genosse Dederichs«, sondern Karl.

Eine halbe Stunde vor der Lagebesprechung des Bonner Stabes bekam Claus Haßlinghausen einen Anruf über die Hausleitung. Der wachhabende Offizier an der Pforte meldete: »Ein Herr Johann S. Weyerthal begehrt Einlaß.«

»Aber sonst geht es Ihnen hoffentlich gut?« fragte Haßlinghausen.

»Das sind seine eigenen Worte«, verteidigte sich der Offizier. »Er hat auch gesagt, er werde von der Herrschaft erwartet.«

»Gut, lassen Sie den Spaßvogel durchfahren.«

»Er ist zu Fuß.«

»Schicken Sie ihn her, ich gehe ihm entgegen. Danke.«

Im Vorbeigehen sagte Haßlinghausen zu Wellem: »Weyerthal kommt.«

Wellem nickte.

»Johann S.«

»Was?«

»So heißt der.«

Haßlinghausen stutzte, als er den Mann auf die Villa zustapfen sah. Er trug einen Anzug, den man als grau bezeichnen würde, wenn er in einem Kleiderschrank hinge, am Körper dieses Mannes traf jedoch nur ein einziges Attribut auf ihn zu: farblos. Er war zu groß und zu klein in einem. Die Jacke war über dem weißen Hemd weit geöffnet – der Träger hatte aus gutem Grund schon lange nicht mehr versucht, sie zuzuknöpfen. Rot-weiß gestreifte Hosenträger hielten eine Hose, deren Oberteil locker saß und viel Bewegungsspielraum ließ, deren unteres Ende aber ein wenig kurz geraten war und einen zweifingerbreiten Spalt schwarzer Socken freigab. Eine breite dunkelbraune Krawatte mit kleinen gelben Punkten ließ das Hemd weißer erscheinen, als es war.

Der Mann kam freundlich lachend und ein wenig keuchend auf Haßlinghausen zu. Er trug eine Hornbrille mit dicken, gewölbten Gläsern, die seine Augen verkleinerten und die rosige Fleischigkeit seines Gesichtes hervorhoben. Er hatte Schweißperlen auf der Stirn und über die Wangen liefen kleine Rinnsale, die im Hemdkragen versickerten. Er schwang seine schwere Aktentasche von der rechten in die linke Hand und hielt Haßlinghausen die freigewordene Rechte zum Gruß hin.

»Sie sind Martin Wellem«, sagte er, den Kopf ein wenig schräg haltend wie jemand, der auf einem Ohr schlecht hört.

»Ich bin Claus Haßlinghausen, Wellems Stellvertreter.«

»Das macht nichts«, sagte der Mann, Haßlinghausens Hand in unregelmäßigen Abständen schüttelnd. »Weyerthal, Johann S. Weyerthal. Ich bin der reitende Bote vom Hofe in Pullach und soll alle hier grüßen.«

Großer Gott, dachte Haßlinghausen, ein Clown oder ein Idiot. Der hat sicher eine Zeitung mit einem großen Loch in der Mitte, wenn er jemanden observieren soll.

»Freut mich, Herr Weyerthal, freut mich sehr. Bitte kommen Sie doch mit ins Haus. Ich möchte Sie mit Herrn Wellem bekannt machen.«

»Um ehrlich zu sein, ich hatte gehofft, daß Sie das sagen würden. Ich habe die beschwerliche Reise nur auf mich genommen, weil man mir in Aussicht gestellt hat, die Bekanntschaft von Herrn Wellem zu machen.«

»Dann sind Sie jetzt am Ziel Ihrer Wünsche, Herr Weyerthal.«

Der erste Eindruck ist bekanntlich falsch, dachte Haßlinghausen, beschränken wir uns also auf die Fakten: etwa 40 Jahre alt und 250 Pfund schwer, kurzsichtig, läßt nicht beim Schneider arbeiten, individuelle Sprechweise. Besagt noch nichts über seine Arbeit.

Martin Wellem zeigte keine Spur von Überraschung, als Haßlinghausen mit Weyerthal eintrat. Wellem streckte dem Gast die Hand entgegen, die dieser dankbar ergriff und ausgiebig schüttelte. »Herzlich willkommen beim Bonner Stab, Herr Weyerthal.«

»Johann S. Weyerthal. Ich freue mich auf die Zusammenarbeit bei unserer gemeinsamen Aufgabe.«

Wellem und sein Stellvertreter warfen sich einen kurzen Blick zu. Wellem fragte höflich: »Wofür steht das ›S‹ in Ihrem Namen?«

»Sebastian. Johann Sebastian.«

»Großer Gott«, entfuhr es Haßlinghausen.

»Sie haben recht«, sagte Weyerthal vergnügt, »ich habe meinen Vater deshalb auch umgebracht. Zum Glück ist es nicht rausgekommen, sonst könnte ich heute nicht hier sein.«

Wellem blickte den BND-Mann amüsiert an. »Dann haben Sie ja privat schon Erfahrungen sammeln können, die für Ihre berufliche Tätigkeit nützlich sind.«

»Meine Mutter lebt allerdings noch«, sagte Weyerthal.

Wellem bat, Platz zu nehmen, und man sprach über einige dienstliche Angelegenheiten. General Hoff hatte Weyerthal umfassend über sein Aufgabenfeld informiert, der Fall Dederichs war ihm in allen Details bekannt. Wellem und Haßlinghausen skizzierten kurz die Arbeitsweise des Bonner Stabes. Beiden fiel auf, daß Weyerthals Bericht über seinen Informationsstand knapp und systematisch und seine Fragen zur Sache präzise waren.

»Wir haben gleich eine Stabsbesprechung zu unserem Thema. Sie werden bei dieser Gelegenheit das Team kennenlernen. Herr Haßlinghausen wird Ihnen jetzt Ihr Dienstzimmer zeigen und dann mit Ihnen zum Konferenzraum gehen. Ach, übrigens, Sie sind nicht motorisiert?«

»Doch, doch. Die Bonner Filiale ist so weit gegangen, mir einen Dienstwagen anzuvertrauen.«

»Aber Sie sind zu Fuß gekommen?«

»Das Auto kennt die Strecke noch nicht. Ich muß mich so auf die Bedienung des Wagens konzentrieren, daß ich dem Weg keine Beachtung schenken kann. Deshalb suche ich jedes neue Ziel zunächst zu Fuß auf, dann erst gewöhne ich das Auto an die Strecke.«

Haßlinghausen führte ihn zu dem Zimmer, das für die nächste Zeit sein Büro sein sollte. Weyerthal ging ans Fenster.

»Die Aussicht gefällt mir. Und eine Couch haben wir auch

hier, Gott sei Dank. Ich liebe es, bei meiner Arbeit Phasen der horizontalen Nachbesinnung einzulegen.«

Er begann, seine Aktentasche auszupacken. Ein großes buntes Schreibetui, wie Schulkinder es benutzen, kam zum Vorschein.

»Ich kann nur mit meinen eigenen Griffeln kreative Arbeit leisten.«

Einen Stoß Bücher deponierte er auf dem Regal neben dem Fenster.

»Man muß zwischendurch auch mal abschalten.«

Zwei Sprühdosen mit Deodorant stellte er auf den Rand des Waschbeckens.

»Wenn ich schon nicht ständig das Hemd wechseln kann, will ich wenigstens meine persönliche Duftnote veredeln.«

Zwei Flaschen Whisky verschloß er im Schreibtisch.

»Ich selber bin dem Trunke nicht verfallen«, kommentierte er, »aber wenn Besuch kommt, soll er sich wohl fühlen. Sie sind übrigens mein erster Besucher – sollen wir einen Schluck auf eine strahlende Zukunft nehmen?«

»Danke«, sagte Haßlinghausen, »heute abend, nach der Konferenz. Ich komme darauf zurück.«

Als letztes zog Weyerthal seine Dienstpistole aus der Aktentasche; sie steckte in einem Schulterhalfter. Er hängte sie an einen Garderobenhaken neben der Tür.

»Verwahren Sie die immer in der Aktentasche?« fragte Haßlinghausen.

»Nur wenn es so heiß ist. Wenn ich schwitze, scheuert sie mich wund. Außerdem kriege ich meine Jacke so schon nicht zu.«

»Sie rechnen nicht mit der Möglichkeit, die Waffe einmal plötzlich ziehen zu müssen?«

»Doch, schon. Ich habe mir das so ausgedacht: Ein Angreifer schaut mir zunächst unter die Jacke und sieht, daß ich unbewaffnet bin. Das beruhigt ihn und macht ihn unvorsichtig. Wer rechnet schon damit, daß ich zum tödlichen Schlag aus der Aktentasche aushole?«

Wenn Hoff uns einen solchen Blödmann schickt, dachte Haßlinghausen, dann muß er ihn schon für genial halten.

»Außerdem benutze ich die Pistole sowieso nicht mehr«, brummte der Mann aus Pullach, »sie ist ein Erinnerungsstück.«

»Wieso das?«

»Ich habe damit meinen Vater erschossen«, sagte Johann S. Weyerthal.

Als Haßlinghausen mit Weyerthal den Konferenzraum betrat, wurde Martin Wellem plötzlich klar, welcher gemeinsame Nenner den Bonner Stab, neben seiner Arbeit, verband: das Aussehen. Dieser verlegen lachende, schwitzende, übergewichtige und kurzsichtige Mann mit seiner zu weiten und zu kurzen Hose ließ die Mitarbeiter des Teams wie uniformiert erscheinen – alles schlanke und trainierte Typen, mit Oberlippenbart oder gepflegtem Vollbart und sorgfältiger Frisur, ausgesucht angezogen vom Maßanzug bis zum geschmackvoll arrangierten Freizeitlook, sympathisch, männlich, attraktiv und reaktionsschnell, in Diskotheken ebenso zu Hause wie in einer Universitätsbibliothek, Sportler und Theoretiker, Athleten und Denker in einem. Daß ein Mann wie Weyerthal kommen muß, dachte Wellem, um zu verdeutlichen, welche Monokultur wir hier haben! Und nicht nur hier. Jeder von uns könnte auch Staatssekretär sein. Bärte sind in der Paulskirche seltener als bei uns, aber sonst wimmelt es dort von unserem Typ – entscheidungsfreudige smarte Joghurtesser, tipptopp gepflegt. Bei Pressesprecher Liebherr riecht man das Rasierwasser schon, wenn man ihn nur auf dem Fernsehschirm sieht. Komisch, daß auch eine Demokratie einen menschlichen Einheitstyp hervorbringt.

Haßlinghausen hatte sich neben Wellem an das Kopfende

gesetzt und Weyerthal dort ebenfalls einen Platz angeboten. Nach einem Blick auf die Uhr begann Wellem.

»Meine Herren, ich möchte Ihnen unseren Gast vom BND vorstellen, Herrn Weyerthal. Johann Weyerthal.«

Weyerthal schien etwas sagen zu wollen, doch Wellem kam ihm zuvor und brachte es hinter sich: »Johann Sebastian Weyerthal.«

Das einsetzende Gelächter war nicht laut und schon gar nicht gehässig, sondern fröhlich und freundlich anerkennend, als wollte man ihm sagen: Mit so etwas kann nicht jeder aufwarten. Alle klatschten oder klopften, und Weyerthal erhob sich andeutungsweise von seinem Sitz und verbeugte sich mit einem behäbigen Grinsen.

Als der Beifall sich gelegt hatte, fuhr Wellem fort: »Herr Weyerthal wird in der nächsten Zeit als Berater, als Verbindungsmann zu den Diensten und als Spezialist für Materialbeschaffung bei uns mitarbeiten.«

Dann stellte er der Reihe nach jeden Mitarbeiter vor, und Weyerthal nickte freundlich bei jedem Namen. Ernst Lütke fragte ihn am Ende der Prozedur: »Wie möchtest du angeredet werden?«

»Meine beiden Großmütter«, hob Weyerthal an, »pflegten mich Basti zu rufen.«

Gelächter unterbrach ihn. Er wartete, bis es wieder ruhiger wurde, und fügte hinzu: »Deshalb wäre ich für die Anrede Johann dankbar.«

»Little Big John«, rief einer, und wieder ging eine verhaltene Lachwelle durch den Raum.

»So, das reicht jetzt«, rief Wellem, »jetzt ist es genug, Leute. Wir haben noch zu arbeiten. Ich schlage vor, daß jeder, der sich zu Wort meldet, seinen Namen nennt, damit Johann Sie schneller kennenlernt.«

»Das wird nicht nötig sein«, sagte Weyerthal, »vielen Dank.« Und er begann, jedem in der Runde kurz zuzunicken:

»Manfred Stankowski. Olaf Wiedenbrück. Dieter Rentsch. Alfred Ebeling. Leo Rieck. Ernst Lütke. Gert Brinken. Götz Meyer. Helmut Rott. Werner Marfels.«

Dann lehnte er sich zurück und putzte seine Brille, die ein wenig beschlagen war. Sehr gut, dachte Claus Haßlinghausen, wie in einem Western. Der hat mal kurz gezogen und den Colt ein paarmal blitzschnell um den Finger rotieren lassen, ohne zu schießen. Wollte nur mal zeigen, wie schnell er ziehen kann. Aber dann fiel ihm wieder die Dienstpistole in der Aktentasche ein, und er mußte ein Grinsen unterdrücken.

Martin Wellem begann seinen Bericht. »Das Kanzleramt, konkret der operative Stab unter Leitung von Staatssekretär Wenzel, hat über unsere Exposés entschieden. Claus Haßlinghausen und ich haben an der Sitzung teilgenommen. Auswahlkriterium für die Pläne waren die neuen Fakten über Dederichs, Sie haben den Bericht des BND ja alle gelesen.

Also, was der Mann in Berlin macht, braucht uns im Moment nicht zu interessieren. Entscheidend ist, daß er eine Datscha hat, sein Elternhaus nämlich, und zwar an einem sehr günstigen Ort, mitten im Harz, in der Nähe der kleinen Ortschaft Elend, einsam gelegen im Wald und nahe an der Grenze, etwa Höhe Bundesstraße 27 bei Braunlage auf unserer Seite. Gute Operationsbedingungen auch diesseits der Grenze: unbewohntes Gebiet, Staatsforst. Wichtig ist auch, daß sich in der Nähe zwei Talsperren befinden, die Bode-Talsperre zwischen Elend und Elbingerode und, sehr viel größer, die Rappbode-Talsperre südöstlich des Elender Forstes. Dederichs verbringt durchschnittlich einmal im Monat ein Wochenende in seinem Haus, von Freitag abend bis Montag morgen, in letzter Zeit immer allein. Er geht zur Jagd und unternimmt ausgedehnte Wanderungen. Er reist im Volvo an und steigt dann auf einen Geländewagen um, Volksarmee-Modell, mit dem er durch die Gegend kreuzt, abseits der Straßen, und seine Jagdgründe aufsucht. Und nun das

Wichtigste: Er ist nicht bewacht, übrigens in Berlin auch nicht. Was unsere fünf Pläne angeht, so sind die geographischen und persönlichen Gegebenheiten so günstig, daß sie auf mehrere Pläne passen. Damit entfallen die Vorschläge, die das Potential nicht voll ausschöpfen, also die vorgetäuschte Republikflucht und die Brandstiftung mit deponierter Leiche. Ferner der Unfall am Wasser. In der ursprünglichen Version kommt er nicht in Frage: Dederichs schwimmt, segelt und angelt nicht. Aber wir haben die Talsperren, und die könnten nützlich sein; ich komme gleich drauf.

Es bleiben zwei Pläne, und wir haben den Auftrag, beide auszuarbeiten. Erstens der Gattenmord. Wir arrangieren eine Situation, in der es zwingend erscheint, daß Frau Dederichs ihren Mann umgebracht hat. Sie wird drüben der Justiz überlassen. Die Variante, sie hierher zu verschleppen und dann zu töten, ist abgelehnt worden. Zweitens ein Autounfall. Dederichs' Wagen verunglückt und brennt völlig aus, der Fahrer ist unkenntlich, Indizien müssen aber für Dederichs sprechen. Im Kanzleramt wird dieser Vorschlag favorisiert, weil er Frau Dederichs schont, aber, wie gesagt, wir sollen beide so weit durchplanen, daß sie aus dem Stand heraus durchgeführt werden können. Und zum Autounfall sollen wir noch eine andere Möglichkeit prüfen: ob etwa ein angetrunkener Dederichs seinen Wagen in eine der Talsperren lenken und ertrinken könnte. Das Auto wird gefunden, die Leiche natürlich nicht. Vorteil: Wir brauchen keinen Toten rüberzubringen. Wir werden sehen, ob die Talsperren das hergeben. Das wär's. Und jetzt beginnt die Arbeit.«

Wellem lehnte sich zurück und bedeutete seinem Stellvertreter fortzufahren.

»Zwei Dinge müssen wir heute erledigen«, sagte Haßlinghausen. »Wir müssen festlegen, welche Projekte als erstes in Angriff genommen werden, und wer was macht. Ferner müssen wir Dederichs sagen, was er zu tun hat. Er ist unser bester

Mitarbeiter und, wenn alles gutgeht, wohl auch der bestbezahlte. Er bekommt von jetzt an regelmäßig Verhaltenskorrekturen von uns, das heißt Anweisungen, seine Lebensgewohnheiten nach unseren Erfordernissen umzustellen. Den Plan Gattenmord brauchen wir jetzt nur kurz zu besprechen; Dederichs muß da die Hauptarbeit machen und uns Material geben, damit wir überhaupt planen können. Beim Unfallplan dagegen liegt die Hauptlast bei uns, wir müssen alles vorbereiten, und Dederichs steigt erst in der Schlußphase ein. Übrigens, die Begriffe ›Plan Gattenmord‹ und ›Unfallplan‹ finde ich etwas umständlich. Wir sollten uns auf Arbeitsnamen einigen. Hat jemand Vorschläge?«

Weyerthal meldete sich.

»Johann?«

»Wir arbeiten beim BND schon mit Schlüsselnamen, vielleicht darf ich die hier vorschlagen? Im Vertrauen, man wäre in Pullach dankbar, wenn überhaupt alle Codes übernommen werden könnten.«

»Ja?« drängte Wellem ungeduldig.

»Ja«, sagte Weyerthal, »demnach hieße die eheliche Tragödie ›Walpurgisnacht‹ und alles, was mit dem Auto zusammenhängt, wäre ›Harzreise‹.«

»Gut, warum nicht literarisch«, faßte Haßlinghausen zusammen, »Gattenmord ist also ›Walpurgisnacht‹, Autounfall wird ›Harzreise‹. Der Chef und ich meinen, daß vorerst zwei Mann genügen, um Walpurgisnacht zu bearbeiten, solange es nur um die Analyse des einlaufenden Materials geht. Wer will das machen?«

Götz Meyer meldete sich sofort, und Helmut Rott hob, nachdem er sich einmal in der Runde umgeschaut hatte, ebenfalls die Hand.

»Götz und Helmut für Walpurgisnacht.« Haßlinghausen machte sich Notizen und fragte: »Eure ersten Wünsche an Dederichs?«

»Ein Psychogramm von seiner Frau«, sagte Meyer. »Was sie denkt und fühlt, wann bei ihr der Faden reißt und sie hysterisch wird, in welchen Situationen sie spontan und unkontrolliert reagiert, wovor sie Angst hat und so weiter.«

»Ideal wäre ein Tagebuch«, steuerte Rott bei. »Wenn sie eins führt, soll er unbedingt versuchen, mitzulesen. Und er soll sagen, welche Medikamente sie nimmt. Ob sie sich zuweilen mal einen antrinkt, vielleicht auf einer Party, wo andere das schon beobachtet haben. Ob sie geneigt wäre, Drogen zu nehmen, wenn sie an welche rankäme.«

Weyerthal hatte alles mitgeschrieben.

»Über ihre körperliche Konstitution müßte man etwas wissen«, warf Dieter Rentsch ein, »schließlich soll sie glaubhaft eine Leiche verschwinden lassen. Deshalb dürfte sie nicht gerade ein zerbrechlicher Migränetyp sein.«

Weyerthal nickte und notierte.

»Sonst noch was?« fragte Haßlinghausen. Niemand meldete sich. »Gut, damit kommen wir zur Harzreise. Welche Projekte sind vordringlich? Bitte Vorschläge.«

Die Zurufe setzten sofort ein.

»Die Beschaffenheit der Talsperren, Tiefe, Strömungen und so weiter.«

»Und der Verkehr an und auf dem Wasser. Gibt es Straßen, wieviele Autos alltags und am Wochenende? Sind die Seen Ausflugsziele?«

»Gibt es Ausflugsziele in der Nähe?«

»Wassersport, Angler. Wohnen dort Menschen? Sind die Talsperren bewacht?«

»Das Ganze ist Grenzgebiet. Zahl der Soldaten, Dichte der Patrouillen. Unterkünfte der Volksarmee. Art der Grenzbefestigung.«

»Wie und wo soll Dederichs über die Grenze? Ablauf der Aktion.«

»Wie soll die Leiche rein?«

»Wo nehmen wir die Leiche her?«

»Günstige Unfallorte.«

»Besteht die Möglichkeit, ein Exemplar des Geländewagens zu beschaffen, an dem wir üben könnten?«

»Kommunikation. Telefone. Gibt es eine Post? Hat die einen Fernschreiber?«

»Wo ist die nächste Feuerwehr? Wie schnell kommt die?«

»Wie oft läßt Dederichs sich in Elend blicken? Geht er dort in die Kneipe?«

»Bekommt Dederichs Besuch aus dem Ort?«

»Hat Dederichs jemanden beauftragt, im Haus nach dem Rechten zu sehen, wenn er nicht da ist?«

»Hat Dederichs dort Telefon? Bekommt er Anrufe? Was geschieht, wenn er dringend nach Berlin zurückgerufen wird – wird er dann gesucht, wenn er im Wald unterwegs ist? Ist das schon mal passiert?«

»Was macht er mit dem Wild, das er schießt?«

»Informiert er irgendeinen Förster, bevor er auf die Jagd geht?«

»Polizei. Gibt es eine örtliche Polizei? Hat die besondere Anweisungen, wenn Dederichs da ist? Etwa Nachtbereitschaft oder so.«

Wellem und Haßlinghausen hatten alle Zurufe notiert, Weyerthal nur einige.

»Gut«, sagte Haßlinghausen, »das läuft ja wie geschmiert. Ich glaube, daß wir einiges davon direkt von Dederichs erfahren können. Johann?«

»Das meiste«, bestätigte Weyerthal, »kann er uns selbst sagen. Anderes ist leicht zu observieren, falls er es nicht weiß – zum Beispiel Rhythmus der Grenzbewacher. Was wir brauchen, ist eine geographische Analyse der Talsperren. Verkehr, Wassersport und so weiter können wir leicht kriegen, das muß uns jetzt nicht kümmern. Über den Unfallort sollten wir erst entscheiden, wenn das ganze Material komplett ist. Nützlich ist ein Geländewagen zum Üben – es könnte ja sein, daß wir beim Abbrennen nachhelfen müssen. Ich werde versuchen, einen zu besorgen. Die Beschaffung einer Leiche müßte organisiert werden. Am wichtigsten scheint mir der Ablauf der Aktion zu sein. Ich schlage vor, einige Modelle zu entwickeln. Denkbar wäre übrigens auch, daß wir einen Doppelgänger zu Dederichs aufbauen müssen.«

»Wozu das?« fragte Wellem. »Soll der Dederichs Platz im Ministerrat einnehmen?«

»Nein«, lachte Weyerthal, »er soll auch nicht Frau Dederichs lieben. Aber wir brauchen einen zeitlichen Spielraum, um Überraschungen auffangen zu können. Vielleicht ist gerade an dem Tag in unserem Zielgebiet eine Schulklasse zum Pilzsammeln unterwegs.«

»Was soll ein Doppelgänger tun?« wiederholte Wellem seine Frage.

»Er müßte für einen begrenzten Zeitraum als Dederichs durchgehen können. Er soll keine Leute treffen, die ihn kennen, sondern in dem Gebiet Dederichs' Präsenz vortäuschen. Vielleicht mit dem Auto durch die Gegend preschen.«

»Und Dederichs?«

»Der wäre dann möglicherweise schon diesseits der Grenze.«

Wellem gefiel der Vorschlag nicht, aber er konnte keinen plausiblen Grund nennen. Er schwieg.

Haßlinghausen übernahm wieder. »Kommen wir also zur Arbeitsverteilung. Erstens die Beschaffenheit der Talsperren. Olaf, du hast da Erfahrungen.«

Olaf Wiedenbrück nickte.

»Wen willst du dazu haben?«

»Alfred.«

»Gut, Olaf Wiedenbrück und Alfred Ebeling für die Talsperren. Dann zwei Mann für die Beschaffung einer passenden Leiche.«

Niemand meldete sich.

»Freunde, das muß sein. Oder können wir das mit in eurem Kaufladen bestellen, Johann?«

»Nein«, sagte Weyerthal, »haben wir nicht im Sortiment. Aber wenn klar ist, wo der Artikel zu haben ist, können unsere Leute beim Einkauf helfen.«

»Gert und Werner, übernehmt ihr das bitte?«

Gert Brinken und Werner Marfels zuckten die Schultern und nickten. »Johann«, fuhr Haßlinghausen fort, »du siehst dich nach dem entsprechenden Modell des Geländewagens um.«

»Ist es recht, wenn ich für alle Fälle auch der Frage eines Doppelgängers nachgehe?«

Haßlinghausen sah Wellem an.

»Meinetwegen.«

»Also gut, kümmere dich auch darum. Alle anderen machen Aktionsmodelle für die Zeitspanne vom Unfall bis zu Dederichs' Grenzübertritt. Die sollen auf beide Operationen passen, Walpurgisnacht und Harzreise. Das gilt also für Leo Rieck, Dieter Rentsch, Manfred Stankowski und Ernst Lütke.«

Weyerthal hob die Hand. »Ich wäre dankbar, wenn ich auch einen Mann bekommen könnte, für die körperliche Arbeit sozusagen.«

»Ich stehe dir zur Verfügung«, sagte Haßlinghausen. »Bist du einverstanden?«

»Es ist mir eine unerwartete Ehre«, erwiderte Weyerthal.

»Dann brauchen wir jetzt nur noch an die Arbeit zu gehen«, schloß Haßlinghausen.

Aber noch einmal meldete sich Weyerthal. »Wir haben im Zusammenhang mit Harzreise noch nicht über Anweisungen an Dederichs gesprochen.«

»Verhaltenskorrekturen? Können wir schon welche geben?«

»Ich möchte zwei vorschlagen. Erstens muß Dederichs nach und nach die Anzahl seiner Besuche in Elend erhöhen, nach Möglichkeit im August dort Urlaub machen. Das ist wichtig für Pullach, weil anders die Kontakte in dem nötigen Umfang nur schwer organisiert werden können. Und zweitens sollte er seinen Alkoholkonsum steigern. Wenn er den Ruf bekäme, gerne mal zum Glas zu greifen, könnte das einen Unfall mit Totalschaden glaubwürdiger machen. Nach jedem Wochenende in Elend ein oder zwei leere Whiskyflaschen im Mülleimer vor dem Haus, das könnte hilfreich sein.«

Martin Wellem war einverstanden und schloß die Sitzung. Auf dem Weg zurück ins Büro sagte er zu Haßlinghausen: »Ich bin etwas überrascht, daß du dich bei Weyerthal als Kofferträger verdingt hast.«

»Der Dicke scheint so doof nicht zu sein«, gab Haßlinghausen zurück. »Der hat in manchen Punkten schon konkretere Vorstellungen als wir. Ich möchte da gern auf dem laufenden bleiben. Und notfalls klarmachen, wer wirklich der Kofferträger ist.«

Martin Wellem fuhr nach Dienstschluß zur amerikanischen Botschaft und holte Alex Scott ab.

»Komisch«, sagte Wellem, als Scott eingestiegen war, »daß wir jetzt auch dienstlich miteinander zu tun haben.«

»Old Man Mackenzie fand es gar nicht komisch, sondern eher bedenklich.«

»Wieso?«

»Er wollte, daß ich im eigenen Wagen fahre und zwei bewaffnete Begleiter mitnehme.«

Wellem lachte laut auf. »Vielleicht steckt ihm mal einer in einem günstigen Augenblick, daß der Krieg zu Ende ist.«

»Die Ampel ist übrigens rot, Martin.«

Wellem bremste scharf. »Und wie hast du ihn überzeugt, dich doch ohne Eskorte fahren zu lassen?«

Scott griff grinsend in seine Jacke und zog einen schweren Trommelrevolver hervor: »Ich habe ihm gesagt, daß ich notfalls mit dir alleine fertig werde.«

»Sag das nicht«, erwiderte Wellem und zog mit der gleichen Handbewegung seine Pistole aus dem Schulterhalfter. Beide Männer fuchtelten lachend mit ihren Waffen herum.

»Meine schießt größere Löcher«, sagte Scott.

»Dafür hat meine vergiftete Kugeln.«

Aus dem Auto, das neben ihnen gehalten hatte, starrte eine Familie wortlos herüber.

»Es ist wieder grün«, bemerkte Scott.

Wellem steckte die Pistole weg, gab den Leuten im Nebenauto mit einer resignierenden Geste zu verstehen, daß er sich seines Beifahrers schäme und fuhr an.

Die beiden Männer waren seit fast zwanzig Jahren befreundet. Martin Wellem hatte als Student ein Jahr in Amerika verbracht und Alex an der Universität kennengelernt. Der Kontakt war nie abgerissen, und als Scott eines Tages schrieb, er werde an die Botschaft nach Bonn versetzt, bot Wellem ihm und seiner Familie Quartier in seinem Haus an, bis sie etwas Passendes gefunden hätten. Aber die Botschaft hatte schon für alles gesorgt. Seitdem traf man sich regelmäßig zum Abendessen, zu Partys und Wochenendausflügen.

»Linda und die Kinder lassen grüßen«, sagte Scott. »Sie finden es unfair, daß Daddy mit ins Knusperhäuschen darf und sie zu Hause bleiben müssen. Ich habe gesagt, wir hätten zu arbeiten, aber sie glauben es nicht.«

Sie hatten die Siegbrücke überquert und fuhren nun durch die Wälder des Bröltals.

»Recht haben sie ja«, fuhr Scott fort, »wer so wohnt wie du, sollte zu Hause nicht arbeiten.«

Martin Wellem besaß am Rand eines Buchenwaldes ein

kleines Bauernhaus aus der ersten Hälfte des neunzehnten Jahrhunderts, das, aus braunen Backsteinen gebaut, bis zur Türhöhe weiß gekalkt und mit roten Dachziegeln gedeckt, eher holländisch wirkte und sich von den Fachwerkbauten der Gegend abhob.

Die Fenster, jedes aus zwölf kleinen Scheiben bestehend, und die Haustür waren grün gestrichen, die Umrandungen weiß. Rosen und Leinkraut rankten an der Vorderfront und standen jetzt, mitten im Juni, in voller Blüte. Haselnußsträucher, Birken und eine ausgewachsene Esche vor der Tür verdeckten von der Straße aus den Blick auf das Haus. Das kleine Grundstück war von einer Mauer aus unverbunden geschichteten unbehauenen Steinen umgeben, die von Efeu und Mauerraute überrankt wurde.

»Man muß so wohnen«, sagte Wellem, als er mit seinem Gast vor dem Haus anhielt, »wenn man in Bonn arbeitet. Als Ausgleich für die Realität.«

»Was hier fehlt, ist eine Autobahn. Vielleicht noch ein Flugplatz in der Nähe. Würde etwas Leben in die Gegend bringen.«

»Du bist ein Yankee-Banause und wirst es immer bleiben. Wir hätten uns bei McDonald's treffen sollen.«

»Ich weiß nicht, was du hast«, grinste Scott. »Dort pflegte mein Botschafter zu essen, bevor er Botschafter wurde. Man sagt, er geht zuweilen noch heimlich hin.«

Wellem schloß auf.

Scott trat an Wellem vorbei in den Flur, öffnete die Tür zum Wohnraum und streckte sich in einem der braunen Ledersessel aus. »So geht das Tagwerk denn zu Ende, und der wohlverdiente Suff beginnt.«

»Bedien dich. Ich mache uns inzwischen was zu essen.«

»Komm, Martin, trink erstmal einen mit. Du brauchst mich nachher nicht zu fahren, ich werde Schlag Mitternacht hier abgeholt.«

»Du vergißt, daß ich um neun Uhr schlafen gehe. Was machst du mit dem Rest des Abends?«

»Ich setz mich auf die Bettkante und behüte deinen Schlaf. Ich notiere mir, was du redest und berichte Mackenzie.«

»Ich träume nur, was mit dem Beamtenrecht vereinbar ist.«

»Gerade das würde dich bei Mackenzie verdächtig machen. Wer nicht redet und im Schlaf nicht gequält aufschreit, hat etwas zu verbergen.«

»Ein gradliniger Charakter, dein Botschafter.«

»Ein Gemütsmensch mit der Psyche einer Fleischerdogge.«

Wellem stand lächelnd auf, holte eine Flasche Whisky und zwei Gläser und schenkte ein.

»Dein Mann Mackenzie. Er kennt mich nicht, aber er scheint mich nicht zu mögen.«

»Er mag dich nicht, richtig. Aber weil er dich kennt.«

»Wieso?«

»Du leitest den Bonner Stab.«

»Das weiß jeder, der es wissen will.«

»Richtig, aber er weiß auch, was ihr macht.«

»Unmöglich, Alex. Das wollte ich dir heute abend erklären. Jedenfalls andeutungsweise.« Mit einem Grinsen fügte er hinzu: »Ich habe nämlich Anweisung, dir zwar die Wahrheit zu sagen, aber nur so viel von der Wahrheit, wie unbedingt nötig ist.«

Scott hob sein Glas: »Unsere Anweisungen ähneln sich.«

»Dieses Mißtrauen unter den Menschen! Doch siehe, der Herr in seinem skurrilen Humor hat ausgerechnet uns beide gewählt, einander auszuhorchen.«

»Die Wege des Herrn sind unergründlich, aber interessant.«

»Alex, ich hätte dir längst gesagt, was wir im Bonner Stab so alles machen, wenn ich nicht um meine Pension hätte fürchten müssen.«

»Mach dir keine Gedanken, Martin, ich verstehe dich sehr gut. Außerdem wissen wir es doch schon lange.«

»Nimm's mir nicht übel, aber das ist unmöglich.«

»Keine Angst, Martin, von deinen Leuten hat keiner gepfiffen. Aber sieh mal, wir haben so einen kleinen Computer, den füttern wir mit den Daten eurer Leute. Routinemäßig, versteh mich bitte richtig, einfach um den deutschen Arbeitsmarkt zu analysieren. Und siehe da, eines Tages hat der ausgespuckt, daß ihr in eurem Bonner Stab so eine ziemliche Monokultur züchtet. Zwölf Mitarbeiter, und alles nur Männer. Zwölf – so ein Hauch von König Artus. Mackenzie fand die Zahl romantisch, obwohl er König Artus nicht kennt. Alles nur Männer, alle zwischen 35 und 45 Jahren, alle unverheiratet oder geschieden oder getrennt lebend, kein Kirchgänger darunter. Ach ja, alle mit einem Hochschulstudium. Und die paar Mann in einer großen Villa, die vom Bundesgrenzschutz bewacht wird. Was schließen wir daraus? Die haben keine Schreibarbeiten wie eine übliche Behörde, wie kämen die sonst ohne Sekretärinnen aus. Die sind alle jung und stark und hochqualifiziert und müssen ihre Spesen bestimmt nicht einzeln abrechnen, sonst kämen sie bei der Reisetätigkeit, die man manchmal beobachten kann, zu nichts anderem mehr. Die haben einfach Wichtigeres zu tun, Martin. Die tun den ganzen Tag so Wichtiges, daß sie vom obersten Gebot aller deutschen Beamten, für jeden Furz einen Beleg beizubringen und eine Aktennotiz zu machen, befreit worden sind. Tut mir ehrlich leid, Martin, aber so sind wir auf euch gekommen.«

»Mein Gott, so einfach war das?«

»Mach dir keine Sorgen, wir sind die einzigen, die davon wissen. Und jetzt, mit dem Fall Dederichs, hättet ihr uns ja sowieso ins Bild gesetzt. Auch war es keineswegs *so* einfach, wie ich das vielleicht geschildert habe. Sieh mal, daß bei euch im Verteidigungsministerium ein Leck sein mußte, war uns nicht verborgen geblieben, zu viele Kostbarkeiten waren an die andere Seite gelangt. Dann hat jener Mann einen tödlichen Unfall, und zufällig beendet der Tod des Mannes bei euch eine Periode reger Reiseaktivität. Danach habt ihr wieder brav im Büro gearbeitet – bis zum nächsten Fall, natürlich. Und zufällig ist mit dem Ableben des Mannes auch das Leck im Ministerium gestopft, ganz eindeutig, wir haben das lange gecheckt. Und da dachte ich mir, da hat mein alter Freund Martin Wellem zugeschlagen und hat seinem alten Freund Alex Scott nichts gesagt, nicht einmal so ganz privat, von Freund zu Freund. Martin, habe ich dir gegenüber jemals einen Hehl daraus gemacht, daß die CIA meine Heimat ist und ich nicht Angestellter beim Friedenskorps bin?«

»Du hast reich geheiratet, aber ich muß von meiner Hände ehrlicher Arbeit leben. Außerdem sind wir das bestgehütete Staatsgeheimnis, oder waren es jedenfalls. Daß ihr dagegen eine CIA habt, und daß die so alles Mögliche treibt, weiß doch jeder. Na ja, jetzt wißt ihr auch über uns Bescheid. Ihr könnt uns damit übrigens ganz schön in Schwierigkeiten bringen.«

»Aber Martin, daran denkt doch keiner. Im Gegenteil, wir waren freudig überrascht, daß ausgerechnet ihr demokratischen Musterknaben die Gegenseite auch mal nach neuen Spielregeln springen laßt, daß ihr Mittel anwendet, die man in aller Welt sonst nur als amerikanisch brandmarkt. Womit wir übrigens bei unserem speziellen Thema wären. Warum wollt ihr eigentlich im Fall Dederichs mit unseren Methoden arbeiten, uns aber nicht mitmachen lassen?«

»Ich weiß es nicht, Alex, mir hat es keiner gesagt. Aber man kann natürlich die Gründe vermuten, ohne sich allzu sehr anzustrengen. Die Sache ist äußerst gefährlich, deshalb *muß* sie klappen. Und darum ist es besser, wenn eine Seite das macht und nicht zwei Teams sich womöglich in die Quere kommen. Außerdem ist so ein deutsch-deutsches Unternehmen bei uns wohl wirklich besser aufgehoben. Denk allein an die Sprache. Bei euch spricht doch wohl nicht jeder so gut Deutsch wie du.«

»Das klingt plausibel. Und andere Gründe, meinst du, stecken nicht dahinter?«

»Ich halte diese schon für einleuchtend genug. Oder woran denkst du?«

»Mackenzie meint, daß ihr etwas zu verbergen habt. Daß ihr den Mann am liebsten vergiften würdet, um ihn nicht rausholen zu müssen.«

»Das letzte ist sicher richtig. Dederichs hat wohl die Regierung quasi erpreßt. Außerdem ist die ganze Aktion brisant, und es läßt sich nicht ausschließen, daß die Sache schiefgeht. Aber sonst kann ich mir nichts vorstellen, das verborgen werden müßte.«

»Warum laßt ihr uns die Aktion nicht alleine machen und wascht eure Hände in Unschuld, wenn es schiefgeht?«

Wellem dachte nach. Dann sagte er zögernd: »Ich kann mir nur einen einzigen Grund vorstellen. Es ist kein Geheimnis, daß die Politik eures Präsidenten hier einige Leute beunruhigt. Auch auf eurer Seite scheinen nicht alle ganz glücklich zu sein. Vielleicht hat man hier Angst davor, was der Präsident mit Dederichs' Informationen anfangen könnte, wenn er freie Hand hätte und auf uns keine Rücksicht nehmen müßte. Aber –«, Wellem überlegte kurz, »das ist es wohl auch nicht. Der würde sowieso auf niemanden Rücksicht nehmen, wenn er es nicht wollte. Sei mir nicht böse, Alex, wenn ich vielleicht etwas übertrieben habe.«

»Was den Präsidenten anbetrifft, so brauchst du weiß Gott kein Blatt vor den Mund zu nehmen. Ich habe ihn nicht gewählt und es nie bereut. Daß er euch zuweilen wie eine bessere Kolonie behandelt, weiß ich, und ich finde es widerlich. Egal, Martin, wir beide arbeiten zusammen, und besser hätte es nicht kommen können. Wir akzeptieren, daß ihr die Aktion abrollen laßt, dafür haltet ihr uns auf dem laufenden. Laß es uns doch einfach persönlich sehen, als eine Sache zwischen dir und mir.«

Wellem hob dankbar das Glas. »Prost Alex.«

»Prost Martin.«

Wellem holte tief Luft: »Ich werde dir alles sagen, nicht nur den berühmten kleinen Teil der Wahrheit.«

»Und ich werde nur die Teile weitergeben, mit denen Makkenzie keine Dummheiten machen kann. Außerdem werde ich dich über das Innenleben der Botschaft auf dem laufenden halten.«

»Abgemacht.«

»Dann schieß los.«

»Also«, begann Wellem, »wir haben verschiedene Pläne diskutiert und im Kanzleramt vorgelegt. Es steht bis jetzt fest, daß die Aktion im Harz stattfinden wird. Dederichs hat in der Nähe von Elend ein Haus, mitten im Wald, ideale Bedingungen also. Er fährt dort oft mit seinem Jeep rum. Auf einer dieser Fahrten verunglückt er und verbrennt zur Unkenntlichkeit. Eine Leiche müssen wir vor Ort schaffen. Variante dieses makabren Spiels: Er fährt in einen See und wird nie mehr gefunden. Wir prüfen, ob die beiden Seen in der Nähe für so was in Frage kommen.«

»Donnerwetter, ihr geht ran. Habt ihr Alternativen?«

»Eine, und die ist noch zynischer und würde Frau Dederichs mit einbeziehen. Mit der Ehe zwischen den beiden steht es nicht zum besten. Wir prüfen, ob sich ein Eifersuchtsdrama inszenieren läßt: Frau Dederichs bringt ihren Mann um und läßt die Leiche unauffindbar verschwinden. Indizien liegen zuhauf herum, so daß sie vor Gericht keine Chance hat. Eine echte Sauerei, aber so ist es beschlossen worden.«

»Eine geniale Sauerei«, nickte Scott. »Wie geht es dann weiter?«

»Das ist der Stand der Dinge«, antwortete Wellem, »weiter sind wir noch nicht. Vier von meinen Leuten arbeiten Modelle aus, wie wir Dederichs von Elend in den goldenen Westen schaffen.«

»Diesen Ort Elend hättet ihr erfinden müssen, wenn es ihn nicht gäbe.«

Wellem lachte. »Würde in jedem Roman völlig unglaubwürdig klingen.«

»Noch eins, Martin. Wenn ihr euch für ein Modell entschieden habt, wer geht dann rüber und holt Dederichs raus?«

»Wir. Meine Leute.«

»Gehst du selber auch mit rüber?«

»Sicher. Ich kann schlecht die Leute schicken und in Ruhe abwarten, ob sie wiederkommen.«

Scott nickte nachdenklich. »Ich glaube, ich habe jetzt Hunger«, sagte er schließlich.

Beim Abendessen drehte sich das Gespräch um private Dinge. Um Mitternacht wurde Scott abgeholt. Er fuhr nicht nach Hause, sondern ließ sich in der Botschaft absetzen. Jonathan Mackenzie war noch nicht zu Bett gegangen.

Auch am nächsten Abend hatte Martin Wellem einen Gast zum Abendessen. Claus Haßlinghausen war von der kurzfristigen Einladung seines Freundes überrascht gewesen. Es schien Wellem dringend zu sein, andererseits war er offensichtlich den ganzen Tag über unschlüssig gewesen und hatte die Einladung und das Angebot, übers Wochenende zu bleiben, erst kurz vor Dienstschluß ausgesprochen. Er will dir etwas mitteilen, dachte Haßlinghausen, aber er hat lange überlegt, ob er es wirklich tun soll oder lieber nicht.

Haßlinghausen warf einen Blick auf die Stiche an der Wand. »Das da ist neu«, sagte er, ein Bild genauer betrachtend.

»Nicht neu«, sagte Wellem, »ich habe es nur jetzt erst ans

Tageslicht geholt. Falls dein Latein nicht ausreicht, es ist eine Karte mit den Postwegen des 18. Jahrhunderts.« Er tippte auf eine Stelle, an der etwa sein Haus liegen mußte. »Du siehst, hier fuhr schon vor 200 Jahren eine Postkutsche vorbei.«

»Das war im Grunde deine Zeit, Martin.« Haßlinghausens Bemerkung war ohne Spott. »Am liebsten hättest du damals gelebt, ein bißchen über die Gegend und ihre Leute geschrieben, vielleicht auch ein paar Naturgedichte, und einmal in der Woche hätte die Postkutsche bei dir gehalten, und du hättest den Postillion mit Brot, Schinken und selbstgemachtem Apfelwein bewirtet.«

Wellem lächelte. »Der Postillion und ich, wir hätten wahrscheinlich damals schon die Briefmarke erfunden.«

»Die rote Wellem-Einser mit Posthorn«, grinste Haßlinghausen, »auch Martinshorn genannt.«

»Wahrscheinlicher ist, daß du in meinem Häuschen gesessen und die Frankiermaschine erfunden hättest, während ich mich als Leibeigener auf dem Acker krummgeschuftet hätte und eines frühen Todes gestorben wäre.«

»Das kannst du immer noch.« Haßlinghausen schlug seinem Freund aufmunternd auf die Schulter. »So modern sind die Zeiten Gott sei Dank noch nicht, daß ein langes Leben garantiert wäre.«

»Du bist ein echter Freund, Claus. Hast immer das richtige Wort zur rechten Zeit parat.«

Nach dem Abendessen schlug Wellem einen Spaziergang vor. Es war noch hell, aber sie begegneten im Wald niemandem mehr.

»Nimm einmal an«, sagte Wellem und blieb stehen, »wir wären entdeckt. Irgend jemand, der nicht dazugehört, wüßte alles über uns. Wie könnte er nach deiner Ansicht an sein Wissen gekommen sein?«

»Komm, Martin, pack schon aus. Wer weiß es?«

Als Wellem schwieg, sagte Haßlinghausen: »Dein Freund Scott war gestern abend bei dir. Kommt das von der Seite?«

»Ja, Scott. Aber wie haben die Amerikaner es erfahren?«

»Hat Alex es dir nicht gesagt?«

»Doch. Aber ich möchte, daß du überlegst, Claus, wie sie uns auf die Schliche gekommen sind. Ich will wissen, ob du unsere Schwachstelle siehst. Zu deiner Beruhigung – ich bin erst durch Alex darauf gestoßen worden.«

Die beiden Männer gingen weiter. »Also«, begann Haßlinghausen, »von unseren Leuten hat keiner gesungen?«

Wellem schüttelte den Kopf.

»Im Kanzleramt hat einer gequatscht, vielleicht auf der Ebene von Gattin zu Gattin?«

»Nein«.

»Vielleicht Geheimdienstarbeit? Haben die unsere Codes geknackt, oder beschatten die uns?«

»Unsere Codes kennen sie nicht, und observiert haben sie uns nur ein bißchen, eine Zeitlang, nachdem sie aber schon Bescheid wußten.«

»Dann fällt mir nichts ein. Intuition?«

»Keine Intuition, sondern schlichte Feststellung des Offensichtlichen. Ist dir was aufgefallen, als Weyerthal zum erstenmal in unserer Runde saß?«

»Du meinst, dieser komische Vogel hat . . .?«

»Nein, nein, der ist unschuldig. Aber als er kam, ging mir ein Licht auf, bloß habe ich nicht die Schlüsse daraus gezogen, wie es die Amerikaner offensichtlich getan haben.«

»Martin, ich weiß nicht, wovon du redest. Vielleicht klärst du mich jetzt auf?«

»Claus, der Schlüssel liegt in der Tatsache, daß wir alle gleich aussehen.«

Nun blieb Haßlinghausen stehen und sah seinen Freund fragend und ein wenig amüsiert an.

»Und uns gleich kleiden«, fuhr Wellem fort, »gleich alt

sind, die gleiche Figur haben. Wir haben Staatsexamen, aber keine Frauen und Kinder, jedenfalls nicht mehr in unseren trauten Heimen. Wir haben keine Sekretärinnen und deshalb keinen Papierkrieg, und das, obwohl wir eine Behörde sind. Wir sind alle gut frisiert. Wir sind sympathische, qualifizierte Karrieretypen aus dem Bilderbuch oder aus den Reklameseiten von TIME, LIFE oder FORTUNE, und wir arbeiten in einer unwichtigen, abgelegenen Behörde.«

»Du meinst, daraus haben die geschlossen . . .?«

»Ja, aus völlig frei zugänglichen Daten haben die geschlossen, daß wir ein weniger frei zugängliches Geschäft betreiben. Über den Rest haben sie sich dann durch Beobachtung Klarheit verschafft. Zum Beispiel haben sie unsere Reiseaktivitäten mit dem plötzlichen Ableben von Zeitgenossen in Verbindung gebracht und ihre Schlüsse gezogen. Zutreffende Schlüsse übrigens.«

»Und warum haben sie uns nicht verraten, zum Beispiel mit gezielten Informationen an die Presse? Es ist ja wohl nicht die reine Liebe, die uns zur Zeit mit denen verbindet.«

»Das ist gerade der Irrsinn: Die sind hocherfreut, daß wir diesen Aspekt des American way of life übernommen haben. Die fühlen sich als der stolze Lehrmeister, dessen Schüler endlich begriffen hat. Das schließt natürlich nicht aus, daß sie uns bei Gelegenheit auch mal damit erpressen würden.«

»Und jetzt?«

»Ja, und jetzt!«

Sie gingen schweigend weiter und schienen sich eine Zeitlang nur der Betrachtung der Natur zu widmen.

Haßlinghausen nahm das Gespräch wieder auf. »Punkt eins: Wissen andere interessierte Zeitgenossen ebenfalls Bescheid?«

»Alex sagt nein. Sie haben das geprüft. Er ist da ganz sicher.«

»Also auch nicht die DDR?«

»Nein. Bestimmt nicht, sagt Alex.«

»Sei mir nicht böse, aber kann man Alex absolut vertrauen?«

»Claus, er hätte mir all das verschweigen können, und wir wären nie darauf gekommen. Aber er hat es mir gesagt.«

»Gut, dann ist Punkt zwei erledigt.«

»Und der wäre gewesen?«

»Ob wir Walpurgisnacht und Harzreise abblasen.«

»Walpurgisnacht und Harzreise gehen weiter. Aber Punkt drei bleibt noch.«

»Und der lautet?«

»Machen wir Meldung oder nicht?«

Haßlinghausen brauchte nicht lange zu überlegen. »Vieles spricht dagegen, Martin. Du hast deine Erkenntnisse von deinem Freund. Alex dürfte kaum autorisiert gewesen sein, sich dir anzuvertrauen. Wenn wir Meldung machen, nützen wir ihm sicher nicht. Außerdem bringen wir uns um die Möglichkeit, bei Gelegenheit noch andere freundschaftliche Tips zu bekommen.«

»Das ist richtig. Alex und ich haben eine Art Tauschgeschäft ausgemacht.«

»Was wollt ihr tauschen?«

»Einfach Informationen gegen Informationen.«

»Das ist gut. Wenn wir andererseits im Kanzleramt berichten, wird man sich dort nicht mit der Zusicherung zufriedengeben, dein Freund Scott schließe jede Mitwisserschaft von anderer Seite aus. Man wird einen Riesenapparat einsetzen, um das herauszufinden, und unsere Arbeit würde bis zur Unerträglichkeit behindert. Mal abgesehen davon, daß wir einiges zu hören bekämen, weil wir enttarnt worden sind. Die in der Paulskirche würden uns die volle Schuld geben.«

»Das ist richtig. Bloß sind wir tatsächlich enttarnt worden, Claus, wir, das Staatsgeheimnis Nummer eins. Und das wollen wir für uns behalten?«

»Es ist aber nicht unsere Schuld, Martin. Sollen wir uns denn vorwerfen, daß wir nicht wie Weyerthal aussehen? Sollen wir von jetzt ab schäbige Regenmäntel tragen und unrasiert rumlaufen? Und vergiß eines nicht: Spätestens jetzt im Fall Dederichs hätten wir es den Amis sowieso sagen müssen, daß wir nicht vom Tierschutzverein sind. Damit wird völlig irrelevant, ob die es vorher schon gewußt haben.«

»Gesetzt den Fall, wir machen keine Meldung, sollten wir uns nicht einen guten Rat holen, wie wir uns besser abschirmen können? Vielleicht sollten wir mit Hoff sprechen.«

»Auf gar keinen Fall, Martin. Wir könnten nicht kontrollieren, ob Hoff Meldung macht. Selbst wenn er es nicht täte, was würde er uns raten? Er würde uns aufwendige Maßnahmen empfehlen, wie wir mögliche Beobachter verwirren könnten. Wenn wir unseren Leuten jetzt mit neuen Sicherheitsvorkehrungen kommen, wissen die, woher der Wind weht. Die würden ahnen, daß was rausgekommen ist. Die hätten Befürchtungen, die weit über die Wirklichkeit hinausschießen würden. Du weißt, wir werden auch Leute über die Grenze schicken müssen. Mit welchen Gefühlen würden die wohl gehen, wenn sie den Eindruck hätten, daß es mit unserer Sicherheit nicht zum besten bestellt ist? Martin, wir haben das schwerste Unternehmen vor uns, seit es den Bonner Stab gibt. Wenn die Leute jetzt unruhig werden, erhöht das nicht gerade unsere Erfolgsaussichten.«

Wellem nickte nachdenklich. »Du hast wohl recht, Claus. Behalten wir es für uns. Hoffentlich ist es richtig.«

»Du hast es privat erfahren, Martin, laß es privat bleiben. Dein Freund wird sicher nicht verraten, daß er es dir erzählt hat. Und sonst weiß es keiner, außer mir.«

»Ich habe trotzdem ein schlechtes Gefühl. Die Amerikaner vermuten, daß Bonn etwas zu verbergen hat, weil wir das Unternehmen unbedingt in eigener Regie durchführen wollen.«

»Die Gründe dafür dürften wohl klar genug sein. Und wenn es sonst noch was gibt, so finde ich es ganz komfortabel, daß wir es nicht wissen. Vielleicht verhandelt Pauls mit den Russen über die Wiedervereinigung und den Austritt aus der NATO.«

Die beiden Männer lachten.

IV

Ein früherer BKA-Chef hatte einmal seinen Wiesbadener Computer-Bunker mit den Worten gepriesen, mit einem Knopfdruck könne er eine Liste aller verheirateten Schlosser, die über 1,80 Meter groß sind, schwäbische Mundart sprechen und zu Kirchendiebstählen neigen, ausdrucken lassen. Gemessen an diesen Möglichkeiten war die Aufgabe, die Gert Brinken für den Computer formuliert hatte, leicht: eine Liste aller Männer, die bei Friedhofsverwaltungen und Bestattungsunternehmen arbeiteten und in den letzten fünf Jahren straffällig geworden oder in diesem Zeitraum aus der Haft entlassen worden waren. Brinken hatte den Auftrag an Weyerthal weitergegeben, der die gewünschte Liste innerhalb von zwei Tagen bei INPOL in Wiesbaden besorgte.

»Nun sieh dir dieses Aufgebot an kriminellen Totengräbern an«, sagte Brinken und wies auf eine Papierbahn, die sich über den Schreibtisch und an dessen Rückseite weiter bis zum Fußboden erstreckte, wo sie als überkreuz gefalteter Packen endete. »Über tausend Namen.«

»Scheint ja eine echte Verbrecherzunft zu sein«, stellte Marfels kopfschüttelnd fest. »Gut, daß man mit denen erst zu tun hat, wenn man tot ist.«

»Jetzt brauchen wir uns nur noch einen Namen anzukreuzen und den Mann zu unserem Mitarbeiter zu ernennen, und schon kann die Aktion starten.«

»Laß uns doch einfach den ersten nehmen«, schlug Marfels vor.

Der erste Schritt zur Verkürzung der Liste bestand in der geographischen Eingrenzung: man wollte sich nach Möglichkeit auf das Rhein-Ruhr-Gebiet konzentrieren, weit genug von Bonn entfernt, um Spuren zu verwischen, und nah genug, um rasch handeln zu können. Ferner kam nur ein großer Friedhof in Frage, auf dem ortsfremde Besucher nicht auffielen und der eine hohe Quote an Neuzugängen aufwies und somit größere Chancen bot, etwas Passendes zu finden. Auf diese Weise blieben weniger als hundert Namen übrig. Dann strichen Marfels und Brinken sämtliche Verkehrsdelikte sowie all jene Täter, deren Vergehen untypisch waren und nicht auf eine kriminelle Persönlichkeit schließen ließen.

Von mehreren Stätten der engeren Wahl bot ein Friedhof zwischen Essen und Mülheim die günstigsten Bedingungen. Das Gelände war ausgedehnt und waldreich, die Umgebung kaum besiedelt und die Autobahn nur wenige Minuten entfernt. Einer der Angestellten der Friedhofsverwaltung namens Oster wies ein interessantes Strafregister auf: Diebstahl (neun Monate mit Bewährung), zwei Freisprüche wegen des gleichen Deliktes (mangelnde Beweise), Körperverletzung (Geldstrafe) und Fahren unter Alkoholeinfluß im Wiederholungsfall (Führerscheinentzug für ein Jahr, Frist noch nicht abgelaufen). Ein Anruf in Wiesbaden brachte noch weiter zurückliegende Straftaten zutage: Scheckbetrug und Verführung einer Minderjährigen. Ein Anruf bei der Friedhofsverwaltung ergab, daß der Mann als Hausmeister für das Totenhaus und die angrenzende Kapelle zuständig war. Ein Telefonat mit der Personalverwaltung schließlich, geführt unter dem Vorwand, es gehe um die Übernahme eines Ehrenamtes, bestätigte die Vermutung, daß der Arbeitgeber keine Kenntnis von dem Vorleben des Angestellten besaß.

Zuerst fuhr Marfels zum Friedhof und verbrachte dort einen ganzen Tag. Am Aushang notierte er die für die folgenden Tage vorgesehenen Beerdigungen, siebzehn für den Rest der Woche und vier für Montag morgen. Dann beobachtete er Oster bei der Arbeit. Eine halbe Stunde vor Beginn der ersten Trauerfeier schloß der Hausmeister die Kapelle auf. Während der Feier wartete er mit den Sargträgern vor dem Hinterausgang. Zu Beginn des letzten Orgelstückes öffnete er das Portal und ließ die Träger eintreten, die den Sarg auf einen Wagen hoben und die Kränze aufluden. Er setzte sich an die Spitze des Trauerzuges und führte den Weg zum Grab. Abseits der Grabstätte wartete er, bis die sechs Träger den Toten hinabgelassen hatten, und ging dann mit ihnen zurück zur Kapelle. Dort verschloß er die Pforte an der Vorderseite und wies die Träger an, den nächsten Sarg aus dem Aufbewahrungstrakt zu holen und aufzustellen. Wieder schloß er den Besuchereingang der Kapelle auf, die ersten Trauergäste der nächsten Feier kamen, die Prozedur wiederholte sich.

Für einen gemeinsamen Besuch bei Oster wählten Brinken und Marfels den Freitagnachmittag, für den im Aushang keine Beerdigungen angezeigt waren. Sie ignorierten den nur wenige Schritte entfernten Parkplatz und stellten den Wagen unmittelbar vor dem Eingang zum Totenhaus im Halteverbot ab. Oster erschien sofort und verlangte unfreundlich, das Auto anderswo zu parken. Brinken drückte ihm ein Fünfmarkstück in die Hand und sagte: »Nur ein paar Minuten.« Oster bestand nicht länger auf der Beachtung des Halteverbots.

Marfels nannte den Namen eines Verstorbenen, der am folgenden Montag beigesetzt werden sollte. »Wir waren mit ihm befreundet und möchten ihn gerne noch einmal sehen.«

»Sehen können Sie ihn leider nicht mehr«, sagte Oster, »die Angehörigen haben verfügt, daß der Sarg geschlossen wurde. Aber Sie können am Sarge Abschied nehmen.«

Marfels machte ein bekümmertes Gesicht. »Wenn es sich dennoch machen ließe, wären wir Ihnen sehr zu Dank verpflichtet. Schon eine Minute wäre ein großes Geschenk für uns.« Und mit einer diskreten Geste bot er Oster einen Fünfzigmarkschein an, den dieser ohne Überraschung annahm und, ohne hinzusehen, wegsteckte.

»Bitte warten Sie einen Moment.«

Ein paar Minuten später tauchte Oster wieder auf und bat Brinken und Marfels ins Haus. Er führte sie einen langen Korridor entlang, vorbei an den Aufbahrungszellen. Eine Tür stand offen. Oster nahm seine Mütze ab, verbeugte sich und zog sich zurück. Marfels und Brinken traten ein und blickten auf den fremden Toten. Am Kopfende des Sarges standen zwei eiserne Leuchter, Oster hatte die Kerzen angezündet. Den Sargdeckel hatte er hochkant an die Wand gestellt.

»Wenn ich mir vorstelle«, sagte Marfels, »daß wir demnächst wieder hier stehen, auf einen Toten zeigen und sagen: ›Ja, den nehmen wir‹, dann wird mir etwas komisch. Dir auch?«

»Nur wenigen ist es vergönnt, auch nach ihrem Tode noch nützlich zu sein. Sieh es von der Seite. So eine Art Organspende für das Vaterland.«

»Komm, laß uns gehen. Wir müssen Oster noch klarmachen, daß das Vaterland auch ihn braucht.«

Sie verließen den kargen Raum und gingen langsam den Korridor zurück. Oster kam ihnen mit serviler Miene entgegen, als wollte er sagen: Sind die Herrschaften zufrieden?

»Er ist es nicht«, sagte Brinken.

»Was meinen Sie?« fragte Oster.

»Es ist nicht unser Freund. Was machen wir nun?«

Oster griff in die Jackentasche und ließ die Hand dort. Das Geld, bedeutete die Bewegung, gehört trotzdem mir.

»Das Geld können Sie behalten«, sagte Marfels, »als Anzahlung.«

»Was soll das heißen, als Anzahlung?«

»Wenn unser richtiger Freund hier liegt, kommen wir wieder.«

Oster trat einen Schritt zurück und musterte seine beiden Besucher mißtrauisch.

»Ihr seid Bullen.« Die beiden Männer verbeugten sich.

»Was wollt ihr von mir?«

»Vielleicht schließen Sie erst wieder den Sarg«, schlug Brinken vor, »dann suchen wir uns ein ruhiges Plätzchen und sprechen uns mal aus.«

Zögernd ging Oster zu dem Raum, dessen Türe noch immer offen stand. Als er wieder zurückkam, sagte er: »Ich will eure Ausweise sehen!«

Wieder verbeugten sich Marfels und Brinken und zogen ihre Ausweise hervor: Bundeskriminalamt, Fälschungen natürlich, aber mit echten Fotos. Brinken reichte Oster zusammen mit seinem Ausweis noch einen Briefumschlag.

»Was ist das?«

»Ein Auszug aus Ihrem Strafregister. Sie können das als Andenken behalten. Und jetzt gehen wir vielleicht in Ihr Büro?«

Oster gab die Ausweise zurück und ging voran.

Marfels blickte sich in dem schäbigen Raum um und kommentierte: »Schön haben Sie es hier, Herr Oster.«

»Also los, was wollt ihr?«

»Ab sofort«, sagte Marfels mit ruhiger Stimme, »heißt das, ›Was wollen Sie?‹ Verstehen Sie, Herr Oster? Nicht ›ihr‹, sondern ›Sie‹. Daran denken Sie bitte, Herr Oster, ja? Und wenn Sie noch mal Bulle sagen, dann benehmen wir uns auch wie Bullen, und das hätte Folgen für Ihre Gesundheit.«

Oster starrte sie an mit einer Mischung aus Wut und Angst.

»Grundsätzlich«, führte Brinken das Gespräch fort, »ist Ihre Frage nach dem Zweck unseres Besuches natürlich berechtigt, und wir wollen sie gerne beantworten. Wir suchen einen Mann. So etwa soll er aussehen.«

Er reichte Oster ein Bild von Dederichs. Es war kein Foto – der Zufall konnte es wollen, daß Oster in der Zeitung auf ein Foto von Dederichs stoßen und ihn wiedererkennen würde –, sondern ein Phantombild, wie es die Polizei nach den Beschreibungen von Zeugen anfertigen läßt.

»Wie Sie sehen«, fuhr Brinken fort, »ein ziemlich runder Kopf, man könnte Mondgesicht sagen, Stirnglatze, Haarkranz. Ich habe Ihnen hinten die Maße notiert. Der Mann muß zwischen 45 und 60 Jahre alt sein, soll etwa 90 Kilo wiegen und möglichst genau ein Meter siebzig groß sein, Abweichungen höchstens ein Zentimeter nach oben oder unten. Wenn so einer hier bei Ihnen auftaucht, wollen wir ihn haben.«

Oster starrte Brinken an. Daß auch nach Toten gefahndet wird, hatte er noch nie gehört.

»Wie heißt der Mann?«

»Das ist uns egal.« Brinken deutete auf das Bild. »Es genügt, wenn er so aussieht.«

»Ich verstehe nicht. Suchen Sie denn nicht einen bestimmten Mann?«

»Nein, nur einen, auf den die Beschreibung paßt.«

Obwohl er ahnte, welche Rolle ihm zufallen sollte, fragte Oster: »Und was habe ich damit zu tun?«

»Sie melden uns, wenn Sie einen Neuzugang haben, auf den die genannten Bedingungen zutreffen, und helfen uns, ihn unauffällig fortzuschaffen.«

»Also eine Überführung?«

»So könnte man es nennen, allerdings ohne die üblichen Formalitäten. Wir beerdigen den Mann dann anderswo. Der

Sarg allerdings bleibt hier und wird ordnungsgemäß begraben, mit Trauerfeier und allem.«

»Da mache ich nicht mit«, stieß Oster hervor, »das mache ich auf gar keinen Fall!«

»Aber Herr Oster«, griff Marfels ein, »Sie haben doch schon ganz andere Sachen gemacht.«

»Unmöglich! Ich fliege hier raus, wenn das auffällt.«

»Sie fliegen hier raus, wenn Sie uns nicht helfen, Herr Oster. Dann geben wir nämlich ein Exemplar der Liste in Ihrer Personalverwaltung ab. Sie waren bei Ihrer Einstellung so vergeßlich, Ihre Vorstrafen nicht anzugeben. Mal ganz abgesehen von den Dingen, die noch gar nicht in der Liste stehen, die aber Ihr Arbeitgeber hochinteressant finden würde – daß Sie zum Beispiel entgegen der Dienstvorschrift für Geld Särge öffnen. Ach ja, da fällt mir noch etwas ein: Ich habe beobachtet, daß Sie hier mit einem Transporter rumfahren ...«

»Das gehört zu meinen dienstlichen Aufgaben«, unterbrach Oster.

»Auch außerhalb des Friedhofs?«

»Ja sicher, ich habe Fuhren zum Gartenbauamt und so. Das hat alles seine Richtigkeit. Ich mache keine privaten Fuhren.«

»Das hätten wir auch nie vermutet, Herr Oster. Aber Sie besitzen zur Zeit keinen Führerschein.«

Oster gab sich geschlagen. Er mußte zugeben, daß seine Besucher sich gründlich vorbereitet hatten, und er zweifelte nicht, daß sie ihre Drohung wahrmachen würden. Er unternahm noch einen letzten matten Versuch: »Das Ganze ist Erpressung. Sie sind Polizisten und erpressen mich.«

»Wir haben Verständnis«, schaltete Brinken sich wieder in das Gespräch ein, »daß Ihnen dieses harte Wort herausrutscht. Und doch kränkt uns Ihre Äußerung ein wenig. Sehen Sie, der normale Erpresser kommt immer wieder, der will immer wieder Geld, den werden Sie nicht mehr los. Wir dagegen geben Ihnen Geld und bitten Sie um einen einmaligen Gefallen. Bitte glauben Sie uns, daß Leichensammeln nicht unser Hobby ist, wir sind nur in einer momentanen Verlegenheit und brauchen eine einzige Leiche.«

»Wieviel?«

»945 Mark«, sagte Brinken.

Oster war von der Zahl überrascht und zog die Augenbrauen hoch.

»55 Mark haben wir Ihnen schon gegeben, Herr Oster. Wir hatten insgesamt an tausend Mark gedacht.«

»Das ist zu wenig.«

»Zunächst einmal entnehmen wir Ihrer Äußerung, daß Sie sich zur Mitarbeit entschlossen haben, was wir sehr begrüßen. Tausend Mark sind viel Geld. Aber bei besonderem Einsatz sind wir unter Umständen bereit, noch 500 Mark draufzulegen. Mehr ist nicht drin. Und was den Zahlungsmodus anbetrifft: 500 Mark Anzahlung, der Rest nach Abschluß der Arbeit.«

»Wer garantiert mir, daß ich den Rest tatsächlich kriege? Ihre Ausweise dürften ja wohl gefälscht sein.«

»Aber die Liste Ihrer Vorstrafen, die wir Ihnen mitgebracht haben, ist echt. Sie müssen auf unser Wort vertrauen. So wie wir Ihnen ja auch die ersten 500 Mark anvertrauen, ohne Quittung, versteht sich.«

Brinken zog seine Brieftasche hervor, nahm einen Fünfhundertmarkschein heraus und legte ihn auf den Schreibtisch. Bevor er ihn einsteckte, warf Oster einen prüfenden Blick auf den Schein.

»Der ist echt«, beruhigte ihn Brinken.

»Nun zum Technischen, Herr Oster«, sagte Marfels. »Bitte beschreiben Sie uns, wie die Einlieferung eines Toten abläuft. Wann Sie zum erstenmal davon erfahren bis zur Schließung des Grabes.«

»Ich erfahre davon, wenn der Tote eingeliefert wird.«

»Wer liefert ihn ein?«

»Ein Bestattungsunternehmer.«

»Also Sie nehmen einen Toten auf und melden den Vorgang dann bei der Friedhofsverwaltung?«

»Nein, die Friedhofsverwaltung ist die erste Instanz. Der beauftragte Unternehmer legt der Verwaltung einen Totenschein vor, wodurch die Leiche zur Beerdigung freigegeben wird. Ferner kauft er im Auftrag der Hinterbliebenen eine Grabstätte. Dann kommt er mit dem Toten und den entsprechenden Papieren zu mir.«

»Welche Papiere sind das?«

»Die Einweisung und der Totenschein.«

»Wozu bekommen Sie den Totenschein?«

»Ich muß bei der Einlieferung kontrollieren, ob es sich um den Toten handelt, der im Schein beschrieben wird. Nach der letzten Einlieferung des Tages gebe ich alle Totenscheine wieder in der Verwaltung ab.«

»Was steht da drin?«

»Alter, Größe, Todesursache, Beschreibung des äußeren Zustandes des Toten.«

»Gewicht?«

»Nein, steht nicht drin.«

»Wie gründlich kontrollieren Sie?«

»Nur oberflächlich – ein Blick auf das Gesicht. Die Bestattungsunternehmer sind alle bei uns zugelassen, da hat es noch nie ein krummes Ding gegeben.«

»So soll es auch bleiben«, bemerkte Marfels sarkastisch.

Brinken warf ihm einen Blick zu, der besagen mochte: Es läuft doch ganz gut, nun ärgere ihn nicht mehr.

»Der Tote ist also die ganze Zeit in Ihrer Obhut«, sagte Brinken. »Das ist gut. Hat außer Angehörigen sonst noch jemand Zugang zu ihm?«

»Theoretisch kann mein Vorgesetzter in der Friedhofsverwaltung mich kontrollieren und auch nachsehen, ob ich die Toten ordnungsgemäß aufgebahrt habe. Aber das ist noch nicht vorgekommen.«

»Nehmen Sie die Schlüssel mit nach Hause?«

»Nein, ich gebe sie bei Feierabend an der Pforte ab.«

»Das ist kein Problem«, wandte sich Brinken an Marfels, »wir machen Abdrücke und bringen Ersatzschlüssel mit.«

Marfels nickte.

»Haben Sie einen Schlüssel zur Pforte, Herr Oster?«

»Nein. Da komme ich auch nicht dran.«

»Sehen Sie eine Möglichkeit, nachts mit einem Auto auf den Friedhof zu gelangen?«

»Nein. Aber man könnte tagsüber kommen und sich einschließen lassen. Es gibt genügend Stellen, wo man unbemerkt parken kann.«

»Gut.« Brinken machte eine Pause und resümierte die Informationen, die Oster gegeben hatte.

»Nehmen wir einmal an, wir haben den richtigen Mann gefunden. Wenn er offen aufgebahrt worden ist – wann wird der Sarg geschlossen?«

»Am Abend vor der Beisetzung.«

»Kommt es vor, daß Angehörige am letzten Tag noch einmal um die Öffnung des Sarges bitten?«

»Nicht oft, aber es kommt vor.«

»Ist das erlaubt?«

»Ja.«

»Verdammt.« Brinken blickte seinen Kollegen an. »Stell dir vor, wir machen nachts die Überführung, und morgens wollen die Lieben nochmal in den Sarg gucken!«

»Vielleicht holen wir ihn erst nach der Beerdigung?« schlug Marfels vor.

»Wie lange bleibt das Grab offen?« fragte Brinken.

»Nur kurze Zeit. Ich gebe den Arbeitern die Liste der Gräber, die zugeschüttet werden müssen, und das wird ziemlich schnell gemacht. Ich könnte das entsprechende Grab ans Ende der Liste setzen, das ergibt dann vielleicht zwei Stunden Zeit. Aber es ist sehr gefährlich.«

»Warum?«

»Die Aktion muß am Tage geschehen. Der Tote muß aus dem Grab geholt werden. Er müßte eine Strecke getragen werden, denn an die meisten Gräber kommt man nicht mit dem Auto heran. Und es können Besucher unterwegs sein. Sie müßten das alleine tun, ich würde da auf gar keinen Fall mitmachen.«

»Schon gut«, sagte Brinken. »Wir werden es nachts machen, vor dem Begräbnis. Auf das Risiko am nächsten Morgen müssen wir es eben ankommen lassen.«

»Sie haben gut reden«, protestierte Oster. »Ihr Risiko ist es ja nicht. Wenn es rauskommt, bin ich ja wohl dran.«

»Auf Sie fällt kein Verdacht, Herr Oster«, beruhigte ihn Brinken. »Wir machen das alleine, wir haben ja dann die Nachschlüssel. Sie gehen nach Hause wie immer, und wir lassen uns auf dem Friedhof einschließen. Am nächsten Morgen, wenn das Tor wieder offen ist, verschwinden wir. Sie können noch ein übriges tun und sich für den Abend und die Nacht ein handfestes Alibi verschaffen. Auf Sie fällt nicht die Spur eines Verdachts.«

»Und wo kriege ich mein Geld her, wenn Sie dann weg sind? Sie haben mir ja keine Visitenkarte gegeben.«

»Wir sind großzügig, Herr Oster. Wir können Ihnen das Geld auch schon am Abend vorher geben. Wir haben volles Vertrauen zu Ihnen, Sie werden schon nicht die Polizei anrufen, nachdem Sie kassiert haben. In einem solchen Fall würden wir nämlich Sie nehmen. Als Leiche, meine ich. Aber was rede ich – ich weiß, daß es dazu nicht kommen wird.«

Oster starrte die beiden ungebetenen Besucher an. Er hatte seine Erfahrungen mit Polizisten – die hier waren wohl doch keine. Sicher, sie hatten sein Strafregister. Aber wer weiß, wer nicht heutzutage alles an Daten rankommt, man liest das ja immer wieder. Vielleicht hatten die jemand bestochen. Ganz sicher sogar, ihn hatten sie ja auch erpreßt. Polizisten, die erpressen, eine Leiche klauen wollen, rumquatschen wie James Bond und auch noch mit Geld um sich werfen. Völlig unmöglich! Wofür braucht die Polizei eine Leiche? Unsinn, das waren Gangster, die ein Ding drehen wollten, und Anfänger noch dazu. Profis hätten ihm eine Pistole an den Kopf gehalten, diese Typen aber boten ihm Geld an. Dabei brauchten die bloß etwas über sein Vorleben rauszulassen, und er wäre seinen Job los. Das würde zur Erpressung völlig reichen, aber die legten noch ein paar Scheinchen obendrauf. Bei denen war vielleicht noch etwas zu holen.

Marfels unterbrach ihn in seinen Gedanken. »Morgen nachmittag kommt einer von unseren Leuten und nimmt Abdrücke von Ihren Schlüsseln. Danach warten wir nur noch auf Ihr Signal. Schauen Sie sich jeden Mann an, der hier eingeliefert wird. Zuerst im Totenschein die Größe: möglichst genau ein Meter siebzig. Dann Kopfform und Haare, soll ungefähr stimmen. Dann das Gewicht. Können Sie das halbwegs genau schätzen?«

Oster nickte.

»Lesen Sie sich auch die Todesursache durch. Kein Unfall, keine spektakulären Verletzungen. Am besten wäre Herzversagen oder Gehirnschlag.«

»Wie erreiche ich Sie?«

»Wir rufen Sie jeden Tag an und fragen nach, ein paar Minuten vor Feierabend.«

Als Brinken und Marfels gingen, blieb Oster sitzen. Er rauchte noch eine Zigarette und dachte nach.

Karl Dederichs machte in letzter Zeit einen müden Eindruck. Manchmal, wenn er abends zu Hause angekommen war, blieb er noch minutenlang in seinem Auto sitzen und starrte vor sich hin, ehe er die Garage abschloß und ins Haus ging. Sein Gang war schleppend, er wirkte erschöpft. Seine Gewohnheit, sich gleich nach der Heimkehr umzuziehen und den Rest des Tages in Freizeitkleidung zu verbringen, durchbrach er immer öfter. Zuweilen ließ er sich in einen Sessel fallen, den Aktenkoffer noch neben sich, und trank einen unverdünnten Whisky, ehe er sich aufraffte und in sein Studierzimmer hinauf ging. Seinen Frühsport, seit Jahrzehnten eisern betrieben, vergaß er dann und wann.

Er hatte abends wenig Appetit, ließ oft das meiste auf dem Teller liegen, aß auch bisweilen gar nichts. Erika Dederichs war beunruhigt. Nicht nur, daß ihr Mann wenig aß, er trank offensichtlich auch häufiger als sonst, eine halbe Flasche Whisky am Abend war nicht mehr ungewöhnlich. Außerdem merkte sie, daß er Schlaftabletten nahm und morgens ein Aufputschmittel schluckte; sie hatte die Packungen entdeckt. Sie wußte, daß es zwecklos war, ihn zu einem Arztbesuch zu bewegen: Dederichs mußte erst umkippen, ehe er sich behandeln ließ.

»Wenn du morgens mit ihm in die Stadt fährst«, fragte sie ihre Tochter Sabine, »macht er dann mal Andeutungen, daß er Ärger hat, daß er sich über irgend etwas Sorgen macht?«

»Wenn du berufliche Schwierigkeiten meinst«, sagte Sabine, »dann ist da glaube ich nichts. Ich habe ihn mal danach gefragt, und er hat nur laut gelacht. Nein, Papa sitzt fest im Sattel.«

»Ist er krank?«

»Nein, nicht richtig. Ich glaube, er ist einfach erschöpft. Nicht von der Arbeit, sondern, wie soll ich sagen, vom Leben überhaupt. Das ist bei Männern in diesem Alter üblich.«

Frau Dederichs blickte ihre zweiundzwanzigjährige Tochter prüfend an. Wie selbstverständlich sie sich über ›Männer in diesem Alter‹ äußerte. Sabine verstand den Blick.

»Doch, wirklich. Das ist ein ganz normales Phänomen, mehr psychologisch als medizinisch. Drüben nennen sie das ›Midlife Crisis‹ und haben 'ne Menge Bücher darüber geschrieben. In unserer Sprache würde das heißen: man hat keine Perspektive mehr.«

Erika Dederichs dachte an ihre ehelichen Auseinandersetzungen, an seinen Scheidungswunsch, an Drohung und Gegendrohung. Sollte das der Grund sein? Sie verscheuchte den Gedanken sofort wieder. Unsinn, westlicher Unsinn! Wenn die Kapitalisten vom Unglück der Menschen ablenken wollen, erfinden sie eine neue Krankheit. Midlife Crisis!

»Hat er dieses Wort – Midlife Crisis – gebraucht?« fragte sie ihre Tochter.

»Nein, natürlich nicht. Ich glaube nicht, daß er es überhaupt kennt. Aber er hat schon mal so Andeutungen gemacht, witzig gemeint natürlich. Wenn er nochmal anfangen könnte, würde er Förster werden oder Leuchtturmwärter. Oder er würde gerne die Geschichte seines Heimatortes Elend schreiben, in zwölf Bänden. Das sind so seine Sprüche.«

»Ist er – hat er schon mal angedeutet, daß er unzufrieden ist, ich meine hier zu Hause?«

Sabine bemühte sich, behutsam zu antworten. »Papa ist erschöpft. Er hat jahrelang keinen Urlaub mehr gemacht. Das ist der Grund, deshalb baut er ab. Nein, er hat nie etwas gesagt, daß er sich zu Hause nicht wohl fühlt.« Sie lächelte und berührte ihre Mutter am Arm. »Und über das andere, was bei Männern seines Alters üblich ist, brauchen wir uns keine Gedanken zu machen: Eine Freundin hat er bestimmt nicht. Keiner fährt morgens so brav zur Arbeit und kommt abends so brav zurück wie er.«

Deine Tochter ist erwachsen, dachte Erika Dederichs.

Was unsereiner kaum zu denken wagt, sprechen die jungen Leute so aus, als ob sie über das Wetter reden.

»Und was sollen wir jetzt mit ihm machen?«

»Schick ihn öfter in den Harz«, sagte Sabine, »und fahr mal mit hin.«

»Ich hasse dieses Haus und diesen Wald und diese Leute.«

»Ich weiß. Aber Papa kann dort ausspannen. Vielleicht fahre ich mal mit hin.«

»Ja, wenn du das einrichten könntest, das wäre schön, Sabine.«

Beim Abendessen schnitten Frau und Tochter das Thema an, und Dederichs versprach zögernd und mit müder Stimme, sich öfter Zeit für die Jagd zu nehmen. Wieder aß er nicht viel, hatte er sich doch am Nachmittag, wie fast jeden Tag, eine üppige Mahlzeit aus der Kantine heraufschicken lassen. Er ging früh schlafen, nachdem er ein Glas randvoll mit Whisky zusammen mit einer Schlaftablette in die Toilette geschüttet hatte. Die allmorgendliche Kapsel zur Erhaltung der Vitalität pflegte er auf dieselbe Art zu beseitigen.

Dederichs fuhr nun öfter in den Harz, verlängerte das Wochenende auch zuweilen um einen Tag. Er holte an körperlicher Anstrengung nach, was er die Woche über unterdrückt hatte, aß gut und schlief viel. Bevor er wieder zurück nach Berlin fuhr, entleerte er zwei Flaschen Wodka im Spülstein und plazierte sie gut sichtbar in der Mülltonne. Wenn er mal ein Glas trank, dann Whisky. Und der, fand er, war zu schade zum Wegschütten.

Johann S. Weyerthal hatte Dutzende von Fotos auf dem Schreibtisch und auf dem Fußboden ausgebreitet, als Claus Haßlinghausen sein Zimmer betrat.

»Das Problem, einen Doppelgänger zu finden«, sagte Weyerthal und wies mit einer Handbewegung auf die Bilder um ihn herum, »liegt keineswegs in der Einmaligkeit unseres Dederichs, wie der Laie annehmen könnte, sondern darin, daß es auf der Erde von Dederichsen nur so wimmelt.«

Haßlinghausen ging zu ihm hinüber und schaute ihm über die Schulter. »Der da«, zeigte er auf ein Foto, »ist der echte, oder?«

»Eine Posse der Natur«, sagte Weyerthal, »es ist nicht der echte. Meine Recherchen haben mich sehr nachdenklich gemacht.«

»Warum?«

»Man spricht immer von der Vielfalt der Schöpfung«, dozierte Weyerthal, »ich aber weiß nun, daß Gott der Herr sein Sechstagewerk streng rationalisiert hat. Er hat sich nur ein paar Grundtypen ausgedacht, alle anderen sind Doppelgänger. Am deutlichsten sieht man das bei den Chinesen: nur eine einzige Vorlage, ein ganzes Volk aus Doppelgängern. Bei uns ist es weniger kraß, aber immer noch überschaubar. Ein knappes Dutzend Originale, alles andere sind Reproduktionen.

Wir könnten zum Beispiel eine ganze Kompanie von Dederichsen mobilisieren. Wenn ich mir vorstelle, daß wir die mal eines Morgens alle auf einmal beim Ministerrat vorfahren lassen, das wäre eine ganz neue Dimension des Ost-West-Konfliktes. Der echte Dederichs würde wahrscheinlich als erster verhaftet.«

»Und wer würde übrigbleiben?«

»Dieser hier.« Weyerthal tippte auf dasselbe Bild, das Haßlinghausen für das Original gehalten hatte. »Plötz, Friedhelm, 49 Jahre, Gastwirt, geschieden, keine Kinder, wohnhaft in Emmerich.«

»Früher mal BND, MAD oder so? Einschlägige Erfahrungen?«

»In keinem der Dienste, nur Bundeswehr, damals am Anfang, Veteran von Andernach, als Feldwebel ausgeschieden. Danach keine Wehrübung mehr, wegen Vorstrafen.«

»Hast du unter euren Leuten denn keinen gefunden, der in Frage käme?«

»Doch, mehrere. Auch in der Bundeswehr und beim Verfassungsschutz. Aber dieser hier ist besser.«

»Ein krimineller Gastwirt?«

»Seine Vorstrafen liegen auf unserer Linie. Ich meine, der Mann ist ein Überzeugungstäter. Eingefleischter Kommunistenhasser. Der ist über die Grenze gerobbt und hat drüben Schießautomaten abmontiert und als Trophäen mitgebracht. Verurteilung wegen Diebstahl. Ist seinerzeit im ZDF-Magazin vorgestellt worden, als Freiheitskämpfer. Dann hat er über die Grenze hinweg auf DDR-Posten geschossen. Verurteilung wegen unerlaubten Waffenbesitzes. Dann Fluchthilfe mit unglücklichem Ausgang für einige der Flüchtlinge. Freispruch wegen mangelnder Beweise. Schließlich hat er Farbbeutel auf die Bonner DDR-Vertretung geworfen und dort nachts die Flagge mit Hammer und Sichel heruntergeholt. Verurteilung wegen Sachbeschädigung. Und immer mal wieder Waffenbesitz. Mal erwiesen, mal nur verdächtigt ohne ausreichende Beweise. Der Mann hat genau die richtige Einstellung.«

»Bist du verrückt, Johann? Sollen wir unser Unternehmen mit einem Irren aufs Spiel setzen?«

»Wir werden diesen Irren drillen. Was es mit dem Unternehmen auf sich hat, erfährt er nicht. Wir werden ihm sagen, daß er in einem wichtigen Kommandounternehmen eine wichtige Rolle spielen soll. Daß alles davon abhängt, daß er seine Befehle genauestens befolgt. Daß wir ihn umlegen, wenn er nicht gehorcht. Dieser Typ ist nur allzu dankbar, wenn er Befehle ausführen darf. Es ist seine Art von Ehre, aufs Wort zu gehorchen, ohne zu fragen. Der ist glücklich, daß dieser Staat, den er schon vor die Hunde gekommen glaubt, sich doch noch zu einer Aktion aufrafft und auf Männer wie ihn angewiesen ist. So einer verzichtet auf Geld. Aber natürlich werden wir ihm welches anbieten.«

»Daß der sich weigern könnte mitzumachen, scheint dir gar nicht in den Sinn zu kommen.«

»Claus, ich sehe den Typen vor mir, ich kann ihn sogar riechen. ›Einsatz‹ ist für den ein magisches Wort. Wenn der uns dreimal täglich den Arsch lecken müßte, weil's zum Einsatzplan gehört – er würde es tun.«

»Na schön, besuchen wir ihn.«

»Ich nicht«, sagte Weyerthal, »ich entspreche bestimmt nicht seinem Bild von einem wehrhaften Staatsdiener. Das mußt du machen. Aber nimm dir jemanden mit. So einer ist durch Quantität zu beeindrucken.«

Haßlinghausen rief Herrn Plötz in Emmerich an, stellte sich als Vertreter einer Bundesbehörde vor, deren Namen er am Telefon nicht nennen mochte, und bat um eine Unterredung über ein Projekt, an dem beide Seiten interessiert sein könnten. Nach kurzem Zögern sagte Plötz zu.

»Siehst du«, kommentierte Weyerthal, »was habe ich gesagt?«

Haßlinghausen fuhr am nächsten Morgen nach Emmerich und nahm Ernst Lütke mit. Plötz erwartete sie.

»Guten Morgen, Herr Plötz«, sagte Haßlinghausen. »Wir haben gestern miteinander telefoniert. Wir sind Ihnen dankbar, daß Sie uns so schnell zu einem Gespräch empfangen haben.«

»Ich erledige immer alles sofort. Bitte kommen Sie herein.«

Auf dem Foto war die Ähnlichkeit größer, dachte Haßlinghausen. Man muß sich den Oberlippenbart wegdenken und den rheinischen Dialekt, dann könnte es hinkommen, mit ein paar Korrekturen vielleicht. Größe und Figur scheinen jedenfalls zu stimmen.

»Ist das Ihr Haus?« fragte Lütke.

»Ja. Sie haben mir übrigens noch nicht Ihre Namen genannt.«

»Bitte haben Sie Verständnis«, sagte Haßlinghausen, »wenn wir uns später vorstellen, sagen wir in zehn Minuten. Wir möchten Ihnen erst das Projekt umreißen. Wenn Sie interessiert sind, spielen wir selbstverständlich mit offenen Karten. Wenn nicht, gehen wir einfach, und in dem Fall sind unsere Namen sowieso nicht interessant für Sie.«

»Ich habe Sie ankommen sehen und mir Ihre Autonummer notiert.«

»Sehr vorsichtig, in diesem Fall aber wenig hilfreich. Es ist ein Dienstwagen, und wenn Sie sich nach der Nummer erkundigen, haben Sie postwendend ein paar unangenehme Typen auf der Matte, die Sie stundenlang ausquetschen werden, warum Sie sich nach der Nummer erkundigt haben.«

Plötz schien nicht beeindruckt zu sein, gab sich aber fürs erste zufrieden und forderte mit einer Handbewegung auf, sich zu setzen.

»Also, meine Herren, worum geht es?«

»Man könnte es Fluchthilfe nennen«, begann Haßlinghausen, »nur, daß es sich in diesem Fall um eine offizielle Angelegenheit handelt, natürlich streng geheim. Die Bundesregierung möchte in einem Kommandounternehmen einen Mann aus der DDR holen, der für sie sehr wichtig ist.«

»Eine Entführung?«

»Nein, der Mann geht freiwillig mit.«

»Warum dann solche Umstände? Warum nehmen Sie nicht die übliche Tour über die Transitstrecken?«

»Da genau liegt der Haken. Es geht nicht nur darum, daß die Flucht gelingt, sondern, daß sie auch nachher geheim bleibt. Der Mann bringt Informationen mit, die für die Bundesregierung äußerst wichtig sind, aber nur dann, wenn die andere Seite nicht weiß, daß wir sie haben.«

»Aha, also ein militärischer Überläufer«, stellte Plötz sachlich fest. Haßlinghausen und Lütke verzogen keine Miene und schwiegen. »Verstehe das vornehme Schweigen«, sagte Plötz. »Und wie soll dieses Kunststück gelingen? Einen Mann rausholen, einen wichtigen Mann offensichtlich, ohne daß die drüben merken, daß er weg ist?«

»Wir täuschen einen Unfall vor. Entweder landet das Auto des Mannes in einem See, der schon viele Opfer auf Nimmerwiedersehen verschlungen hat. Wir prüfen zur Zeit, ob der in Frage kommende See das hergibt. Wenn nicht, gibt es einen Unfall, bei dem der Fahrer bis zur Unkenntlichkeit verbrennt. Zu diesem Zweck schaffen wir eine Leiche rüber. Das Gelände ist sehr günstig – Wald, kaum bewohnt, Grenznähe.«

»Alle Achtung!« Plötz konnte der Idee seine Anerkennung nicht versagen. »Wer hätte gedacht, daß diese Regierung mal wirklich Nägel mit Köpfen macht.«

»Wir haben schon öfter Nägel mit Köpfen gemacht«, warf Lütke ein, »nur hat das am nächsten Tag nicht in der Zeitung gestanden. So wie auch dieses Unternehmen nie rauskommen wird.«

Plötz nickte. »Was soll ich dabei machen?«

»Ein Team muß über die Grenze«, fuhr Haßlinghausen fort, »und eventuell gehen Sie mit rüber.«

»Wieso eventuell?«

»Wir arbeiten mehrere Pläne für den Tag X aus und wählen dann an Ort und Stelle ja nach Lage einen aus. Nur bei einem bestimmten Plan müßten Sie mit einspringen.«

»Die anderen, die rübergehen, was sind das für Leute?«

»Alles Beamte.«

»Gehen Sie auch über die Grenze?«

»Wir gehören zum Team. Wer von uns rübergeht, steht

noch nicht fest, aber wenn Sie mitmachen, werden Sie alle kennenlernen.«

»Alles Beamte also«, sagte Plötz nachdenklich. »Warum machen Sie es dann nicht allein? Warum wollen Sie ausgerechnet mich zum Mitwisser machen? Über mein Vorleben haben Sie sich wohl erkundigt, nehme ich an.«

»Haben wir.« Haßlinghausen nahm einen großen Umschlag aus dem Aktenkoffer und reichte ihn Plötz. »Das ist der Grund.«

Plötz zog einen Packen Fotos aus dem Umschlag und betrachtete jedes einzeln.

»Aha, meine Ähnlichkeit mit dem Mann verschafft mir also die Ehre.«

»Nicht nur das. Es gibt viele, die ihm ähnlich sind, wie Sie sehen. Ihr Vorleben kommt hinzu. Sie scheinen für die Aktion die richtige Einstellung zu haben.«

»Nun sagen Sie bloß noch, daß dieser Staat meine Einstellung schätzt. Ich bin ein paarmal deswegen verurteilt worden.«

»Persönlich schätze ich Ihre Einstellung keineswegs«, sagte Haßlinghausen kühl. »Ich halte einen Privatkrieg auf eigene Faust, wie Sie ihn geführt haben, für sinnlos. Ich bin dafür, daß der Staat so was macht, wenn es nötig ist. Solche Einsätze habe ich schon mehrere mit Erfolg mitgemacht, und beim nächsten können Sie dabei sein, wenn Sie wollen. Ich war übrigens dagegen, Sie einzuladen. Aber es ist oben entschieden worden, Sie zu fragen, und diesen Befehl führe ich jetzt aus.«

»Na ja, ehrlich scheinen Sie ja zu sein. Kann auch nicht schaden.«

»Sind Sie interessiert?«

»Moment!« Plötz sah sich wieder die Fotos an.

»Wenn ich rübergeschickt werden soll, weil ich dem Mann ähnlich sehe, was genau hätte ich dann zu tun?«

»Es kann sein, daß die Aktion nicht an einem Stück abrollt, sondern in mehreren Phasen. Möglicherweise müssen Sie mit dem Auto des Mannes eine Zeitlang durch die Gegend fahren, während der Mann selber schon rübergeschafft wird.«

Plötz starrte Haßlinghausen feindselig an. »Sie haben nicht zufällig vor«, fragte er erregt, »mich dort drüben sitzen zu lassen, wenn Sie Ihren Mann rübergebracht haben?«

»Zufällig nicht, Herr Plötz«, erwiderte Haßlinghausen ruhig. »Denken Sie mal nach. Was würden Sie wohl tun, wenn wir Sie sitzen lassen würden? Sie würden den Brüdern dort alles erzählen, und damit wäre die ganze Aktion sinnlos. Ich habe Ihnen doch gesagt, der Mann ist nur dann wertvoll für uns, wenn die DDR nichts von seinem Verschwinden erfährt.«

»Na gut. War nur so ein Gedanke. Der Mann ist also drüben. Was würde dann geschehen?«

»Wir würden zusammen mit Ihnen den Unfall arrangieren, zum Beispiel Leiche rein ins Auto, alles anzünden und dann wieder ab über die Grenze. Vergessen Sie nicht, Sie würden nicht alleine arbeiten.«

Plötz schüttelte nachdenklich den Kopf. »Daß diese Regierung mal die Muskeln spielen läßt, wer hätte das gedacht. Daß die überhaupt Muskeln hat.« Und nach einer Pause fügte er hinzu: »Gut, ich bin interessiert.«

»Dann wird es Zeit, daß wir uns vorstellen. Ich bin Claus Haßlinghausen, mein Kollege Ernst Lütke.«

Beide griffen in die Innentasche ihrer Jacke und holten ihre Dienstausweise hervor. Einen Moment lang waren ihre Pistolen im Schulterhalfter sichtbar.

Plötz war beeindruckt. Er winkte ab, als ihm die Besucher ihre Ausweise hinstreckten. »Wird schon stimmen. Ich werde ja wohl noch Gelegenheit haben festzustellen, ob der Laden echt ist. Übrigens, werde ich für die Aktion bewaffnet?«

»Ja, natürlich. Und zwar ordnungsgemäß, das heißt, Sie

bekommen auch einen Waffenschein. Wir kennen Ihr Hobby, Herr Plötz, und möchten nicht, daß Sie einen Tag vor der Aktion wegen unerlaubten Waffenbesitzes verhaftet werden.«

»Wie lange gilt der?«

»Unbegrenzt. Den können Sie auch nach der Aktion behalten.«

Plötz nickte zufrieden.

»Kommen wir nun zu den Bedingungen«, übernahm Lütke das Gespräch. »Solange Sie nicht unterschrieben haben, können Sie zurücktreten. Aber auch dann bleibt das, was wir besprochen haben, absolutes Geheimnis. Sie wissen jetzt, daß es eine Kommandotruppe gibt, die Sie dieser Regierung gar nicht zugetraut haben. Die bringt jeden zum Schweigen, der nicht dichthält, und zwar endgültig. Das gilt übrigens für jeden von uns. Also, Sie können aussteigen. Das Unternehmen ist gefährlich, da wollen wir Ihnen gar nichts vormachen. Lassen Sie sich Zeit mit Ihrer Unterschrift, sagen wir eine Woche. Wenn Sie aber unterschrieben haben, gilt nur noch das Prinzip Befehl und Gehorsam. Jede Eigenmächtigkeit hat dann lebensverkürzende Folgen. Auch das gilt für alle. Ein solches Unternehmen kann nur bei äußerster Disziplin gelingen.«

Lütke machte eine Pause. Als Plötz nichts sagte, fuhr er fort. »Den genauen Zeitpunkt der Aktion wissen wir noch nicht. Bis dahin müssen Sie einige Male zu uns kommen, zum Training, jeweils einen ganzen Tag, vielleicht auch mal nachts. Wenn es dann soweit ist, werden Sie drei bis vier Tage nicht zu Hause sein können. Wie ist das übrigens mit Ihrer Wirtschaft? Machen Sie Betriebsferien oder so was?«

»Nicht nötig. Die Wirtschaft läuft, ich habe Personal.«

»Gut, dann kommen wir jetzt zu Ihrer Bezahlung.«

»Sie haben Training erwähnt«, unterbrach Plötz. »Was wird trainiert?«

»Schießen und Geländeübungen. Die Dauer des Trainings

hängt von Ihrer Fitness ab. Dann müssen Sie sich mit dem Wagen vertraut machen, den Sie drüben fahren sollen. Schließlich müssen Sie die Karten des Einsatzgebietes studieren. Sie müssen die Gegend wie Ihre Westentasche kennen. Klar?«

»Jawohl.«

»Gut. Für jeden Tag, den Sie bei uns arbeiten, bekommen Sie 200 Mark plus Spesen. Für den Einsatz zahlen wir 10 000 Mark. Kommt es nicht zum Einsatz, erhalten Sie eine Abfindung von 2000 Mark. Ferner werden Sie bei uns versichert, zu den gleichen Bedingungen wie das ganze Team. Bei Verwundung 10 000 Mark plus alle Arztkosten, bei Invalidität eine einmalige Summe von 100 000 Mark, bei Todesfall 30 000 Mark. Sie werden uns sagen, wer das Geld bekommen soll. Im Falle der Gefangennahme eines Teammitgliedes wird die Bundesregierung alles tun, um einen baldigen Austausch herbeizuführen. Dafür würde sie sogar den Überläufer opfern. Für jeden in der Haft verbrachten Tag werden 100 Mark gutgeschrieben. Die Verpflichtung gilt nur für die Aktion. Danach sind Sie wieder ein freier Mann.«

Beinahe hätte Plötz salutiert, als Lütke seinen Vortrag heruntergerasselt hatte.

»Bis zur nächsten Woche dann, Herr Plötz«, sagte Haßlinghausen freundlich. »Ich schlage vor, Sie kommen einen Tag zu uns rüber, und wir sehen uns mal an, was Sie können. Dann entscheiden beide Seiten, ob sie den Vertrag unterschreiben wollen.«

General Hoff hatte Weyerthal in die Bonner ›Filiale‹ des BND bestellt. Das Treffen war inoffiziell und fand nach Dienstschluß statt. Martin Wellem war nicht informiert worden.

»Guten Abend, Herr Weyerthal«, begrüßte Hoff seinen Gast, »wie läuft Ihre Arbeit?«

»Danke, Herr General, ganz gut.«

General Hoff nickte zufrieden. »Um ehrlich zu sein, ich wäre nicht überrascht gewesen, wenn man Sie mit einer Portion Mißtrauen empfangen hätte, Sie wissen schon, verlängerter Arm des BND und so. Aber davon haben Sie nichts bemerkt?

»Akutes Mißtrauen, nein, das habe ich nicht bemerkt. Aber es gibt vielleicht Anhaltspunkte dafür, wo in der Zukunft Mißtrauen entstehen könnte.«

»Was meinen Sie?«

»Wellem ist nicht begeistert von der Idee des Doppelgängers. Hat der Aktion bisher zwar zugestimmt, aber nur halbherzig. Er wird die erste Gelegenheit benutzen, ihn fallenzulassen, und die kommt schon bald.«

»Wieso?«

»So wie die Analysen jetzt laufen, besteht kaum eine Chance für Walpurgisnacht, und auch die Talsperren scheinen nichts herzugeben. Ich rechne mit einer Konferenz in den nächsten Tagen, auf der dann diese Pläne offiziell begraben werden. Wellem wird froh sein, sich nur noch auf einen Plan konzentrieren zu müssen. Den Doppelgänger wird er bei der Gelegenheit gleich mit kippen.«

»Gerade wenn wir nur nach einem einzigen Plan vorgehen, brauchen wir eine Variante, und das heißt den Doppelgänger. Wir können nicht alles auf eine Karte setzen und gucken, ob's klappt.«

»In dem Moment, da Wellem begreift, was das bedeutet, wird er Alarm schlagen und das ganze Unternehmen gefährden. Daß er schmutzige Arbeit macht, weiß er wohl. Aber er unterscheidet nach guter schmutziger Arbeit und böser schmutziger Arbeit. Für mein Gefühl etwas abstrakt, aber ihm scheint es zu helfen. Ich glaube, er ist ein Moralist auf dem falschen Posten.«

Hoff blickte Weyerthal nachdenklich an und schüttelte

schließlich den Kopf. »Nein, Herr Weyerthal, das stimmt nicht. Er ist ein Moralist auf dem richtigen Posten. So wie ich hoffe, daß Sie ein Moralist auf dem richtigen Posten sind. Und hoffentlich ich auch. Denn das ist das einzige, das uns von der SS unterscheidet. Es genügt nicht, Arbeit und Privatleben fein säuberlich zu trennen. Tagsüber einen ahnungslosen Mann auf seinen eigenen Tod abzurichten und abends ins Konzert zu gehen oder hohe Literatur zu lesen. So was konnten die KZ-Schergen auch, es gibt da rührende Beispiele. Das bißchen Skrupel, das wir haben, ist unsere einzige Legitimation. Wenn wir es nicht mehr haben, ist es nur ein Zufall, daß wir in einer Demokratie arbeiten.«

Weyerthal schwieg, nicht betreten, sondern eher interessiert. Hoff schien keine Antwort zu erwarten und beendete das Schweigen mit einer abrupten Handbewegung.

»Sie verzeihen die kleine Vorlesung in Laienethik, war übrigens nicht persönlich gemeint. All das ändert nichts daran, daß unser Auftrag ausgeführt werden muß, und das gilt auch für Wellem. Er darf keine Schwierigkeiten machen, die Zeit ist zu knapp. Was schlagen Sie vor?«

»Wenn wir ihn einweihen, müssen wir ihn überzeugen. Das geschieht am besten von oben, Staatssekretär Wenzel, besser noch der Bundeskanzler selber. Oder aber wir sagen ihm nichts und übernehmen das Training des Doppelgängers in eigener Regie.«

»Wofür muß der überhaupt trainiert werden?«

»Zu seiner eigenen Befriedigung. Das ist der Typ Söldner, der uns die Ernsthaftigkeit des Einsatzes nur abnimmt, wenn er bis aufs Blut gedrillt wird. Sonst würde der mißtrauisch. Und wenn wir ihn in Mörserschießen ausbilden müssen! Denken Sie an die Sache mit den Zähnen. Das läßt der nur über sich ergehen, wenn wir ihm ein überzeugendes Programm bieten.«

»Wann wird Wellem die Konferenz einberufen?«

»In den nächsten Tagen. Die Analysen sind fast fertig.«

»Gut. Dann wird vorher der operative Stab tagen. Staatssekretär Wenzel wird Wellem morgen früh anrufen und für übermorgen seinen Bericht anfordern. Bei der Sitzung werden wir auch über die Arbeitsteilung sprechen. Der Bonner Stab wird die Planung betreiben, die praktischen Dinge werden von uns erledigt. Das gilt auch für die Ausbildung des Doppelgängers.«

Beim Abschied sagte General Hoff: »Vielleicht ist es sogar gut, wenn Sie Wellem sagen, daß Sie heute hier waren. Das könnte Ihre Glaubwürdigkeit erhöhen.«

»Daran habe ich auch gedacht«, sagte Johann S. Weyerthal.

V

Die nächste Sitzung des operativen Stabes im Bundeskanzleramt fand in dem gleichen fensterlosen Arbeitsraum statt, den Wellem und Haßlinghausen schon beim ersten Treffen fünf Wochen zuvor kennengelernt hatten. Als sie eintraten, waren die anderen Teilnehmer bereits versammelt. Wellem schaute auf die Uhr und wollte sich entschuldigen, aber Wenzel unterbrach ihn: »Sie kommen nicht zu spät, Herr Wellem. Ich habe mich mit den Herren eine halbe Stunde früher getroffen, um noch einige Dinge durchzusprechen. General Hoff hat uns über die Kontakte des BND zu Dederichs informiert. Gott sei Dank läuft alles reibungslos. Bitte setzen Sie sich.«

Wenzel gab ihnen die Hand, und Wellem und Haßlinghausen begrüßten auch die anderen Anwesenden mit Handschlag: General Hoff, Larsenburg vom BKA und Lemberg vom Verfassungsschutz.

»Meine Herren«, kam Staatssekretär Wenzel gleich zur Sache. »Herr Wellem wird uns über die bisherige Arbeit des Bonner Stabes berichten. Wir müssen dann über den Fortgang der Arbeit entscheiden. Bitte, Herr Wellem.«

Haßlinghausen stand auf und legte jedem Teilnehmer einige Papiere auf den Platz. Wellem wartete, bis er die Runde gemacht hatte, ehe er begann.

»Meine Herren, aus den Papieren können Sie entnehmen, an welchen Einzelprojekten wir arbeiten und welchen Ergebnisstand wir erreicht haben. Zunächst zu den beiden Grundmodellen, Walpurgisnacht und Harzreise. Bei Walpurgisnacht ging es nur um eine Art Vorplanung: Es sollten Möglichkeiten geprüft werden, die Frau des Überläufers in Mordverdacht zu bringen. Als vorläufiges Resultat muß festgehalten werden, daß dieser Plan kaum Chancen hat, realisiert zu werden, weil die persönlichen Daten der Frau Dederichs einen solchen Verdacht absurd erscheinen ließen. Dederichs versichert uns, daß eine Kurzschlußhandlung bei ihr undenkbar ist. Fazit: Um eine Situation gemäß Walpurgisnacht zu konstruieren, müßten wir die Frau gewaltsam von Berlin in den Harz verschleppen, sie ins Haus setzen, betäuben, ihr eine Flasche Schnaps einflößen, ein blutiges Messer in die Hand drücken, einen Brief mit einem Geständnis auf den Tisch legen und dann die Polizei anrufen.« Wellem unterbrach seinen Bericht und blickte in die Runde.

»Hat jemand Fragen dazu?« sagte Wenzel.

»Sie scheinen nicht unglücklich zu sein, Herr Wellem«, sagte BKA-Chef Larsenburg, »daß dieses Modell offensichtlich ausscheidet.«

»Das ist richtig.«

»Moralische Skrupel?«

»Nein, Herr Larsenburg, nur sachliche.«

General Hoff zeigte den Anflug eines Lächelns, und Staatssekretär Wenzel sagte: »Darf ich davon ausgehen, daß Walpurgisnacht endgültig ausscheidet?«

Alle Teilnehmer nickten.

»Gut, das ist erledigt. Bitte fahren Sie fort, Herr Wellem.«

»Es bleibt also das Unternehmen Harzreise. Hier sind wir ganz gut vorangekommen, wenn ich mir diese Wertung erlauben darf. Wir haben eine Fülle von Daten sammeln können, die unsere ursprüngliche Vermutung bestätigen, daß das gesamte Gebiet extrem günstig ist für den ins Auge gefaßten Unfall und die damit verbundenen Aktionen, zum Beispiel die Grenzüberschreitungen in beiden Richtungen. Einzelheiten finden Sie in den Papieren, die Ihnen vorliegen. Dank der vom BND organisierten Kommunikationskette funktioniert der Informationsaustausch mit Dederichs reibungslos, er ist dabei, sein Verhalten auf unsere Erfordernisse umzustellen – also längere Aufenthalte in Elend, Entwicklung von Trinkgewohnheiten und so weiter. Unser Verbindungsmann zum BND, Weyerthal, sagt, daß wir in den nächsten Tagen mit einem Geländewagen rechnen können; wir werden dann umgehend mit der technischen Vorbereitung des Unfalls beginnen. Zur Beschaffung eines geeigneten Deponats haben wir uns der Hilfe eines Friedhofsangestellten versichert.«

»Wie haben Sie das gemacht?« unterbrach Lemberg.

»Wir haben Listen vom BKA angefordert und dann . . .«

»Das meine ich nicht«, warf Lemberg ein. »Wie haben Sie den Mann zur Mitarbeit gewonnen?«

Martin Wellem zögerte einen Moment und sagte dann: »Durch Erpressung.«

»Durch Erpressung plus Belohnung«, ergänzte Haßlinghausen.

»Ja«, fuhr Wellem fort, »er hat eine Anzahlung bekommen. Die Aktion ist natürlich völlig abgeschottet, er weiß nicht, für wen und für welchen Zweck er arbeitet. Wenn ich jetzt zu den verschiedenen Transfermodellen kommen darf, das heißt zur Planung der räumlichen Operationen . . .«

»Das wird nicht nötig sein, Herr Wellem«, griff Wenzel ein. »Aus den Papieren geht hervor, daß Sie da noch mitten in den Überlegungen stecken. Das steht heute noch nicht zur Entscheidung an. Vielleicht noch ein Wort zu den Talsperren?«

»Ja, die Talsperren. Die Analysen sind fertig. Erstens die Bode-Talsperre. Sie ist zu klein, und es gibt dort zuviel Verkehr. Zweitens die Rappbode-Talsperre. Hier sind einige Bedingungen günstiger, aber doch nicht alle. Darüber müßten wir diskutieren. Zunächst die positiven Aspekte. Der See ist viel größer, etwa vier Quadratkilometer, weit verzweigt und damit unübersichtlich, und er wird nicht von Verkehrswegen berührt, außer an der Staumauer selbst. Die tiefste Stelle beträgt 80 Meter, bei maximaler Füllung. Und da beginnt das Problem. Der Harz hatte im letzten Frühjahr weniger Schneeschmelze als sonst, wir haben in diesem Sommer weniger Regen als sonst, das heißt, die Talsperre ist höchstens zu zwei Dritteln gefüllt, bei anhaltender Trockenheit könnte der Wasserstand auf die Hälfte sinken. Aber auch dann halten unsere Leute die vorgesehene Unfallart noch für glaubhaft. Allerdings ist eines zu bedenken: Seit der Fertigstellung der Talsperre im Jahre 1959 sind dort vier Menschen ertrunken, zwei davon bei höchster Wasserführung und Strömung im Frühjahr, und alle Leichen sind gefunden worden. Ein von uns inszenierter Unfall würde bedeuten, daß zum erstenmal eine Leiche nicht gefunden wird, dazu noch die eines sehr prominenten Mannes.« Wellem schob seine Papiere zusammen, die er während des Vortrages vor sich ausgebreitet hatte, und lehnte sich zurück.

General Hoff meldete sich. »Ich schlage vor, wir geben die Talsperren ebenfalls auf.«

Martin Wellem blickte erstaunt auf. »Warum?«

»Zu risikoreich, halber Wasserstand, noch nie jemand verschollen. Außerdem bleibt die Reaktion der anderen Seite letztlich unkalkulierbar. Wir wissen, was Dederichs für ein Kaliber ist. Wenn die andere Seite nur den geringsten Zweifel hat, wird sie alles tun, um ihn auszuräumen. Dederichs verschwindet im Wasser und taucht nicht wieder auf. Das könnte für die Regierung ein Grund sein, die Talsperre leerlaufen zu lassen. Und wenn das passiert, würden wir wünschen, den echten Dederichs dort versenkt zu haben.«

»Der General hat recht«, stimmte Wenzel zu. »Was denken die anderen Herren?«

Lemberg und Larsenburg nickten, Wellem und Haßlinghausen schwiegen.

»Herr Wellem«, fuhr Wenzel fort, »stoppen Sie bitte alle Planungen, die die Rappbode-Talsperre betreffen, und konzentrieren Sie sich ausschließlich auf das Unternehmen Harzreise in seiner ursprünglichen Fassung, das heißt Autounfall zu Lande. Sie sind personell begrenzt und werden jeden Mann brauchen, um das zu bewältigen, trotz aller Hilfe der hier anwesenden Herren. Herr Wellem, Herr Haßlinghausen, wir danken Ihnen und dem Bonner Stab für Ihre ausgezeichnete Arbeit. Sie hat es ermöglicht, daß wir heute die Entscheidung für ein Aktionsmodell treffen konnten und somit in die heiße Phase gehen. Vielen Dank!«

Larsenburg, Lemberg und Hoff klopften Beifall, Wellem und Haßlinghausen verbeugten sich.

»Noch etwas, Herr Wellem«, sagte Lemberg freundlich. »General Hoff hat uns etwas von einem Doppelgänger angedeutet. Den haben Sie gar nicht erwähnt.«

»Ach ja, der Doppelgänger«, sagte Wenzel. »Das müssen wir noch besprechen. Herr Wellem?«

»Wir haben einen Mann gefunden, der nicht nur so aussieht wie Dederichs, sondern wohl auch den Nerv hat, bei unserem Unternehmen mitzumachen. Ich werde Anweisungen geben, die Pläne so auszuarbeiten, daß wir auf seinen Einsatz verzichten können.«

»Aber warum denn?« fragte General Hoff. »Wir haben den Mann nun mal, dank der vorzüglichen Arbeit Ihrer Leute, Herr Wellem. Er stört nicht, er weiß nichts, aber im Notfall kann er uns etwas Luft verschaffen.«

»Das ist sicher richtig, Herr General«, griff Staatssekretär Wenzel ein, »aber der Bonner Stab hat genug am Hals, wir können den Leuten nicht auch noch den Doppelgänger anhängen. Wenn Sie ihn bei der Stange halben wollen, müßten Sie schon seine Betreuung übernehmen. Geht das?«

»Das geht«, sagte Hoff, »wir werden ihn ausbilden.«

»Ausbilden wozu?« fragte Wellem.

»Er muß genaue Ortskenntnisse bekommen, sich mit dem Geländewagen vertraut machen und mal in einem vergleichbaren Gebiet üben. Hinzu kommt allgemeines Fitnesstraining.«

»Gut, General Hoff«, sagte Wenzel. »Der Bonner Stab konzentriert sich auf seine Aufgabe, Sie kümmern sich um den Mann.«

Wellem schwieg. Die Herren Hoff, Lemberg und Larsenburg nickten zufrieden.

»Meine Herren, ich danke Ihnen«, schloß Wenzel die Sitzung. »Wir werden uns sicher schon bald wiedersehen. Herr Wellem, kann ich Sie noch einen Augenblick sprechen?«

Man verabschiedete sich, und Staatssekretär Wenzel nahm Martin Wellem mit in sein Büro.

Martin Wellem mußte zehn Minuten in Wenzels Büro warten. Als der Staatssekretär schließlich eintrat, entschuldigte er sich für die Verzögerung und stellte ein Tablett mit Kaffee auf den Tisch. Er wartete, bis Wellem sich mit Zucker und Milch bedient hatte. Er gestattete sich und seinem Gast den ersten Schluck, ehe er zur Sache kam.

»Ihr amerikanischer Freund scheint Ihnen nicht zu trauen, Herr Wellem.«

»Ich verstehe nicht.«

»Alex Scott. Sie sollten ihn informieren. Haben Sie das getan?«

»Ja, natürlich. Ich habe doch einen schriftlichen Bericht gemacht.«

»Es sieht so aus, als ob die Amerikaner sich doch lieber persönlich vom Stand der Dinge überzeugen wollen.«

»Heißt das, daß sie uns observieren?«

»Nein, nicht den Bonner Stab. Jedenfalls im Moment nicht. Früher haben sie das offensichtlich schon getan, aber dazu kommen wir noch. Nein, sie versuchen, in der DDR auf dem laufenden zu bleiben, und Dederichs scheint mitzuspielen.«

Wellem blickte sein Gegenüber mit gespielter Gleichgültigkeit an. »Der Bonner Stab soll sich bekanntlich auf seine Aufgabe konzentrieren, Herr Staatssekretär. Die Kontakte in der DDR gehören nicht dazu. Warum erzählen Sie mir davon?«

»Damit Sie bei dem nächsten Treffen mit Ihrem Freund Scott daran denken.«

Wellem hatte Mühe, seinen Ärger zu unterdrücken. »Ich bin absolut sicher, daß Scott von eventuellen Vorgängen in der DDR nichts weiß. Er hätte es mir gesagt.«

»Wahre Freundschaft, wie?«

»Ja«, sagte Wellem gereizt, »alte Freundschaft.«

»Hat Ihr alter Freund Ihnen auch gesagt, daß die Amerikaner längst über die Funktion des Bonner Stabes Bescheid wußten?«

»Ja«.

»Was?«

»Ja.«

»Davon habe ich nichts in Ihrem Bericht gelesen!«

»Nein«.

»Was nein? Könnten Sie sich zu einer Erklärung bequemen?«

»Ich bin bereit, von meinem Amt zurückzutreten.«

»Fein. Aber sagen Sie mir vorher, warum Sie keine Meldung gemacht haben, als Sie von Scott erfahren haben, daß der Bonner Stab enttarnt ist.«

»Um die Männer nicht zu gefährden.«

»Verstehe ich nicht.«

»Ich wollte die Meldung nicht unterschlagen, ich habe sie nur aufgeschoben. Ich bin davon ausgegangen, daß wir im Falle der Enttarnung scharf bewacht und abgeschottet worden wären. Das hätten meine Leute natürlich auch bemerkt und sich den Grund denken können. In dem Augenblick, da sie sich auf den gefährlichsten Einsatz ihres Lebens vorbereiten, hätten sie erfahren, daß sie enttarnt worden sind. Nicht gerade eine Erfolgsgarantie für das ganze Unternehmen.«

»Ich gebe Ihnen in der Sache recht, Herr Wellem. Formal haben Sie falsch gehandelt. Sie hätten Meldung machen müssen im Vertrauen darauf, daß wir zu denselben richtigen Erkenntnissen gekommen wären wie Sie.«

»Es tut mir leid. Ich werde selbstverständlich die Konsequenzen auf mich nehmen.«

»Es gibt keine, außer daß Sie uns in Zukunft *jede* Information zukommen lassen werden.«

»Gehe ich richtig in der Annahme, daß das umgekehrt nicht immer so gehandhabt worden ist?«

»Völlig richtig. Und so wird es auch bleiben, Herr Wellem. Sie geben jede Information nach oben, Sie bekommen aber nicht jede von uns. So ist das nun mal mit der leidigen Hierarchie.«

»Mein Rücktritt würde Ihnen sicher die Arbeit erleichtern, Herr Dr. Wenzel.«

»Kommt überhaupt nicht in Frage, aus den gleichen Gründen, die Sie selber genannt haben. Sollen Ihre Leute über die Grenze geschickt werden, nachdem der Boss vorher abgesprungen ist?«

Wellem wurde blaß.

»Ich meine das nicht persönlich, Herr Wellem. Sie haben in der Vergangenheit bewiesen, daß Sie Mut haben. Tut mir leid, wenn ich falsch formuliert habe. Ich will es anders ausdrücken: Ich danke Ihnen für Ihr Angebot, kann es aber um der Sache willen nicht annehmen.«

Und nach einer Pause fuhr er fort: »Trinken wir unseren Kaffee, bevor er ganz kalt ist. Und dann sprechen wir über die Dinge, die zu tun sind, ja?«

Wellem nickte und trank.

»Wir haben Anzeichen aus Washington«, nahm Wenzel das Gespräch wieder auf, »daß man sich dort intensiv mit dem Fall Dederichs beschäftigt. Der Präsident soll das Thema auch mit dem Sicherheitsstab beraten haben. Von unseren Kontakten in Washington stammt übrigens auch die Information, daß unsere Freunde jenseits des Atlantiks über die Aktivitäten des Bonner Stabes schon seit längerem ein recht klares Bild haben. Ich frage mich, warum die uns damit noch nicht erpreßt haben. Hat Scott irgendwas dazu gesagt?«

»Ja, er meint, man finde das selbstverständlich und sehe mit Befriedigung, daß wir dieselben Mittel anwenden wie die Amerikaner. Wir sind die Schüler, die endlich gelernt haben; den Vergleich hat er gebraucht.«

»Hat er sonst irgend etwas gesagt über die amerikanische Reaktion auf unser Vorgehen im Fall Dederichs?«

»Er hat sich gewundert, daß wir es alleine machen wollen und mich nach den Gründen gefragt. Da ich auch nichts Genaues weiß, haben wir beide vermutet, daß es die Furcht vor unkalkulierbaren Handlungen des amerikanischen Präsidenten ist. Seine Vorgesetzten, angefangen mit Botschafter Makkenzie, vermuten allerdings etwas anderes.«

»Was?«

»Das wissen sie nicht. Mackenzie glaubt, daß unsere Regierung ein Geheimnis hat, das sie nicht mit den Amerikanern teilen möchte. Er sagt, Staatsminister Förster habe ihm in einer Unterredung offen gedroht.«

»Das alles hat Scott Ihnen gesagt?«

»Ja.«

»Donnerwetter, der riskiert einiges für seine Freundschaft mit Ihnen.«

»Er beurteilt die Politik seines Präsidenten genauso wie wir.«

»Er wird inzwischen von den neuerlichen Bemühungen seiner Landsleute um Dederichs erfahren haben, die Informationen laufen ja in der Botschaft zusammen. Wenn er Ihnen davon bei Ihrem nächsten Treffen berichtet, nehme ich alles zurück, was ich über ihn gedacht haben könnte.«

»Darf ich als Gegenleistung sagen, daß wir diese Kontakte bemerkt haben?«

»Ja, sagen Sie es ruhig. Wenn das als letzte Warnung nicht hilft, werden wir unsere Drohung wahrmachen müssen.«

»Was bedeutet das?«

»Förster hat Mackenzie klargemacht, daß das Leben amerikanischer Agenten gefährdet ist, wenn unser Unternehmen gestört wird.«

»Wollen wir Wildwest spielen?«

»Lieber Wellem, dies *ist* der Wilde Westen. Das ist nicht geographisch gemeint, der Osten gehört durchaus dazu. Was ich jetzt sage, ist Dienstgeheimnis, Wellem, Staatsgeheimnis, falls das auf Sie einen größeren Eindruck macht. Nichts geht davon an Ihren Freund! Ja?«

»Ja.«

»Die Situation ist dramatischer, als Sie sich vorstellen können. Wir sind doppelt und dreifach erpreßbar. Den Dederichs würden wir am liebsten in Sibirien begraben, aber er erpreßt unsere Regierung, ihn rüberzuholen, weil es sonst die Amerikaner tun würden, und die täten es womöglich ganz offen und im Triumphzug. Also tun wir es auf unsere Weise, und zwar nicht nur aus Friedensliebe, sondern weil für unser Land noch etwas ganz anderes auf dem Spiel steht. Das ist übrigens das kleine Geheimnis, das Mackenzie vermutet. Er weiß noch nicht, was es ist, aber er weiß, daß wir damit zu erpressen sind, sobald er es rausgefunden hat. Erpressung Nummer drei: Die Amerikaner wissen über den Bonner Stab Bescheid.

Ein Wink an die Presse, und es gibt einen politischen Sturm, der diese Regierung wegfegen könnte. Stellen Sie sich die Schlagzeile vor: Regierung unterhält beamtete Mörderbande! So, das sind die Erpressungsmöglichkeiten.

Was haben jetzt die Amerikaner vor? Erstens, sie unterhalten Kontakte zu Dederichs, weil sie glauben, von uns nicht vollständig informiert zu werden. Daß dadurch das Unternehmen hochgradig gefährdet ist, liegt auf der Hand. Schließlich können die Agenten zweier Länder nicht bei Dederichs ein- und ausgehen, ohne daß es auf die Dauer auffällt. Zweitens, sie wollen sich Dederichs selber holen. Das einzig Erfreuliche daran wäre nur, daß sie es offensichtlich auf unsere stille Weise tun wollen, andernfalls könnte Dederichs ja reisen, wann er wollte. Drittens, sie wollen mal sehen, wie ernst wir unsere Drohung meinen. Wenn sie merken, daß es uns so ernst nicht ist, fallen sie vielleicht auf Möglichkeit Nummer zwei zurück und holen ihn selber raus. Mit anderen Worten, wir können es drehen, wie wir wollen – wenn sie uns in der DDR weiterhin in die Quere kommen, werden wir ein Exempel statuieren oder, wie Sie sich ausgedrückt haben, Wildwest spielen.«

»Das wiederum könnte unkontrollierbare Reaktionen auf amerikanischer Seite hervorrufen, von dem Tip an die Presse bis zur offenen Übersiedlung von Dederichs.«

»Ja, ich sehe diese Gefahr auch. Ich habe allerdings die Hoffnung, daß selbst dieser Präsident mit seinem stärksten Verbündeten nicht so umspringt, als ob er ihn gar nicht mehr brauchte. Ich glaube, wir haben einen gewissen Stellenwert in seinem globalen Spiel. Er liebt diese Regierung nicht und verspricht sich vielleicht mehr von der Opposition. Mit seinem Wissen über den Bonner Stab hat er genug Sprengstoff, um uns innenpolitisch zu vernichten. Aber er weiß natürlich auch, daß die Opposition, als sie selber Regierung war, sich ebenfalls des Bonner Stabes bedient hat, und daß wir gebührend darauf hinweisen würden. Sein Sprengstoff wäre also gefährlich für jede nur denkbare Bundesregierung und würde die Amerikafreundlichkeit in diesem Lande nicht erhöhen. Nein, wir müssen das Risiko in Kauf nehmen und hart bleiben. Als die Regierung sich entschloß, die Drohung auszusprechen, bestand Einmütigkeit darüber, sie notfalls auch wahrzumachen.«

Martin Wellem versuchte vergeblich, eine böse Ahnung zurückzudrängen.

»Und – woran hat man gedacht?«

Wenzel sah ihn an, und Wellem glaubte, so etwas wie Mitgefühl in seinem Blick zu bemerken. Er zögerte die Antwort hinaus, bot Wellem einen Zigarillo an, nahm selber einen und zündete beide an. Schweigend taten die Männer einige Züge.

»Ich verstehe Ihre Frage«, sagte Wenzel schließlich, »und ich meine auch den Unterton herauszuhören: Besorgnis, meinetwegen Angst. Ja, Herr Willem, sollte es zum Äußersten kommen, dann muß Ihr Team wieder die Dreckarbeit machen. Natürlich müßten wir Ihnen diesmal die Planung abnehmen, Sie haben genug am Hut. Der BND würde alles vorbereiten, nur das letzte böse fatale Tüpfelchen, das käme von Ihnen.«

»Warum könnte der BND nicht die ganze Arbeit machen?«

»Aus demselben Grunde, dem der Bonner Stab seine Existenz verdankt. Das Allergeheimste muß geheim bleiben. Der BND ist ein großer Apparat, das bedeutet viele potentielle Mitwisser und eine Handvoll Spione. Sie sind zwölf Mann, alle handverlesen, alle aus Überzeugung dabei.«

»In diesem Falle kann ich Überzeugung für mich nicht geltend machen, Herr Staatssekretär.«

»Ich weiß, Herr Wellem. Es hat einen Hauch von Macbeth: ein Mord zieht den anderen nach sich. Und doch sind auch Sie aus Überzeugung dabei, genau wie ich. Sie hatten einen anständigen Beruf, bei dem Sie hätten bleiben können.

Sie wären jetzt Oberstudienrat und hätten Ihr Auskommen. Ich könnte auch als Rechtsanwalt mein Häuschen finanzieren, aber ich sitze hier und bin Schreibtischtäter, auch aus Überzeugung, die wie bei Ihnen Schwankungen unterworfen ist.«

»Vielleicht werde ich wieder Oberstudienrat.«

»Nach Abschluß unseres Unternehmens, Herr Wellem. Vielleicht werde ich dann wieder Rechtsanwalt, muß es womöglich werden. Quod vesper ferret incertum est, hat mein Vater mal am 24. Dezember auf ein Kalenderblatt geschrieben.«

»Sie sprachen davon, der Drohung notfalls Nachdruck zu verschaffen – soll das in der DDR geschehen?«

»Nein. Es wäre am einfachsten, einen amerikanischen Kontaktmann an die DDR zu verraten, aber der würde womöglich über Dederichs auspacken, wer weiß, was für Methoden die da drüben anwenden.«

»Schlimmere als wir?«

Wenzel ging nicht auf die Bemerkung ein. »Zweite Möglichkeit: man könnte ihn drüben töten. Würde aber zuviel Aufsehen erregen, die würden rauskriegen, daß der Mann CIA ist und sich fragen, wer ein Interesse daran hat, den zu erledigen. Nein, es muß hier geschehen. Wenn er zur Berichterstattung bei Papa Mackenzie bestellt ist.«

»Sie meinen, womöglich in Bonn?«

»Meinetwegen vor der Tür der amerikanischen Botschaft. Die werden sowieso wissen, wer es gemacht hat. Das ist ja auch Sinn der Sache.«

Gert Brinken und Werner Marfels wechselten sich ab. Jeden Tag kurz vor fünf rief einer von ihnen beim Friedhof an und fragte, ob es etwas Neues gebe. In der zweiten Julihälfte schließlich gab es etwas Neues: Oster meldete, daß ein Neuzugang ungefähr auf die Beschreibung passe. Ein Besuch wurde für den nächsten Vormittag vereinbart.

Weyerthal wurde informiert und versprach, für den darauffolgenden Tag das nötige Material zu beschaffen. »Es ist das letzte, was wir für ihn tun können, und da wollen wir nicht sparen«, sagte er, aber niemand lachte. Am Mittag des nächsten Tages – Marfels und Brinken waren ins Ruhrgebiet abgereist – fuhr ein grüner Lieferwagen auf das Gelände der Lichtenbergallee. Der Fahrer ließ sich von Weyerthal etwas quittieren und ging zu Fuß wieder zum Ausgang zurück. Weyerthal meldete Wellem die Ankunft der Kühltruhe und des »Überführungswagens«, wie er sich ausdrückte, und bot noch einmal Leute für die Aktion an. Aber Wellem blieb bei seinem Entschluß, nur die eigenen Männer einzusetzen.

An der Rückseite des Hauses führte eine Treppe von außen in den Kellertrakt. Der Zugang war mit einer Stahltür gesichert, die nur von innen geöffnet werden konnte. Claus Haßlinghausen brauchte einige Zeit, bis er die richtigen Schlüssel gefunden hatte. Der Transporter wurde rückwärts an die Treppe herangefahren und die beiden Flügeltüren geöffnet. Haßlinghausen und Weyerthal hielten sie fest, damit sie nicht zur Seite klappten, sondern als Sichtblende dienten – ein patroullierender Grenzschutzbeamter hätte nicht erkennen können, was dort ausgeladen wurde. Sechs Männer bugsierten die Kühltruhe vorsichtig die Treppe hinunter, ermuntert von Weyerthal: »Stellt euch vor, ihr wäret Verkaufsfahrer bei der Firma und müßtet den ganzen Tag Kühltruhen ausliefern. Der Gedanke macht diese einmalige Fron erträglich.«

Die Kühltruhe wurde in dem ersten leeren Raum neben dem Eingang abgestellt. Manfred Stankowski besorgte die Installierung und nahm alle beweglichen Teile, Trennwände und Fächer aus der Truhe.

»Was machen wir damit, wegwerfen?«

»Nein«, protestierte Weyerthal, »die erste Füllung bleibt ja nicht lange drin. Danach könntet ihr doch Lebensmittel einfrieren, das macht euch unabhängig von außerdienstlicher Nahrungsaufnahme.«

»Pack den Kram in die Ecke und laß ihn liegen«, sagte Haßlinghausen. Stankowski stellte eine mittlere Temperatur ein und schloß den Deckel der Truhe. Aus der Werkstatt wurde noch ein grobgezimmerter Tisch herübergeschafft, dann verriegelte Haßlinghausen den Raum. Anschließend schickte er vier Leute mit ihren Privatwagen zu verschiedenen Gärtnereien. Jeder kam mit einem 50-Pfund-Sack Blumenerde zurück.

Oster führte Brinken und Marfels zu der Aufbahrungszelle. Er hatte den Sarg schon geöffnet, die Kerzen aber diesmal nicht angezündet. Mit dem Foto von Dederichs schien der Tote auf den ersten Blick wenig Ähnlichkeit zu haben: die Augen waren geschlossen, die Haut wirkte fahl und wächsern, Bartstoppeln bedeckten das Kinn, eine Brille fehlte. Größer war die Ähnlichkeit mit dem Phantombild, das Oster erhalten hatte. Die typischen Merkmale waren vorhanden: rundes Gesicht, Glatze bis auf einen Haarkranz, Haarfarbe etwas heller als bei Dederichs, aber das würde am Ende keine Rolle mehr spielen.

»Stimmt die Größe?« fragte Brinken.

»Laut Totenschein ein Meter einundsiebzig«, sagte Oster.

»Wie alt ist er?«

»Fünfundfünfzig«.

»Und das Gewicht?«

»Das müßte ungefähr hinkommen. Ich habe ihn mir angesehen. Neunzig Kilo, eher etwas mehr.«

»Todesursache?«

»Herzversagen.«

»Wann ist die Beerdigung?«

»Übermorgen.«

»Das läßt uns zwei Nächte. Oder haben die Angehörigen offene Aufbahrung verlangt?«

»Nein, der Sarg soll geschlossen bleiben.«

»Was meinst du«, wandte er sich an Marfels, »sollen wir ein Foto machen?«

Marfels blickte den Toten prüfend an und schüttelte den Kopf. »Das würde zu Hause nicht viel helfen, zu starke Verfremdung. Besser wir entscheiden uns an Ort und Stelle.«

»Gut. Herr Oster, wir machen jetzt einen kleinen Spaziergang über den Friedhof und kommen dann in Ihr Büro, um die Einzelheiten zu besprechen.«

Oster nickte und machte Anstalten, den Sarg zu schließen, als Marfels fragte: »Wie viele Zähne hat er noch?«

Oster sah ihn erstaunt an, ging aber an das Kopfende des Sarges, griff mit der linken Hand das Kinn des Toten, hielt mit der rechten den Kopf fest und zog kräftig – das trockene Knakken empfand Brinken wie einen Peitschenhieb, und Marfels spürte Stiche im Magen.

»Keine Zähne«, sagte Oster. »Hat eine Prothese gehabt.«

»Und das Gebiß ist – drin?« fragte Brinken.

»Nein, er ist in der Nacht gestorben.« Oster drückte den Kiefer des Toten mit einem Ruck wieder nach oben, wieder schien das Knacken den Raum zu füllen. Er bemerkte, daß seine Besucher mit Übelkeit zu kämpfen hatten und fügte grinsend hinzu: »Wahrscheinlich hebt die Witwe sich das Gebiß als Souvenir auf.«

»Bis nachher dann«, sagte Brinken und verließ mit Marfels den Raum.

Schlappschwänze, dachte Oster, und die wollen irgendein großes Ding drehen.

Wieder im Freien holten sie tief Luft. »Stell dir vor«, sagte Marfels, »wir hätten dem auch noch die Zähne ziehen müssen.«

»Unser Beruf hat auch schöne Augenblicke: der Mann hat keine Zähne mehr. Und wenn schon, das hätte sicher Wellem selbst übernommen.«

»Sankt Martin mit der Kneifzange!«

Ihr Lachen war eine Spur zu laut.

Sie entfernten sich von dem Totenhaus und schlenderten an den Gräbern vorbei.

»Sieh dir das an, Gert«, sagte Marfels und deutete auf einen Grabstein, »die ist vor fünfzig Jahren gestorben, und hier stehen frische Blumen. Irgend jemand denkt noch an die.«

Brinken ging weiter und zog Marfels mit. »Überlassen wir Wellem die philosophischen Reflexionen. Das ist genau die Scheiße, die er als Seelendünger braucht. Die Frage, die uns jetzt interessiert, heißt: nehmen wir den Mann oder nicht?«

»Ich würde sagen ja. Die Merkmale, die nach unserer geplanten Feuerbestattung noch rekonstruierbar sein werden, stimmen.«

»Auch die Größe? Die verändert sich doch nicht, wenn ich deine Studien richtig verstanden habe.«

»Das ist richtig. Aber ein einziger Zentimeter Unterschied spielte keine Rolle. Die Maße, die in unseren Pässen stehen, sind nicht von der Behörde ermittelt, sondern von uns selbst angegeben worden. Das ist in der DDR ebenso. Ein Meter siebzig ist nicht Dederichs' tatsächliche Größe, sondern nur die Größe, die er in das Antragsformular für seinen Paß eingetragen hat. Wir werden wichtigere Indizien hinterlassen, die den Mann als Dederichs ausweisen.«

»Also dann, Startschuß für die Aktion Leichenklau.«

Sie gingen zurück zum Totenhaus. Oster empfing sie mit den Worten: »Haben die Herren sich entschieden?«

»Ja«, sagte Brinken, »wir nehmen den Mann.«

»Das freut mich. Ich habe gern geholfen.« Oster zündete sich eine Zigarette an. »Dann bleibt nur noch die finanzielle Seite zu regeln.«

»Die ist bereits geregelt, Herr Oster. Sie bekommen jetzt fünfhundert Mark, die Trinkgelder bei unserer ersten Begegnung vergessen wir. Da wir mit der Zusammenarbeit zufrieden sind, sollen Sie auch die fünfhundert Mark extra bekommen, als Prämie. Die zahlen wir nach Abschluß der Aktion auf Ihr Konto. Sie müßten uns dafür Ihre Kontonummer geben. Und nun zu der Aktion selbst. Wir machen das heute nacht. Wir kommen nach Feierabend mit einem Transporter hierher, Sie zeigen uns gleich noch, wo wir unauffällig parken können. Sie gehen wie üblich nach Hause, wir lassen uns einschließen. Wenn alles ruhig ist, holen wir uns den Mann. Vielen Dank übrigens für Ihre Nachschlüssel. Sie können sicher sein, daß wir alles wieder ordnungsgemäß verschließen. Wir warten dann, bis das Tor am Morgen wieder aufgeschlossen wird, und dampfen ab. Sie haben mit der ganzen Sache nichts zu tun. Übermorgen haben Sie das restliche Geld auf Ihrem Konto.«

Oster setzte eine besorgte Miene auf. »Sie machen es sich zu einfach, wenn Sie glauben, daß ich damit nichts zu tun habe. Ich trage das größte Risiko. Um ehrlich zu sein, ich bereue, daß ich mich mit Ihnen eingelassen habe. Aber es ist nun einmal geschehen, und ich stehe zu meinem Wort. Nur wollen wir versuchen, das Beste daraus zu machen, ich meine für alle Beteiligten.«

»Sie können sicher sein, daß das geschieht, Herr Oster«, sagte Brinken ungeduldig und zählte fünf Hundertmarkscheine auf den Tisch.

»Sehen Sie, genau das ist das Problem.« Oster deutete auf das Geld. »Ich setze meine Existenz aufs Spiel, und Sie honorieren das mit so ein paar Scheinchen. Meine Herren, für diese Summe kann ich Ihnen nicht behilflich sein.«

»Die Summe war ausgemacht, Herr Oster, erinnern Sie sich?«

»Eben, ich erinnere mich sehr gut. Die Summe war nicht

ausgemacht, sondern nur von Ihnen genannt worden. Ich habe niemals zugestimmt, für diesen Betrag zu arbeiten.«

»Hören Sie, Oster . . .« begann Marfels.

»Herr Oster«, korrigierte der andere.

»Dann hören Sie, *Herr* Oster. Wir haben da noch Ihr kleines Vorstrafenregister. Wie wird Ihr Arbeitgeber darauf reagieren?«

»Vielleicht wird er darüber hinwegsehen, wenn ich mich an der Aufklärung eines Verbrechens beteilige. Ihres Verbrechens.«

Brinken steckte die fünfhundert Mark wieder ein. »Schade, Herr Oster, daß Sie nicht kooperieren. Wir könnten die Sache nämlich alleine erledigen *und* Ihrem Arbeitgeber die Liste schicken. *Und* ihm den Hinweis geben, doch mal in der Zelle Nummer soundso nachzusehen, ob der Tote noch da ist. Danach dürften Sie für einige Zeit von der Bildfläche verschwinden. Auf Staatskosten, meine ich.«

Anders als beim ersten Treffen schien Oster diesmal nicht beeindruckt.

»Dagegen sprechen mehrere Gründe, meine Herren. Ich will sie Ihnen nennen. Erstens dürfte der Zugang zu diesem Haus recht schwierig werden. Ich weiß, was Sie sagen wollen. Sie haben ja Nachschlüssel angefertigt. Aber die passen nicht. Wenn sie gleich gehen, können Sie sich davon überzeugen. Ich habe Ihrem Mann falsche Vorlagen zum Abdruck gegeben, eine kleine Vorsichtsmaßnahme von mir. Zweitens würde der Versuch, die Türen aufzubrechen, die Alarmanlage in Gang setzen. Fragen Sie mich nicht, warum man hier einen Alarm eingebaut hat, Wertsachen sind hier nicht zu holen. Aber vielleicht hat man an Leute wie Sie gedacht. Doch angenommen, Sie wären ausgebuffte Profis und würden mit der Anlage fertig – rechnen Sie damit, Polizei im Gelände anzutreffen. Dann würde sich übrigens zeigen, was Ihre Polizeiausweise wirklich wert sind. Kurz gesagt, ich sehe schwarz für das Unternehmen.«

Brinken griff unter seine Jacke, zog seine Pistole hervor und richtete sie auf Oster.

»Ich kenne das Modell«, sagte Oster lächelnd, »Sie müssen den Sicherungshebel nach vorne drücken und den Schlitten durchziehen, sonst funktioniert sie nicht.«

Brinken entsicherte und lud durch. »Und nun, Herr Oster, erledigen wir die Sache. Mein Kollege holt den Wagen, und wir beide schaffen den Toten raus. Eine Decke oder eine Plane werden wir hier doch finden, oder? Und wenn Sie jetzt nicht sofort aufstehen, haben Sie ein Loch im Fell. Auf den Anblick freue ich mich sogar, auch wenn mein Freund und ich die Arbeit dann allein machen müßten.«

Oster blieb sitzen und schüttelte langsam den Kopf. »Manchmal zweifle ich, ob Sie wirklich Profis sind.«

Er schaute auf die Uhr.

»In fünfundzwanzig Minuten haben wir eine Beerdigung. Die ersten Trauergäste sind sicher schon da. Die Träger werden jeden Augenblick kommen, die müssen sich ja noch umziehen. Und nun feuern Sie mal einen Schuß ab! Und schaffen den Toten raus! Ach ja, der Kollege muß ja erst noch den Wagen holen. Erschießen Sie mich vorher oder nachher? Übrigens, ich sehe schon die ersten Träger kommen.«

Brinken steckte die Pistole weg. Einer der Männer klopfte außen ans Fenster. Oster winkte ihm zu, und die Träger gingen weiter. Er wandte sich wieder an Brinken: »Sie haben vergessen, die Waffe zu sichern.«

»Halt die Schnauze, du Schwein.«

Oster schüttelte den Kopf, als wolle er Unverständnis über diesen Mangel an Umgangsformen ausdrücken.

»Ach, beinahe hätte ich etwas vergessen. Ich habe Ihren Mann, der die Schlüsselabdrücke gemacht hat, fotografiert. Das Foto ist in guten Händen, falls mir etwas zustoßen sollte. Hier, einen Abzug habe ich Ihnen mitgebracht.«

Er schob ein Foto über den Tisch: Alfred Ebeling war,

offenbar beim Verlassen des Hauses, ziemlich gut im Profil getroffen. Idiot, dachte Brinken, vergißt die simpelsten Regeln und läßt sich von diesem Schleimer aufs Kreuz legen.

»Wieviel Geld wollen Sie?« fragte Marfels.

»Ihr Kollege hat begriffen«, sagte Oster vorwurfsvoll an Brinken gerichtet, ehe er sich Marfels zuwandte: »Zwanzigtausend Mark.«

»Sie sind wahnsinnig!«

»Nein, ich bin Realist. Mein Risiko, ich habe Ihnen das schon erklärt. Ich will das Geld ja nicht aus Habgier. Ich brauche es, um mir notfalls eine neue Existenz aufbauen zu können.«

»Wir haben keine zwanzigtausend Mark.«

»Aber, aber. Sie planen einen großen Coup, ich weiß nicht was, das geht mich auch nichts an, aber soviel ist sicher, Sie erwarten einen großen Gewinn. Da muß man schon was investieren. Wenn Sie das Geld wirklich nicht flüssig haben, sollten Sie einen Kredit aufnehmen. Im Gegensatz zu mir sind Sie doch vertrauenswürdig, Ihnen hilft die Bank bestimmt. Geben Sie doch als Zweck an: Beschaffung von Rohmaterial für ein größeres Projekt. Außerdem haben Sie noch etwas Zeit. Wir müssen ja nicht heute fertig werden, die Sache kann auch noch morgen laufen, die Beerdigung ist ja erst übermorgen.«

»Also gut, heute nacht«, sagte Marfels.

Brinken blickte ihn wütend an, aber Marfels bedeutete ihm mit einer Handbewegung zu schweigen.

»Nicht heute nacht, sondern heute abend«, stellte Oster in sachlichem Ton fest. »Ich ziehe es vor, mit Ihnen bei Tageslicht zusammenzuarbeiten.«

»Was soll der Quatsch?« fuhr Brinken auf. »Wir haben nachts ausgemacht.«

»Ich erkläre *Ihnen* jetzt mal den Ablauf der Aktion«, erwiderte Oster kalt. »Um fünf habe ich Feierabend, dann schließe ich ab und bringe die Schlüssel zur Pforte und verlasse das Gebäude. Dann gehe ich außen herum und suche mir ein Loch im Zaun.« Er dämpfte die Stimme. »Und schwupp, bin ich wieder da. Mit den Schlüsseln. Nachschlüsseln natürlich, aber echten! Ich habe sie schon ausprobiert – sie passen. Dann zählen wir das Geld, und Sie können die Ware übernehmen. Der Friedhof ist bis halb acht geöffnet.« Marfels berührte Brinkens Arm, und Brinken schluckte herunter, was er hatte sagen wollen.

»Wir werden um halb sechs auf Sie warten«, sagte Marfels.

»Mit dem Geld«, fügte Oster hinzu.

»Mit dem Geld«, bestätigte Marfels.

»Du Schwein kommst auch noch dran«, entfuhr es Brinken.

»Was immer Sie vorhaben«, sagte Oster und blickte Marfels an, »lassen Sie Ihren Kollegen nicht mitmachen. Er ist ein Sicherheitsrisiko. Einfach zu impulsiv. Na ja, dann bis heute abend.«

Bevor Brinken und Marfels nach Bonn zurückfuhren, riefen sie von einer Telefonzelle aus in der Lichtenbergallee an und informierten Haßlinghausen, daß die Aktion noch am gleichen Tag stattfinden werde. Die notwendigen Vorbereitungen waren schnell getroffen. Der grüne Transportwagen bekam gefälschte Kennzeichen der Stadt Essen; die echten Nummernschilder würde man in einem Wald nahe dem Friedhof wieder anschrauben, nach dem Einsatz. Im Laderaum fanden sich vier Säcke mit Blumenerde, eine Zeltplane, einige Kisten mit Werkzeugen sowie eine größere Anzahl von Brettern und Latten – die typische Ladung von Handwerkern, falls man in eine Kontrolle geraten sollte. Götz Meyer und Helmut Rott wurde mitgeteilt, daß für sie ein paar Überstunden angesetzt waren.

Sechs Stunden nach ihrem Gespräch mit Oster parkten Marfels und Brinken wieder ihren Wagen in einer Seitenstraße in der Nähe des Friedhofs. Meyer und Rott fuhren den Transporter zur Friedhofskapelle, Marfels und Brinken kamen zu Fuß nach. Es war genau halb sechs, als sie an der Rückseite des Totenhauses eintrafen. Die Tür war verschlossen. Marfels drückte die Klingel, aber in dem Gebäude rührte sich nichts. Vor dem Fenster zu Osters Büro war ein Rolladen heruntergelassen.

»Da hockt er wahrscheinlich drin und peilt durch eine Ritze«, sagte Marfels.

»Drehen wir eine Runde«, schlug Brinken vor.

Die vier Männer schlenderten an der Kapelle vorbei und schlugen einen großen Bogen um den Hügel, der als Mittelpunkt des Friedhofs angelegt war und auf den die Hauptwege sternförmig zuliefen. Als sie nach einer Viertelstunde wieder zu ihrem Ausgangspunkt zurückkehrten, war der Rolladen vor dem Fenster hochgezogen. Oster stand neben der Tür, mit dem Rücken an die Wand gelehnt, die rechte Hand in der Jackentasche.

»Das Geld«, sagte er leise.

Marfels drückte die Türklinke. »Lieber drinnen.« Die Tür war verschlossen.

»Ich möchte das Geld lieber draußen sehen«, beharrte Oster. Brinken blickte sich um.

»Es kommt niemand«, versicherte Oster.

»Eben!« antwortete Brinken. Mit einer halben Körperdrehung nahm er Schwung und trat Oster mit Wucht vor die rechte Kniescheibe. Es klang wie ein morscher Ast, der durchgebrochen wird. Der Mann schrie auf, knickte abrupt zusammen, rollte zur Seite und blieb einige Sekunden stöhnend auf dem Rücken liegen. Dann richtete er sich ruckartig auf. Er hielt eine Pistole in der Hand. »Schweine«, artikulierte er mühsam, während ihm Speichel aus einem Mundwinkel lief.

Rott reagierte instinktiv. Seine Schuhspitze traf Osters rechten Ellenbogen, die rechte Hand öffnete sich reflexartig, die Pistole fiel heraus. Rott sprang einen Schritt vor und hob sie auf. Die anderen drei waren zur Seite gesprungen, in Erwartung eines anderen Reflexes: daß Oster, am Ellenbogen getroffen, abdrücken würde. Oster starrte mit weit aufgerissenen Augen auf seine Hand. Er versuchte sie zu bewegen, aber sie war wie gelähmt. Dann erst erreichte eine Welle des Schmerzes sein Gehirn. Er warf den Kopf in den Nacken und stieß einen heulenden Laut aus. Meyer und Marfels griffen ihm unter die Arme und schleiften ihn zu dem Lieferwagen. Brinken öffnete die Türen zur Ladefläche. Aber niemand war in Sicht. Sie setzten Oster auf den Boden, mit dem Rücken an den Wagen gelehnt.

»Die Schlüssel!« sagte Brinken.

Oster hatte sich wieder gefangen und gab noch nicht auf.

»Ich habe keine Schlüssel«, sagte er mit einem angestrengten Grinsen.

Brinken durchsuchte ihn. »Und was ist das?«

»Meine Hausschlüssel.« Osters Grinsen zeigte eine Spur von Triumph. »Sie können sie ja ausprobieren.«

»Ich gebe Ihnen dreißig Sekunden, die Schlüssel rauszurücken«, sagte Brinken und sah auf die Uhr.

»Ich weiß auch nicht, wo sie sind.«

»Noch fünfzehn Sekunden.«

»Suchen Sie doch.«

»Noch sieben Sekunden. Sechs, fünf, vier, drei, zwei, eins, null.«

Brinken blickte prüfend auf seinen rechten Schuh, ehe er Oster mit aller Kraft in die Hoden trat. Der Mann schnellte hoch, drehte sich in der Luft um seine Achse, schlug mit dem Gesicht auf die Erde und erbrach sich.

»Die Schlüssel, Herr Oster«, sagte Brinken ruhig.

Oster gab auf.

»Grabstein«, röchelte er in das Erbrochene hinein, »erster Grabstein, rechts.«

Götz Meyer rannte los. An der rechten Seite des Totenhauses begann eine Gräberzeile, und hinter dem ersten Grabstein fand er einen Schlüsselbund.

»Na also«, sagte Brinken.

Sie schleiften Oster zum Haus zurück, Meyer öffnete die Tür, die vier Männer traten ein und zogen ihr Opfer mit, Meyer schloß von innen ab.

»Nummer vierzehn«, sagte Brinken. »Werner, bleib du bei ihm.« Marfels nickte. Oster saß auf dem Fußboden des Korridors, mit dem Rücken an die Wand gelehnt. Er kämpfte gegen eine Ohnmacht, sein Kopf sackte immer wieder auf die Brust, seine Augen konnte er nur mit Anstrengung offen halten.

Die drei anderen kamen über den Korridor zurück. Brinken öffnete die Tür vorsichtig einen Spalt weit. Eine alte Frau einen leeren Blumenkorb und eine Gießkanne in den Händen, ging vorbei. Als sie außer Sicht war, traten die Männer aus dem Haus. Marfels beobachtete das Gelände durch einen Türspalt. Alles war ruhig. Ein paar Minuten später ließ er die Kollegen wieder ein. Brinken und Rott schleppten vier Säcke mit Blumenerde, Meyer trug eine aufgerollte Zeltplane. Marfels schloß die Tür hinter ihnen.

Brinken sah auf Oster herunter. Die beiden Männer wechselten einen haßerfüllten Blick. »Am liebsten würde ich den Kerl erschießen und in den freiwerdenden Sarg legen. Das wäre die einfachste Lösung.«

»Er bekäme sogar eine richtige Trauerfeier und Kränze«, meinte Rott.

»Genau das stört mich«, wandte Brinken ein, »so einer muß verscharrt werden, ein richtiges Begräbnis ist zu schade für den.« Die drei Männer nahmen ihre Lasten wieder auf und trugen sie zur Aufbahrungszelle Nummer vierzehn. Sie stellten die Säcke ab und Meyer breitete die Plane auf dem Fußboden des Korridors aus. Sie zogen die weiße Seidendecke aus dem Sarg. Mit einer Handbewegung dirigierte Brinken die beiden anderen an das Kopf- und Fußende des Sarges. Nach kurzem Zögern packte Meyer die Fußgelenke des Toten, Rott ergriff die Schultern, Brinken schob die Hände unter den Rücken des Mannes. Mit einem Ruck hoben sie ihn heraus, bugsierten ihn zur Tür hinaus und legten ihn behutsam auf die Zeltplane. Rott schlug die Enden über dem Toten zusammen und verschnürte das Ganze oben und unten mit einem Riemen. Die anderen beiden legten die Decke wieder in den Sarg und schnitten die Plastiksäcke auf. Sie schütteten die Blumenerde in den Sarg und achteten auf gleichmäßige Verteilung.

»Halt«, warnte Brinken, »drei Säcke, das sind hundertfünfzig Pfund. Den vierten Sack nur halb, oder etwas mehr als die Hälfte.« Dann hoben sie den Deckel auf den Sarg und schraubten ihn fest. Sie überzeugten sich davon, daß sie keine Erde verschüttet hatten.

Brinken nickte zufrieden. »Bedenke, Mensch, daß du aus Erde bist und zu Erde werden wirst. So betrachtet haben wir den Prozeß nur abgekürzt.«

Sie verschlossen die Tür. Rott und Meyer nahmen die Leiche auf, Brinken trug die Plastiksäcke zurück.

Am Ausgang angekommen, fragte er den am Boden kauernden Oster: »Na, geht es uns wieder besser?«

Oster zog es vor, nicht zu antworten.

Marfels öffnete die Tür wieder einen Spalt breit. »Alles klar.« Rott lief zum Wagen hinüber und fuhr ihn rückwärts an das Haus heran. Meyer lief hinaus und klinkte die Flügeltüren auf. Die Leiche wurde auf die Ladefläche geschoben, Marfels warf die Plastiksäcke hinterher. Brinken und Meyer packten Oster unter den Armen und zogen ihn ebenfalls auf die Ladefläche. Marfels schlug die Türen zu, Rott startete und lenkte den Transporter wieder an die alte Stelle außer Sichtweite. Marfels schloß die Tür des Totenhauses sorgfältig ab und folgte dem Wagen zu Fuß. Die ganze Aktion hatte weniger als eine Viertelstunde gedauert.

Rott blieb am Steuer, die anderen versammelten sich im Laderaum. »So, Herr Oster«, begann Brinken, »damit ist das Unternehmen für Sie zu Ende. Schade, daß wir zum Schluß noch einen Mißklang hatten. Die fünfhundert Mark dürfen Sie trotzdem behalten. Sie werden wohl eine Zeitlang ausspannen müssen. Nutzen Sie die Zeit, um darüber nachzudenken, mit wem Sie sich in Zukunft einlassen.«

»Ihr Schweine!« stieß Oster hervor.

»Sie wiederholen sich. Aber ich verstehe Ihre Enttäuschung. Und nun hören Sie gut zu. Wir hatten beschlossen, Sie heute nur halb tot zu schlagen, und selbst so weit sind wir nicht gegangen. Führen Sie ein bescheidenes Leben, und vor allem halten Sie den Mund. Sollten Sie uns noch einmal in die Quere kommen, sind Sie erledigt. Das schwöre ich Ihnen!«

Osters haßerfüllter Blick verbarg gleichwohl nicht seine Furcht, die Drohung schien ihn zu überzeugen. Und das Schlimme ist, dachte Marfels, daß Brinken sie auch ernst meint. Noch schlimmer, daß wir dafür sogar den offiziellen Segen bekämen. Und nicht ohne Entsetzen mußte er sich eingestehen, daß der Mann ihm nicht einmal leid tat.

»Die Frage ist jetzt«, fuhr Brinken fort, »wie Sie hier rauskommen. Sollen wir Sie irgendwo absetzen? Vielleicht in einem Wald? Sie könnten dann sagen, Sie seien überfallen worden.«

Oster schüttelte den Kopf und raffte sich mit Mühe auf. Die anderen halfen ihm. Brinken stieß die Türen auf, Oster ließ sich vorsichtig hinausgleiten und verschwand, mühsam humpelnd, im Gebüsch.

Rott startete und fuhr langsam in Richtung Ausgang.

Nachdem sie das Tor passiert hatten und außer Sichtweite waren, stiegen Brinken und Marfels aus und gingen zu ihrem Auto. Sie folgten dem Transporter in einen nahegelegenen Wald und halfen beim Auswechseln der Nummernschilder. Dann ging es weiter nach Godesberg.

In den nächsten Tagen las man in der Lichtenbergallee aufmerksam die *Westdeutsche Allgemeine Zeitung*, insbesondere den Essener Lokalteil. Von einer verschwundenen Leiche wurde nichts berichtet. Offensichtlich war die Beisetzung ohne Zwischenfälle verlaufen.

VI

Martin Wellem und Alex Scott hatten sich in einem Restaurant treffen wollen, aber Linda Scott bestand darauf, den Freund zum Abendessen nach Hause einzuladen. Alex versicherte, daß man nachher ungestört reden könne.

»Man sieht dich selten in letzter Zeit«, begrüßte Linda den Gast. »Und sag bloß nicht, du hättest zuviel Arbeit, das kenne ich schon von meinem Mann.«

»Es sind Frauengeschichten«, sagte Wellem. »Frauen und Alkohol nehmen die meiste Zeit in Anspruch. Den Rest arbeite ich, damit ich mir beides leisten kann.«

»Bei meinem Mann sind es Arbeit und Alkohol, oder Alkohol und Arbeit. Ich weiß nicht, was wichtiger für ihn ist. Für Frauen jedenfalls interessiert er sich nicht.«

»Du weißt ja nicht, was Alex tagsüber treibt.«

»Ich weiß aber, was er nachts nicht treibt.«

»Der Dienst am Vaterland ist schwer und erfordert meine ganze Kraft«, bemerkte Scott ungerührt. »Martin, nimmst du auch einen Schluck vor dem Essen?«

Wellem war dankbar, daß die beiden Kinder erschienen, bevor Linda das Thema vertiefen konnte. Beim Abendessen bestimmten sie das Tischgespräch. Ronald wollte wissen, ob Martin eine Pistole trage, und bettelte so lange, bis Wellem –

mit einem entschuldigenden Lächeln zu Linda – sie ihm zeigte.

»Papas ist größer«, stellte Ronald fest.

Linda wollte etwas sagen, und Wellem war erleichtert, daß sie die Bemerkung herunterschluckte.

Zum Abschluß gab es Eis für die Kinder und Mokka für die Erwachsenen. Wellem beugte sich vor und legte seine Hand auf Lindas Arm. »Das Essen war ausgezeichnet, Linda. Ganz große Klasse. Ich werde wieder öfter kommen. Ehrenwort!«

Linda zog ihren Arm weg. »Mit anderen Worten, die Gentlemen wünschen jetzt, sich zum wichtigen Teil des Abends zurückzuziehen, ohne Frauen und Kinder natürlich. Die Herren Agenten wollen Cowboy und Indianer spielen.«

Wellem unterbrach sie. »Es tut mir wirklich leid, Linda, wir müssen noch etwas arbeiten, ausnahmsweise. Das nächste Mal, bald schon, kommt ihr alle zu mir, und dann darf keiner von Arbeit auch nur reden.«

»Schon gut, lover! Alex wird mir nachher vorhalten, wie schlecht ich mich benommen habe. Als ihr noch zusammen gesoffen habt, war's gemütlicher. Seit ihr zusammen arbeitet, hat mein guter Alex sich verändert. Saufen tut ihr wohl immer noch, aber anders. Verbissener. Früher habt ihr geselliger gesoffen.«

Scott führte Wellem in sein Arbeitszimmer und schenkte zwei Gläser Whisky ein.

Wellem fühlte sich unbehaglich. »Ich wußte nicht, daß ihr – Probleme habt. Linda glaubt, daß ich damit zu tun habe, nicht wahr?«

»Unsinn. Immer wenn ich mal arbeite, hält sie das für eine persönliche Beleidigung.«

»Aber warum arbeitest du so viel? Ich denke, wir machen die Arbeit, und ihr guckt bloß zu.«

»Mackenzie hält nicht viel von eurer Arbeit und möchte sich lieber selber überzeugen. Das bedeutet für uns das Ende der Vierzig-Stunden-Woche. Aber wir haben keine Gewerkschaft, die etwas für uns tun könnte.«

Wellem spürte seinen Herzschlag – das war der Test, den Wenzel gefordert hatte.

»Was meinst du damit, daß Mackenzie sich selber überzeugt? Läßt er uns observieren?«

»Euch nicht, aber er hält Kontakt zu Dederichs. Ich habe das rausgekriegt. Gesagt hat er es mir weiß Gott nicht.«

Gott sei Dank, dachte Wellem, der Test ist bestanden.

»Wir haben damit gerechnet, Alex.«

»Aber ihr habt es nicht gewußt?«

»Doch.«

»Wie habt ihr es rausgefunden?«

»Wir nicht. Wir sind nur ein paar Mann, Alex. Ich habe es von oben. Genauer von Staatssekretär Wenzel. Der hat es vermutlich vom Geheimdienst.«

»Natürlich. Der Idiot Mackenzie. Ich hätte es ihm vorher sagen können, wenn er mich gefragt hätte. Aber wie läuft es bei euch, Martin?«

»Walpurgisnacht ist gestorben, Frau Dederichs ist keine geeignete Partnerin. Die Talsperren ebenfalls, zu wenig Strömung, zu wenig Wasserstand. Bleibt noch Unternehmen Harzreise zu Lande, und das läuft reibungslos. Wir haben eine Leiche. Schade, daß Dederichs sie nicht sehen kann. Sie würde ihn nachdenklich machen und an die Endlichkeit allen irdischen Tuns erinnern. Große Ähnlichkeit, Frau Dederichs würde ihre Freude haben. Etwas makaber das Ganze, wir haben in der Lichtenbergallee jetzt die sprichwörtliche Leiche im Keller, in einer Kühltruhe.«

»Vergeßt nicht, die Betriebsanleitung genau zu lesen. Ihr müßt zwei bis drei Tage vor dem Einsatz mit dem Auftauen beginnen, es sei denn, Dederichs' Auto hat einen Liegesitz.«

»Ach ja, das Auto. Der BND hat einen Geländewagen aufgetrieben.«

»Wie?«

»Ganz legal in Österreich gekauft, bei einem Gebrauchtwagenhändler. War wohl ein Tip von Kameraden dort. Es ist ein Fluchtwagen aus der Tschechoslowakei, die fahren das gleiche Modell.«

»Und wie weit seid ihr mit dem technischen Ablauf der Sache?«

»Mittendrin. Dederichs baut seine Verhaltenskorrekturen aus, und wir planen Möglichkeiten für Grenzübergänge. Wir haben übrigens auch noch einen lebenden Doppelgänger für Dederichs.«

»Als Reserve. Sehr klug.«

Wellem blickte seinen Freund fragend an. »Wieso Reserve? Was meinst du?«

»Ist doch klar. Wenn mit der Leiche was schiefgeht.«

»Was soll schiefgehen?«

»Mann, Martin, wenn ihr die Leiche nicht rüberkriegt, oder wenn sie unterwegs verlorengeht. Einer muß doch schließlich am Steuer des Wagens sitzen, wenn das Feuerwerk losgeht.«

Wellem starrte Scott an. »Sag mal, Alex, bist du wahnsinnig? Auf so was sind doch nicht mal die Nazis gekommen.«

»Doch, sie sind drauf gekommen. Man nannte solche Mitarbeiter früher Konserven.«

»Deine Art von Humor überfordert mich langsam.«

»Vergiß es, Martin. Es war ein blöder Witz.«

Wellem nickte. Er war nicht sicher, ob Alex einen Witz gemacht hatte oder ob es für ihn selbstverständlich war, daß man sich einen Menschen auf Lager hielt, um ihn gegebenenfalls zu opfern. Es entsetzte ihn nicht so sehr, daß Alex einen solchen Gedanken ausdrückte, sondern daß ihm plötzlich bewußt wurde, daß er dasselbe schon längst gedacht hatte, als Weyerthal im Bonner Stab zum erstenmal einen Doppelgänger erwähnt hatte. Nur verschwommen, sogleich verdrängt und ins Unbewußte verbannt war die Idee aufgeblitzt, wozu ein Doppelgänger nützlich sein könnte. Als Spur im Bewußtsein war nur das Unbehagen geblieben, sich überhaupt mit Weyerthals Vorschlag beschäftigen zu müssen.

»Dieser Doppelgänger«, nahm Wellem das Gespräch wieder auf, »soll vielleicht eine Zeitlang als Dederichs durch die Gegend fahren, während wir den echten schon über die Grenze bringen. Aber das ist nur eine Möglichkeit. Wir überlegen uns mehrere Alternativen.«

»Erzähl mal, woran ihr gedacht habt.«

»Hast du einen Atlas?«

Scott und Wellem verbrachten den Rest des Abends damit, auf der Landkarte Grenzübertritte in beiden Richtungen durchzuspielen. Als Wellem aufbrach, wollte er sich bei Linda entschuldigen, daß es so lange gedauert habe. Aber Linda war noch ausgegangen.

Gegen Ende Juli führten einige Ereignisse zu einer Krise des Unternehmens Harzreise. Es begann mit einer kurzfristig einberufenen Nachtsitzung des politischen Stabes, zu der auch General Hoff vom Bundesnachrichtendienst eingeladen wurde. Martin Wellem und Claus Haßlinghausen wurden angewiesen, in der Dienststelle zu bleiben, da man sie vielleicht noch im Laufe der Nacht im Kanzleramt zu sehen wünschte.

Bundeskanzler Pauls nahm an der Sitzung von Anfang an teil. Staatsminister Förster blickte kurz in die Runde und stellte fest, daß außer Hansen, der als Außenminister eine EG-Sitzung in Brüssel leiten mußte, alle da waren: Innenminister Henrici, Staatssekretär Wenzel, Pressesprecher Liebherr, Pauls' persönlicher Referent Roelling.

»Meine Herren«, begann Bodo Förster ohne Begrüßungszeremoniell, »wir haben eine neue Lage, die eine Entscheidung erfordert. General Hoff wird Ihnen berichten. Bitte, Herr General.«

Hoff deutete eine Verbeugung in Richtung von Pauls an. »Herr Bundeskanzler, meine Herren. Wie Sie wissen, haben die Amerikaner die Kontakte zu Dederichs nicht abgebrochen, obwohl die Bundesregierung sie nachdrücklich darum gebeten hat und wir die Amerikaner über den Fortgang des Unternehmens ständig ausreichend unterrichten. Ich habe Dr. Wenzel darüber schon vor einiger Zeit Bericht erstattet. Amerikanische Agenten versuchen, unsere Bewegungen in der DDR zu beobachten, unsere Kontakte zu Dederichs zu observieren und unsere Leute rund um die Uhr zu beschatten, auch wenn sie nicht im Einsatz sind. Die Beschattung ist teilweise so dilettantisch, daß unsere Männer objektiv gefährdet sind. Es gibt aber auch weiterhin direkte Kontakte der Amerikaner zu Dederichs, obwohl wir ihm das in seinem eigenen Interesse verboten haben. Er empfängt regelmäßig einen Agenten namens Joe Willard, offiziell Attaché der amerikanischen Botschaft in Ost-Berlin. Der bewegt sich so ungezwungen, daß ich es für ein Wunder halte, daß der Staatssicherheitsdienst sich noch nicht um ihn kümmert. Das ist offensichtlich noch nicht geschehen, aber es kann sich nur noch um Tage handeln, bis der Stasi in Aktion tritt. Denn dieser Joe Willard ist vorgestern mit seinem gelben Chevrolet bei Dederichs in Hohenschönhausen vorgefahren, hat zwei Stunden vor Dederichs' Haus geparkt und ist am Ende seines Besuches von Dederichs zu seinem Wagen begleitet worden. Ich frage mich, wer von den beiden verrückter ist. Noch so ein Ding, und wir können Unternehmen Harzreise abblasen. Das ist der Stand der Dinge.«

»Danke, Herr General«, sagte Förster. »Wer hat Vorschläge zur Lösung des Problems?«

Bundeskanzler Pauls hatte seit Beginn der Sitzung mehrere Zigaretten geraucht und meldete sich höflich zu Wort, während er die letzte ausdrückte.

»Erwin«, sagte Bodo Förster.

»Ich möchte«, sagte Pauls leise, »daß dieser Joe Willard getötet wird. Ich habe in dem Zusammenhang lediglich eine Frage. Wie kann das möglichst schnell geschehen?«

»Müssen wir nicht auch eine andere Frage bedenken?« sagte Pauls' Referent Roelling. »Nämlich wie die Amerikaner auf unser Eingreifen reagieren werden?«

Henrici und Wenzel nickten und wollten sich zu Wort melden, aber Pauls brachte sie mit einer Handbewegung zum Schweigen. »Wir haben die ganze Tonleiter durchgespielt, Wolfgang. Wir haben gebeten, zu überzeugen versucht, Angebote gemacht und auch gedroht. Vor allem aber haben wir Angebote gemacht, sehr weitgehende Angebote zur Zusammenarbeit. Moll und Dur haben nichts genützt. Unsere Leute und unsere Aktion und unsere Politik sind in Gefahr. Jetzt kommt der Paukenschlag, und über die Reaktion stellen wir keine Spekulation an, sondern warten sie einfach ab.«

Niemand widersprach.

»Ich darf also noch einmal fragen: Wie schnell können wir handeln? Bitte der operative Stab! Lothar?«

Staatssekretär Wenzel gab das Wort an Hoff weiter: »Herr General, können Sie etwas zur technischen Seite sagen?«

»Morgen, übermorgen und Sonntag sind günstig«, antwortete Hoff. »Willard kommt jeden Freitag über die Grenze, um abzuliefern, ganz normal über Helmstedt/Marienborn, ein Anhänger der Fünftagewoche. Aber er liefert nicht persönlich ab, fährt nicht nach Bonn, sondern nur bis in den Harz.«

Förster blickte erstaunt auf, und Hoff fügte hinzu: »Westseite natürlich. Dort verbringt er sein Wochenende, im Kurhotel Hahnenklee, ein paar Kilometer vor Goslar. Montags früh, manchmal auch schon Sonntag abend, fährt er wieder zurück. Dort im Hotel holt ein Kontaktmann das Material ab und bringt es nach Bonn. Wie man sieht, ein Meisterstück konspirativer Arbeit, wie es im Buche steht.«

Förster grinste, aber Pauls nickte ungeduldig.

»Kurzum, er hat noch den ganzen August durch gebucht. Heute ist Donnerstag, ab morgen abend ist er wieder in Hahnenklee.«

»Danke, General. Gute Arbeit. Also dann, dieses Wochenende. Lothar, hat der Bonner Stab schon eine Ahnung?«

Wenzel antwortete zögernd. »Eine Ahnung schon, ich habe mit Wellem mal darüber gesprochen, daß dieser Fall eintreten kann. Aber – es könnte Schwierigkeiten geben.«

»Welcher Art?«

»Ich bin nicht sicher, ob er ohne weiteres bereit ist, diesen Auftrag anzunehmen.«

Pauls drückte eine halbgerauchte Zigarette wütend aus.

»Herrgott verdammt nochmal, die sind kein privates Kammerorchester, das selbst darüber entscheiden kann, ob es auftritt oder nicht. Wenn der Wellem mit seinem Gewissen Primadonna spielen will, dann werde ich bei seiner Arie mal kräftig furzen.«

Die ganze Sache ist nicht spurlos an ihm vorbeigegangen, dachte Innenminister Henrici. Er zeigt Nerven. Er müßte mal Urlaub machen, aber das dürfte wohl noch dauern. Schläft zu wenig, raucht zuviel, müßte mehr essen.

Staatsminister Förster schien Ähnliches gedacht zu haben. Aber er schwieg nicht betreten wie die anderen, sondern lachte und ließ seine 240 Pfund und sein Doppelkinn vibrieren.

»Erwin«, wandte er sich fast väterlich an den Kanzler, den er als einziges Kabinettsmitglied duzte, »deine Vergleiche sind heute abend wirklich gut. Wir müßten sie sammeln und in ruhigeren Zeiten mal als Buch herausbringen. Laß uns gerecht 4sein: dieser Mann Wellem hat seine Skrupel genau wie wir. Uns haben die Tatsachen überzeugt. Vielleicht sollten wir ihn auch überzeugen, dann brauchen wir ihm nicht mehr zu befehlen.«

Hoff erwartete, daß Pauls nun seinen Staatsminister abkanzeln würde, aber der Kanzler lenkte überraschend ein.

»Also gut, Bodo, ich werde bei seiner Arie husten.«

Alle erlaubten sich ein erleichtertes Lachen.

»Wellem und sein Vertreter warten in der Lichtenbergallee«, griff Wenzel ein. »Sollen sie kommen?«

»Sie sollen kommen«, sagte Pauls. »Lothar, Sie nehmen sich den Stellvertreter und weisen ihn ein. Den Wellem schikken Sie zu mir.« Er sah Förster an. »Ich werde mit ihm ein bißchen im Duett singen und erst später hüsteln.«

Doch dann besann er sich und polterte noch einmal los: »Wenn das so weitergeht, daß jeder hergelaufene Ministerialrat mitten in der Nacht zu einem liebevollen Aufbaugespräch angeschissen kommt, dann findet das Regieren demnächst nur noch an Sonn- und Feiertagen statt.«

Claus Haßlinghausen wartete in Wenzels Büro, während der Staatssekretär Martin Wellem zum Kanzler begleitete.

»Ja, Herr Wellem«, sagte Pauls. »Bitte nehmen Sie Platz. Es ist spät, aber der Anlaß ist wichtig.«

»Das habe ich mir gedacht«, antwortete Wellem abwartend.

Wenzel verabschiedete sich mit einer Handbewegung und verließ den Raum.

»Herr Wellem«, begann der Bundeskanzler, »Sie haben getötet, und Sie müssen nun wieder töten oder töten lassen, wenn Sie so wollen. Dr. Wenzel sagt mir, daß Sie in diesem Fall vielleicht Bedenken haben. Deshalb möchte ich Ihnen zwei Dinge sagen, um Ihre Bedenken – sagen wir – abzumildern, wenn schon nicht zu zerstreuen. Nein, drei Dinge.«

»Es geht um die Liquidierung eines amerikanischen Kollegen?« Wellem wählte seine Worte sorgfältig.

»Nennen Sie es Liquidierung, Mord, Tötung oder Beihilfe zur ewigen Seligkeit. Nennen Sie den Mann einen Kollegen oder einen Feind. Ihr Stellvertreter, äh . . .«

»Haßlinghausen.«

». . . Haßlinghausen wird gerade von Dr. Wenzel über die Details informiert. Das geht eher in die Richtung Feind. Aber meinetwegen Kollege. Nun also die drei Dinge, die ich Ihnen zu sagen habe. Erstens. Wenn Sie mir jetzt Ihren Rücktritt anbieten, nehme ich an. Ich bin müde, ich habe keine Lust, mit Ihnen zu argumentieren. Sie machen den Job, oder Sie lassen es. In dem Fall sind Sie draußen und können wieder Geschichtslehrer werden.«

»Englischlehrer.«

»Meinetwegen Englischlehrer. Zweitens. Die Verantwortung für die Tötung, Ermordung, Liquidierung oder was Sie wollen liegt bei mir. Ich gebe den Befehl Ihnen oder Ihrem Nachfolger, und ich allein trage die Verantwortung. Sie oder wer zum Teufel Ihr Nachfolger wird, ist nur ausführendes Organ, die Entscheidung habe ich allein getroffen. Drittens sage ich Ihnen den Grund für meine Entscheidung. Der ist so geheim, daß etliche Mitglieder des Kabinetts nichts davon wissen.«

»Dann bin ich vielleicht nicht der geeignete Gesprächspartner.«

»Doch, ich möchte, daß Sie von dem Unternehmen Harzreise überzeugt sind. Wir stehen seit längerer Zeit in Verhandlung mit der Sowjetunion über die Wiedervereinigung Deutschlands. Ich mache hier eine Pause, um die Wirkung meiner Worte auf Sie zu beobachten.«

Wellem verzog keine Miene und sagte nichts.

»Ich sehe, daß meine Worte nur Ihr Inneres aufgewühlt haben, daß Sie sich äußerlich beherrschen. Nun gut. Die Wiedervereinigung, Herr Wellem! Zwanzig Millionen Deutsche nicht mehr eingemauert. Was lesen Sie gern, Herr Wellem? Zwanzig Millionen dürfen das dann auch lesen. Wohin reisen Sie? Die oft zitierten Brüder und Schwestern dürfen dann auch dahin reisen. Zugegeben, das mag gegen die Wiedervereinigung sprechen. Wenn Sie, sagen wir, gerne in die Bretagne fahren, dann erschreckt Sie natürlich der Gedanke, daß zwanzig Millionen vielleicht bald auch dahin dürfen.«

»Sie klingen ein wenig zynisch, Herr Bundeskanzler.«

»Ich bin zynisch, Herr Wellem. Jedenfalls, was die Bretagne anbetrifft. Ansonsten hoffe ich, sehne ich mich danach, erflehe ich, bete darum, wenn ich in schwachen Momenten an Gott glaube, daß unter meiner Regierung die Wiedervereinigung eingeleitet wird. Und, Herr Wellem, das ist kein Hirngespinst, sondern wir *verhandeln* mit den Russen darüber. Natürlich für einen hohen Preis, zum Beispiel Austritt aus der NATO, um nur einen Punkt zu nennen. Und nun Dederichs: Stellen Sie sich vor, was die Russen uns sagen werden, wenn sie erfahren, daß der in den Westen abgehauen ist. Ende der Vorstellung für zwanzig Millionen Menschen. Ex und hopp und aus! Und die Amerikaner? Todtraurig werden sie sein, daß es mit der Wiedervereinigung mal wieder nicht geklappt hat! Der Präsident persönlich wird sich für das Selbstbestimmungsrecht aller Deutschen einsetzen. Er wird es zu seinem großen außenpolitischen Ziel erklären. Ich habe mich entschlossen, ihm bei der Erreichung dieses Zieles nach Kräften zu helfen. Dazu ist es notwendig, ihn vor einigen Dilettanten in seinen eigenen Reihen zu schützen. Einer davon heißt Joe Willard, und der wird an diesem Wochenende getötet. Für die anderen zwanzig Millionen, Herr Wellem. Die denken so oft an die Wiedervereinigung, daß viele schon angefangen haben, uns zu hassen, weil sie glauben, daß wir sie vergessen haben. Und wenn es dann mal so weit ist, und die fahren wirklich alle in die Bretagne, dann machen Sie eben Urlaub im Riesengebirge. Das ist doch auch was, oder?«

Nach der Unterredung mit dem Bundeskanzler wartete Martin Wellem im Foyer des Kanzleramtes auf Claus Haßlinghausen, um sich über die Einzelheiten der geplanten Aktion berichten zu lassen.

Am nächsten Tag startete Gert Brinken um halb sieben. Vor dem Einsetzen des Berufsverkehrs war er auf der Autobahn. Dreieinhalb Stunden später erreichte er die Ausfahrt Rhüden und nahm die Bundesstraße 82 nach Goslar. Er durchquerte die Stadt und verließ sie auf der Bundesstraße 241 in Richtung Oberharz. Hinter dem Bocksberg bog er in eine schmale Landstraße ein und folgte den Wegweisern nach Hahnenklee. Kurz nach elf parkte er dort vor dem Kurhotel.

Er stieg nicht aus, sondern startete schon nach wenigen Minuten wieder den Motor und verließ den Ort. Auf einer engen und kurvenreichen Höhenstraße fuhr er zurück zur Autobahn bis zur Ausfahrt Seesen, dem nächsten Anschluß südlich von Rhüden, den er kurz zuvor benutzt hatte. Er wendete und nahm dieselbe Strecke zurück nach Hahnenklee. Er fuhr langsam und prägte sich markante Details ein.

Beim Mittagessen in Hahnenklee dachte er über den Rückweg nach. Die Strecke Rhüden-Goslar-Hahnenklee war übersichtlicher und trotz der größeren Entfernung schneller gewesen, die Ortsdurchfahrt Goslar war allerdings umständlich. Die Höhenstraße von Hahnenklee nach Seesen war der direktere Weg zur Autobahn, würde aber im Dunkeln nicht ohne Tücken sein. Andererseits, was geschähe, wenn die Tat sofort entdeckt würde? Die Polizei in Goslar würde alarmiert. Womöglich läge eine Beschreibung seines Wagens vor, und er würde der anrückenden Polizei auf der Bundesstraße 241 entgegenfahren und müßte sich in Goslar durch ein Gewirr von Einbahnstraßen quälen. Er entschloß sich für die Nebenstrecke nach Seesen, abseits aller Bundesstraßen. Nach dem Essen fuhr er noch einmal nach Seesen, diesmal auf Zeit. Er brauchte nur 25 Minuten und war zufrieden.

Zurück in Hahnenklee lenkte er den Wagen rückwärts in eine Parktasche vor dem Kurhotel, so daß die Frontseite zur Straße zeigte. Dann erkundete er das Terrain. Das Kurhotel, eine Nobelherberge mit vier Sternen, war das letzte Gebäude am Ortsrand. Die Straße endete hier, rundherum war dichter Wald. Gut zu beobachten, Willard konnte nur auf einem Weg anreisen. Brinken sah sich im Foyer um: Zahlreiche Sitzekken, zum Teil hinter Säulen verborgen, boten Möglichkeiten der unauffälligen Beobachtung.

Die nächsten Stunden verbrachte er im Auto. Er hatte sich mit Zeitungen eingedeckt, aber er fand das Lesen mühsam, da er jedes vorbeifahrende Auto überprüfte. Um vier Uhr hatte er einen toten Punkt und mußte gegen einen Anfall von Müdigkeit ankämpfen. Ein Kaffee hätte geholfen, aber er konnte seinen Posten nicht verlassen.

Gegen sechs fuhr Joe Willard vor. Wahrhaftig, dachte Brinken, der gelbe Chevrolet. Er parkte schräg gegenüber auf der anderen Straßenseite. Brinken brauchte keinen Blick mehr auf das Foto zu werfen – das war Willard, kein Zweifel. Der Mann stieg aus und öffnete den Kofferraum. Brinken schraubte den Schalldämpfer auf die Pistole und kurbelte das Fenster herunter. Ein in der Situation absurder Gedanke schoß ihm durch den Kopf: Was du heute kannst besorgen, das verschiebe nicht auf morgen. Er startete den Motor. Willards Kopf tauchte über der Haube des Kofferraumes auf, und Brinken wollte anlegen. Im selben Moment hörte er Stimmen in unmittelbarer Nähe. Eine Familie machte sich lärmend an dem Auto zu schaffen, das rechts neben seinem parkte. Türen und Kofferraum wurden aufgeschlossen, Gegenstände verstaut, der Familienvater breitete auf dem Dach des Wagens eine Landkarte aus, die er zusammen mit seinem Sohn studierte. Brinken hatte reflexartig seine Pistole verschwinden lassen. Willard verschloß den Chevrolet und ging mit zwei Reisetaschen auf den Eingang des Hotels zu. Brinken stellte den Motor ab und folgte ihm. Die Familie nebenan beachtete ihn nicht.

An der Rezeption wurde Willard mit Namen begrüßt. Im Foyer herrschte ein reges Treiben, so daß Brinken sich unauffällig in Willards Nähe halten konnte. Er hörte, daß der Amerikaner Zimmer 212 bekam. Willard lehnte die Dienste eines Hoteldieners ab und ging zum Aufzug.

Was macht ein Mann, der vormittags gearbeitet hat, dann ein paar hundert Kilometer gefahren ist und am Abend in seinem Hotel eintrifft? Er packt seine Sachen aus, duscht und geht zum Abendessen. Also kaufte Brinken sich eine Zeitung und wartete in einer Ecke des Foyers, von wo aus er Aufzug und Treppe beobachten konnte. Den Gedanken, daß Willard das Essen auf sein Zimmer bestellen könnte, verwarf er. Warum so weit fahren, um sich dann auf seiner Bude einzuschließen?

Es wurde halb acht, bis Willard wieder auftauchte, begleitet von einer jungen Frau. Verdammt, dachte Brinken, heute geht alles daneben. Ich hätte ihm gleich auf sein Zimmer folgen und die Sache erledigen sollen. So ein Besuch sieht nicht aus, als ob er sich nach dem Abendessen verabschiedet. Brinken beobachtete, wie das Paar zum angrenzenden Restaurant hinüberschlenderte. Seinen Schlüssel hatte Willard nicht an der Rezeption abgegeben, also trug er ihn bei sich, oder aber das Zimmer war unverschlossen. Daß er eine Frau bei sich hatte, veränderte die Situation völlig. Sie auch zu töten, wurde von dem Auftrag nicht abgedeckt. Sie nicht zu töten, würde eine Zeugin zurücklassen, die ihn notfalls identifizieren konnte. Brinken überlegte, ob er später am Abend Willard über die Rezeption anrufen lassen sollte mit der Bitte, zu seinem Auto zu kommen, ein anderer Gast habe es beim Einparken beschädigt. Oder sollte er abwarten, bis die Frau ging? Und wenn sie bis morgen blieb? Oder das ganze Wochenende? Die Kerle vom BND hätten ihm einen Hinweis über die Freundin geben können!

Brinken beschloß, erst einmal zu Abend zu essen. Vorher fuhr er jedoch zum zweiten Stock hinauf und drückte die Klinke von Zimmer 212 – die Tür war nicht verschlossen.

Einmal am Tag muß der Mensch auch Glück haben, dachte er grimmig. Er betrat den Raum und drückte die Tür ins Schloß. Er blickte sich um: ein geräumiges Zimmer, oberste Preisklasse, Bett, Sitzecke mit Ledersofa und Sesseln, Schreibtisch, Balkon. Er ging ins Bad: ebenfalls geräumig, viel Platz hinter der Tür. Beim Anblick des Toilettenbeckens spürte er einen Druck auf der Blase. Er urinierte und spülte. Mit einem Taschentuch wischte er den Messingknauf ab, dann den Lichtschalter und die beiden Klinken der Badezimmertür. Er schloß das Bad von außen und prüfte, ob man durch eine Türritze sehen konnte, wenn innen Licht brannte. Die Tür war dicht. Er ging wieder ins Bad und achtete sorgfältig darauf, alle Gegenstände nur mit dem schützenden Taschentuch zu berühren. Er zog einen Schemel hinter die geöffnete Tür und setzte sich. Der tote Winkel war fast total. Man mußte schon hinter der Tür etwas suchen, um ihn zu sehen. Oder aber die Tür schließen!

Mit dem Abendessen wird es wohl im Moment nichts, dachte Brinken. Er schloß die Badezimmertür und setzte sich auf den Schemel. Er steckte das Taschentuch ein, schraubte die Schalldämpfer wieder auf die Pistole, entsicherte und legte die Waffe neben sich auf den Rand der Badewanne. Hoffentlich machen die nach dem Essen nicht noch einen ausgedehnten Waldspaziergang!

Gegen neun kamen Willard und die Frau zurück. Brinken hörte, wie einer von ihnen die Tür von innen abschloß. Wieder hatte er einen merkwürdigen Gedanken: er wunderte sich, daß sich sein Pulsschlag nicht nennenswert erhöhte. Gleich wundere ich mich noch, daß ich mich darüber wundere, fuhr es ihm durch den Kopf, und er mußte grinsen.

Er wartete. Im Zimmer hatte man es sich bequem gemacht. Brinken hörte die Unterhaltung, ohne zu verstehen, wovon gesprochen wurde. Nur als Willard den Etagenkellner anrief und Rotwein bestellte, konnte er genau mithören. Komisch, dachte er, warum spricht man am Telefon lauter? Und dann: Verdammt, hoffentlich muß keiner pinkeln, bevor der Kellner kommt. In diesem Augenblick wurde die Klinke zur Badezimmertür heruntergedrückt. Man kann nicht immer Glück haben, durchschoß es ihn wie ein Blitz. Willard drückte von innen die Tür zu, und für einen Sekundenbruchteil mußte er Brinken noch gesehen haben, als ihn ein Handkantenschlag an der Kieferwurzel traf. Der Amerikaner sackte auf den Boden wie eine Marionette, der plötzlich sämtliche Fäden durchgeschnitten sind.

»Joe, ist was?« rief die Frau draußen.

Als sie keine Antwort bekam, klopfte sie an die Badezimmertür.

»Joe?«

Die Frau öffnete die Tür, und Brinken schlug auf dieselbe Weise zu, wenn er auch versuchte, etwas milder zu dosieren. Die Frau brach lautlos zusammen. Brinken zog sie ganz ins Bad hinein und legte sie neben Willard. Dann steckte er seine Pistole in die Tasche und ging zur Zimmertür. Er horchte einen Moment, schloß auf und legte einen Zehnmarkschein auf die Fußmatte vor der Tür. Er trat wieder in das Zimmer zurück und verschloß die Tür. Er löschte das Licht, ging zum Fenster, zog die Vorhänge zu und knipste das Licht wieder an. Den Lichtschalter wischte er mit dem Taschentuch ab. Dann verschwand er im Bad und ließ die Tür eine Handbreit offen. Er wartete. Als es ein paar Minuten später an die Zimmertür klopfte, rief er: »Stellen Sie es bitte vor die Tür. Danke.«

Er horchte, wie ein Tablett abgestellt wurde und die Schritte des Kellners sich entfernten. Er schloß auf, holte das Tablett herein – der Zehnmarkschein war weg – und schloß wieder ab. Mit dem Taschentuch griff er die Flasche und schenkte etwas Rotwein in ein Glas. Er trug das Glas ins Bad und schüttete den Wein in das Spülbecken. Er beugte sich zu Willard hinunter und drückte das Glas an mehreren Stellen an dessen Lippen. Dann öffnete er Willards rechte Hand, legte das Glas hinein und drückte sie mehrere Male zu. Er stellte das Glas wieder auf den Tisch und ging mit der Flasche ins Bad zurück. Etwa die Hälfte des Inhaltes schüttete er ins Becken und spülte sorgfältig nach. Er preßte Willards Hand um die Flasche und stellte sie wieder auf das Tablett. Dann warf er sich auf das Bett und wälzte sich ein paarmal herum. Das Kissen zerknautschte er und warf es auf den Boden. Er stand auf und kontrollierte sorgfältig, ob er nichts verloren hatte.

Mit dem Handrücken drückte er die Badezimmertür ganz auf. Willard und die Frau lagen am Boden und atmeten regelmäßig wie im tiefen Schlaf. Brinken griff der Frau unter die Arme und zog sie in das Zimmer. Er legte sie auf das zerwühlte Bett und ließ ein Bein auf die Erde herunterhängen. Er zog ihr einen Schuh aus und legte ihn auf den Fußboden. Er zerrte ihren Rock hoch, bis er ihr Gesicht bedeckte. Er zerriß ihre Strumpfhose, und mit seinem Taschenmesser zerschnitt er ihr Höschen, vorsichtig, um sie nicht zu verletzen. Den Stoffetzen zog er unter ihr weg und warf ihn auf das Bett.

Er ließ seinen Blick noch einmal langsam durch das ganze Zimmer wandern und ging dann ins Bad. Er drehte Willard auf den Rücken, zog seine Pistole und zielte auf das Herz. Als die Kugel den Mann traf, öffnete er wie überrascht die Augen und starrte Brinken an. Es war sein letzter Blick.

Brinken schraubte den Schalldämpfer ab und steckte die Waffe ins Halfter. Er horchte an der Tür, öffnete sie, wischte die Klinke ab und ließ sie ins Schloß fallen. Er schlenderte an der Rezeption vorbei, ohne daß ihn jemand beachtete.

35 Minuten später war er auf der Autobahn. Bei Kassel tankte er und kaufte sich eine Rolle Kekse. Um drei Uhr in der Nacht berichtete er Claus Haßlinghausen.

Im Fernsehen wurde der Mord nicht erwähnt, ebenso wenig in der überregionalen Presse. In den Lokalzeitungen wurde der Fall am Montag gemeldet, am Wochenende war das

Thema schon wieder verdrängt. Merkwürdig war nur, daß nirgends von einem Sexualverbrechen berichtet wurde. Von einer Frau war nicht die Rede, nur davon, daß der Ermordete auf jemanden gewartet haben mußte, ein unbenutztes Glas deutete darauf hin. Mein Gott, dachte Brinken, die Frau ist abgehauen. Eine Ehefrau aus Goslar! Hoffentlich hat sie nicht die Bude mit Fingerabdrücken übersät, und hoffentlich haben die Kellner beim Abendessen nicht allzu genau hingesehen!

Eine Woche nach der Aktion in Hahnenklee empfing Bundeskanzler Pauls den sowjetischen Botschafter Michail Wlassim. Er glich in vielem Staatsminister Förster. Er war ein schwergewichtiger Mann, redete laut, konnte Tränen lachen über Witze, auch die eigenen, aß ausgiebig, wobei er schon die Lektüre einer Speisekarte wie ein literarisches Kunstwerk genoß, und trank viel, ohne daß der Alkohol Wirkung zeigte. Er rauchte genießerisch, nicht hektisch wie der Bundeskanzler, und erzählte lange Geschichten, die zuweilen die Geduld der deutschen Zuhörer strapazierten, und deren Pointen sie nicht immer durchschauten. Sein Deutsch war fließend, aber er sprach mit starkem Akzent. Bundeskanzler Pauls sah ihn gerne, er empfand Wlassim als einen erholsamen Antityp zu den stromlinienförmigen Mitarbeitern des Kanzleramtes, obwohl, wie er seinem Referenten Roelling einmal anvertraut hatte, er solch einen Mann im Kabinett nicht ertragen könnte. Wlassim war das perfekte Klischee des Russen, nur daß Kanzleramtsminister Förster noch russischer aussah als er.

Beim Mittagessen sprach man über allgemeine politische Probleme, wer die Wahlen in Italien gewinnen würde, auch über politischen Tratsch. Er habe in der Zeitung gelesen, sagte Pauls, daß der sowjetische Parteichef in seinem Landhaus zuweilen zu Partys einlade, bei denen es wüst zugehen solle. Ob er, Wlassim, dort schon einmal habe mitfeiern dürfen.

»Diese Partys«, antwortete Wlassim, »sind eine böswillige Erfindung der kapitalistischen Hetzpresse, deren dekadente Phantasie keine Grenzen kennt. Leider bin ich noch nie dort eingeladen worden. Man sagt, daß nur Mitglieder des Politbüros und Minister teilnehmen dürfen.«

»Würde es Ihnen eine Freude machen«, sagte Pauls, »wenn ich in dem nächsten Brief an Ihren Parteichef Ihre Verdienste hervorhebe und ihm vorschlage, Sie einmal in das Landhaus mitzunehmen, damit Sie die bösen Gerüchte ein für allemal ausräumen können?«

Wlassim grinste. »Wenn Sie das nächste Mal Moskau besuchen, Herr Bundeskanzler, wird er eine solche Party für Sie geben. Mit dem Bolschoi-Ballett, aber ohne festes Programm. Wenn Sie mich dann bitten würden, Sie zu begleiten, das wäre schön. Eine solche Bitte könnte ich nicht abschlagen, schon aus Gründen der diplomatischen Höflichkeit.«

»Abgemacht.«

Wlassim lächelte.

Nach dem Essen führte Pauls seinen Gast in den Park.

»Ich muß Ihnen sehr danken, Herr Bundeskanzler«, begann Wlassim, »daß Sie Zeit für mich gefunden haben. Meine Bitte um einen Termin ist Ihnen sicher ungewöhnlich erschienen.«

»Die Bitte nicht, lieber Wlassim, Sie sind hier immer herzlich willkommen, und das meine ich ernst. Aber die Art, wie Sie Ihre Bitte übermittelt haben, hat mich in der Tat etwas verwundert: ein Kurier mit einem Brief, nur persönlich abzugeben, die Antwort auch über Kurier. Warum haben Sie nicht einfach angerufen oder Förster etwas gesagt?«

»Man weiß nie, wie viele Ohren mithören, und ob es immer die richtigen sind.«

Pauls hatte schon auf der Zunge zu sagen: Wir sind hier nicht in der Sowjetunion, Wlassim! Aber er verkniff sich die Bemerkung.

»Ich kann Gedanken lesen, Herr Bundeskanzler«, schmunzelte Wlassim. »Sie haben gerade im Kopf einen Vergleich zwischen der Bundesrepublik und der Sowjetunion gezogen, und das Ergebnis war nicht günstig für uns. Ich wünsche Ihnen, daß Sie recht haben.«

Pauls berührte den Botschafter am Arm. »Ich müßte jetzt rot werden, wenn ich das noch könnte. Sie haben mich erwischt, Ihre Fähigkeit bewundere ich. Wenn Sie sich mal verändern wollen, Herr Wlassim, können Sie jederzeit bei mir als persönlicher Referent anfangen.«

»Und was würde mit Roelling?«

»Den würde ich sofort feuern.«

»Das wäre vielleicht gar keine schlechte Idee«, sagte der Botschafter.

Pauls blieb stehen. »Michail Wlassim! Eben die Bemerkung von den falschen Ohren, und nun höre ich so einen merkwürdigen Unterton bei der Erwähnung meines Referenten. Spucken Sie es aus, was ist los?«

»Ich bereue meinen Unterton, soweit es Ihren Mann Roelling betrifft. Es war ungerecht, Roelling zu verdächtigen, ohne konkrete Anhaltspunkte zu haben.«

»Verdächtigung, Anhaltspunkte! Wlassim, was meinen Sie?«

»Herr Bundeskanzler, Ihre und meine Regierung haben viele wichtige Dinge miteinander besprochen. Viele wichtige Dinge sollen noch besprochen werden, und die müssen geheim bleiben.«

»Aber das ist doch selbstverständlich! Natürlich bleibt alles zwischen uns geheim.«

Wlassim nickte geduldig. »Es bleibt geheim. Aber nicht immer geheim genug.«

»Glauben Sie, daß es bei uns ein Leck gibt?«

»Ich maße mir nicht an zu glauben, daß es bei Ihnen ein Leck gibt. Ich weiß nur, daß es ein Leck gibt, und ich glaube, daß es nicht bei uns liegt. Also muß es irgendwo anders liegen. Aber Sie haben es ja selbst schon herausgefunden. Sie nehmen mir bitte meine Offenheit nicht übel. Es ist Offenheit unter Freunden, wenn auch geheimen Freunden.«

»Wlassim, ich verstehe Sie nicht.«

»Ich verstehe, daß Sie vorsichtig sind, Herr Bundeskanzler. Ich weiß, daß das kein Mißtrauen uns gegenüber ist. Sehen Sie, immer wenn Ihr Minister Förster mit uns gesprochen hat, hat unser Verbündeter DDR – sagen wir – reagiert. Und Ihr Verbündeter USA auch. Wir haben über Wirtschaftsprojekte gesprochen, und die DDR hat uns am nächsten Tag größere Lieferungen in Aussicht gestellt. Wir haben über Abrüstung gesprochen, und die DDR hat ihre Militärausgaben erhöht, und die USA haben von Ihnen einen größeren Beitrag zur Verteidigung gefordert. So ist es oft gegangen. Wenn wir über Wiedervereinigung nachgedacht haben, haben andere prompt auf Spaltung gesetzt. Als wir einverstanden waren, daß Sie eine Bundesbehörde in West-Berlin errichten wollten, hat der amerikanische Stadtkommandant das verhindert und ist dafür in der DDR sehr gelobt worden. Ein ungewöhnlicher Vorgang. Aber was ist heutzutage nicht alles möglich!«

»Auch, daß einer meiner engsten Vertrauten ein Verräter ist? Das meinen Sie doch?«

Wlassim antwortete diplomatisch. »Vielleicht muß man den Verräter auch in unseren Reihen suchen.« Sein Ton machte deutlich, daß er nicht daran glaubte. »Jedenfalls sollten wir wachsam sein. Aber wem sage ich das, Herr Bundeskanzler. Sie haben ja einen Teil des Problems schon erfolgreich gelöst.«

»Wieso das?«

Wlassim blieb stehen und faßte sich an den Kopf, als ob

ihm plötzlich etwas einfiel. »Ich soll Sie herzlich von Außenminister Scherpin grüßen.«

Pauls folgte nicht seinem ersten Impuls, den Botschafter anzufahren, er möge doch bei der Sache bleiben. Aus Erfahrung wußte er, daß Wlassim – wie auch andere russische Gesprächspartner – eine sehr eigenwillige Art hatte, bei der Sache zu bleiben. Der Kanzler ging, ohne sich seine Ungeduld anmerken zu lassen, auf den Umweg seines Gastes ein.

»Danke, das ist sehr freundlich. Wie geht es dem Außenminister?«

»Es geht ihm gut. Aber er arbeitet zuviel, und dabei kommt allzu oft die Literatur zu kurz. Er ist ein Bewunderer und Liebhaber der deutschen Literatur. Jeden Abend vor dem Einschlafen liest er eine halbe Stunde lang deutsch. Aber er klagt, daß es zu wenig ist.«

»Was liest er zur Zeit?«

»Lichtenberg«, sagte Wlassim freundlich.

»Lichtenberg?«

»Georg Christoph Lichtenberg. Ein fast vergessener Dichter, sehr zu unrecht. Gehen Sie in eine Buchhandlung und verlangen ein Werk von Lichtenberg, und man wird den Geschäftsführer holen. Oder fragen Sie die Bewohner der Lichtenbergallee hier in Godesberg, kaum einer wird wissen, wer der Namenspatron ihrer Straße war.«

Ich Idiot, durchfuhr es Pauls, der muß erst die Lichtenbergallee nennen, bevor ich kapiere, wovon der redet. Was heißt das, wir hätten einen Teil des Problems schon gelöst? Großer Gott, wissen die Russen über Dederichs Bescheid? Jetzt ruhig bleiben! Wenn sie Bescheid wüßten, würden sie wahrscheinlich gar nicht mehr mit uns reden. Und Dederichs wäre nicht mehr auf freiem Fuß. Oder sollte das eine Warnung sein? Wenn wir Unternehmen Harzreise nicht abblasen, werden sie am Ende zupacken und alles auffliegen lassen. Ruhig! Was hat Wlassim gesagt? Daß er bei uns ein Leck vermutet, daß Informationen über die Geheimverhandlungen nach außen gesickert sind. Warum? Reaktionen der DDR und der USA, die zeitlich genau zu den deutsch-sowjetischen Verhandlungsrunden passen. Was noch? Daß wir von dem Leck wissen und das Problem schon teilweise gelöst haben. Wie? Lichtenbergallee. Meint der Willard? Meint der die Aktion in Hahnenklee? Aber was hätte Willard mit einem Leck zu tun, das er bei uns vermutet?

»Erzählen Sie mir doch mehr über den Dichter Lichtenberg, Herr Botschafter«, sagte Bundeskanzler Pauls.

Wlassim verbeugte sich.

Noch vor dem Abendessen mit Wlassim alarmierte Pauls Staatsminister Förster und General Hoff und bat sie für den späteren Abend zu sich. Hoff wurde mit einem Hubschrauber in Pullach abgeholt.

Beim Abendessen herrschte gelöste Stimmung. Wlassim machte Frau Pauls ein ausladendes Kompliment für ihre Kochkunst, das der Kanzler mit der Bemerkung quittierte, man habe eine Köchin.

»Aber es schmeckt, als ob Sie es selber gekocht hätten«, trat Wlassim seinen Rückzug an. Er aß und trank und lobte, was er aß und trank, verglich es mit anderen Speisen und Getränken, zog internationale Vergleiche und kam zu dem überraschenden Ergebnis, daß die Deutschen die Kunst des Essens und Trinkens von allen Völkern am perfektesten beherrschten.

»Mein lieber Wlassim«, unterbrach ihn Pauls, »ich weiß, daß Sie noch niemals gelogen haben.« Wlassim lachte bestätigend. »Sie sollten heute abend nicht damit anfangen.«

»Ich meinte ja die Deutschen in der DDR«, erklärte er vergnügt.

Der Gast unterhielt die Tischrunde mühelos, und Pauls beobachtete amüsiert, daß die Schönheit seiner Tochter den fröhlichen Russen nicht unbeeindruckt ließ. Er hatte auf der Zunge zu fragen, wie es denn der Frau Gemahlin gehe, unterdrückte die Bemerkung aber mit einem Grinsen. Man darf Unvergleichbares nicht miteinander vergleichen, pflegte sein Pressesprecher Liebherr des öfteren zu sagen.

Nach dem Essen verabschiedete sich Wlassim wortreich, küßte Frau Pauls einmal und der Tochter gleich mehrere Male die Hand und schüttelte dem Kanzler beide Hände. Er müßte schon ein Teufel an Verstellungskunst sein, dachte Pauls, wenn er etwas vom Unternehmen Harzreise wüßte.

Um halb zehn kam die Nachricht, daß Hoff gelandet und auf dem Wege sei. Pauls gab Förster Bescheid. Um zehn Uhr saßen die drei Männer in Pauls' Bibliothek.

»Lieber Hoff«, begrüßte Pauls den General, »ich weiß, was ich Ihnen und Ihrer Familie zumute, wenn ich Sie am Samstagabend raustrommle. Es tut mir wirklich leid. Ich hoffe, Ihre Familie hat Verständnis, Herr General?«

Jochen Hoff zögerte einen Augenblick mit der Antwort. »Ich brauchte niemanden zu fragen, Herr Bundeskanzler. Meine Frau hat sich von mir getrennt. Ich dachte, das sei schon bis zu Ihnen durchgedrungen. Und meine beiden Söhne kommen auch in den Semesterferien nicht nach Hause. Sie nennen mich einen Söldner und einen CIA-Knecht.«

»Mein Gott.« Pauls sah den BND-Chef betroffen an. »Ich wußte nicht, daß Sie einen solchen Preis zahlen.«

General Hoff schwieg.

»Und bei dir, Bodo?« wandte sich Pauls an Förster.

»Alles klar, Erwin. Elke war schon mißtrauisch, daß ich an diesem Wochenende keinen Termin hatte. Sie war richtig erleichtert über deinen Anruf. Ich glaube manchmal, sie hat mich nur geheiratet, weil ich selten zu Hause bin.«

»Whisky?« fragte Pauls.

Die beiden Männer nickten. Pauls schenkte drei Gläser ein und verteilte sie.

»Bodo«, begann er dann, »wer weiß von unseren Verhandlungen mit der Sowjetunion?«

Förster schien nicht überrascht. »Du und ich. General Hoff. Wenzel, Roelling, Liebherr. Hansen und Henrici.«

»Und Wellem«, ergänzte Pauls. »Dem habe ich es gesagt. Aber der entfällt. General Hoff auch, er hat es auch erst vor kurzem erfahren. Du und ich fallen wohl auch weg.«

»Was heißt das, fallen weg?«

»Als Verräter.«

Förster schenkte sich von dem Whisky nach. Hoff starrte den Kanzler an. Pauls stopfte sich eine Pfeife, zündete sie an und tat ein paar Züge.

»Wlassim war heute bei mir. Er ist davon überzeugt, daß es bei uns ein Leck gibt. Glaubt auch, daß wir das wissen. Bestimmte Reaktionen der DDR und auch der Amerikaner passen zeitlich genau zu unseren Verhandlungsrunden, auch zu den Inhalten unserer Verhandlungen. Hat mich auch darauf hingewiesen, daß in manchen Punkten eine erstaunliche Harmonie zwischen den Amerikanern und der DDR besteht. Er weiß, daß wir Willard umgelegt haben. Und er kennt die Lichtenbergallee in Godesberg.«

»Das heißt, alles ist zu Ende?« Förster war blaß geworden. »Dederichs und alles entdeckt? Die Verhandlungen sind abgebrochen?«

»Nein, nein, so schlimm ist es nicht.« Pauls sog an der erloschenen Pfeife, steckte sie aber nicht wieder an. »Sagen wir einmal so – er *glaubt*, daß die DDR etwas von unseren Verhandlungen weiß. Er *meint*, daß die Amerikaner auch Wind bekommen haben, und zwar von der DDR. Er *weiß*, daß Willard auf unser Konto geht, aber Gott sei Dank weiß er nicht warum.«

»Und Dederichs hat er nicht erwähnt?«

»Nein.«

»Wie erklärt er sich den Tod Willards?« fragte Hoff.

»Er hält es für unseren Versuch, das Leck zu stopfen. Wie gesagt, er unterstellt, daß wir ein Leck entdeckt haben. Irgend jemand informiert die DDR, meint er. Die DDR informiert die Amerikaner. Willard hält er für den Boten, der die Nachrichten aus Ost-Berlin abholt. Abgeholt hat. Er sagt, man habe Willard beobachtet und sei erstaunt gewesen, daß ein CIA-Mann sich so offen bewegen kann. Dasselbe haben Sie auch gesagt, Herr General. Sie haben es Dilettantismus genannt, Wlassim deutet das anders. Er hält Willard eben für den Kurier zwischen der DDR und den USA. Wlassim interpretiert unsere Aktion in Hahnenklee so: Wir vermuten ein Leck in Richtung DDR, haben es aber noch nicht geortet. Dafür haben wir aber den Weg herausgefunden, auf dem die Informationen von der DDR an die Amerikaner gelangen. Um nun beiden Seiten und auch unserem eigenen Verräter eine Warnung zukommen zu lassen, haben wir Willard getötet.«

»Mal abgesehen davon, daß es nicht stimmt, ist es logisch«, murmelte Förster.

»Dem Himmel sei Dank, daß es so logisch ist, sonst wüßte er längst, daß es nicht stimmt.«

»Wenn die Russen Willard beobachtet haben«, warf Hoff ein, »dann sind sie zwangsläufig auch auf Dederichs gestoßen. Wenn sie Dederichs auch beobachten, haben sie womöglich auch unsere Kontakte bemerkt.«

»Wenn sie die bemerkt haben«, antwortete Pauls nachdenklich, »dann haben sie sie jedenfalls bisher falsch gedeutet. Ich hatte nicht den Eindruck, daß Wlassim etwas von Unternehmen Harzreise wußte. Ich kann es nicht beweisen. Aber nach allem, wie er sich verhalten hat – nein, ich bin sicher, er weiß nichts davon.«

Nach einer Pause sagte Förster wie im Selbstgespräch,

ohne jemanden anzusehen: »Was ist von Wlassims Vermutung zu halten, wir hätten ein Leck?«

»Nicht viel«, griff Pauls den Gedanken auf. »Das Zusammentreffen von Aktion und Reaktion ist in einigen Fällen tatsächlich verblüffend, aber das ist alles, was Wlassim konkret vorbringen konnte. Verstärkt wurde der russische Verdacht erst durch Willards Tod, aber da wissen wir ja nun wirklich genau, daß Wlassim sich irrt. Alles andere spricht auch dagegen. Die paar Leute, die Bescheid wissen – wer von denen sollte ein Spion für die DDR sein? Einer der beiden Staatssekretäre? Mein persönlicher Referent? Der Außenminister? Der Innenminister? Der Staatsminister? Ich selber? Ausgeschlossen! Dann wäre dieser Staat bankrott. Dann wüßten die drüben alles von uns, wirklich alles, und erst recht Unternehmen Harzreise. Denn etwas Brisanteres als das gibt es für einen Spion nicht zu melden. Oder? General Hoff, Sie scheinen nicht ganz überzeugt zu sein.«

Der General antwortete zögernd. »Was Sie gesagt haben, Herr Bundeskanzler, ist logisch. Noch ein weiteres Argument spricht auf den ersten Blick für Ihre These. Ein – Verräter hätte auch den geplanten Tod Willards verraten und damit wohl verhindert.«

»Aber auf den zweiten Blick?«

»Genau das könnte das Kalkül eines Verräters sein. Die Verhinderung der Aktion Hahnenklee hätte der berühmte Tropfen zuviel sein können, hätte den Verdacht auf ein Leck aufkommen lassen. Also läßt der Verräter den Mann schweigend opfern, um sich selbst zu schützen.«

»Herr General«, sagte Pauls leise, »halten Sie ein Leck für denkbar?«

»Ja und nein. Vielleicht nicht für sehr wahrscheinlich, aber für denkbar schon. Ich weiß, das ist keine sehr präzise Antwort, Herr Bundeskanzler. Bitte lassen Sie mich einen Moment nachdenken. Ich will versuchen, das zu präzisieren.«

Die drei Männer schwiegen einige Minuten. Als Hoff fortfuhr, sah der Bundeskanzler ihn gespannt, fast ängstlich an. »Gegen ein Leck sprechen die beiden Gründe, die schon genannt wurden. Erstens der Personenkreis, der von den Verhandlungen weiß. Keiner von denen kommt als Ostspion in Frage. Ich könnte das noch einmal überprüfen, aber es wäre unnütze Arbeit. Zweitens Unternehmen Harzreise. Die Gegenseite weiß davon ganz offensichtlich nichts, sonst wäre Dederichs nicht mehr frei. Natürlich gibt es die alte Methode, abzuwarten und erst auf dem Höhepunkt zuzuschlagen, das heißt, die DDR könnte Dederichs beobachten in der Hoffnung, im entscheidenden Moment auch unsere Leute zu fassen. Aber Dederichs ist ein so hochkarätiger Geheimnisträger, daß jeder Tag des Abwartens den Schaden für den Osten vergrößern würde, Dederichs könnte ja bei jedem Kontakt zu uns weitere Geheimnisse preisgeben. Also, Unternehmen Harzreise ist nicht bekannt, und es gäbe kein Motiv für einen Spion aus dem genannten Personenkreis, die eine Bombe platzen zu lassen, die andere aber nicht.

Für ein Leck könnten folgende Gründe sprechen. Erstens, die Russen werden nicht leichtfertig dem Bundeskanzler ihren Verdacht vorgetragen haben; wir dürfen davon ausgehen, daß sie ernsthaft an ein Leck glauben. Zweitens, ein Leck könnte in der Umgebung des Personenkreises liegen, der hier genannt worden ist. Es gibt Fahrer, die einen Politiker zu einem Geheimtreff fahren, Piloten, die hinfliegen, Sicherheitsbeamte, die aufpassen, Sekretärinnen, die merken, daß im Terminkalender ihres Chefs ein weißer Fleck ist, über den er keine Angaben macht. Einer von denen hat einen Tip gegeben, ohne zu wissen, was läuft. Andere sind dem Tip systematisch nachgegangen und haben vielleicht einen Teil der Wahrheit entdeckt oder nur erahnt. Das würde auch erklären, warum die Gegenseite vielleicht Wind von den Geheimverhandlungen hat, aber nicht von Unternehmen Harzreise – der

Tipgeber weiß halt nichts vom Unternehmen Harzreise. Sehen Sie, der Bonner Stab ist so ziemlich das Geheimste, was wir in diesem Staat haben, und doch haben die Amerikaner das Geheimnis geknackt und die Russen nun offensichtlich auch. Oder nehmen wir den heutigen Tag. Keiner außer den Beteiligten weiß, was hier im Bungalow besprochen worden ist, aber es gibt mehrere, die wissen, daß Wlassim hier war und lange geblieben ist, und wenn es nur die wachhabenden Grenzschutzbeamten sind. Daß Minister Förster sein Haus verlassen hat, ist vielleicht beobachtet worden, seine Sicherheitsbeamten wissen auch Bescheid. Der Pilot meines Hubschraubers weiß, daß der BND-Chef Samstag nacht zum Bundeskanzler gerufen worden ist. Ein professioneller Puzzlespieler kann hier einiges zusammensetzen.«

Pauls und Förster sagten nichts, sie schienen die Argumente gegeneinander abzuwägen.

»Noch etwas, als letztes«, fuhr Hoff fort. »Wlassim hat sich gewundert, daß der CIA-Agent Willard sich in der DDR praktisch frei bewegen konnte. Ich habe es für Dilettantismus der Amerikaner gehalten, aber man kann es auch anders sehen. Wenn sogar die Russen Willard geortet haben, warum dann nicht der Staatssicherheitsdienst in seinem eigenen Land? Vielleicht, weil Willard wirklich allen Grund hatte, sich frei zu bewegen, vielleicht hat die DDR den Amerikanern wirklich Informationen zugesteckt.«

»Und die Unbekümmertheit von Dederichs?« fragte Pauls. »Wie ist zu erklären, daß er den Mann offen in seinem Haus empfängt?«

»Wenn Willard ein geduldeter Agent war, sozusagen mit offiziellem DDR-Auftrag, dann wußte Dederichs als Spitzenfunktionär natürlich davon und hat sich das für seine Privatverhandlungen mit den Amerikanern zunutze gemacht.«

»Möglich wäre«, gab Förster zu bedenken, »daß beide eine doppelte Rolle gespielt haben. Dederichs als offizieller Informant der DDR und als privater Fluchtwilliger; Willard als Kurier und als Geschäftspartner für Dederichs.«

»Denkbar«, kommentierte Hoff.

Bundeskanzler Pauls hatte seine Pfeife weggelegt und sich eine Zigarette angezündet, die er in hastigen Zügen rauchte.

»Danke, General. Wir kennen jetzt die Argumente und müssen entscheiden, welche gewichtiger sind als andere. Konkrete Fragen: Erstens, glauben Sie an ein Leck auf der Ebene des erstgenannten Personenkreises, also Regierung oder Kanzleramt? Bodo?«

»Nein.«

»General Hoff?«

»Nein.«

»Meine Antwort lautet ebenfalls nein. Zweitens, ist Unternehmen Harzreise entdeckt, oder hat die Gegenseite einen konkreten Verdacht? Herr General?«

»Nein.«

»Bodo?«

»Nein.«

»Nein auch von mir. Drittens, sind der Gegenseite, DDR oder USA, unsere Geheimverhandlungen mit der Sowjetunion bekannt? Bodo?«

»Nein.«

»General Hoff?«

»Ja.«

Pauls drückte seine Zigarette aus. »Ich sage nein.«

Er schenkte sich von dem Whisky nach, hielt sein Glas in der Hand, trank aber nicht.

»General Hoff, was schlagen Sie vor? Ihre persönliche Meinung, unabhängig von den Antworten auf meine letzte Frage.«

Hoff nickte. »Zum Unternehmen Harzreise. Es ist im Moment nicht gefährdet, aber die Russen scheinen gute Beobachter zu sein. Und wie die Amerikaner auf Willards Tod reagieren, wissen wir noch nicht. Ich schlage vor: beschleunigen. Zu den Geheimverhandlungen. Auswechseln und ständiges Rotieren des Hilfspersonals: Fahrer, Piloten, Funker, Sekretärinnen, und dauernde Beobachtung aller Betroffenen.«

»Bodo?«

»Einverstanden.«

»Ja, einverstanden. Unternehmen Harzreise wird beschleunigt. Abschluß am besten noch im August. Spätestens September. Spätestens. Bodo, ruf am Montag den politischen Stab zusammen und informiere ihn über unser heutiges Gespräch. Und Wenzel soll Wellem Dampf machen.«

»Alles klar, Erwin«, sagte Staatsminister Förster.

VII

Die Tatsache, daß der Staatsratsvorsitzende der DDR, Erwin Wodetzky, mit dem westdeutschen Bundeskanzler den Vornamen gemeinsam hatte, war anfangs von den Karikaturisten der Bundesrepublik ausführlich gewürdigt worden. An die Medien der DDR war die Weisung ergangen, den Vornamen nicht zu Wort- und Gedankenspielen zu verwenden, wie gut und linientreu auch immer die Absicht sein mochte. Dennoch hatte man nicht verhindern können, daß das Volk der Werktätigen seine Witze machte, in denen ›Erwin I‹ und ›Erwin II‹ vorkamen, wobei außer Zweifel stand, daß mit ›Erwin I‹ nicht der Staatsratsvorsitzende der DDR gemeint war. Und in letzter Zeit schien es, daß selbst der große sowjetische Bruder und Verbündete, allen Treuebekundungen zum Trotz, ›Erwin I‹ größere Beachtung zumaß und stärkere Aufmerksamkeit widmete als ›Erwin II‹. Wodetzky war besorgt und auch verärgert, daß soviel Treue so wenig belohnt wurde.

Wodetzky hatte vier Männer zu sich gerufen, um mit ihnen über ein Ereignis zu sprechen, das sich jenseits der Staatsgrenze, im westlichen Teil des Harzes, zugetragen hatte. Neben Außenminister Eberle, dem Minister für Staatssicherheit Semmeling und seinem Abteilungsleiter

Mair von der Hauptverwaltung Aufklärung war auch Karl Dederichs eingeladen worden.

»Genossen«, eröffnete Wodetzky das Gespräch, »der Anlaß unseres Treffens ist sicher ungewöhnlich, wenn man bedenkt, daß es sich um den Tod eines CIA-Agenten handelt – an sich ein erfreuliches Ereignis, über das man weiter keine Worte verliert. In diesem besonderen Fall aber handelt es sich um einen Mann, der Verständnis hatte für die berechtigten Interessen der DDR, und dessen Tod uns schon deshalb nicht gleichgültig sein sollte, weil er vielleicht von Handlangern des Kapitals herbeigeführt wurde, die unseren Interessen weniger aufgeschlossen gegenüberstehen. Kurzum, wir haben uns zu fragen, wer Joe Willard umgebracht hat, und ob dahinter die Absicht steckt, der Gemeinschaft der Werktätigen Schaden zuzufügen.«

Karl Dederichs fragte sich, ob die Wortwahl des Staatsratsvorsitzenden Ausdruck seiner Überzeugung oder Zynismus war, oder ob seine in vielen Jahren geübte Selbstkontrolle so weit ging, daß er die Worthülsen der offiziellen Sprachregelung nachbetete, ohne über ihren Sinn nachzudenken. Für Außenminister Eberle lag die Antwort auf der Hand: Wodetzky war, genau wie er, ein Zyniker. Für Semmeling und seinen Untergebenen Mair erhob sich erst gar keine Frage: was konnte denn ein Handlanger anderes sein als kapitalistisch, und was war die DDR, wenn nicht die Gemeinschaft der Werktätigen?

»Genosse Dederichs hat Willard zuletzt gesehen«, sagte Semmeling. »Vielleicht kann er uns sagen, ob ihm etwas Besonderes aufgefallen ist.«

»Ja«, bestätigte Dederichs, »er war ein paar Tage vor seinem Tod noch bei mir, in derselben Woche. Ich habe darüber Bericht erstattet.«

Wodetzky nickte.

»Aber«, fuhr Dederichs fort, »ich habe nichts bemerkt, was

die Fragen des Genossen Staatsratsvorsitzenden beantworten könnte. Er hat keine Andeutung über eine Gefahr gemacht, hat keinerlei Schwierigkeiten erwähnt, er wirkte auch persönlich nicht unsicher, oder was immer man für ein Indiz halten könnte. Nein, es war alles wie üblich.«

»Was sagt die Staatssicherheit?« fragte Wodetzky. »Können wir erst einmal die Fakten hören?«

»Genosse Mair wird berichten«, sagte Semmeling.

Abteilungsleiter Mair schlug einen Schnellhefter auf. »Genosse Staatsratsvorsitzender!« Mair verbeugte sich. »Genossen. Der US-Bürger Joe Willard ist am Freitag voriger Woche im Kurhotel Hahnenklee, BRD, zwischen 20 und 22 Uhr ermordet worden. Todesursache: Herzdurchschuß. Als Tatwaffe kommt nur eine Pistole mit Schalldämpfer in Frage, da niemand einen Schuß gehört hat, obwohl das Hotel voll belegt war. Lokale BRD-Presse hat einige Tage über den Fall berichtet, danach ist er nicht mehr erwähnt worden, wahrscheinlich auf Druck der Aktionäre des Kurhotels, die ihren Profit gefährdet sahen. Aus diesem Grunde hat auch die überregionale BRD-Presse über den Fall nicht berichten dürfen.«

»Hat Ihre Abteilung Fakten, die auf Täter und Motiv hindeuten?« fragte Außenminister Eberle ungeduldig.

»Ja«, beeilte sich Mair zu antworten, »ein privates Verbrechen ist ausgeschlossen. Willard ist nicht beraubt worden. Die Benutzung eines Schalldämpfers ist untypisch für das westdeutsche Berufsverbrechertum. Der erste Schuß saß präzise. Fingerabdrücke sind abgewischt worden. Vor allem, der US-Bürger Willard bewegte sich auch nach seinem Grenzübertritt so unbekümmert, als sei er noch in der schützenden DDR. Er hatte zum Beispiel das Hotel auf viele Wochen im voraus gebucht, so daß seine Mörder leicht in Erfahrung bringen konnten, wann ihr Opfer kommen würde. Es gibt kein Indiz, das gegen eine Tat von Politgangstern spricht.«

»Westdeutsche, amerikanische oder sowjetische?« fragte Eberle kühl.

Mair blickte den Außenminister fassungslos an, Semmeling gab seinem Untergebenen ein Zeichen zu schweigen. Außer Mair schien die Frage niemanden schockiert zu haben.

Dederichs und Semmeling meldeten sich.

»Genosse Semmeling«, sagte Wodetzky.

»Die Amerikaner fallen aus«, stellte der Minister für Staatssicherheit fest. »Zwar ist es ihnen grundsätzlich zuzutrauen, daß sie ihre eigenen Leute killen, wenn die Regierungsmafia sich davon einen Profit verspricht, aber in diesem Fall scheinen sie im dunkeln zu tappen. Die amerikanische Botschaft hat uns signalisiert, daß sie dankbar ist für alle Informationen, die wir zur Aufklärung des Mordes beisteuern können. Außerdem wünscht sie die Wiederaufnahme der Kontakte, schlägt als Ort aber die eigene Botschaft vor.«

»Also gehen die Amerikaner davon aus, daß die Kontakte das Motiv für die Tat sind?«

»Nicht unbedingt, Genosse Wodetzky. Sie haben daran gedacht, aber sie wissen es nicht. Sie scheinen auch ein privates Verbrechen nicht auszuschließen. Ein wenig naiv, finde ich.«

»Genosse Dederichs, haben Sie etwas von unseren sowjetischen Freunden erfahren?«

»So viel jedenfalls«, erwiderte Karl Dederichs, »daß wir sie als Täter ausschließen können.«

Abteilungsleiter Mair blickte sich voller Unbehagen in dem Raum um. Sollten die Sowjets von diesem Gespräch erfahren, dann würden sie auch wissen, daß er an diesen ungeheuerlichen Äußerungen keinen Anteil hatte.

Dederichs lächelte kaum merklich. »Ich habe mit den sowjetischen Freunden, die auch meine persönlichen Freunde sind, gesprochen. Sie haben nachgeforscht und mir freundschaftlich versichert, nicht offiziell, sondern freundschaftlich, daß die sowjetische Seite die Angelegenheit gar nicht wahrgenommen hat. Erst durch meine Anfrage sind sie darauf gekommen. Man ist übrigens ein wenig erstaunt über unser Interesse an dem Ableben eines amerikanischen Agenten.«

»Wenn wir also Raubmord oder ähnliches ausschließen«, konstatierte Wodetzky nachdenklich, »dann bleibt der BND der BRD. Und warum haben sie das gemacht?«

»Ich fürchte, die Antwort ist sehr einfach«, warf Außenminister Eberle ein. »Sie haben Kenntnis von unseren Kontakten und wollen sie auf diese Weise unterbinden.«

»Das ist zu einfach, Genosse Eberle«, entschied Wodetzky. »Gesetzt den Fall, sie wüßten in vollem Umfang von unseren Kontakten. Was hätten sie durch den Tod Willards gewonnen? Glauben sie im Ernst, daß die Amerikaner wegen der Beseitigung eines einzigen Mannes ihre Politik aufgeben werden? Die USA haben doch schon öfter deutlich gemacht, wer wirklich in der BRD herrscht. Und erst recht wir – würden wir unser Volk verraten und unsere sozialistische Friedensperspektive aufgeben, weil ein Mann namens Joe Willard erschossen worden ist?«

»Gemeinsam mit der Sowjetunion gibt es nichts, was uns von unserem Weg abbringen könnte«, sagte Mair fest.

Großer Gott, heiliger Marx und Engels, was für ein Deutsch! dachte Außenminister Eberle. Da redet alle Welt von den Menschenrechten, aber keiner spricht davon, was wir der Sprache angetan haben.

Niemand sonst beachtete Mairs Bemerkung.

»Ihr Argument ist zwingend, Genosse Staatsratsvorsitzender, und deckt sich mit dem, was ich habe in Erfahrung bringen können.« Dederichs bemühte sich, seinem Ton eine Spur von Bewunderung zu geben. »Meine sowjetischen und persönlichen Freunde sind davon überzeugt, daß es sich um ein westdeutsch-amerikanisches Problem handelt, daß die BRD Rache nehmen wollte für die zahllosen Demütigungen, die sie von ihrem sogenannten Verbündeten hinnehmen muß. Daß Willard das Opfer war, ist Zufall. Es mußte einfach irgendein Amerikaner sein. Man wäre in der BRD-Regierung wahrscheinlich entsetzt, wenn man wüßte, wen man da getroffen hat.«

»Das klingt plausibel.« Der Staatsratsvorsitzende dachte nach. »Wenn die Amerikaner das begreifen, was werden sie machen?«

»Jedenfalls nichts Spektakuläres«, versicherte Semmeling. »Ein Menschenleben gilt nichts bei denen, also werden sie nicht auf die Pauke hauen. Sie werden sich auf ähnliche Weise revanchieren. Ich rechne damit, daß demnächst ein BND-Agent sterben wird oder so was.«

»Also Fazit: Alles läuft wie bisher?« fragte Wodetzky.

Dederichs nickte beruhigend, und keiner widersprach.

»Danke, Genossen«, sagte der Staatsratsvorsitzende Wodetzky.

Karl Dederichs wußte, warum Joe Willard getötet worden war. Die machten also ernst. Er mußte eingestehen, daß er sich geirrt hatte – das Ding hätte er ihnen nicht zugetraut. Du hast es wohl doch mit Profis zu tun, dachte er, darauf muß man sich jetzt einstellen. Eigentlich müßtest du beunruhigt sein. Wer einmal getötet hat, kann immer wieder töten, die Schwelle ist überwunden. Wer sagt, daß sie vor dir haltmachen, wenn die Lage sich mal zuspitzt? Jetzt umsteigen? Oder ganz auf die amerikanische Karte setzen?

Aber Karl Dederichs wußte, daß er das Spiel nach den alten Regeln weiterspielen würde, und er war auch nicht ernsthaft besorgt. Die Westdeutschen meinten es ernst, aber sie würden nicht so weit gehen, ihn an die Sowjets zu verraten. Wenn er jetzt allerdings offen zu den Amerikanern überliefe, hätten die Westdeutschen keinen Grund, ihn zu schonen, und es wäre aus mit seiner Familie. Seine Frau tat ihm nicht leid, aber Sabines Leben wurde zerstört. Ende des Studiums, Ächtung des Namens Dederichs, vielleicht auch Schlimmeres. Sabine hätte keine Chance mehr. Nein, auf die amerikanische Karte würde er erst dann setzen können, wenn die Westdeutschen so sehr in den Fall verwickelt waren, daß sie zu allem schweigen müßten. Und daß sie die Sache ernst meinten, hatte ja auch seine guten Seiten. Sie bereiteten sich offensichtlich sehr gründlich vor, und das konnte nur günstig sein für den Ablauf des Unternehmens.

Karl Dederichs spielte weiter nach den Regeln des Bonner Stabes. Er gab sich zu Hause kraftlos und erschöpft, täuschte einen hohen Konsum von Alkohol und Medikamenten vor und verbrachte die Wochenenden in Elend. Einmal kamen Sabine und ihre Freunde von der Universität mit. Abends wurde über offenem Feuer gegrillt, die Studenten feierten ausgelassen, und Dederichs betrank sich so stark, daß er nur mit Hilfe zweier junger Männer ins Bett fand. Am nächsten Morgen entschuldigte er sich bei Sabine.

»Daß du mal was für deine Gesundheit tun müßtest«, sagte Sabine, »wirst du ja wohl abstreiten. Deshalb versuche ich dir erst gar nicht klarzumachen, daß es deine Gesundheit nicht gerade fördert, wenn du dich besäufst. Aber du solltest darauf achten, dich nicht vor Zeugen zu besaufen. Du weißt nämlich nicht, wer alles davon erfährt.«

Genau daran aber hatte Karl Dederichs gedacht, als er beschloß, sich zu betrinken.

Wieder zurück in Berlin, gab Dederichs ein neues Gebiß in Auftrag, sein altes hafte nicht mehr richtig. Der Zahnarzt versuchte erst gar nicht, seinem hohen Patienten eine Korrektur des alten Gebisses vorzuschlagen, sondern nahm frische Abdrücke und versprach, die Arbeit in kürzester Zeit zu erledigen. Im Präsidium des Ministerrats äußerte Dederichs den

Wunsch, Ende August Urlaub zu machen, und fand verständnisvolle Zustimmung. Ob er denn nicht einmal Lust habe, in Finnland oder Schweden auf die Jagd zu gehen?

»Nein, nein«, wehrte er ab, »ich fahre in den Harz. Dort kenne ich die Menschen, dort fühle ich mich wohl.«

In der amerikanischen Botschaft gab es niemanden, der daran zweifelte, daß Willards Tod das Werk des Bonner Stabes war. Auf einer Sitzung des »Inner Circle«, der engsten Mitarbeiter von Botschafter Mackenzie, hatte man lediglich diskutiert, ob der Mord an dem Agenten allein im Zusammenhang mit dem Unternehmen Harzreise zu sehen sei, oder ob Willards besondere Funktion in der DDR eine Rolle gespielt habe und vielleicht sogar die wichtige deutsche Quelle gefährdet sei. Da man die Frage nicht hatte entscheiden können und auch ein Telefongespräch, das Alex Scott mit Martin Wellem führte, ohne das gewünschte Ergebnis geblieben war, hatte Jonathan Mackenzie sich für den direkten Weg entschieden und bei Staatsminister Förster um einen dringenden Termin nachgesucht. Das Kanzleramt hatte ihn, ungebührlich genug, zweieinhalb Tage warten lassen, bis dem Ersuchen stattgegeben worden war.

Als der bullige Botschafter den Raum betrat, blickte Bodo Förster prüfend von seinem Schreibtisch auf, als habe er Mühe, sich an die Verabredung zu erinnern. Dann stand er auf, ging langsam um den Schreibtisch herum und bedeutete Mackenzie mit einer Handbewegung, sich zu setzen. Die Flasche mit *Old Kentucky Rifle* blieb diesmal im Schrank.

»Ich hatte Sie längst in West Virginia vermutet, Mr. Ambassador. Sie wollten doch jagen, wenn ich mich richtig erinnere?«

Bastard! dachte Mackenzie. Der tut so, als wäre es ohne Belang, ob der Botschafter der Vereinigten Staaten von Amerika im Dienst ist oder in Urlaub. Als ob er zufällig erfährt, daß man noch da ist.

»Es steht mir nicht an, Urlaub zu machen, wenn das Leben amerikanischer Bürger bedroht ist. Joe Willard ist von skrupellosen Verbrechern ermordet worden. Wer ist der nächste, Mr. Secretary?«

»Ich verstehe«, sagte Förster nachdenklich, »Sie wünschen verstärkten Polizeischutz. Ich bin zwar dafür nicht zuständig, aber ich werde veranlassen, daß die Sache schnell erledigt wird.«

»Meine Landsleute wünschen sich nichts weniger als den sogenannten Schutz einer deutschen Behörde. Und ich muß sagen, daß ich diese Auffassung teile.«

»Ich verstehe Ihren Schmerz über den Verlust eines wertvollen Mitarbeiters, Mr. Mackenzie. Ich versichere Ihnen, daß die Bundesregierung den Fall außerordentlich bedauert, insbesondere, daß die Tat auf deutschem Boden geschehen ist. Wir werden alles tun, um eine Wiederholung eines solchen Falles auszuschließen.«

Mackenzie gab sich keine Mühe mehr, die Regeln der diplomatischen Höflichkeit zu beachten.

»Ich weiß nicht, was verächtlicher ist, Ihr Zynismus oder Ihre Heuchelei. Sie haben den Mann abgeknallt, Ihr Bonner Stab, Lichtenbergallee Nummer 5, hat Willard erledigt, und Sie wagen es, seinen Tod zu bedauern.«

»Sie sind erregt, Exzellenz«, sagte Förster gleichmütig, »und haben mich deshalb mißverstanden. Ich bedaure keineswegs den Tod dieses Joe Willard, sondern ich bedaure die Umstände, die zum Tod des Mannes geführt haben. Ich bedaure die Dummheit derer, die ihn dazu gebracht haben, so zu handeln, daß die gemeinsamen Interessen Ihres und meines Landes gefährdet waren. Das vorzeitige Ableben des Mr. Willard gibt uns die Möglichkeit, unsere gemeinsamen Ziele weiterhin ungestört und zum Nutzen der freien Welt zu verfolgen, das heißt konkret, Karl Dederichs den Weg in die Freiheit zu ebnen.«

»Was hat Joe Willard mit Dederichs zu tun?«

»Hatte«, korrigierte Förster behutsam, »was hatte er mit Dederichs zu tun. Nun, er war gern gesehener Gast bei Dederichs. Er besuchte ihn und pflegte seinen gelben Chevrolet so zu parken, daß der halbe Stadtteil es sehen konnte. Er benahm sich so dumm und tölpelhaft wie ein Deutscher in einem amerikanischen Kriegsfilm. Könnte es vielleicht sein, daß Willard deutsche Vorfahren hatte?«

Mackenzie lehnte sich zurück und musterte verächtlich sein Gegenüber. »Ich frage mich, wofür Sie sich und Ihr Land halten. Glauben Sie wirklich, Sie sind so wichtig, daß wir uns von Ihnen vorschreiben lassen, mit wem wir Kontakt aufnehmen dürfen und mit wem nicht? Wenn es meinem Präsidenten gefällt, ruft er morgen Ihren Kanzler an und befiehlt die Einstellung dieses Unternehmens, äh . . .«

»Harzreise«, sprang Förster ein.

»Meinetwegen. Und glauben Sie mir, der Präsident der Vereinigten Staaten hätte mehr als ein Mittel, seinen Willen durchzusetzen.«

»Ich zweifle nicht an der Bereitschaft Ihres Präsidenten, jedes Mittel, das es gibt, auch einzusetzen. Daß er vor dem Äußersten nicht zurückschreckt, zeigt sich allein schon daran, was für Leute er zu Botschaftern in befreundeten Ländern ernennt.«

Mackenzie stand abrupt auf und blickte Förster haßerfüllt an. »Sie werden das noch büßen. Sie persönlich und Ihr Land. Wir lassen uns nicht beleidigen. Wir lassen uns nicht unsere Leute abknallen. Wir lassen uns unsere Politik nicht vorschreiben.«

»Und wenn es gar nicht Ihre Politik ist, Mr. Mackenzie? Wenn es unsere Politik ist, auf unserem Boden? Oder sind wir so eine Art einundfünfzigster Bundesstaat der USA?«

»Ihr Land ist stark, Mr. Secretary, weil wir ein starkes Deutschland gewünscht haben. Wenn wir unsere Meinung ändern, werden Sie wieder klein und schwach. Kennen Sie einen Staat der Erde, der gegen ein schwaches Deutschland etwas einzuwenden hätte?«

Wann hatte es jemals ein Botschafter gewagt, so zu reden? Bodo Förster wollte den Amerikaner anschreien, aber er beherrschte sich. Wenn ich jetzt losbrülle, dachte er, spiele ich sein Spiel. Brüllen ist seine Kategorie, da kennt er sich aus. Wenn ich brülle, hat er gewonnen.

»Ich kann nicht umhin«, sagte er mit erzwungenem Gleichmut, »Ihre letzte Einschätzung zu teilen. Auch ich kenne kein Land, das Freude an unserer Stärke hätte. Aber bitte setzen Sie sich doch wieder, Herr Botschafter. Sie haben um eine dringende Unterredung nachgesucht, und Sie haben sie bekommen. Aber Sie haben mir noch nicht den Grund genannt, warum Sie mich sprechen wollten.«

Mackenzie war so verblüfft, daß er sich wieder setzte.

»Sie können Ihre Füße ruhig auf den Tisch legen, wenn Sie möchten«, sagte Förster sanft. »Aber wenn Sie dann bitte zur Sache kommen würden. Warum wollten Sie mich sprechen?«

Du Fettsack kommst auch noch dran, dachte Mackenzie. Du hast noch nicht ausgelernt. Dir werden wir noch ein paar Dinge beibringen.

»Ich verlange Aufklärung über den Fall Willard. Ich will, daß die Schuldigen hart bestraft werden. Falls dies nicht geschieht, haben Sie mit Konsequenzen zu rechnen.«

»Hat Ihre Regierung Sie beauftragt, uns Konsequenzen anzudrohen?«

»Ich habe nicht Konsequenzen angedroht, sondern in Aussicht gestellt.«

»Gut«, sagte Förster sachlich. »Also, zur Aufklärung des Falles Willard. Die kriminalistische Seite des Falles liegt bei der Polizei in Goslar, und von dort sind noch keine konkreten

Ergebnisse gekommen. Aber Sie haben ja auch schon ganz feste Vorstellungen über den Täterkreis, Mr. Mackenzie. Was die politische Seite anbetrifft, so kann ich vielleicht etwas zur Aufklärung beitragen, einiges habe ich ja schon erwähnt. Das Unternehmen Harzreise war in höchstem Maße gefährdet und ist es nun nicht mehr. Um aber zu verhindern, daß die Lage sich erneut zuspitzt, hat der Bundeskanzler beschleunigte Abwicklung angeordnet. Dederichs soll spätestens im nächsten Monat hier sein. Selbstverständlich gelten unsere alten Abmachungen noch – sobald er hier ist, wird Ihr Land in jeder Weise beteiligt.«

Immerhin, dachte Mackenzie auf dem Rückweg vom Kanzleramt, ein Ergebnis hat das Gespräch gebracht: Die Krauts bringen Willard nur mit dem Unternehmen Harzreise in Verbindung. Sehr gut!

Der Gastwirt Friedhelm Plötz aus Emmerich enttäuschte seine Ausbilder nicht. Schon der erste Test, bei dem Haßlinghausen, Lütke und Weyerthal als Beobachter zugegen waren, hatte gezeigt, daß der Doppelgänger trotz seiner 49 Jahre in guter Form war und nicht der Vorstellung entsprach, die man sich von einem älteren Schankwirt machen mochte. Er hatte dreißig Liegestütze absolviert, ohne übermäßig außer Atem zu kommen, er hatte in kurzer Zeit verschiedene Waffen sachkundig zerlegt und wieder zusammengesetzt und im »Schießkino« beim Feuern auf bewegliche Ziele eine passable Trefferquote erzielt. Bei einem abschließenden Intelligenztest war er auf zufriedenstellende Werte gekommen. Danach hatte man den Vertrag unterzeichnet.

Die Ausbildung fand in der Wahner Heide zwischen Köln und Bonn, auf einem Gelände der Bundeswehr, statt. Es erregte dort kein Aufsehen, daß ein Mann unter Hindernissen hindurchrobbte, sich aus einem fahrenden Geländewagen fremden Fabrikats fallen ließ, aus dem Liegen heraus sein Magazin leerschoß, auf Bäume kletterte oder sich innerhalb von drei Minuten eingrub.

Johann S. Weyerthal kam des öfteren und beobachtete das Training, machte Verbesserungsvorschläge und gab Anweisungen, die Plötz ohne Widerspruch befolgte, wenn er auch keinen Hehl aus seiner Verwunderung machte, daß eine solch komische Figur eine Rolle in einem Kommandounternehmen spielen sollte. Als er einen ganzen Nachmittag lang unter Weyerthals Aufsicht den Motor des Geländewagens zerlegt und wieder zusammengefügt hatte, war sein Befremden in kaum verhüllte Verachtung umgeschlagen. Weyerthal hatte ihn daraufhin in das »Schießkino« beordert und ihn drei Runden abfeuern lassen. Danach hatte er selbst sich seine Waffe erbeten, unter den amüsierten Blicken des Gastwirts die Brille geputzt, sodann ebenfalls drei Runden auf das Ziel abgefeuert und zwölf Punkte mehr erzielt als der Doppelgänger. Plötz war seitdem zurückhaltender damit, seinem Befremden offenen Ausdruck zu geben.

Die Ausbildung lag zwar, wie seinerzeit im Kanzleramt beschlossen, in den Händen des BND, aber Gert Brinken hatte es auf Bitten Weyerthals und mit Wellems Einverständnis übernommen, den Doppelgänger mit der Geographie des Ostharzes vertraut zu machen. Plötz empfand den theoretischen Drill als erheblich anstrengender als die körperlichen Strapazen, die ihm abverlangt wurden, insbesondere da Brinken keine Gelegenheit versäumte, ihn wissen zu lassen, daß er allenfalls ein mittelmäßiger Schüler sei und seine Stärken wohl weniger im Kopf als in den Muskeln lägen.

»Wenn dies einmal alles vorbei ist, Gert«, sagte Weyerthal, »und wir uns in der Kneipe unseres Freundes aus Emmerich zu einer kleinen Feier treffen, dann können wir dich wohl nicht mitnehmen.«

»Und warum nicht?« fragte Brinken.

»Er haßt dich.«

»Wird der bei unserer kleinen Feier überhaupt dabei sein? Hat der denn eine so extreme Lebenserwartung, daß es sich lohnt, ihm eine Einladung zu schicken?«

Weyerthal blickte ihn verblüfft an. Das hat ihn aus heiterem Himmel getroffen, stellte Brinken befriedigt fest, diesmal spielt er nicht, so ein dummes Gesicht kommt von Herzen. Und wenn er sich jetzt seine Brille putzt, dann nicht, um den kurzsichtigen Clown zu mimen, sondern weil er nicht weiß, was er sagen soll.

Weyerthal nahm seine Brille ab und putzte sie. Bevor er sie wieder aufsetzte, wischte er sich mit dem Hemdärmel den Schweiß von der Stirn. »Ich verstehe dich nicht, Gert.«

»Vergiß es, Johann S. War nur ein Gedanke.«

»Kannst du mir sagen, wie du auf so einen Gedanken kommst?«

»Der Gedanke kam mir mit der Erkenntnis, daß die Ausbildung des Friedhelm Plötz doch Humbug ist. Daß er sich mit dem Fahrzeug anfreundet, ist okay. Daß er Ortskenntnisse braucht, um dort fahren zu können, ist auch in Ordnung. Aber alles andere ist Unsinn. Das Schießtraining – soll er denn in der DDR rumballern, auch noch mit Waffen verschiedener Typen? Wozu soll er sich eingraben? Warum soll er auf Bäume klettern? Das macht ihr doch alles nur mit dem, um ihn bei Laune zu halten. Und da habe ich mich gefragt, warum wollt ihr den mit so aufwendigen Mitteln bei Laune halten? Und dann kam mir der Gedanke, daß unser Gastwirt vielleicht schon als Verlust gebucht ist.«

»Teilt jemand deinen Gedanken?«

»Wellem denkt genauso wie ich.«

»Was?« fuhr Weyerthal auf.

Brinken lachte und lehnte sich entspannt zurück. »Du hast dich noch nie so schnell bewegt wie gerade eben, Johann. Und noch nie hast du etwas so ehrlich gemeint wie dein letztes Wort. Nein, niemand teilt meinen Gedanken, und das mit Wellem habe ich erfunden, um Spaß zu machen.«

Weyerthal setzte sich langsam wieder.

»Und was wollt ihr jetzt noch machen, um den Doppelgänger zu amüsieren? Torpedoschießen? Mit meinem Teil bin ich jedenfalls fertig. Er kennt jeden Baum im volkseigenen Forst um Elend.«

»Wir haben auch nichts mehr. Wir müssen den Geländewagen noch hochgehen lassen, um zu sehen, ob er auch wirklich überzeugend brennt. Aber dazu brauchen wir Plötz nicht.«

»Wäre vielleicht auch etwas makaber, ihn an dem Probelauf seiner eigenen Bestattung teilnehmen zu lassen.«

»Du vergißt, daß wir eine Leiche haben. Du hast sie selbst besorgt. Plötz ist lediglich – wie sagt man heutzutage – eine Option. Aber eine Kleinigkeit fehlt noch im Trainingsprogramm, und dabei könntest du uns vielleicht helfen.«

»Worum geht es?«

»Dederichs hat ein künstliches Gebiß, Plötz – zumindest teilweise – ein natürliches.«

»Ja?«

»Ja. Jetzt gibt es zwei Möglichkeiten. Entweder Dederichs wachsen neue Zähne nach, oder Plötz verliert seine.«

»Und für welche Lösung hat man sich in Pullach entschieden?«

»Für die zweite«, sagte Weyerthal ernst. »Aber erst nach reiflicher Überlegung.«

»Plötz hat also zu viele Zähne. Aus deinen Worten entnehme ich die Absicht, sie ihm zu entfernen. Noch mal, was hab' ich damit zu tun?«

»Er mag dich nicht«, erwiderte Weyerthal. »Wir könnten zum Abschluß Nahkampf auf das Programm setzen. Du guckst zu und findest seine Leistungen mäßig. Sagst das auch laut. Nichts reizt ihn mehr. Dann bietest du ihm einen ehrlichen Zweikampf an. Dabei verliert er so viele Zähne, daß es sich nicht mehr lohnt, den Rest des Gebisses zu sanieren.«

»Gute Idee«, sagte Brinken nachdenklich. »Aber warum machen das eure Leute nicht selber?«

»Unsere Leute sind Ausbilder. Wen sie ausbilden und wofür, das wissen sie nicht. Das mit den Zähnen würde aus ihrem Programm herausfallen. Womöglich würden sie Fragen stellen.«

»Da nehmt ihr lieber einen Schläger wie mich.«

»Nein. Er mag dich nicht, das ist der Grund. Und sei ehrlich, du magst ihn auch nicht, oder?«

Brinken widersprach nicht.

Im Konferenzraum des Bonner Stabes hingen drei Wandkarten. Die eine zeigte den gesamten Harz und das nördliche Vorland bis hinauf nach Hannover und Braunschweig. Auf der zweiten Karte waren in großem Maßstab die Forste Elend und Schierke einschließlich Braunlage zu sehen. Auf der dritten Karte war dasselbe Gebiet abgebildet, allerdings im Gegensatz zu den beiden anderen in schwarzweiß; einige Straßen und Wege waren mit Farben markiert.

»Meine Herren!«

Wellem wartete einen Moment, bis die Gespräche abgeklungen waren und die zwölf Männer ihn ansahen.

»Meine Herren. Wir sprechen heute über die vorliegenden Transfermodelle und haben zu entscheiden, auf welchem Wege Dederichs in den Westen gebracht werden soll. Sie haben die Beschreibungen gelesen. Die Mitglieder der Arbeitsgruppe werden jetzt Erläuterungen dazu geben. Bitte!«

Leo Rieck sprach als erster. »Wir haben uns mit vier Möglichkeiten beschäftigt, Dederichs zu holen. Nummer eins ist technisch am einfachsten. Wir schleusen Dederichs ganz normal über die Transitstrecke Berlin–Helmstedt raus, sozusagen legal. Er bekommt einen westdeutschen Wagen und westdeutsche Papiere, ein Paßbild mit Bart und so, den kann er sich unterwegs ja ankleben, fährt nach Norden bis zur Autobahn und passiert als Geschäftsmann die Grenze Helmstedt/Marienborn. Sobald wir über Funk Signal haben, daß er im goldenen Westen ist, stecken wir im Harz sein Hobbyauto und den Mitarbeiter aus der Kühltruhe an und verschwinden auf demselben Weg wie Dederichs über die Transitstrecke Helmstedt–Berlin, aber in anderer Richtung, also über Berlin/Dreilinden. Was haltet ihr davon?«

»Und wie kommt die Leiche rein?« fragte Olaf Wiedenbrück.

»Ebenfalls über Helmstedt, im Kofferraum.«

»Und wenn kontrolliert wird?«

»Wir haben eine Statistik des Bundesgrenzschutzes. Durchschnittlich wird jeder hundertste Wagen kontrolliert. Das Risiko scheint uns akzeptabel zu sein.«

»Außerdem«, gab Dieter Rentsch zu bedenken, »wäre das Risiko selbst dann noch kalkulierbar, wenn die Leiche bei der Grenzkontrolle gefunden würde.«

»Wieso das?«

»Unsere Seite würde den Fahrer als flüchtigen Mörder bezeichnen, einen Haftbefehl präsentieren und von der DDR die Auslieferung verlangen.«

Als niemand sich zu Wort meldete, sagte Claus Haßlinghausen: »Gut, das sind die Vorteile von Plan Nummer eins. Wo sind die Nachteile?«

»Der Plan hat folgende Nachteile«, referierte Leo Rieck. »Die Wege sind lang. Wenn die Gegenseite schnell reagiert, könnten diese Wege unter Umständen abgeschnitten werden. Außerdem führen die Routen weit von der Grenze weg. Im Notfall könnte also keine Hilfsaktion anlaufen, wie das in

Grenznähe vielleicht möglich wäre. Das müssen wir bedenken, wenn wir den Plan diskutieren.«

»Vielen Dank, Leo«, sagte Wellem. »Ich möchte vorschlagen, daß wir die Diskussion zurückstellen und uns erst die anderen Pläne anhören, wir können dann besser vergleichen. Sind Sie einverstanden?«

Niemand in der Runde widersprach.

»Wer fährt fort? Ja, Dieter.«

Dieter Rentsch stand auf und ging zu den Wandkarten an der Stirnseite des Konferenzraumes. »Die anderen drei Modelle«, er deutete auf das Grenzgebiet des Oberharzes, »haben gemeinsam, daß die Transfers in der Nähe des Tatortes stattfinden und daß die Grenzbefestigungen überwunden werden müssen.«

Er zeigte auf die dritte Karte.

»Achtet jetzt mal nur auf die roten Linien – in diesem Gebiet könnte Plan Nummer zwei ablaufen. Ihr seht hier den kleinen Fluß Bremke, er markiert genau den Grenzverlauf, das gegenüberliegende Ufer ist Grenze. Zwei Bäche, hier und hier, kommen aus dem Forst Elend und münden in die Bremke, sind also grenzüberschreitend. Der nördliche von beiden ist interessant für uns. Der Bach fließt unter dem Zaun durch, und der Durchfluß ist mit einer Art Rost oder Gitter versperrt. Das ist die schwächste Stelle – das Gitter kann von unserer Seite vorher so bearbeitet werden, daß man es einfach nur wegzunehmen braucht.«

»Wie dicht sind die Patrouillen?« unterbrach Werner Marfels.

»Und kommen sie zu Fuß oder motorisiert?«

»Nicht dicht«, antwortete Rentsch. »Im Durchschnitt betragen die Abstände etwa anderthalb Stunden, aber das läuft nicht regelmäßig ab. Das kann schneller gehen oder auch länger dauern. Die Streifen sind motorisiert, Besatzung zwei Mann. Alles in allem recht günstig. Der Ablauf sähe so aus:

Die Gruppe marschiert am Bach entlang oder auch im Wasser. Sie ist die ganze Zeit durch Wald und Unterholz gedeckt, bis zur Grenzschneise. Wenn die Luft rein ist, müssen die Leute 50 Meter durch den Bach robben, über den Grenzpfad sprinten, noch einmal 20 Meter durch den Bach bis zum Zaun und dann ab durch das Loch. Auf der anderen Seite des Gitters haben sie noch 100 Meter DDR-Gelände vor sich, aber wieder dicht bewachsen. Im Laufschritt durch und rein in die Bremke, und schon ist Dederichs mit westlichen Wassern gewaschen.«

Olaf Wiedenbrück wollte wissen, wie groß das Loch unter dem Zaun ist.

»Wenn wir Johann S. Weyerthal nicht mitnehmen, auf jeden Fall groß genug.«

Nur Weyerthal grinste, den anderen war nicht zum Lachen zumute. Jeder wußte, daß er mit von der Partie sein konnte, und zwar zweimal – einmal rein und einmal raus.

Rentsch wartete, und als keine weitere Wortmeldung kam, ging er an seinen Platz zurück und setzte sich.

Es wird ernst, dachte Martin Wellem. Ein so ruhiges Plenum haben wir zum erstenmal, und noch nie waren die Leute so einsilbig. Selbst Weyerthal hat heute nichts zu sagen. Er gab der Arbeitsgruppe ein Zeichen, mit dem Vortrag fortzufahren. Manfred Stankowski stand auf und ging nach vorne.

»Die beiden anderen Modelle, blau und grün eingezeichnet, sehen eine räumliche Entzerrung der Aktionen vor. Zunächst blau. Der Grenzübertritt fände viel weiter nördlich statt, hier auf der Höhe des Brocken. Von den Anlagen her ist der Punkt ähnlich günstig wie der, den Dieter beschrieben hat. Wir haben zwar keinen Bach, der rüberfließt, aber es gibt ebenfalls nur den Metallzaun, Wachtürme sind nicht in Sichtweite. Wir könnten von unserer Seite ein Loch vorbereiten. Das Unternehmen würde gesplittet, Dederichs' Wagen würde im Forst Elend verbrennen, Dederichs würde am Brocken rüberkommen. Nachteil: Die Entfernung kann zu Fuß nicht bewältigt werden. Dederichs müßte mit seinem Wagen ins Brockengebiet kommen, der Doppelgänger müßte das Auto zurück nach Elend fahren, Grenzübertritt der Feuerwerker dann durch den Bach wie beschrieben.«

Stankowski blickte in die Runde. Einzelne Teilnehmer sprachen leise über die Pläne, aber niemand bat ums Wort.

»Also dann das letzte Modell«, fuhr er fort. »Seht euch die grünen Linien an. Sie laufen größtenteils parallel zu den blauen. Das bedeutet, hier soll nur eine Umkehrung der Aktionen stattfinden. Dederichs geht den Bach runter, also Übergang Nummer eins. Der Wagen brennt am Brocken ab. Falls es also Alarm gibt und vielleicht Soldaten zusammengezogen werden, dann weitab von der Stelle, an der unser Mann rüberkommen soll.«

»Gut, war es das, Manfred?« fragte Wellem.

»Ja.«

Es dauerte fast eine Minute, bis der erste aufzeigte.

»Alfred?«

Ebeling fragte: »Die beiden Grenzübergänge, stehen die fest, oder gibt es da noch Alternativen?«

Lütke schüttelte den Kopf. »Nein. Diese beiden haben wir abgecheckt, mehr ist nicht mehr drin, aus Zeitgründen. Hinzu kommt natürlich noch der Transitweg über die Autobahn. Das ist die dritte Möglichkeit.«

»Wird auch eine Rettungsaktion vorbereitet?«

Die Männer blickten ihren Chef stumm an.

»Wir«, sagte Wellem langsam, »das heißt Claus Haßlinghausen und ich, haben uns darüber Gedanken gemacht. Wir müssen uns aber erst Klarheit verschaffen, nach welchem Transfermodell wir vorgehen.«

»Wie weit würde eine Rettungsaktion gehen, Chef?«

»Ich verstehe nicht.«

»Würden wir zum Beispiel mit einem Hubschrauber rausgeholt, wenn wir in der Falle säßen?«

»Nein, das wäre nicht möglich.«

Unruhe kam auf, ein Teilnehmer lachte höhnisch.

»Technisch wäre es schon möglich«, warf Weyerthal ein.

»Aber politisch nicht«, erwiderte Wellem mit schneidender Stimme. »Oder hat man beim BND schon entsprechende Pläne ausgearbeitet und lediglich vergessen, aus purem Zufall natürlich, uns davon zu unterrichten? Sollten Sie diesbezüglich Informationen haben, bitte ich herzlich um Mitteilung. Natürlich nur, wenn Sie etwas verraten dürfen.«

Weyerthal hatte, wie üblich, Schweißperlen auf der Stirn, die er sich zunächst abwischte, bevor er antwortete.

»Als BND-Spitzel«, sagte er leise, »berichte ich nur nach Pullach, was hier gesprochen wird. Umgekehrt aber darf ich nichts verraten, was ich in Pullach gehört habe.«

»Ach lassen Sie doch Ihren Quatsch!«

»Ich bitte um Entschuldigung, Herr Wellem. Ja, es war Quatsch. Nochmals Verzeihung. Ich bin gerne bereit, mich aus diesem Kreis zurückzuziehen. Wirklich gerne. Mir bekommt das Klima hier nicht, außerdem scheinen Sie meine Arbeit nicht sonderlich zu schätzen. Dabei hatte ich geglaubt – nein, besser: gehofft – daß meine Tätigkeit hier als kleine Hilfe empfunden würde.«

Alle außer Wellem und Haßlinghausen klopften. Sie trommelten auf die Tische, bis ihnen die Knöchel schmerzten. Da ist es, dachte Haßlinghausen, der erste Aufruhr, der Nervenriß, die Führungskrise. Und ausgerechnet der Dicke hat das ausgelöst.

Als hätte er den Gedanken gelesen, sagte Weyerthal: »Ich wollte das nicht. Ich wollte keine Demonstration für mich. Das macht meine Arbeit nicht leichter. Und doch gebe ich zu, daß ich mich freue. Auch das tut mir leid. Ich weiß, ich sollte mich nicht freuen.«

Wellem versuchte zu retten. »Schon gut, Johann. Ich bedaure, daß ich den Ton angeschlagen habe. Es scheint allgemeine Meinung zu sein, daß Sie das nicht verdient haben. Ich schließe mich dieser Meinung an.«

Weyerthal hob verlegen die Hände und ließ sie wieder auf die Tischplatte sinken.

Haßlinghausen griff ein. »Natürlich wird eine Notfallplanung gemacht, wie der Chef bereits gesagt hat. Johann, hat euer Verein schon konkrete Pläne?«

»Unser Verein nicht, aber ich. Ich habe darüber nachgedacht. Aber ich unterstütze den Vorschlag des Chefs, erst über die Transfermodelle zu sprechen.«

Haßlinghausen sah ihn dankbar an. »Gut.« Er wandte sich zur Seite: »Diskussion der Transfermodelle, Martin?«

Wellem nickte.

Die Diskussion kam nur schleppend in Gang. Es dauerte eine Weile, bis die Atmosphäre sich entspannte und die Männer sachlich über die Vor- und Nachteile der verschiedenen Pläne redeten. Die beiden letzten Modelle wurden fast einstimmig verworfen – die Entfernung zwischen dem Forst Elend und dem Brocken sei zu groß; der Funkverkehr, um die Aktionen zu koordinieren, zu auffällig; das Risiko zu hoch, einen Außenseiter, nämlich den Doppelgänger, die ganze Strecke allein mit Dederichs' Wagen zurücklegen zu lassen. Würde er das Team im Elender Forst finden? Was würde er machen, wenn er eine Panne hätte? Würde er durchdrehen, wenn er einen Grenzer sähe?

Die großen Entfernungen und die mangelnde Möglichkeit der Steuerung und der Koordinierung gab auch den Ausschlag dafür, daß der erste Plan fallengelassen wurde, das ganze Unternehmen über die Transitstrecken abzuwickeln.

»Wenn ich zusammenfassen darf«, sagte Haßlinghausen, »dann findet der Übergang über die Bremke allgemeine Zustimmung? Götz?«

Götz Meyer drückte seine Zigarette aus.

»Ja. Wir sollten das Unternehmen über diesen einen Punkt laufen lassen. Die Entfernungen sind kurz, das Ganze ist übersichtlich. Den Übergang am Brocken sollten wir für den Notfall präparieren. Nicht, um Dederichs dort rauszubringen, sondern falls wir uns retten müssen. Einzeln könnten wir uns bis dorthin durchschlagen. Wir können zwei Mann dort postieren, die im Ernstfall für uns das Sesam-öffne-dich besorgen.«

»Olaf?«

»Ich bin einverstanden«, sagte Wiedenbrück, »die Sache über den Bach abzuwickeln, mit dem Notausstieg weiter nördlich. Nur ob wir die Leiche auch so reinbringen sollten, weiß ich nicht. Ziemlich sperrig. Ziemlich mühsam in dem Gelände. Und auch auffällig.«

»Und was schlägst du vor?«

»Wir lassen die Leiche über Helmstedt/Marienborn laufen und fahren sie in den Harz. Das ist besser als Tragen. Natürlich können wir sie nicht ganz vor Ort bringen. Ein westdeutsches Auto auf einem schmalen Waldweg im Elender Forst nahe der Friedensgrenze, das wäre wohl ein bißchen zuviel. Den Transport auf der letzten Strecke müßte einer besorgen, der dort Auto fahren darf, ohne daß es Aufsehen erregt. Also der Oberförster oder Dederichs. Ich schlage Dederichs vor, weil wir den Oberförster nicht kennen.«

»Dederichs?«

»Warum nicht? Warum soll der nicht auch einen Teil des Risikos tragen?«

Einige Männer klopften, andere klatschten. Heute scheint ein Tag für spontane Mitbestimmung zu sein, dachte Haßlinghausen. Hoffentlich treten die nicht alle in die Gewerkschaft ein.

»Also gut. Wer ist dagegen?«

Niemand meldete sich.

»Somit für gut befunden, beschlossen und besiegelt.« Haßlinghausen blickte in die Runde. »Leute, wir haben unseren Plan. Wir brauchen ihn bloß noch durchzuführen, und die Sache ist erledigt.«

Einige lachten sogar.

»Noch etwas, da ihr gerade so gut gelaunt seid. Die Hälfte von uns muß rüber, die andere Hälfte darf hier bleiben. Seid ihr einverstanden, daß der Chef und ich entscheiden, ohne Begründung entscheiden, wer welches Los zieht? Ich selbst gehe auf jeden Fall mit rüber.«

Alle nickten.

»Ich danke Ihnen«, schaltete Wellem sich wieder ein. »Ich danke Ihnen sehr herzlich. Wir schaffen das. Ich weiß jetzt, daß wir es schaffen. Claus, ob du mitgehst, ist noch offen. Entweder du oder ich. Das lassen wir offen bis zum Ende. Aber einer von uns wird mitgehen. Und nun noch einmal zur Planung für den Notfall. Ich möchte einen Vorschlag machen. Claus Haßlinghausen, Johann Weyerthal und ich arbeiten einen Plan aus. Diesen Plan werde ich von der Regierung absegnen lassen. Jeder von Ihnen kann uns jederzeit fragen, wie es steht. Sie bekommen jede Information, die Sie haben wollen. Einverstanden?«

Der Bonner Stab war froh, mit seinem Leiter wieder einer Meinung zu sein. Die Zustimmung war allgemein.

»Und wenn die Regierung nicht absegnet?« fragte Ernst Lütke.

»Dann«, sagte Martin Wellem, »stelle ich mich als Feigling zur Verfügung. Ich werde mich weigern, das Unternehmen Harzreise zu leiten und von meinem Amt zurücktreten, ohne Pensionsanspruch.«

Gerd Brinken verließ die Autobahn hinter dem Flughafen Köln-Bonn und lenkte den Wagen in Richtung Wahner Heide. Johann Weyerthal saß neben ihm.

»Ich bin froh, wenn das alles vorbei ist.«

»Warum?« Brinken blickte ihn kurz an, ehe er seine Aufmerksamkeitkeit wieder auf die Straße richtete. »Wenn dies vorbei ist, kommt das nächste. Und danach kommt was anderes. Mir ist egal, was gerade läuft und wie lange es dauert.«

Weyerthal zog die Schultern hoch und seufzte.

»Habe ich nicht recht?« fragte Brinken und sah ihn wieder an. Weyerthal bedeutete ihm mit einer ängstlichen Geste, sich doch auf die Straße zu konzentrieren.

»Ja, du hast recht.«

Ein paar Minuten fuhren sie schweigend.

»Was hast du gemacht, bevor du dich in den geheimen Dienst des Vaterlandes gestellt hast?« fragte Weyerthal.

»Ingenieur. Spezialgebiet Computer.«

»Warum hast du aufgehört?«

Brinken grinste. »Das Menschliche kam zu kurz. Die Beschäftigung mit Maschinen, du glaubst nicht, wie öde das ist. Ich brauche Wärme. Der Bonner Stab, das ist das Leben. Ich habe den Umgang mit Menschen gesucht. Jetzt habe ich alles, was ich will.«

Er hatte angehalten und zeigte dem Wachposten seinen Ausweis. Weyerthal durchwühlte mehrmals seine verschiedenen Taschen, bis er sein Permit fand und es hinausreichte. Der Posten winkte den Wagen durch.

»Letzter Übungstag für unseren Gastwirt«, sagte Brinken. »Noch einmal Emmerich sehen und dann ...«

Friedrich Plötz und die beiden BND-Ausbilder begrüßten Brinken und Weyerthal mit Handschlag.

»Zum Abschluß haben wir Nahkampf auf dem Programm, richtig?« fragte Weyerthal.

»Jawohl«, bestätigte der Ausbilder.

»Nahkampf gehört nicht zu meinen Spezialgebieten«, gab Weyerthal zu, und Plötz nickte bestätigend. »Deshalb«, er wies auf Brinken, »habe ich einen Experten mitgebracht.«

Plötz musterte Brinken – ein Experte! Vielleicht 155 Pfund, keine Muskeln, Maßanzug mit Weste. Ein schöner Experte!

»Kann es losgehen?« fragte Brinken ungeduldig.

Plötz stieg in den Geländewagen.

»Ich bin ein Polizist«, sagte einer der Ausbilder, »ich halte Sie an, und Sie müssen mich unschädlich machen.«

Der Mann hob die Hand, als würde er ein Auto stoppen.

»Ihre Papiere, bitte«, sagte er zu Plötz und öffnete die Wagentür.

Plötz griff ins Handschuhfach und hielt dem Mann ein Papier hin. Als der es nehmen wollte, drehte ihm Plötz den Arm nach hinten, stieß ihn zu Boden, hechtete über ihn weg, ohne seinen Arm loszulassen und zog ihm gleichzeitig die Pistole aus dem Halfter. Er richtete die Waffe auf den Mann und befahl: »Hände auf das Dach!«

»Gut«, sagte der Ausbilder und richtete sich wieder auf.

»Es geht«, kommentierte Brinken.

Plötz warf ihm einen Blick zu, der besagen mochte: Mach du das erst mal nach! Er nahm wieder auf dem Fahrersitz Platz.

»Und jetzt zwei Polizisten«, sagte der Ausbilder. »Sie suchen gezielt nach einem Mann und halten Sie an, weil Sie derjenige sein könnten. Tatsächlich sind Sie es. Der eine hält die Hand griffbereit an der Waffe, der andere bittet Sie um Ihre Papiere. Also, Ihre Papiere bitte.«

Der Mann streckte seine Hand aus. Plötz schaltete den Motor ab und sagte: »Mein Gott, was soll das? Ich habe es eilig.« Er tastete seine Kleidung ab und grinste plötzlich: »Ich sitze drauf.«

Er öffnete die Wagentür und stieg aus. Er griff in seine

Gesäßtasche, schnellte plötzlich auf den zweiten Ausbilder zu, rammte ihm im Sprung den Kopf in den Magen, entriß ihm die Waffe und schrie den anderen »Polizisten« an: »Hände hoch! Hinlegen!«

Die beiden Ausbilder legten sich auf den Boden. Vorsichtig zog Plötz dem zweiten Mann die Waffe aus dem Halfter.

»Jetzt würde ich beiden eins über die Rübe hauen, und ab geht die Post.«

Die Männer standen auf, Plötz gab ihnen die Waffen zurück.

»Ausgezeichnet«, sagte einer der Ausbilder.

»Mittelmäßig«, ließ sich Brinken herbei.

Plötz sah ihn wütend an.

»Mittelmäßig«, wiederholte Brinken. »Die beiden Polizisten haben eine gezielte Fahndungsmeldung. Sie haben den Verdacht, daß derjenige, den sie anhalten, der Gesuchte sein könnte. Sie sind auf der Hut. Mit so simplen Scherzen kann man die nicht überrumpeln. Wenn dies das Ende und der Höhepunkt der Ausbildung sein soll, dann kann ich nur lachen.«

Plötz kochte innerlich. Ich habe mich wochenlang abgerakkert, und du maßgeschneiderter Scheißer willst mir erzählen, wie es gemacht wird!

»Mich würden Sie damit nicht aufs Kreuz legen«, fuhr Brinken ungerührt fort.

»Wie würden Sie es denn machen?« fragte Plötz. »Ich freue mich immer, wenn ich noch was dazu lernen kann.«

»Das dürfte in Ihrem Fall auch notwendig sein«, erwiderte Brinken kühl.

»Warum zeigen Sie es mir nicht mal?«

»Ich weiß nicht ...« Brinken sah die Ausbilder fragend an. Die zuckten die Schultern, als wollten sie sagen: Bitte, wenn Sie meinen.

»Also, ich bin ein einzelner Polizist.«

Plötz stieg in den Wagen. Brinken schnallte sich die Pistole eines Ausbilders um.

»Ihre Papiere, bitte.«

Plötz reichte ihm ein Papier durch das Fenster. Brinken rührte sich nicht.

»Steigen Sie bitte aus.«

Plötz öffnete die Tür und stieg umständlich, mit dem Rükken zu Brinken, aus. Plötzlich federte er herum und trat Brinken mit aller Kraft vor das Schienbein.

Wenn das eine Übung ist, dachte Weyerthal, dann möchte ich nicht wissen, wie der Ernstfall aussieht.

Brinken schrie auf und ging in die Knie. Plötz nahm ihm die Waffe ab und richtete sie auf seinen Kopf.

»Na, immer noch mittelmäßig?«

Brinken ergriff die Stiefel des Mannes und zog mit einem wilden Ruck. Plötz schlug auf den Rücken, und Brinken sprang auf. Als Plötz sich aufrichtete, traf ihn Brinkens Schuh wie ein Hammer mitten ins Gesicht. Zähne splitterten mit krachendem Geräusch.

»Ja, mittelmäßig«, keuchte Brinken.

Plötz wälzte sich am Boden. Seine Lippen schwollen unförmig an, das Gesicht war blutverschmiert. Die beiden Ausbilder sahen Brinken entsetzt an.

»Ein Fall für die Allgemeine Ortskrankenkasse«, sagte Weyerthal gleichmütig und strich sich mit der Zunge über die Zähne.

Brinken lehnte sich an das Auto und massierte vorsichtig sein Schienbein.

Friedhelm Plötz wurde später überzeugt, daß eine Totalprothese das Beste für ihn sei. Er willigte ein und ließ sich die restlichen Zähne ziehen. Ein Zahntechniker des BND fertigte ihm ein Gebiß an.

»Was hast du eigentlich vorher gemacht, Johann Sebastian? « fragte Brinken auf der Rückfahrt.

»Ich war Musiker«, antwortete Weyerthal.
»Erfolgreich?«
»Klar. Deshalb bin ich zum BND gegangen.«

VIII

Martin Wellem stutzte, als er den Sitzungsraum im Kanzleramt betrat. Er hatte um eine Unterredung mit Staatssekretär Wenzel nachgesucht und einen Termin bekommen. Kurz darauf war ihm mitgeteilt worden, der Kanzler persönlich wünsche ihn zu sprechen. »Eine Privataudienz«, hatte Haßlinghausen kommentiert, »ein letztes Aufbaugespräch. Wer hätte gedacht, daß du so wichtig bist?«

Um so verblüffter war Wellem, als er den getäfelten Konferenzsaal betrat. Bundeskanzler Pauls saß an dem einen Ende der ovalen Tafel. An der linken Breitseite hatten die Minister Förster, Hansen und Henrici, die Staatssekretäre Wenzel und Liebherr sowie Pauls' Referent Roelling Platz genommen. Ihnen gegenüber saßen die Chefs der Dienste, Hoff vom BND, Lemberg vom Bundesamt für Verfassungsschutz und Larsenburg vom Bundeskriminalamt.

Der Bundeskanzler stand auf, begrüßte Wellem mit Handschlag und wies ihm den Platz am anderen Ende des Ovals an. »Wir beide präsidieren heute, Herr Wellem«, sagte er freundlich. Wellem begrüßte die anderen Anwesenden mit einer Verbeugung und setzte sich.

»Meine Herren«, begann Pauls, »wir wollen heute den

Zeitpunkt für das Unternehmen Harzreise festlegen. Herr Wellem, sind die Vorbereitungen des Bonner Stabes abgeschlossen?«

»Sie sind so gut wie abgeschlossen.«

»Was heißt so gut wie?«

»Was jetzt noch erledigt werden muß, kann schnell geschehen.«

»Was muß noch erledigt werden? «

»Wir wollen das Duplikat des Geländewagens auf dieselbe Weise vernichten, wie wir es mit dem Original vorhaben, und die Wirkung beobachten.«

»Warum ist das noch nicht geschehen?«

»Wir haben den Wagen bis jetzt zur Ausbildung gebraucht.«

»Ja gut. Wann kann das Probefeuerwerk stattfinden?«

»Theoretisch schon morgen.«

»Und praktisch?«

Wellem schluckte. »Auch morgen.«

»Gut. Warum dann nicht morgen? Ist das alles?«

»Was den materiellen Teil anbetrifft, ja. Alles was wir brauchen, haben wir und können es jederzeit einsetzen.«

»Fabelhaft. Und gibt es auch einen immateriellen Teil?«

»Die Planung für den Notfall. Und natürlich Dederichs' Zeitplan.«

»Ja. Regeln Sie das, Wellem, und dann Augen zu und durch. Und zwar noch im August.«

»Da sehe ich Schwierigkeiten, Herr Bundeskanzler.«

»Und welche?« fragte Pauls mit jener berüchtigt ruhigen Stimme, die allen Kennern signalisierte, daß der Kanzler vor einem seiner Ausbrüche stand. Förster, Wenzel und Roelling blickten besorgt auf. Pauls bemerkte ihren Blick und zwang sich zu einem Lächeln.

»Welche Schwierigkeiten, Herr Wellem?«

»Sie liegen in dem schon erwähnten immateriellen Teil.

Erstens Dederichs' Verfügbarkeit, aber das ist schnell zu klären, es ergibt sich von selbst. Zweitens die Anweisungen für den Notfall. Einige davon könnte ich nur auf ausdrücklichen Befehl der Regierung geben.«

»Also erstens Dederichs.«

»Dederichs mußte seinen Urlaub um vierzehn Tage verschieben. Erster Urlaubstag ist jetzt der 10. September, ein Samstag. Wir halten die Durchführung des Unternehmens im Urlaub für günstiger.«

»Warum nicht an einem Wochenende?«

»Die letzten beiden Wochenenden vor Urlaubsbeginn wird er nicht im Harz sein.«

»Warum dann nicht an einem Wochenende vorher?«

»Wir hätten lieber einen Werktag. Weniger Tourismus auf der Westseite, dafür mehr Betriebsamkeit auf der Ostseite. Ich meine wünschenswerte Betriebsamkeit wie zum Beispiel mehr Verkehr auf den Straßen. Wir können dann unauffälliger operieren.«

Pauls dachte einen Augenblick nach. »Warum verschiebt er seinen Urlaub?«

»Ich weiß es nicht.«

General Hoff hob die Hand.

»Herr General?«

»Der Deutsch-Sowjetische Militärausschuß«, sagte Hoff, »dem Dederichs angehört, tagt vom 3. bis zum 5. September. Er muß da teilnehmen.«

»Und doch«, gab Pauls zu bedenken, »warum sollen wir ihn nicht vorher rausholen? Wäre denn ein Sonntag völlig unmöglich?«

Wellem schüttelte den Kopf. »Nein, unmöglich nicht.«

Außenminister Hansen meldete sich.

»Wilhelm?«

»Ich bin dafür, daß wir Dederichs an der Sitzung teilnehmen lassen, er könnte uns dann allerneueste Nachrichten mitbringen. Es scheint übrigens um einiges zu gehen. Selten hat eine Sitzung des Militärausschusses drei Tage lang gedauert.«

Einige Teilnehmer nickten, und Pauls lehnte sich zurück. »So wird es wohl sein«, sagte der Kanzler müde. »Also dann soll er an seiner Sitzung teilnehmen. Samstag, den 10. September, fängt sein Urlaub an. Montag ist der zwölfte. Am Montag, dem 12. September, läuft Unternehmen Harzreise ab. Irgendwelche Einwände?«

Niemand meldete sich.

»Dann also die Notfallplanung«, fuhr Pauls fort. »Was ist daran so schwierig, Herr Wellem? Und was verstehen Sie überhaupt unter Notfall?«

»Mit Notfall meine ich eine Situation, die gefährlich für einen oder mehrere meiner Leute ist. Beispielsweise Gefangennahme auf DDR-Seite, Abschneiden des Rückweges oder ähnliches.«

»Sie meinen also nicht einen politischen Notfall?«

»Was verstehen Sie darunter?« fragte Wellem zurück.

»Zum Beispiel, daß die Russen einen Verdacht gegen Dederichs hätten.«

»Nein.«

»Dann können Sie das selbst entscheiden. Sie sind der Fachmann.«

»Herr Bundeskanzler, darf ich ein Beispiel geben?«

»Bitte.«

»Was passiert, wenn einer meiner Leute gefangen wird und das Unternehmen Harzreise verrät? Jetzt habe ich verschiedene Möglichkeiten. Erstens, ich weise meine Leute an, sich im Notfall gefangen nehmen zu lassen. Die Konsequenz könnte sein, daß die Politik der Bundesregierung, mithin die Wiedervereinigung, von der körperlichen und psychischen Widerstandsfähigkeit eines einzigen Mannes abhängt. Zweitens kann ich anordnen, daß einer Gefangennahme auf jeden Fall durch Selbstmord zuvorzukommen ist. Technisch ist das kein Problem, das Gift haben wir, aber ich würde die Anordnung nur auf Ihren Befehl geben, Herr Bundeskanzler. Drittens könnte ein Mann verletzt werden, und um seine Ergreifung zu verhindern, könnte ich Anweisung geben, ihn zu töten. Auch das würde ich nur tun, wenn ich mich auf einen Befehl von Ihnen berufen könnte. Denkbar ist viertens die Situation, daß wir uns retten müssen, ohne Dederichs mitnehmen zu können, das Unternehmen aber schon so weit fortgeschritten ist, daß Dederichs auch keine Chance mehr hätte, den treuen Genossen zu spielen. Dürften wir dann Dederichs töten? Dazu brauche ich Ihre Anweisung. Das waren einige Beispiele, Herr Bundeskanzler. Verzeihen Sie, wenn ich zu lange geredet habe.«

Pauls hatte zugehört, ohne Wellem anzublicken. Auch als er sprach, verlor sich sein Blick über den Köpfen der Anwesenden. »Ich dachte«, sagte er leise, »es sei allen Beteiligten klar, daß niemand der DDR lebend in die Hände fallen darf.«

Wellem starrte den Kanzler an. Hoff, Lemberg und Larsenburg steckten die Köpfe zusammen, Förster flüsterte mit Wenzel, Roelling schrieb etwas auf einen Zettel und schob ihn über den Tisch General Hoff zu. Außenminister Hansen machte sich Notizen.

»Oder etwa nicht?« durchdrang Pauls mit scharfer Stimme die Unruhe. Es wurde wieder still, und alle blickten Wellem an, als sei die Frage speziell an ihn gerichtet.

»Wenn es bisher nicht klar war«, sagte Wellem so beherrscht wie möglich, »dann ist dieser Zustand jedenfalls jetzt beendet.«

Innenminister Henrici hob die Hand. Pauls nickte.

»Wir haben öfter vor der Entscheidung gestanden«, wandte er sich an Wellem, »Leute einzusetzen und dabei ihren Tod in Kauf zu nehmen. Denken Sie an die Einsätze der GSG 9, von Mogadischu bis Bremerhaven. Es mag zwar eine leere Phrase sein, aber ich wiederhole sie jetzt: Unsere Entscheidungen waren stets moralisch, Herr Wellem, trotz der Opfer, die sie gekostet haben.«

Wellems Antwort klang fast gelöst. Einige Teilnehmer sahen ihn überrascht an, als er sprach. »Ich habe nicht die geringsten moralischen Bedenken, Herr Minister. Ich wollte lediglich wissen, welchen Handlungsspielraum ich habe. Das weiß ich jetzt, und damit ist der Fall für mich klar. Ich werde meine Entscheidungen treffen.«

Saatssekretär Wenzel wollte etwas sagen, aber Pauls kam ihm zuvor.

»Sie sind frei und haben mein Plazet, jede technische Entscheidung zu treffen, die Sie für notwendig halten und die keine politischen Implikationen hat. Wenn die Gegenseite alles Mögliche vermutet, nur nicht die Wahrheit, dann können Sie töten, wen Sie wollen.«

»Auch Dederichs?« fragte Wellem sanft.

»Natürlich auch Dederichs. Persönlich wäre es mir überhaupt am liebsten, wenn Sie Dederichs in das Auto stecken und anzünden würden. Aber Spaß beiseite. Bringen Sie ihn rüber, Herr Wellem. Aber wenn das aus irgendeinem Grund nicht geht, legen Sie ihn um. Seine Frau wird es Ihnen danken, wenn wir ihr später einmal erzählen, wie es wirklich war.«

»Ich kann nicht zustimmen«, rief Außenminister Hansen.

»Wilhelm?« sagte Pauls geduldig.

»Verzeihung, Herr Bundeskanzler, aber das Ziel ist, Dederichs herauszuholen, nicht ihn zu töten.«

»Selbstverständlich. Unser Ziel ist der lebende Dederichs. Aber wenn dieses Ziel nicht zu verwirklichen ist, dann muß eben Dederichs sterben. Im äußersten Notfall also. Ich glaube, Herr Wellem hat mich auch so verstanden.«

Hansen sah sich in der Runde um, aber niemand machte Anstalten, ihn zu unterstützen.

Pauls sah auf die Uhr.

»Hat noch jemand Fragen an Herrn Wellem?«

Als niemand sich meldete, sagte Pauls: »Herr Wellem, dann darf ich Ihnen herzlich danken. Sie haben eine schwere Aufgabe vor sich. Wir alle wissen, was wir von Ihren Männern verlangen. Bitte sagen Sie ihnen, daß wir das wissen.«

Martin Wellem verbeugte sich und stand auf. An der Tür verbeugte er sich noch einmal und verließ den Raum. Er ging durch die Korridore des Kanzleramtes, ohne daß ihn jemand beachtete. An der Pforte wurde sein Wagen durchgewinkt, ohne daß er sich ausweisen mußte.

Ein großer Bahnhof, dachte er, als er zur Lichtenbergallee zurückfuhr, große Starbesetzung im Bundeskanzleramt. Warum das alles? Außer Hoff und Hansen hat keiner ein Wort gesagt. Pauls natürlich ausgenommen. Ach ja, auch Henrici hat ein paar Sätze von sich gegeben. Wozu das alles? Was haben die wohl jetzt noch zu besprechen? Na ja, kann mir egal sein. Pauls hat mir freie Hand gegeben. Was für ein schönes Bild: freie Hand. Seine Hand bleibt frei, und ich kann sehen, was ich daraus mache. Selber schuld, mein Junge, hätte Papa gesagt. Du hättest ja auch Lehrer bleiben können.

Er war kaum in seinem Büro, als Staatssekretär Wenzel anrief. Er habe etwas Wichtiges vergessen, teilte er Wellem mit. Ab sofort dürfe es bis zum Abschluß des Unternehmens keinen dienstlichen Kontakt mehr mit Alex Scott geben. Alle Informationen aus der Sitzung im Kanzleramt müßten geheim bleiben, aber auch der Planungsstand des Bonner Stabes. Am besten sollte es bis zum 12. September auch keine privaten Treffen mehr mit Scott geben. Es sei ja nicht mehr lange, und Scott als Profi habe dafür sicher Verständnis.

Auf Wunsch des Staatssekretärs wiederholte Wellem den Befehl und legte auf.

BKA-Chef Lars Larsenburg wußte, warum man im Kanzleramt in großer Besetzung getagt hatte, obwohl nichts diskutiert worden war und der Kanzler die Entscheidungen ganz allein getroffen hatte, ohne die Teilnehmer um ihre Meinung zu fragen.

»Betrachten Sie das mal als ein Spielchen, Lars«, hatte Pauls ihm drei Tage vor der Sitzung gesagt, »nicht als Ernstfall. Nehmen Sie an, einer der Teilnehmer sei ein Leck. Ich werde den Termin für Unternehmen Harzreise festlegen. Gehen Sie davon aus, daß einer der Anwesenden das Datum an eine interessierte Seite verraten wird. Machen Sie sich mit der Vita aller Teilnehmer vertraut. Sagen Sie mir nach der Sitzung, wer der Verräter sein könnte.«

»Welchen Verdacht haben Sie, Herr Bundeskanzler?«

»Gar keinen, Lars. Wie gesagt, das ist nur ein kleines Intelligenzspiel.«

»Sie würden doch ein solches Spielchen nicht spielen wollen, wenn Sie nicht den Verdacht hätten, daß es vielleicht doch kein Spiel ist.«

»Lars, ich werde das Datum der Aktion bekanntgeben. Das echte und wirkliche Datum, verstehen Sie? Wenn ich an ein Leck glaubte, würde ich damit den Bonner Stab ins offene Messer laufen lassen. Aber bitte tun Sie mir den persönlichen Gefallen und spielen Sie mit. Wenn überhaupt, wo wäre dann eine Schwachstelle?«

»Ich bin die Schwachstelle, Herr Bundeskanzler. Ich bin der einzige, den ich während der Sitzung nicht beobachten werde.« Pauls hatte gelacht.

Larsenburg hatte Pauls den Gefallen getan und recherchiert. Wer könnte ein Leck sein? Wer auf dieser hohen Ebene könnte ein Motiv haben? Pauls fiel aus, natürlich. Martin Wellem? Ein einsamer Mann – die wenigen sozialen Kontakte, die er hatte, waren lupenrein. Auch keine Zufallslecks, der Mann hatte keine Frau und keine Freundin. Außerdem

Bindungen: Ein Mann, der so sehr sein Häuschen liebt und den Landstrich, in dem es steht, kommt als Verräter kaum in Frage. Verräter leben aus dem Koffer, sind immer auf dem Sprung, bauen sich nicht ein Häuschen, sammeln keine Stiche, lieben nicht alte Kachelöfen. Jochen Hoff? Malte Lemberg? Ausgeschlossen! Beamte, die seit mehr als zwanzig Jahren Dienst taten, so manche Schweinerei gedeckt hatten. Wenn die von der anderen Seite wären, hätten sie längst einen spektakulären Anlaß gehabt, die Fronten zu wechseln. Mehr als einen Anlaß. Nein, die kamen auch nicht in Frage.

Staatsminister Förster? Völlig verrückt, nein. Der könnte Nachfolger von Pauls werden, wenn der mal nicht mehr will. Innenminister Henrici oder Außenminister Hansen? Absolut astrein. Wo sollte deren Motiv sein? Was könnten die gewinnen, wenn sie nicht mehr Minister der Bundesrepublik Deutschland wären? Würden die als verdiente Staatsrentner auf dem Roten Platz spazieren gehen wollen? Deutsche Philbys? Wenn sie Philbys wären, vielleicht. Aber nicht, wenn sie einmal Minister waren. Allein der Verzicht auf eine deutsche Ministerpension wäre schon Wahnsinn. Nein, völlig ausgeschlossen.

Staatssekretär Wenzel? Würde fast automatisch Nachfolger von Förster, wenn Förster einmal Nachfolger von Pauls würde. Karrieretyp, aber von den angenehmen Sorte. Korrekt und von preußisch-protestantischer Mentalität – empfindet höchste Befriedigung bei der Arbeit. Staatssekretär Liebherr? Auch kein Motiv. Sicher, ein Schwätzer. Pressesprecher zu sein, geht nicht spurlos an einem vorüber. Man wird schließlich so, wie man spricht. Läßt sicher mal geheime Informationen an Spitzenjournalisten raus, natürlich streng vertraulich, um sich die Arbeit zu erleichtern. Aber Verrat? Ausgeschlossen. Viel zu einfallslos, um Ideologe zu sein. Und Ideologe muß man schon sein, wenn man in der Regierung arbeitet und für den Osten singt. Geld kann da kein Anreiz sein.

Pauls' Referent Roelling – verdient am wenigsten, wenn man das mit den anderen vergleicht. Verdient aber nicht schlecht, wenn man es für sich betrachtet. Ist außerdem der Jüngste, Geld dürfte auch hier kein Motiv sein. Unregelmäßige Ehe, bumst gerne mal außer Hauses, macht aber keinen Hehl daraus. In dem Punkt bestimmt nicht erpreßbar. Politische Vergangenheit makellos, nie eine Jugendsünde. Brennt darauf, Wenzels Nachfolger zu werden, wenn der Förster beerbt, falls der einmal Pauls' Amt übernimmt. Weiß, daß das noch viele Jahre dauern kann. Langzeitplanung. Würde nie eine Dummheit begehen. Der würde seiner Frau noch nicht einmal verraten, was der Kanzler zu Mittag gegessen hat.

»Herr Bundeskanzler«, sagte Larsenburg nach der Sitzung, »ich glaube, wir haben das Spiel verloren. Hier kommt niemand in Frage. Auch beim bösesten Willen – niemand.«

»Dann sind Sie es also doch, Lars«, lächelte Pauls.

»Wir waren lange nicht mehr alle zusammen draußen in der freien Natur«, sagte Claus Haßlinghausen, »wir sollten das einfach öfter machen.« Der Bonner Stab hatte sich in der Wahner Heide versammelt. Der Boden war von Panzerketten zerwühlt und vom Regen aufgeweicht, in Kratern hatten sich schmutzige Tümpel gebildet, bizarre Betonhindernisse, die wie gesprengte Bunker aussahen, ragten aus dem künstlichen Schlachtfeld hervor. Die Männer standen im Halbkreis um den Geländewagen.

»Also dann, Leute«, sagte Martin Wellem, »fangen wir mit der Arbeit an.«

»Götz und Olaf«, sagte Haßlinghausen, »ihr habt euch mit der technischen Seite des Feuerwerks beschäftigt. Worum geht es?«

»Ihr braucht die technischen Einzelheiten nicht«, begann

Götz Meyer. »Das Problem ist klar. Der Wagen kracht gegen einen Baum oder sonst ein Hindernis und fängt Feuer. Natürlich müssen wir den Prozeß verlangsamen. Er kracht gegen einen Baum, aber nicht so, daß der Tank ausläuft. Dann arrangieren wir alles, bringen unseren stummen Mitarbeiter in Position und so weiter. Und dann stecken wir die Szene an. Nur um diesen letzten Schritt geht es bei unserem kleinen Ausflug heute. Die Frage ist nämlich, ob die normale Tankfüllung ausreicht, um wirklich alle Spuren unseres bösen Tuns zu verwischen. Es könnte ja auch regnen, wie heute. Olaf und ich glauben, wir sollten kein Risiko eingehen und etwas nachhelfen, um, sagen wir mal, die notwendige Arbeitstemperatur zu erreichen.«

Er nickte Olaf Wiedenbrück zu.

»Wir haben mit einem chemischen Zusatz experimentiert«, nahm Wiedenbrück den Faden auf, »und glauben, die Lösung gefunden zu haben. Der Zusatz heißt Kerosol. Vorteil: Bei einer Mischung von eins zu drei erzielen wir eine hohe Brennwirkung, gleichzeitig verbrennt das Kerosol ohne Rückstände, so daß später keine Spuren des Zusatzes mehr festzustellen sind. Der Tank muß also dreiviertel mit Benzin voll sein, den Rest füllen wir mit Kerosol auf. Das gleiche Verhältnis wird in den beiden Reservekanistern gemischt. Genau das führen wir hier jetzt vor. Ihr seht vor euch den Standard-Jeep der Volksarmee, zu 75 Prozent gefüllt mit echtem DDR-Benzin, das hat Johann Weyerthal beschafft. 25 Prozent von unserem kapitalistischen Aufputschmittel mischen wir dann gleich noch dazu.«

Wellem sah auf seine Uhr. »Wenn es sonst keine Fragen mehr gibt, könnten wir vielleicht anfangen?«

Götz Meyer stieg in den Wagen und startete den Motor. »Als Baum nehmen wir das da.« Er zeigte auf einen Betonklotz, ungefähr 30 Meter entfernt. »Ich beschleunige auf etwa 40 Stundenkilometer, das müßte reichen. Kurz vor dem Ziel schalte ich die Zündung aus und springe ab. Also dann, begrabt mich an der Biegung des Flusses, wenn es schiefgeht.«

»Es wird geschehen«, sagte Weyerthal, »weißer Mann hat einen Wunsch frei. «

Meyer setzte ein Stück zurück, ließ den Motor aufheulen und schoß dann an der Gruppe vorbei. Wenige Meter vor dem Betonhindernis stieß er die Tür auf und katapultierte sich mit einer Hechtrolle aus dem Fahrzeug. Fast im gleichen Moment schlug der Wagen mit einem dumpfen Knall auf, die Hinterräder hoben sich wie in Zeitlupe, ehe sie wieder in den Schlamm klatschten. Die Motorhaube sprang mit einem metallisch reißenden Ton auf.

Die Männer liefen stapfend zu der Aufschlagstelle und starrten auf das Fahrzeug.

»Gute Arbeit, Götz«, sagte Wellem. »Alles in Ordnung?«

»Ja.«

»Dies ist nicht dein Glückstag«, bemerkte Weyerthal nachdenklich. »Du bist heile, und das ist dein Pech. Hättest du dir einige Knochen gebrochen, müßtest du nicht mit rüber nach Elend.«

Olaf Wiedenbruck kniete auf dem Boden und inspizierte den Geländewagen. »Der Tank ist in Ordnung. Also dann die Zugabe.«

Manfred Stankowski hatte die beiden Plastikkanister mit Kerosol getragen, Wiedenbrück schraubte den Tankdeckel ab und gab Stankowski ein Zeichen, aufzufüllen. Er selbst nahm den zweiten Behälter und verteilte den Inhalt auf die beiden Reservekanister im Fond des Wagens. Dann beugte er sich unter die Motorhaube und schüttete dort den Rest aus.

»Wenn ihr Wert auf eure Pension legt, geht ihr jetzt besser ein paar Schritte zurück.«

Stankowski wartete einen Moment, entzündete ein Streichholz und machte sich damit eine Zigarette an. Aus sicherer Entfernung beobachteten die Männer, wie er einige

Züge tat, die Zigarette mit einer lässigen Bewegung in den Motorraum warf und zurücksprang.

Mit einem puffenden Geräusch sprang das Feuer an, die ersten grellen Flammen rollten sich unter der Motorhaube und wurden zurückgeschleudert, dann brannte der Motor gleichmäßig prasselnd. Es dauerte fast eine Minute, bis der Tank explodierte. Ein orangener Feuerball traf auf den Boden und quoll an beiden Seiten unter dem Fahrzeug hervor. Im Innenraum wälzte sich schwerer Qualm. Die Scheiben hatten der Explosion standgehalten und platzten erst, als die Temperatur stieg. Danach fraß sich das Feuer in rasch breiter werdenden Kreisen durch das Dach aus schwerem Leinenstoff. Kurze Zeit später war der Jeep von gleißenden Flammen eingehüllt, eine dünne Rauchsäule stand steil über dem Ort. Als die Reservekanister barsten, zogen glühende Metallteile wie Kometen eine leuchtende Bahn. Es dauerte weit über eine Stunde, bis der Wagen ausgeglüht war. Man konnte ihn noch nicht berühren, der Nieselregen verdampfte immer noch auf dem heißen Metall. Aber die Männer sahen, was sie wissen wollten. Alle Teile, die das Feuer nicht restlos verzehrt hatte, waren unlösbar ineinander verschmort. Metall war geschmolzen. Werner Marfels sprach aus, was alle dachten. »Wenn da einer drin gesessen hätte, könnte man wohl keine Fingerabdrücke mehr von ihm nehmen.«

»Also Experiment gelungen?« fragte Wellem.

Alle nickten.

»Dann schlage ich vor, wir machen für heute Schluß und feiern den Erfolg unserer bisherigen Arbeit.«

Die Männer fuhren in die Lichtenbergallee zurück, zogen sich um und verbrachten den Nachmittag in einem einsam gelegenen Restaurant an der Sieg. Bei dem schlechten Wetter blieben sie die einzigen Gäste, dennoch hatte der Getränkekellner alle Hände voll zu tun.

»Diese Art von Feuerbestattung sollte Gesetz werden«, rief Brinken in die Runde.

»Warum?«

Brinken stand auf und bat mit einer fahrigen Handbewegung um Ruhe.

»Jeder soll in seinem Auto verbrannt werden. Natürlich erst nach seinem Ableben. Erstens werden die Straßen dann leerer. Das bedeutet weniger Luftverschmutzung. Klar?«

»Klar.«

»Zweitens müssen weniger Autobahnen gebaut werden, weil es ja weniger Autos gibt. Die Umwelt blüht wieder auf. Richtig?«

»Richtig.«

»Und drittens müssen viel mehr Autos gebaut werden, weil es ja sonst immer weniger werden. Das schafft Arbeitsplätze. Stimmt's?«

»Stimmt.«

»Na also«, sagte Brinken und setzte sich.

Die Männer klatschten Beifall, und Brinken verbeugte sich. »Außerdem würde der Begriff ›Autofriedhof‹ dann erst wirklich seiner Bedeutung gerecht«, warf Haßlinghausen ein.

»Und wenn einer kein Auto hat?« fragte Lütke.

Alle schwiegen betroffen.

»Ich hab's!« rief Rentsch. »Im Bus. Die armen Leute werden im Bus bestattet. Natürlich müssen die warten, bis ein Bus voll ist.«

»Natürlich«, schallte es fröhlich aus der Runde.

Laß sie reden, dachte Martin Wellem. Laß sie reden, vielleicht hilft es ihnen. Das Groteske ist der Versuch, das Dämonische in der Welt zu bannen. Verdammt nochmal, wo habe ich das gelesen? Egal. Muß in einer anderen Welt gewesen sein. Jedenfalls stimmt es. Also laß sie reden.

Martin Wellem hatte zu Hause einen Brief von Alex Scott gefunden, ohne Briefmarke.

> Lieber Martin,
> ich habe Weg und Mühe nicht gescheut und die Botschaft selbst vorbeigebracht. Hoffentlich ist Dein Briefkasten noch nicht am BND-Computer angeschlossen.
> Daß Du auf Tauchstation gehen mußt, verstehe ich völlig. Aber vielleicht sollten wir mal wieder zusammen essen? Wir reden nicht übers Geschäft, Ehrenwort. Ich bin morgen abend ab 9 Uhr im ›Kuckuck‹ in Köln. Wenn Du Lust hast, komm doch mal vorbei. Wenn Du nicht kommst, ist das auch okay, mach Dir keine Gedanken.
> Dein Alex

»Deine Lokale werden immer teurer«, sagte Wellem, als er an Scotts Tisch trat.

»Mensch, Martin!« Scott schüttelte ihm die Hand. »Setz dich. Und über die Preise mach dir keine Gedanken. Du bist heute abend Gast der Vereinigten Staaten. Ich habe für dich schon eine Bockwurst bestellt.«

»Mit Kartoffelsalat?«

Scott sah ihn streng an. »Wir wollen doch bescheiden bleiben, ja? Wir können ja später noch einmal darüber reden, ob wir uns für einen kleinen Nachtisch entscheiden.«

Ein Ober brachte die Speisekarte, ein anderer die Weinkarte. »Mit welchem Wein sollen wir anfangen?« fragte Scott.

»Ich hätte am liebsten ein ganz proletarisches Bier, aber ich kann dich wohl nicht blamieren. Du bist öfter hier, oder?«

»In einem wirklich feinen Lokal kann ein Gentleman bestellen, was er will. Es ist immer richtig.«

Eine Zeitlang studierten sie schweigend die Speisekarte. Nachdem sie bestellt hatten, stopfte Wellem sich eine Pfeife. Scott lehnte sich zurück und beobachtete ihn interessiert. »Ich habe übrigens eher damit gerechnet, daß du nicht kommst, Martin.«

Wellem zündete die Pfeife an und zog ein paarmal, um sie in Gang zu halten.

»Ich könnte jetzt fragen, wie du denn darauf kommst. Aber lassen wir den Quatsch. Du hast natürlich gemerkt, daß ich Redeverbot bekommen habe. Und daraus hast du sicher geschlossen, daß die Aktion nun bald bevorsteht.«

»Du verstößt also gegen einen Befehl, wenn du hier mit mir sitzt? Du hättest nicht kommen sollen, Martin. Ich will nicht, daß du meinetwegen ein Risiko eingehst.«

»Der Befehl bezieht sich nur auf den dienstlichen Bereich. Privater Kontakt ist nicht ausdrücklich verboten, allerdings hat man mir geraten, auch darauf zu verzichten.«

»Ich werde dich bestimmt nicht in Verlegenheit bringen und dich nach dem Stand deiner Arbeit fragen.«

Die Vorspeisen wurden serviert. Wellem wartete, bis der Ober sich entfernt hatte und legte die Pfeife in den Aschenbecher. »Ist doch alles Unsinn, Alex. Ihr wißt, daß wir in die heiße Phase getreten sind. Ihr braucht doch jetzt bloß den Ort unseres Schaffens in der Lichtenbergallee beobachten zu lassen. Dafür braucht ihr gar keinen Profi, ihr könnt einen Rentner nehmen. Und was wird der eines schönen Tages melden? Daß alle Vögel ausgeflogen sind, beziehungsweise daß eines Morgens keiner der Vögel zum Dienst erschienen ist. Was werdet ihr daraus schließen, Alex?«

»Daß alle Vögel in den Harz geflogen sind.«

»Richtig.«

»Wir beobachten euch übrigens nicht in der Lichtenbergallee, Martin. Mein Herr und Meister Mackenzie hat sich etwas viel Raffinierteres ausgedacht.«

»Was denn?«

»Er läßt ein paar deiner Leute vor ihren Privatwohnungen beschatten.«

»Mich auch?«

»Dich nicht, aber deinen Vertreter Haßlinghausen.«

»Wie aufwendig.«

»Mackenzie handelt stets nach der Devise: Was nichts kostet, ist auch nichts wert.«

»Sag mal, Alex, sind wir beide nicht die einzigen Normalen in einem gigantischen Irrenhaus?«

»Ich hoffe es, Martin. Was mich allerdings manchmal skeptisch macht, ist das bekannte Phänomen, daß gerade der Irre darauf beharrt, er sei der einzig Normale.«

Ein Kellner räumte ab, ein anderer brachte den zweiten Gang und neue Getränke. Wellem hob sein Glas.

»Ich bitte dich um einen Gefallen, Alex. Nein, um zwei.«

»Schieß los.«

»Ihr habt doch Kontakt zu Dederichs, ja?«

»Ja. Ich habe das nicht verhindern können. Du weißt, daß ich es versucht habe.«

»Ja. Ihr wißt auch, wann er in Urlaub geht?«

» Am 10. September.«

»Richtig. Hör zu, Alex. Ich möchte, daß ihr den Kontakt zu Dederichs abbrecht, damit das Unternehmen nicht gefährdet wird. Und ich möchte, daß ihr die Beobachtung meiner Leute einstellt. Die sind nicht doof, einer von denen merkt das bestimmt. Die Leute wissen dann, daß sie observiert werden, aber sie wissen nicht, von wem. Die überlegen dann, ob das nicht der Staatssicherheitsdienst sein könnte oder vielleicht die Russen. Das würde die beunruhigen, zu Recht. Ich will aber jetzt im letzten Augenblick keine Unruhe. Die ganze Sache ist schon so schwierig genug. Alex, ihr braucht das auch nicht mehr, weder den Kontakt zu Dederichs noch die Beschattung meiner Männer. Ich sage dir das Datum. Die Aktion steigt am 12. September. Bitte, tu mir den Gefallen und bring Mackenzie dazu, die Leute abzuziehen. Montag, den 12. September. Wenn was dazwischenkommt oder irgendwas schiefgeht, erfährst du es. Ehrenwort.«

Scott berührte Wellems Hand. »Verlaß dich drauf, Martin. Unsere Leute werden noch heute nacht abgezogen.«

»Ich danke dir, Alex.«

»Mach's nicht so pompös.«

Am Donnerstag, dem 8. September, fand die letzte Konferenz des Bonner Stabes über das Unternehmen Harzreise statt. Der Konferenzraum wirkte noch karger als sonst. Die Schreibwand leuchtete weiß, kein farbiges Diagramm zog den Blick an. Keine Landkarte war ausgerollt worden. Alle technischen Geräte waren abgeschaltet, selbst die beiden Telefone wirkten wie tot. Niemand erwartete, daß es läuten würde, niemand rechnete mit einem Zeichen aus der Außenwelt. Dies war die perfekte Innenwelt, und jeder wußte, daß vor der Rückkehr ins normale Leben eine Reise in den Harz lag.

Normal leben, dachte Leo Rieck, als ob wir jemals normal leben könnten, mit oder ohne Harzreise.

Alfred Ebeling hatte überlegt, ob er ein Testament machen sollte.

Leo Rieck hatte Briefe geschrieben, die er vernichten würde, wenn Unternehmen Harzreise vorbei wäre.

Ernst Lütke hatte seiner Mutter versprochen, sie zu besuchen, gleich nächste Woche nach einer kleinen Dienstreise, die er vorher noch unternehmen müsse.

Johann Weyerthal hatte noch einmal Heines ›Harzreise‹ gelesen. Die Männer waren stiller als gewöhnlich. Es standen keine Gruppen zusammen, in denen laut diskutiert wurde, wie es sonst vor Konferenzbeginn üblich war. Dennoch schwang auch Erleichterung mit, daß es nun endlich losgehen und damit auch bald ausgestanden sein würde. Martin Wellem brachte genau die Empfindungen der Männer zum Ausdruck, als er die Sitzung mit den Worten eröffnete, »Ich habe dieses Gefühl schon einmal gehabt, nämlich als ich operiert wurde. Einige von Ihnen kennen das vielleicht. Man hat Angst und hofft die ganze Zeit, es möge etwas dazwischenkommen. Aber dann, kurz vorher, ist man froh, daß es nun endlich soweit ist. Man weiß: Wenn ich hier durch bin, kann es nur noch besser werden.

An diesem Punkt bin ich jetzt wieder. Ich habe Angst gehabt, aber nun will ich die Sache hinter mich bringen. Ich habe jetzt keine Angst mehr.«

Niemand klopfte, aber man konnte den Gesichtern ansehen, daß Wellem den richtigen Ton getroffen hatte.

»Also, dann zur Sache«, fuhr Wellem fort. »Wir haben heute Donnerstag, das Unternehmen Harzreise steigt am kommenden Montag.«

Er machte eine kurze Pause, um die Reaktion seiner Zuhörer abzuwarten, aber es gab kein Erstaunen, keine Überraschung, keine spontanen Gespräche.

»Nach dieser Sitzung ist Feierabend. Morgen haben Sie frei: Wir treffen uns hier wieder Samstag früh um 9 Uhr. Von da ab bleiben wir zusammen, übernachten also auch hier. Die Verpflegung ist ausreichend. Wer Sonderwünsche hat, muß sich selbst mitbringen, was er braucht.«

Einige grinsten, und Wellem fügte hinzu: »Es dürfen nur leblose Gegenstände mitgebracht werden.«

Alle grinsten.

»Aber lassen Sie mich noch etwas zu dem freien Tag sagen. Es wäre wünschenswert, wenn am Samstag alle ohne allzu viele Promille hier ankämen. Und was das Zwischenmenschliche anbetrifft, so wäre ich dankbar, wenn Sie nicht so etwas wie Abschiedsstimmung aufkommen ließen, die dann zu Andeutungen über unsere Dienstreise in ein bekanntes Mittelgebirge führen könnte.« Wellem öffnete einen Aktendeckel und räusperte sich.

»Und nun zur Verteilung der Aufgaben. Staatssekretär Wenzel hat mir ausdrücklich Befehl gegeben, nicht selbst über die Grenze zu gehen, sondern das Unternehmen von unserer Seite aus zu leiten.«

Er warf einen prüfenden Blick in die Runde, ob vielleicht jemand mit seiner Miene die Mitteilung kommentierte, aber niemand verzog das Gesicht. Du unterschätzt die Leute, dachte er. »Claus Haßlinghausen wird die Aktion auf dem Boden der DDR leiten. Er und Götz Meyer holen Dederichs ab. Manfred Stankowski und Olaf Wiedenbrück gehen mit über die Grenze und halten Wache. Einer beobachtet das Terrain in Grenznähe, der andere geht etwa auf halbem Wege zum Treffpunkt in Stellung. Werner Marfels bringt die Leiche über Helmstedt/Marienborn rein.«

Die Genannten nickten nur, zeigten aber sonst keine Reaktion. Falls die anderen erleichtert waren, ließen sie es sich nicht anmerken.

»Ernst Lütke und Helmut Rott sichern den Notausstieg weiter nördlich. Gert Brinken und Johann Weyerthal werden bei mir vor Ort sein. Der Rest bleibt hier und hat folgende Aufgaben. Leo Rieck hütet die Dienststelle und hält den Kontakt zum Kanzleramt. Alfred Ebeling und Dieter Rentsch bleiben zu Hause und hüten das Telefon.«

Ebeling und Rentsch sahen sich erstaunt an.

»Was Sie zu tun haben, erkläre ich noch«, sagte Wellem. »Das wären also die Aufgaben. Hat jemand Fragen?«

Halblaute Gespräche kamen auf, ansonsten gaben sich die Männer gelassen.

»Was ist für Notfälle vorgesehen?« fragte Marfels. »Oder sprechen wir am Wochenende darüber?«

Merkwürdig, dachte Wellem, ich habe ihnen bei der letzten Sitzung angeboten, sich jederzeit über den Stand der Notfallplanung zu informieren, aber nie hat einer gefragt. Ist das nun Stolz oder blindes Vertrauen in die Führung?

»Nein, wir klären das jetzt, Werner«, erwiderte er. »Sie wissen, daß Claus Haßlinghausen, Johann und ich uns damit beschäftigt haben. Claus, kannst du berichten?«

Haßlinghausen begann ohne Zögern. »Da ich zu denen gehöre, die mit rübergehen, darf ich mir die Bemerkung erlauben, daß unser Konzept für den Notfall unter den gegebenen Umständen optimal ist. Die gegebenen Umstände lassen sich mit einem Paulswort zusammenfassen: Niemand darf der DDR in die Hände fallen.«

»Diese Zurückhaltung paßt gar nicht zu ihm«, wandte Wiedenbrück ein. »Ich vermute eher, daß er gesagt hat: lebend in die Hände fallen.«

»Das ist richtig«, bestätigte Haßlinghausen. »Er hat gesagt, keiner soll denen lebend in die Hände fallen. Er hat aber auch gesagt, daß der Chef freie Entscheidung hat, solange kein politischer Nerv berührt wird, das heißt, es darf nicht ein Hauch von Verdacht aufkommen, daß Harzreise läuft und daß wir das machen. Wir nutzen diesen Handlungsspielraum, indem wir die gegebenen Umstände so formulieren: Nach Möglichkeit soll niemand der DDR in die Hände fallen.«

Es gab Gelächter. Marfels faßte sich theatralisch an die Stirn, schüttelte den Kopf und rief: »Mein Gott, warum bin ich darauf nicht selber gekommen!«

»Könnte man nicht«, schlug Brinken vor, »ganz präzise formulieren: Nach Möglichkeit soll Unternehmen Harzreise durchgeführt werden, wobei ein positiver Ausgang wahrscheinlich das erfreulichere Ergebnis ist.«

»Oder einfach«, steuerte Rott bei, »ein Ausgang ist erwünscht, aber nicht Bedingung.«

»Eure launigen Bemerkungen strapazieren mein Zwerchfell bis zum Bersten«, griff Haßlinghausen kühl ein. »Ihr habt den Unterschied zwischen den beiden Formulierungen nicht kapiert. Die Paulskirchen-Version besagt schlicht und ergreifend: lieber tot als rot. Oder anders ausgedrückt: bei Gefangennahme Selbstmord begehen. Oder: einen nicht mehr marschfähigen Kumpel töten. So, jetzt erkennt ihr hoffentlich die Weisheit *unserer* Maxime. Ich brauche nicht zu betonen, daß ich mich dafür nur eingesetzt habe, weil ich selbst mit rüber muß. Andernfalls wäre ich für die Kanzlerlösung gewesen. Darf ich jetzt ins Konkrete gehen?«

Mit abwiegelnden Gesten gaben Rott, Brinken und Marfels ihr Einverständnis zu erkennen.

»Also dann«, fuhr Haßlinghausen fort, »ein paar Notfälle. Rückweg abgeschnitten: Notausstieg am Brocken benutzen. Wenn jemand den Punkt nicht erreicht: in Grenznähe verstecken, Position angeben, in der Nacht wird ein Schutzengel an der Stelle eine Strickleiter rüberwerfen. Wenn Grenznähe zu gefährlich ist: ins Innere des Landes gehen, von Telefonzelle aus Alfred Ebeling oder Dieter Rentsch zu Hause anrufen. Die fahren dann sofort los und besorgen den Rücktransport über die Transitwege. Pässe mit entsprechenden Einreisevisa sind vorbereitet. Und nun zum Notfall aller Notfälle: jemand wird festgenommen. Der bittet um Asyl, wollte schon immer an den Segnungen des Sozialismus teilhaben. Die fragen sich natürlich, warum der nicht einen normalen Grenzübertritt benutzt hat. Die Antwort kommt prompt vom Klassenfeind: Haftbefehl, Fahndung wegen Mordes, Bitte an die DDR-Behörden, den Mörder auszuliefern. Für Werner Marfels haben wir den Haftbefehl schon vorbereitet. Wenn der mit seiner Leiche erwischt wird, tickert sofort seine Beschreibung als perverser Triebtäter über Fernschreiber. So, das wäre in groben Zügen unsere Planung. Was sagt ihr?«

Die Männer hielten sich zurück. Diejenigen, die nicht über die Grenze mußten, blickten abwartend zu den anderen. Aber auch von denen schien keiner rechte Lust zu haben, ganz genau zu erfahren, in welcher Situation Hilfe unmöglich sein würde. Die Planung für den Notfall schien auf den ersten Blick ganz plausibel zu sein, aber alle wußten, auch Haßlinghausen, daß es im Ernstfall wohl nicht so reibungslos zugehen würde. Man würde mit recht auffälligem Gepäck über die Grenze gehen. Jeder würde eine Pistole mit Schalldämpfer haben, ferner einen Dolch, einen Spaten mit einschiebbarem Stiel, eine Geländekarte und ein Funkgerät. Haßlinghausen und Meyer würden darüber hinaus jeder einen Kanister Kerosol zu schleppen haben. Sollte es wirklich zur Gefangennahme kommen – all diese Gegenstände wollten erst einmal weggeworfen sein, unauffällig natürlich.

»Moment mal!« entfuhr es Martin Wellem. Alle blickten ihn erstaunt an, einige amüsiert.

»Was ist denn, Martin?« fragte Haßlinghausen.

Wellem sah ihn abwesend an. »Wer sagt denn, Claus, daß du und Götz das Kerosol rübertragen müßt? Das kann Werner doch mitnehmen. Mit einer Leiche im Kofferraum ist das doch eine recht harmlose Ladung, oder?« Er schüttelte den Kopf. »Warum sind wir darauf nicht vorher gekommen?«

»Ich habe auch mal daran gedacht«, erwiderte Haßlinghausen. »Aber wenn Werner etwas zustößt, wären wir nicht nur die Leiche los, sondern auch das Kerosol.«

»Ja, natürlich, aber was würde das ausmachen? Ohne Leiche können wir doch auch mit dem Kerosol nichts anfangen!«

Brinken und Weyerthal warfen sich einen Blick zu, den nur Haßlinghausen bemerkte. Er starrte die beiden Männer einen Moment lang an, ehe er sich wieder an Wellem wandte.

»Du vergißt den äußersten Notfall, den Pauls genannt hat. Daß wir nämlich Dederichs selber in sein Auto setzen, wenn alle anderen Stricke reißen.«

Wellem hob die Hände und ließ sie wieder sinken. »Also dann, weiter in der Tagesordnung.«

»Eigentlich war das im großen und ganzen alles«, faßte Haßlinghausen zusammen. »Oder habt ihr noch irgendwas?«

Weyerthal hob die Hand.

»Johann?«

»Wie läuft die Kommunikation ab?«

»Über Taschenrechner.«

»Taschenrechner« waren kleine, kompakte Funkgeräte, die den Namen ihrem Aussehen verdankten. Die Konstruktion war simpel. Das Gerät hatte zwölf Tasten: eine Nulltaste, die Ziffern 1 bis 9, eine Sende- und eine Empfangstaste. Man konnte also keinen Sprechverkehr abwickeln, sondern nur Zahlensignale nach einem festgelegten Code übermitteln. Das Besondere des »Taschenrechners« bestand darin, daß er auf die Frequenz und Wellenlänge einer Rundfunkstation eingestellt werden konnte und seine Signale über ein laufendes Programm transportierte. Auf diese Weise war es für Dritte unmöglich, den Funkverkehr mitzuhören.

»Können wir den Code haben?« fragte Ernst Lütke.

»Heute noch nicht«, sagte Haßlinghausen. »Wer weiß, was ihr morgen im Suff alles daherquatscht oder im Traum ausplaudert. Samstag früh findet ihr ihn auf eurem Schreibtisch und dürft gleich mit dem Auswendiglernen beginnen. Er hat übrigens 77 Positionen, wir haben gedacht, so eine romantische Zahl wird euch Spaß machen. Ach ja, ehe ich es vergesse: Den Code müssen alle lernen, auch die, die nicht rübergehen. Es könnte ja sein, daß jemand einspringen muß.«

Die Männer hatten das unbestimmte Gefühl, daß es noch eine Menge Punkte zu klären gäbe, aber niemandem fiel eine konkrete Frage ein.

»Vielen Dank, Claus«, sagte Martin Wellem. »Vielen Dank, meine Herren. Wir sehen uns übermorgen um 9 Uhr. Bis dahin leben Sie maßvoll, gottesfürchtig und vor allem gesund. Schlafen Sie nicht bei offenem Fenster, gehen Sie nicht im Regen spazieren, meiden Sie Durchzug. Wer am Montag Grippe hat, wird fristlos aus dem Staatsdienst entlassen.«

Niemand brach nach dem Ende der Sitzung sogleich auf. Noch eine Stunde später standen Gruppen zusammen und redeten. Später am Abend jenes Donnerstag saß ein kleiner Kreis im Weyerthals Büro bei Schinken, Brot und Whisky und diskutierte über das Leben im allgemeinen und über den Harz im besonderen.

IX

Am Samstag, dem 10. September, trat der Bonner Stab pünktlich um 9 Uhr und vollzählig zum Dienst an. Niemand hatte Grippe oder war erkältet oder hatte einen Kater. Den größten Teil des Vormittags verbrachte man damit, die 77 Positionen des Codes auswendig zu lernen, mit dem man sich während des Einsatzes verständigen würde.

Nach dem Mittagessen wurden Einzelprogramme absolviert. Werner Marfels simulierte Pannen und ihre Behebung an dem Auto, mit dem er am Montag in die DDR fahren würde. Er wechselte einen Reifen nach der Stoppuhr, baute den Zündverteiler auseinander und wieder zusammen und übte das Fahren mit gerissenem Gaszug, nachdem er mit einem Stück Draht Dauervollgas eingestellt hatte. Meyer, Stankowski und Wiedenbrück studierten Spezialkarten des Elender Forstes. Andere sortierten die Ausrüstungsgegenstände, reinigten die Waffen und programmierten die »Taschenrechner«. Brinken, Weyerthal, Rentsch und Ebeling hatten den Auftrag bekommen, die Leiche für den Einsatz fertig zu machen.

Der Tote war schon am Donnerstag nach der Sitzung aus der Kühltruhe genommen und zum Auftauen auf den Tisch gelegt worden.

»Er sieht nicht gut aus«, sagte Weyerthal, als die Männer

den weiß gekalkten Kellerraum betraten. »Andererseits, wirkt er nicht mehr so verkrampft wie vorgestern. Aber blaß ist er, als ob er nicht ganz gesund wäre.«

»Er hat einfach nicht genug Bewegung«, meinte Brinken. »Vielleicht sollten wir mit ein paar Lockerungsübungen beginnen.«

Rentsch machte ein bedenkliches Gesicht. »Er hat eine anstrengende Reise vor sich, wir sollten ihn vorher schonen. Wer weiß, ob er die Belastung überhaupt übersteht.«

Brinken nickte. »Das stimmt. Wir wollen nichts übertreiben. Er wird schon wieder Farbe bekommen, spätestens wenn er im Harz wieder am Steuer sitzt.«

»Oft wirkt auch eine vorteilhafte Bekleidung schon Wunder«, gab Ebeling zu bedenken und begann, die mitgebrachte Reisetasche auszupacken: Hose und Jacke, Freizeithemd, Unterwäsche und Socken. Er breitete die Stücke auf dem Boden aus.

»Alles original DDR-Ware. Hat Johann besorgt.«

Weyerthal wehrte mit einer Handbewegung ab, die besagen sollte: Ist doch selbstverständlich.

»Man weiß ja nie«, sagte er, »ob die Brüder nicht Mittel haben festzustellen, daß die Klamotten nicht nach dem Schweiß des freudigen Eifers sozialistischer Werktätigkeit duften, sondern nach der dumpfen Fron kapitalistischer Ausbeutung stinken. Deshalb hat die Firma keine Mühe gescheut, an den Originalschauplätzen einzukaufen.«

Die vier Männer zogen sich Gummihandschuhe an. Brinken schloß einen elektrischen Rasierapparat an.

»Mit dem Bart kriegen wir ihn nie über die Grenze.«

Er begann, den Toten sorgfältig zu rasieren. Er drückte den Kopf zur Seite und setzte unter dem linken Ohr an, kreiste auf der Wange, zog einige Bahnen vom Hals zum Kinn hoch, klappte den Kopf dann auf die andere Seite und wiederholte die Prozedur.

»Läßt sich erstaunlich leicht bewegen«, kommentierte er. »Er hat doch wohl keinen Halswirbel gebrochen oder so was?«

Rentsch dozierte mit monotoner Stimme: »Die Leichenstarre, auch Rigor Mortis genannt, setzt eine Stunde nach dem Tode an den Lidern ein und verbreitet sich über die anderen Extremitäten nach unten fortschreitend. Nach 48 Stunden beginnt sie, sich in derselben Reihenfolge zu lösen.«

»Bravo!« Weyerthal und Ebeling klatschten mit ihren Gummihandschuhen.

»Angelesen oder selbst Erfahrungen gesammelt?«

Rentsch gab sich bescheiden. »Volkshochschule. Der Tod im Alltag für Anfänger.«

»Wissen ist Macht«, grinste Brinken. Er brachte den Kopf des Toten wieder in Mittellage, drückte mit der linken Hand den Mund zu, der sich beim Auftauen geöffnet hatte, und rasierte die Oberlippe. Dann trat er einen Schritt zurück und betrachtete zufrieden sein Werk. Er nahm die Kappe des Rasierapparates ab, blies den Scherkopf aus, drückte die Kappe wieder auf und legte den Apparat beiseite.

»Dein eigener?« fragte Ebeling.

»Nein. Ich bin Naßrasierer«, erwiderte Brinken. »Es ist Wellems Apparat, ich habe ihn in seiner Reisetasche gefunden. Man kann schließlich nicht für eine einzige Rasur hundert Mark Steuergelder verpulvern.«

»Wenn man dich hört, könnte man meinen, du bist in der Gewerkschaft.«

»Richtig.«

»In welcher?«

Brinken deutete auf den Toten. »Wie ich in solchen Zusammenhängen immer zu sagen pflege: Bedenke, Mensch, daß du aus Erde bist und zu Erde werden wirst.«

»Also Bau Steine Erden?«

»Richtig.«

»Zur Sache«, sagte Weyerthal und ließ eine große Schere

mehrere Male in der Luft zuschnappen. Die anderen sahen ihn fragend an.

»Fragt nicht, was euer Land für euch tun kann, sondern was ihr für euer Land tun könnt.«

Mit diesen Worten begann er, das weiße Totenhemd vom Fußende an aufzuschneiden. Die letzten Zentimeter am Hals trennte er vorsichtig. Rentsch griff dem Toten unter den Rükken und hob ihn ein wenig an, während Weyerthal den Stoff unter ihm herauszog.

Mit der Handbewegung eines Chirurgen, der von seinem Assistenten das Skalpell gereicht bekommen möchte, wandte er sich an Ebeling und sagte: »Socken«.

Ebeling hob die Socken auf und hielt sie hin. Weyerthal nahm einen Socken, rollte ihn auf, stülpte ihn über den linken Fuß des Toten und rollte ihn wieder ab, nachdem er das wächserne Bein kurz angehoben hatte. Er ging um den Tisch herum und wiederholte die Prozedur mit dem rechten Fuß.

»Unterhose.«

Er hob beide Füße gleichzeitig an, streifte die Unterhose über die Beine und zog sie unter dem Gesäß fest.

»Unterhemd.«

Brinken und Rentsch packten den Toten an den Schultern und hievten ihn in Sitzposition, Ebeling klappte seine Arme hoch, und Weyerthal zog ihm das Unterhemd über.

»Oberhemd.«

Ebeling reichte Weyerthal das Hemd und half ihm, die Ärmel überzustreifen. Brinken und Rentsch ließen den Leichnam wieder zurücksinken. Weyerthal knöpfte das Hemd zu.

»Hose.«

Ebeling und Rentsch hielten die Beine hoch, während Weyerthal die Hose hochzog, das Hemd hineinstopfte und den Gürtel festschnallte.

»Nicht so fest«, sagte Brinken, »der Mann kann sich ja kaum noch bewegen.«

Weyerthal lockerte den Gürtel um ein Loch.

»Und die Jacke.«

Brinken und Rentsch hoben den Oberkörper des Toten wieder hoch. Ebeling half, die Jacke überzuziehen. Als sie den Körper in die waagrechte Position zurückgleiten ließen, schlug der Kopf mit einem dumpfen Geräusch auf der Tischplatte auf.

Weyerthal schüttelte den Kopf. »Ich muß doch um etwas mehr Pietät bitten.«

Die vier Männer streiften sich die Gummihandschuhe ab.

»Die Arbeit am Schreibtisch ist deshalb so frustrierend«, sagte Weyerthal, »weil man nie den Erfolg sieht.« Er deutete auf den Toten. »Das ist hier anders. Die Früchte unserer Arbeit liegen vor uns.«

Die anderen drei Männer blickten schweigend auf den Holztisch. »Die Schuhe«, sagte Rentsch leise.

»Was?«

»Er hat keine Schuhe an.«

»Verflucht!« rief Ebeling aus. »Himmel Gott verdammt noch mal. Da überlegt man wochenlang, was man braucht, macht Listen, vergleicht und hakt ab. Und dann hat man die Schuhe vergessen!«

Weyerthal legte die Hand auf seinen Arm. »Nicht nervös werden, Alfred. Ich hätte die Schuhe bestellt, wenn wir sie gebraucht hätten. Aber wir wollen Dederichs' echte Schuhe nehmen. Du weißt doch – so viel Originalmaterial wie möglich. Schuhe, Brille, Gebiß und so weiter. Nichts dem Zufall überlassen.«

Ebeling blickte ihn erleichtert an.

»Mein Gott.« Brinkens Stimme war voller Mitleid. »Wenn man bedenkt, wie Dederichs sein Vaterland verläßt. Barfuß, zahnlos und ohne Brille. Gut, daß wir wenigstens Kleidung besorgt haben.«

»Ein schwerer Gang für ihn, in der Tat«, meinte Weyerthal. »Aber es wird ihn trösten, daß seine Frau drüben bleibt.«

An diesem Samstag, dem 12. September, packte Karl Dederichs die Koffer für seine letzte Reise in den Harz. Eine lederne Reisetasche voll mit Papieren hatte er bereits im Kofferraum des Volvo verstaut – die Eintrittskarte für das neue Leben im Westen. Er ertappte sich mehrere Male dabei, daß er Gegenstände einpacken wollte, die man gewöhnlich nicht mit in den Urlaub nimmt: ein Bild von seinen Eltern, seine persönlichen Dokumente, ein Fotoalbum, den Stich vom Brokkenhaus, der über seinem Schreibtisch hing. Aber es war ihm klar, daß er nichts mit über die Grenze nehmen konnte. Nach seinem »Tode« durfte kein Gegenstand fehlen, der als Souvenir verstanden werden konnte. Seine Andenken würde er alle im Kopf aufbewahren müssen.

Er hatte sich in Gedanken lange auf diesen Augenblick vorbereitet, oft hatte er versucht, ihn im voraus zu erleben, damit er nicht von Gefühlen überwältigt würde, wenn es soweit war.

Und nun war es soweit, und Karl Dederichs war ruhig. Er packte seine Sachen ohne Hast und mit Umsicht. Der Stich blieb hängen, das Foto seiner Eltern auf dem Schreibtisch stehen. Er war froh, daß seine Tochter schon am Tag zuvor, ehe er aus dem Büro nach Hause kam, mit Freunden ins Wochenende gefahren war, und er sich jetzt nicht mehr von ihr verabschieden mußte. Ein zwangloser Abschied, wie er eben üblich ist, wenn man in Urlaub fährt, und gleichzeitig wissen, daß es der letzte in diesem Leben ist, das wäre vielleicht mehr gewesen, als er hätte ertragen können, ohne aus der Rolle zu fallen und womöglich Verdacht zu erregen. Die Entscheidung war richtig. Er hatte sie vor langer Zeit getroffen, und inzwischen war nichts eingetreten, das ihn hätte veranlassen können, die Sache noch einmal zu überdenken.

Und doch: Er würde Sabine zurücklassen. Sicher, sie war nicht mehr hilflos. Sie war 22 Jahre alt und Studentin der Medizin und machte nicht den Eindruck, als ob sie der väterlichen Hand noch bedürfte. Aber genau das war das Problem. Sabine brauchte ihn nicht mehr, aber er würde sie vermissen. Er würde sich beherrschen müssen, damit sie ihm nicht allzu sehr fehlte. Sie würde es leichter haben. Sie würde um ihn trauern, aber nach und nach würde die Erinnerung verblassen und sich auf einzelne Episoden und einige Fotos beschränken. Noch ein paar Jahre, und sie wäre Ärztin und erfolgreich, und der Name Dederichs würde nur noch bei den Älteren Assoziationen wecken: Karl Dederichs, war das zufällig Ihr Vater, Frau Doktor? Vielleicht würde sie heiraten, und niemand würde sich an den einstmals prominenten Vater erinnern.

Möglicherweise läßt sich da was machen, dachte Dederichs. Wer weiß, was in einigen Jahren sein wird. Vielleicht will sie fliehen, wenn sie einmal Ärztin ist. Viele Ärzte würden nur allzugern in den Westen gehen, wenn sie dürften. Man könnte Sabine rausholen lassen, so was geht. Für Geld geht alles. Mein Gott, die Vorstellung, daß Sabine im Westen ist, und ich sie anrufe! Bitte erschrick nicht, Sabine, ich bin es, dein Vater. Ich bin nicht tot. Bitte hör mich an, ich kann dir das alles erklären.

Er verscheuchte den Gedanken, als er hörte, daß die Haustür geöffnet wurde. Erika Dederichs kam nach Hause. Dederichs verschloß die beiden Koffer und trug sie die Treppe hinunter.

Frau Dederichs zog sich die Jacke aus und ordnete ihre Haare vor dem Garderobenspiegel. »Du hast gepackt?«

»Ja. Aber wahrscheinlich habe ich das Wichtigste vergessen. Ich weiß bloß nicht, was es ist. Es wird mir sicher einfallen, sobald ich in Elend bin. Ich mache den Koffer auf und sehe, daß ich keinen Schlafanzug eingepackt habe.«

»Ich stelle fest, daß du gut gelaunt bist. Du hast schon lange keine fünf Sätze mehr an einem Stück mit mir gesprochen.«

»Oh, waren es fünf? Ich hatte nicht mitgezählt.«

»Umwerfend komisch. Wie witzig ein Mann sein kann, und dazu noch der eigene.«

»Das waren zwei Sätze, richtig?«

Erika Dederichs fuhr herum. »Laß den Unsinn!«

»Verzeihung. Was ich eigentlich sagen wollte, war folgendes: Ich habe das Gefühl, daß ich den Schlafanzug vergessen habe, oder womöglich den Rasierapparat.«

»Deinen Whisky hast du sicher nicht vergessen.«

»Gut daß du mich daran erinnerst. Ich habe keinen mehr. Ich muß unterwegs an einem Intershop halten und welchen kaufen.«

»Daß du dich nicht genierst, in deinem eigenen Land mit fremder Währung einzukaufen!«

»Es dient der Völkerverständigung«, sagte Dederichs vergnügt, »und da muß man schon mal Opfer bringen und Dinge tun, die einem unangenehm sind.«

»Sehr witzig. Und warum dient es der Völkerverständigung, wenn du mit fremder Währung einkaufst?«

»Also: es ist die letzte Gemeinsamkeit zwischen Kapitalismus und Sozialismus, daß man für Westgeld alles haben kann.«

Sie blickte ihn mehr verwundert als verärgert an. »Du in deiner Position! Reißt Witze aus der Gosse. Ein Mitglied des Präsidiums des Ministerrats macht sein eigenes Land lächerlich. Für solche Hetze würde ein kleiner Mann bestraft.«

»Findest du es richtig, daß man für einen Witz bestraft werden kann?«

Frau Dederichs antwortete nicht darauf. Sie musterte ihren Mann prüfend. »Du fährst heute?«

»Ja.«

»Wie lange bleibst du?«

»Ich weiß es nicht genau. Vielleicht vierzehn Tage, vielleicht etwas länger.«

»Vielleicht etwas länger. Das ist sonst nicht deine Art: vielleicht. Gewöhnlich planst du bis auf die Stunde genau.«

»Dies ist Urlaub, Erika. Planwirtschaft ist ein Feind des Urlaubs.«

»Schon wieder ein Witz. So viele machst du sonst nicht in einem Jahr. Du bist anders heute.« Ihre Stimme klang ganz sachlich, als ob sie etwas aus Distanz beobachtete. »Irgend etwas hat dich verändert, Karl. Was ist es?«

»Die Vorfreude auf den Urlaub, nehme ich an.«

»Nimmst du an. Hoffen wir, daß es so ist, Karl. In deinem Interesse. Hoffen wir, daß es nicht zufällig eine andere Frau ist, Karl. Vergiß nicht, daß ich dich gewarnt habe. Ich habe es ernst gemeint, Karl.«

Dederichs' Humor war verflogen, mit müder Stimme sagte er: »So wie du Karl sagst, klingt es, als ob ein Geschoß ins Eis einschlägt.«

Er nahm die Koffer auf und trug sie zum Auto. Der Abschied würde ihm leichter fallen, als er befürchtet hatte.

Der Staatsratsvorsitzende der DDR Erwin Wodetzky besaß ein Haus in Fürstenwalde östlich von Berlin, das er selbst eine »Datscha« nannte, das in Wirklichkeit aber den Vergleich mit einer westlichen Luxusvilla nicht zu fürchten braucht. Wenn Wodetzky jedoch hohe Funktionäre zu einer vertraulichen Besprechung nach Hause einlud, dann in seine Berliner Stadtwohnung am Alexanderplatz, die er lediglich gemietet hatte und die bescheiden und ausschließlich mit Produkten des eigenen Landes eingerichtet war. Nur bei den Getränken machte er eine Ausnahme – er konnte seinen Gästen französischen Cognac der obersten Preisklasse anbieten. Man kann ein Prinzip auch zu Tode reiten, pflegte er Besuchern zu sagen, die zum erstenmal in seine Wohnung kamen.

Dort empfing Wodetzky am Samstag, dem 10. September, einige Herren: Außenminister Eberle, den Minister für Staatssicherheit Semmeling mit seinem Abteilungsleiter Mair und den Chef der Sonderabteilung des Ministeriums für Staatssicherheit, Oberst Werner. Die Sonderabteilung sammelte Informationen über die Parteiprominenz.

Da es noch vor Mittag war, bot Wodetzky keinen Cognac an, sondern Kaffee. »Das Wochenende ist heilig«, sagte er, »wenn ich diesen unsozialistischen Begriff einmal gebrauchen darf, weil Samstag ist. Ich werde Sie auch nicht lange aufhalten, meine Herren, das verspreche ich Ihnen. Ich möchte selber nach Hause, meine Kinder haben mich die ganze Woche nicht gesehen.«

Nach einer Pause fuhr er fort: »Unser Genosse Dederichs macht mir Sorgen. Er hat Urlaub genommen, wie Sie wissen, und ich bin froh darüber. Ich glaube, er hat ihn dringend nötig.«

Eberle und Semmeling nickten, Abteilungsleiter Mair war sich noch nicht im klaren darüber, welche Reaktion von ihm erwartet wurde. Oberst Werner hörte aufmerksam zu.

»Er ist erschöpft«, sagte Wodetzky nachdenklich. »Das kann man nur zu gut verstehen, wenn man bedenkt, mit welcher Aufopferung und welch leidenschaftlichem Einsatz er für unsere gemeinsame Sache arbeitet. Genosse Semmeling, können Sie uns einige Details dieser Erschöpfung nennen?«

»Genosse Mair hat die Einzelheiten«, sagte Semmeling.

»Bitte, Genosse Mair.«

Abteilungsleiter Mair von der Hauptverwaltung Aufklärung richtete sich in seinem Sessel auf. Er schlug einen Schnellhefter auf und strich mit der Hand über die erste Seite, als ob er sie glätten wollte. »Genossen«, er verbeugte sich vor Wodetzky und nickte den anderen Anwesenden zu, »Genosse Dederichs ist nicht gesund. Er trinkt. Von Genosse Werner wissen wir, daß er im letzten Monat acht Flaschen ausländischen Whisky gekauft hat. Vielleicht sogar mehr, wenn wir unterstellen, daß nicht alle seine Einkäufe registriert worden sind. Damit soll selbstverständlich kein Zweifel an der Effektivität des Genossen Werner oder seiner Mitarbeiter zum Ausdruck gebracht werden. Darüber hinaus nimmt er Schlaftabletten und Aufputschmittel. Die Höhe des Konsums versucht er zu verbergen, er ist dazu übergegangen, in verschieden Apotheken zu kaufen. Aber wir sind auf dem laufenden.«

»Hat er mal einen Arzt aufgesucht?« fragte Semmeling.

»Ja, das schon, aber nicht in dieser Angelegenheit. Er war beim Zahnarzt und hat sich ein neues Gebiß machen lassen.«

»Wissen Sie etwas über die Gründe für die Erschöpfung des Genossen?«

»Nein, Herr Staatsratsvorsitzender, unserer Abteilung jedenfalls sind keine Gründe bekannt. Aber vielleicht noch etwas, was die Situation verdeutlicht. Genosse Dederichs hat sich vor Zeugen bis an die Grenze der Bewußtlosigkeit betrunken. Er hat mit einigen Studenten, Freunden seiner Tochter, in seinem Haus im Harz gefeiert. Unser Informant sagt, daß er ins Bett getragen werden mußte.«

Eberle blickte interessiert auf. »Hat er geredet, als er besoffen war?«

»Nur über seine Kindheit. Er hat im Zustand der Trunkenheit jedenfalls keine unsozialistischen Äußerungen getan.«

Du Arschloch, dachte der Außenminister, du würdest noch im Delirium rufen: Es lebe der Sozialismus.

»Daran bestand auch nicht der geringste Zweifel«, bemerkte Wodetzky mit einem Anflug von Ironie.

»Nein, natürlich nicht, selbstverständlich«, beeilte sich Mair zu sagen.

Du überlebensgroßes Doppelarschloch, dachte Eberle. So eine Hundekreatur führt auch eine Akte über mich!

»Genosse Oberst, können Sie uns weiterhelfen?«

»Vielleicht.« Oberst Werner sprach ruhig, aber ein leichter skeptischer Unterton ließ seine Zweifel erkennen, ob er aufgrund des vorliegenden Materials eine samstägliche Krisensitzung für angemessen halten sollte. »Genosse Dederichs hat eheliche Probleme. Dafür gibt es Belege. Ich möchte nur einen nennen. Bei der Tagung des Deutsch-Sowjetischen Militärausschusses vor einigen Tagen hat er mit der Zimmerkellnerin Kontakt gesucht und wohl auch gefunden. Die steht in unserem Dienst. Die Konversation hat sich ausschließlich auf das Wetter beschränkt, sozusagen. Dies ist eine von zahlreichen Beobachtungen, die zu demselben Ergebnis führen: Genosse Dederichs führt keine glückliche Ehe, er leidet sehr unter diesem Zustand, läßt dies aber keinen Einfluß auf seinen Beruf gewinnen. Er denkt angesichts seiner Position nicht an Scheidung, weil er als führender Sozialist kein schlechtes Beispiel geben möchte. Außerdem scheint seine Frau ein unkalkulierbarer Faktor zu sein. Sie ist ein eher rigoroser Typ. Es ist möglich, daß sie ihm mit einem Skandal gedroht hat.«

Eberle schüttelte den Kopf. »Ein bürgerlicher Skandal in einem sozialistischen Land!«

»Was würden Sie vorschlagen, Genosse Eberle?« fragte Wodetzky ein wenig verärgert.

»Wenn es bei unserem Treffen darum gehen sollte, die Ehe des Genossen Dederichs zu sanieren, so kann ich kaum hilfreich sein.« Wodetzky ging auf die Bemerkung nicht ein, sondern blickte Oberst Werner an.

»Sie haben die Möglichkeit einer Drohung angedeutet. Gibt es Anhaltspunkte, daß Frau Dederichs ihren Mann erpressen könnte?«

»Wir haben keine konkreten Anhaltspunkte. In Dederichs' Vergangenheit gibt es nichts, das ihn erpreßbar machen könnte. Dennoch bleibt die Tatsache, daß er sich nicht von der Frau trennt, obwohl das Verhältnis irreparabel scheint und die Aussicht, noch viele Jahre so weiterzuleben, für ihn unerfreulich sein muß. Wir vermuten irgend etwas Privates, nichts, das für Dederichs gefährlich sein könnte, sondern das ihm einfach peinlich wäre, eine Affäre vielleicht, womöglich mit der Frau eines prominenten Genossen. Aber wir wissen es nicht.«

»Etwas Kriminelles kann es nicht sein? Schiebung, Unterschlagung, Veruntreuung?«

»Nein, seine Vermögensverhältnisse sind sehr überschaubar. Nein, ich möchte jede Form von krimineller Bereicherung ausschließen.«

Wodetzky wandte sich wieder an Eberle. »Es geht nicht darum, eine Ehe zu retten, Genosse Eberle. Sondern darum, daß ein sehr wichtiger Genosse heftig trinkt und Mittel nimmt, die man, wenn man es weniger freundlich ausdrückt, auch Drogen nennen könnte. Mit anderen Worten, Genosse Dederichs bringt sich immer häufiger in Situationen, die er selber nicht mehr kontrollieren kann, und das ist ein erhebliches Risiko, wenn man bedenkt, zu welchen Geheimnissen der Genosse Zugang hat. Vielleicht betrinkt er sich das nächste Mal auf einer Auslandsreise im Westen, und seine Zechkumpanen sind feindliche Agenten, die sich den Zustand unseres Genossen zunutze machen. Was dann? Ich meine, daß wir doch wohl Grund haben, besorgt zu sein.«

Eberle lenkte ein. »Ja, das ist richtig.«

In die folgende Pause hinein fragte Semmeling zögernd: »Ist daran gedacht, Dederichs vielleicht von seinen Ämtern zu entbinden?«

Eberle verkniff sich ein Grinsen. Wunderschön neutral ausgedrückt: Ist daran gedacht. Sollen *wir* ihn von seinen

Ämtern entbinden, da würde man sich unnötig früh festlegen. Haben *Sie* daran gedacht, das könnte den Vorsitzenden verärgern, weil die Dreckarbeit an ihm allein hängenbliebe. Nein: Ist daran gedacht! Der real existierende Sozialismus findet zum größten Teil in der Sprache statt.

Aber Wodetzkys Antwort zeigte, daß er schon klare Vorstellungen hatte, die Semmelings Vorsicht unbegründet erscheinen ließen. »Ich werde ihn aus den Ämtern entfernen, wenn sich die Situation nicht verbessert. Er bekommt einen Abschied mit allen staatlichen Ehren und eine gute Pension und kann dann seine ehelichen Angelegenheiten regeln, ohne Rücksichten nehmen zu müssen.

Aber er ist verdienter Genosse und soll noch eine Chance haben. Ich will wissen, wie er sich im Urlaub verhält. Ob er sich betrinkt, besonders in Gesellschaft, und was er dann redet. Er ist vertraut mit den Leuten dort und wird Kontakte haben. Wir wollen beobachten, mit wem er sich trifft, um die Leute dann über sein Verhalten befragen zu können. Genosse Semmeling, veranlassen Sie bitte alles Nötige? Oberst Werner und seine Abteilung wird die technische Durchführung besorgen.«

Gut gemacht, dachte Eberle. Armer Dederichs, du wirst gründliche Beobachter haben. Wenn du fällst, werden ein paar wichtige Posten frei, die zu Semmeling passen würden wie ein Maßanzug. Und wenn Semmeling das Ministerium für Staatssicherheit räumt, wäre Werner sicherlich der geeignete Kandidat, seine Stelle einzunehmen. Lieber Genosse Karl, die zwei werden kein Auge zudrücken.

»Sollen wir auch sein Telefon überwachen?« fragte Semmeling.

»Die Mühe dürfte umsonst sein«, entfuhr es Eberle. Als die anderen ihn fragend anblickten, sagte er ohne eine Spur von Irritation: »Dederichs kennt den Apparat und seine Möglichkeiten und weiß auch von der Existenz des Oberst Werner.

Der wird am Telefon bestimmt nichts sagen, was eine Aktennotiz wert wäre.«

Abteilungsleiter Mair zog hörbar die Luft ein und entspannte sich erst, als Wodetzky grinsend den Kopf schüttelte. »Ihr Zynismus hat den Vorzug der Offenheit, das macht ihn erträglich.«

Als Eberle sich verbeugte, fügte Wodetzky hinzu: »Wenn auch nicht angenehm.«

Mair gab sich Mühe, so unbeteiligt wie möglich dreinzublicken.

»Herr Staatsratsvorsitzender, ich habe noch eine Frage«, meldete sich Oberst Werner.

»Ja?«

»Wenn Genosse Dederichs mit den Leuten im Harz gut vertraut ist und wir sie befragen, könnte es ja sein, daß einer von denen ihn informiert. Sollen wir Sonderbehandlung anwenden?« Sonderbehandlung konnte alles bedeuten: von der Drohung, es würde ein Unglück geschehen bis zum Eintritt des Unglücks selbst.

»Ich halte das nicht für nötig«, sagte Wodetzky. »Er soll meinetwegen ruhig etwas merken. Es kann nicht schaden, wenn er weiß, daß wir uns Sorgen machen.«

Martin Wellem hatte sich Gedanken darüber gemacht, ob man die Mahlzeiten gemeinsam einnehmen sollte oder lieber nicht. »Lieber nicht«, hatte Claus Haßlinghausen geraten. »Das hat sowas von Sonderveranstaltung, irgendeiner würde das Wort Henkersmahlzeit aufbringen. Laß es laufen, wie es sich ergibt.« Und so fand in der Lichtenbergallee am 10. September das Abendessen bei offenen Türen, aber in verschiedenen Räumen statt. Einzelne kleine Gruppen hatten sich zwanglos zusammengefunden, und man wechselte auch zwischen den Zimmern hin und her. Von Henkersmahlzeit konnte keine Rede sein, eher herrschte eine Art entspannter Partystimmung: die Leute kannten sich gut und schienen sich gut zu unterhalten. Wellems Warnung vor übermäßigem Alkoholgenuß, zwei Tage zuvor ausgesprochen, hatte ihre Wirkung insofern getan, als am Morgen alle nüchtern zum Dienst erschienen waren. Jetzt am Abend sah es anders aus. Die Männer hatten beträchtliche Mengen an Alkohol eingeschleust und waren dabei, sie zu konsumieren.

»Laß sie, Martin«, sagte Haßlinghausen, als Wellem unruhig wurde. »Die sind morgen wieder fit, garantiert.«

Die beiden Freunde aßen in Wellems Zimmer: Gulaschsuppe, Gulasch und Erbsen, alles aus der Dose, und Nudeln aus der Tüte. Auch Wellem hatte die Tür zum Korridor weit offen gelassen.

»Man wird die Geste bemerken«, sagte Haßlinghausen, »aber ich vermute, daß man keinen stürmischen Gebrauch von dem Angebot machen wird.«

»Und warum nicht?«

»Weil der Herrscher einsam ist. Er sehnt sich vielleicht nach dem Troß, aber der Troß möchte lieber unter sich bleiben.«

»Und du, wärest du nicht lieber beim Troß?«

»Ich bin der Vasall des Herrschers. Eigentlich gehöre ich zum Troß, aber der Troß glaubt, daß ich zum Herrscher gehöre. Also bin ich hier und leiste dir zähneknirschend Gesellschaft.«

»Danke.«

»Bitte.«

Wellem lächelte. »Soll ich uns Kaffee machen?«

»Kaffee müßte in dieser Situation elitär wirken, Martin. Es könnte ja sein, daß doch mal einer bei uns hereinschaut. Da halte ich es doch lieber mit dem Troß und schlage vor, daß wir zur Flasche greifen.«

Wellem holte Whisky und zwei Gläser. Er goß ein und hob sein Glas. »Ich möchte dich Montag abend wiedersehen, Claus. Wenn du wieder da bist, werde ich an Ort und Stelle so oft auf dein Wohl trinken, bis ich umfalle.«

Haßlinghausen nahm sein Glas hoch. »Ich werde dir Gesellschaft leisten.«

»Es ist falsch, daß du gehst und ich hierbleibe.«

»Es ist richtig, Martin. Ich habe keine Angst. Ich hatte vorher Angst, aber jetzt habe ich keine mehr. Morgen abend fahren wir los, und übermorgen abend ist alles vorbei. Danach führen wir ein tolles Leben. Vorerst kein neuer Auftrag in Sicht, man wird uns erstmal schonen. Wir werden echt nichts zu tun haben. Wir werden morgens zum Dienst kommen und den Rest des Tages Schach spielen. Stell dir vor, ich wäre Postbeamter oder Lehrer oder Richter oder sonstwas. Dann müßte ich arbeiten. Nee, ich würde mit keinem tauschen.«

»Ich schon.«

»Wegen der Arbeitszeit?«

»Wegen der Arbeitsbedingungen.«

»Fang nicht wieder an, Martin.«

Das Telefon läutete. Wellem nahm ab. General Hoff entschuldigte sich für die späte Störung und bat, mit Johann Weyerthal verbunden zu werden. Auf dem direkten Apparat habe sich niemand gemeldet, fügte er hinzu.

Haßlinghausen brüllte in den Korridor: »Johann, Telefon.«

Weyerthal tauchte aus Brinkens Raum auf und ging in sein Büro. Als er abnahm, legte Wellem auf.

»Alle Achtung«, kommentierte Haßlinghausen, »du hättest mithören können, was die beiden zu bereden haben.«

»Ein Gentleman hört nicht hin, wenn ein Gentleman mit einem Gentleman etwas zu besprechen hat.«

Götz Meyer und Olaf Wiedenbrück erschienen im Türrahmen, beide ein Glas in der Hand. Meyer klopfte an die offenstehende Tür, und ehe Wellem reagieren konnte, sagte Wiedenbrück: »Herein.«

»Wenn's denn sein muß«, lud Haßlinghausen die beiden mit einer Handbewegung ein.

»Wir kamen zufällig des Wegs«, artikulierte Meyer mit der Sorgfalt eines Mannes, der weiß, daß er betrunken ist, »und sahen hier ein Lichtlein brennen. Da dachten wir uns, hier wohnen gute Menschen, hier wollen wir anklopfen.«

»Herein«, sagte Wiedenbrück.

Wellem deutete auf zwei Sessel. »Nehmt Platz, ihr müden Wandersleute. Was hat euch auf die beschwerliche Reise gebracht?«

»Wir wollen zu unserem Herrn mit einer wichtigen Botschaft.«

»Ich bin euer Herr, eure Reise hat ein Ende. Wie lautet die Botschaft?«

Meyer nickte Wiedenbrück zu, der räusperte sich und sagte angestrengt: »Wir steigen aus, Chef. Wir fahren nicht in den Harz. Vielleicht ein andermal, aber diesmal nicht.«

Und Meyer ergänzte mit schwerer Zunge: »Es wäre unfair, das vor Ihnen geheimzuhalten. Sie verdienen Vertrauen. Deshalb sagen wir es jetzt.«

»Recht habt ihr«, erwiderte Wellem. »Ihr seid beurlaubt.«

»Dank«, murmelte Meyer.

»Gott vergelts' Ihnen«, fügte Wiedenbrück hinzu.

Haßlinghausen wies mit einer Geste auf den Tisch. »Zu essen haben wir nichts mehr, aber wir wollen das Letzte mit euch teilen. Einen Trunk können wir euch bieten.«

»Ich trinke nicht«, sagte Wiedenbrück ernst.

»Ich auch nicht«, versicherte Meyer.

Die beiden erhoben sich und verließen mit hölzernen Schritten den Raum.

»Weißt du was«, sagte Wellem, »wir rufen jetzt die Paulskirche an und sagen: Herr Bundeskanzler, wir sind nach reiflicher Überlegung zu dem Schluß gekommen, daß wir alle nicht in den Harz wollen. Bitte verstehen Sie das nicht so, daß wir grundsätzlich etwas gegen die Reise hätten, ein andermal gerne, aber im Moment sehen wir uns außerstande.«

»Ich verstehe Sie völlig«, versuchte Haßlinghausen Pauls' Stimme zu imitieren. »Ich handle nach derselben Devise. Was ich nicht machen will, mache ich auch nicht. Ich kann das nur jedem raten, beruflich wie privat.«

»Was sagt Ihre Frau Gemahlin zu Ihrer Devise, Herr Bundeskanzler?« fragte Wellem.

»Nun, mein lieber Wellem«, antwortete Haßlinghausen in Pauls' Tonfall, »wir alle wissen, daß es zuweilen Sachzwänge gibt, die es einem schwermachen, nach seinen Prinzipien zu leben. Aber man muß seinen Prinzipien grundsätzlich treu bleiben, auch wenn gewisse Umstände es erfordern, im Einzelfall anders zu handeln. Aber wie dem auch sei, Sie wollen nicht in den Harz fahren, und ich muß das akzeptieren.«

»Womöglich bleibt ihm tatsächlich kaum etwas anderes übrig«, tönte es von der Tür her.

Wellem und Haßlinghausen wandten sich um. Weyerthal füllte den Türrahmen aus.

»Nur ungern störe ich ein Zwiegespräch unter Freunden«, fuhr er fort, »aber ein Sachzwang treibt mich, gegen meine Prinzipien zu verstoßen.«

»Komm rein und setz dich, Johann.« Haßlinghausen deutete auf einen Sessel.

»Der Bundesnachrichtendienst dankt«, sagte Weyerthal und ließ sich seufzend in einen Sessel fallen. Er bot ein groteskes Bild: Er trug keine Jacke, aber ein weißes Hemd mit dunkelblauer Fliege, dazu die weite und zu kurze und zerknitterte Hose mit mehrfarbigen Hosenträgern, darüber im Schulterhalfter die Dienstwaffe.

»Sie sind bewaffnet, Herr Weyerthal?« fragte Wellem amüsiert.

»Aus Gründen der Sicherheit und des Allgemeinwohls.«

»Sie fürchten um Ihr Leben?«

»Nicht um mein Leben speziell, sondern um das Leben im allgemeinen, wenn ich mir diese philosophische Ausdrucksweise gestatten darf. Oder besser gesagt: um die Sicherheit, die Sicherheit meiner Waffe nämlich. Gewöhnlich verwahre ich sie in meiner Aktentasche. Aber heute abend haben die Kollegen so sehr dem süßen Weine zugesprochen, daß man nichts herumliegen lassen darf. Wer weiß, was sie damit machen. Meinen Whisky hätte ich übrigens auch verschließen sollen.«

»Bitte, bedienen Sie sich«, lud Wellem ein.

»Mein erster Schluck heute«, beteuerte Weyerthal und bedankte sich.

»Wie darf ich Ihre Bemerkung verstehen, daß nichts anderes übrig bleibt?«

»Kaum etwas anderes, Chef«, korrigierte Weyerthal.

»Also kaum etwas anderes. Was?«

»Mein verehrter, wenn auch ungeliebter Chef, General Hoff, rief mich soeben an und teilte mir mit, daß es draußen in der Lichtenbergallee von fremden oder gar feindlichen Beobachtern nur so wimmelt. Amerikanische Freunde und sowjetische Feinde treten sich gegenseitig auf die Füße, so dicht gedrängt stehen die und beobachten unseren Eingang, oder besser gesagt Ausgang, da wir ja alle drin sind.«

»Und wer hat diese Beobachtung gemacht?«

»Richtig, das sind noch längst nicht alle. Da sind noch unsere unauffälligen Regenmäntel vom BND, die beobachten die Russen und Amerikaner. Und dann noch ein halbes Dutzend vom israelischen Geheimdienst. Die wissen nicht, warum sie da sind. Die sind nur hergeschickt worden, um zu beobachten, warum so viele von der russischen Botschaft und von der CIA und vom BND hergeschickt worden sind.«

»Und das alles hat Ihnen General Hoff mitgeteilt?«

»So ist es.«

»Was schlägt Ihr ungeliebter Chef vor?«

»Verzicht auf Privatwagen, die dürften alle registriert sein von der Gegenseite, wer immer das sein mag. Und Verzicht auf den Landweg.«

»Sollen wir den Seeweg nehmen?« fragte Haßlinghausen grinsend.

»Habe ich auch vorgeschlagen«, nickte Weyerthal. »Wir paddeln auf den heimischen Binnenwasserstraßen bis in die Bodetalsperre und holen zu unserem tödlichen Schlag aus.«

Haßlinghausen lachte, Wellem verzog keine Mine.

»Aber Gott sei's geklagt«, fuhr Weyerthal fort, »der General denkt da nüchterner. Er meint den Luftweg. Er schlägt vor, daß wir morgen mittag alle in die Wahner Heide fahren und dort in einen Hubschrauber umsteigen. Er wird für regen Luftverkehr sorgen, so daß wir unauffällig abfliegen können.«

Wellem blickte Weyerthal unbewegt an. »Wohin? Sollen wir auf einer Lichtung im Harz landen, möglichst gleich neben der Grenze?«

»Nicht ganz. Der General hat an die Garnison in Hildesheim gedacht. Dort stehen Autos bereit. Bis zum Einsatzort sind es kaum mehr als 50 Kilometer.«

Wellem sprach ganz ruhig. »Wir danken General Hoff für seinen Vorschlag und für die Mühe, das alles vorzubereiten, Hubschrauber, Autos und so weiter. Ich habe nur noch eine Frage, und vielleicht können Sie mir helfen, sie zu beantworten. Warum hat General Hoff seinen vorzüglichen Vorschlag nicht dem Leiter des Unternehmens gemacht? Falls Sie jetzt überlegen, wer das sein könnte, will ich Sie nicht auf die Folter spannen – ich meine mich. Ich weiß, das ist sehr unbescheiden. Aber noch einmal: Warum ruft er nicht mich an, den Chef des Unternehmens, sondern Sie? Oder werden Sie als Chef geführt, Herr Weyerthal, und ich habe bloß noch nichts davon gemerkt?«

Die letzten Sätze hatten schneidend geklungen. Weyerthal trank einen Schluck, bevor er antwortete. Er wirkte jetzt matt und fast eine Spur traurig.

»Ich weiß es nicht genau«, sagte er langsam, »aber ich vermute, der General wollte nicht im letzten Augenblick die Vorstellung stören, die Sie von mir und meiner Rolle hier haben. Ich bin der BND-Spitzel in Ihrem Team, der heimliche Organisator, der Informant nach Feierabend. Und zum Teil stimmt das sogar. Ich war manchmal nach Feierabend in meiner Firma und habe berichtet, was ich gesehen und gehört habe. Kurzum, wenn er Sie angerufen hätte, hätten Sie einen Verdacht geschöpft, einen Trick vermutet. Sie hätten angenommen, daß ich doch schon längst Bescheid gewußt hätte. Daß ich ohnehin viel mehr gewußt hätte als Sie.«

Haßlinghausen machte eine beschwichtigende Handbewegung und wollte etwas sagen, aber Wellem winkte ungeduldig ab.

»Und wissen Sie nicht tatsächlich mehr als ich, Herr Weyerthal?«

»Ja, Herr Wellem. In manchen Dingen weiß ich mehr als Sie, in anderen weniger.«

»Können Sie diese feine Unterscheidung bitte erklären?«

»Ja, natürlich. Ich habe zum Beispiel nicht die Ehre, vom Bundeskanzler persönlich empfangen zu werden, wie Sie. Er wird Ihnen die Hintergründe dieses Unternehmens Harzreise erklärt haben, nehme ich an. Ich als kleiner Spitzel bin da nur auf Vermutungen angewiesen. Sie könnten mir in dieser Sache sicher vieles erklären, wenn Sie dürften. Was nun meinen Informationsvorsprung anbetrifft – so drückt man das ja wohl modern aus –, der bezieht sich auf Einzelheiten der Durchführung, mit denen man Sie nicht belasten wollte. Oder von denen man glaubte, Sie damit nicht belasten zu dürfen.«

»General Hoff hält mich für ungeeignet, dieses Unternehmen zu leiten, das meinen Sie doch?«

»Nein, Herr Wellem, im Gegenteil. Ich war es, der einmal Zweifel in dieser Richtung geäußert hat, und General Hoff hat versucht, mich zu überzeugen, daß genau Sie der richtige Mann sind.«

»Mit Erfolg?«

Weyerthal goß sich ein paar Zentimeter Whisky nach und trank das Glas in einem Zug leer. »Nein, ohne Erfolg. Ich bin nicht überzeugt, daß Sie der richtige Mann sind.«

»Mangelnde Ehrlichkeit kann man Ihnen nicht vorwerfen.«

»Schade, daß Sie meine Ehrlichkeit nicht eher erkannt haben, Herr Wellem. Ich bin hierher gekommen als Mitarbeiter, aber Sie haben mich nur als unerwünschten Kontrolleur gesehen. Meine Aufgabe war ehrlich gemeint, ich sollte Material beschaffen, aber Sie haben mich stets als Spitzel verdächtigt. Ich habe schließlich Informationen für mich behalten, weil ich gemerkt habe, daß Sie mir ohnehin nicht trauen. Wahrscheinlich nützt es jetzt nichts mehr, wenn ich Ihnen sage: Ich wäre bereit gewesen, Ihnen jede Information zu geben, die Sie hätten haben wollen, und ich bin es immer noch.«

Und nach einer Pause fuhr er fort: »Sie haben mir keine Chance gegeben, Herr Wellem. Ich habe mich hier unwohl gefühlt. Ich bin froh, wenn das Unternehmen zu Ende ist und ich nicht mehr unter Ihnen arbeiten muß.«

Wellems Reaktion überraschte die beiden anderen. Er lehnte sich zurück und sah Weyerthal prüfend an. »Ihre letzte Bemerkung macht mich betroffen. Es tut mir leid, daß Sie sich so unwohl fühlen bei uns. Ich bedaure den Anteil, den ich persönlich daran habe. Wenn es nicht zu spät ist, möchte ich Ihnen sagen, daß Sie uns sehr geholfen haben. Angefangen mit dem Geländewagen ...«

Weyerthal unterbrach ihn, verlegen lächelnd. »Das war kein Problem, Chef. Es hat mir auch Spaß gemacht. Und was ich vorhin gesagt habe, daß nicht der richtige Mann auf dem richtigen Posten sei, das war Ärger, ich habe es nicht gemeint.«

Wellem wehrte mit einer Handbewegung ab.

»Das andere aber stimmt«, fuhr Weyerthal fort. »General Hoff hat mir einen Vortrag gehalten, daß solche Sauereien, wie wir sie machen, nur erträglich sind, wenn an der Spitze Leute wie Sie stehen, die Skrupel haben. Mir selbst hat er mehr oder weniger deutlich zu verstehen gegeben, daß ich in anderen Zeiten durchaus bei der SS hätte landen können.«

Wellem und Haßlinghausen betrachteten den dicken Mann.

»Ich weiß nicht . . .«, sagte Haßlinghausen zögernd.

»Ich möchte nicht ausschließen, daß Ihr Chef sich irrt«, bemerkte Wellem.

Weyerthal sah an sich herunter. »Ich hätte mich allenfalls zum Schreibtischtäter geeignet«, gab er zu.

Wellem begann, seine Pfeife zu stopfen. Weyerthal trank sein Glas leer und stand auf. »Ich muß gehen. Die Kumpels saufen sonst meinen ganzen Whisky alleine weg. Aber vorher möchte ich Ihnen noch sagen, was wir bisher vor Ihnen geheimgehalten haben.«

»Ich weiß es«, erwiderte Wellem ruhig. »Ihr haltet den Doppelgänger als lebende Konserve für den Notfall.«

Weyerthal starrte ihn an.

»Verstehen Sie etwas von alten Stichen, Herr Weyerthal?«

Weyerthal nickte verblüfft. »Ja. Ich glaube schon. Ein wenig.«

»Wenn dies alles vorbei ist, würde ich mich freuen, Sie einmal bei mir zu Hause zu sehen. Ich möchte Ihnen meine Sammlung zeigen.«

Weyerthal dankte mir einer Handbewegung und ging hinaus.

Während man an diesem Abend des 10. September in der Lichtenbergallee die Mühen des Tages und die Anstrengungen der folgenden Tage zu ertränken suchte, fand in der amerikanischen Botschaft eine Sondersitzung in engstem Kreise statt.

Botschafter Jonathan Mackenzie präsidierte am Kopfende der Konferenztafel, die 40 Personen Platz bot und an der die vier anderen Teilnehmer ein wenig verloren wirkten: zur Rechten Alex Scott von der CIA und der Abgesandte aus Washington William Henderson, zur Linken Mackenzies Stellvertreter Patrick McGill und der Chef des »Außendienstes«, also der Einsatzleiter der Agenten am Ort, Sean Hartstone.

»Sean, die Lage bitte«, sagte Botschafter Mackenzie.

»Es ist Samstag«, begann Hartstone, »und die Lichtenbergallee ist bewohnt. Alle sind drin. Das heißt, daß sie Überstunden machen. Und das könnte bedeuten, daß sie etwas im Schilde führen. Ich habe die Posten verstärkt, damit wir auf jede Überraschung vorbereitet sind.«

»Gut gemacht, Sean. Bitte sofort Meldung, wenn sie abrücken. Und verfolgen. Wir wollen wissen, wohin die abhauen.«

»Das wissen wir bereits«, meldete sich Alex Scott. »Sie werden morgen abend abhauen, weil übermorgen früh die Aktion beginnt, und sie werden in den Harz abhauen, weil sie dort Dederichs rausholen wollen. Die Daten habe ich bereits gemeldet. Sie sind absolut zuverlässig.«

Mackenzie war ungerührt. »Es kann ein Trick sein. Ich kenne die Krauts. Ich war in den Ardennen dabei: Die Krauts sind für jeden Trick gut.«

»Sie könnten merken, daß wir sie beobachten«, gab Scott zu bedenken.

»Sie haben es sicher bemerkt«, stimmte Hartstone zu, »außer uns vertreten sich dort noch andere Gestalten die

Füße. Russische Kollegen, israelische Freunde, und natürlich die Figuren vom BND.«

»Dient es denn der Sache, wenn die Gegenseite weiß, daß wir auf dem Posten sind?« fragte Scott.

»Aber ja«, bestätigte ihn Mackenzie. »Die Krauts haben uns ja das Datum selbst genannt. Wir versuchen also nichts herauszufinden, was wir nicht schon wüßten. Wir wollen ihnen nur zeigen, daß wir uns davon überzeugen, daß das Datum auch stimmt.«

Henderson, der Abgesandte aus Washington, schien beunruhigt. »Was wollen die Russen dort? Wissen die etwas?«

Mackenzies Stellvertreter McGill schüttelte den Kopf. »Nein. Das ist hier die übliche Prozedur. Jeder beobachtet jeden, und wenn die Agenten der einen Seite ausschwärmen, gehen die der anderen Seite auch hin, um zu sehen, was die beobachten. Die Russen sind in der Lichtenbergallee, weil sie uns im Auge haben oder den BND.«

»Und wenn wir nun die Verfolgung aufnehmen«, beharrte Henderson, »heißt das nicht, daß die sich dann an unsere Fersen heften?«

»Das dauert bei denen länger, Mr. Henderson.«

»William«, bot Henderson an.

»William«, sagte McGill. »Die stiefeln erst zur nächsten Telefonzelle und rufen an. Die fragen, was sie nun machen sollen. Unter Umständen fragt dann die Botschaft erst in Moskau an, was nun gemacht werden soll.«

»Und die Israeli?«

»Die beobachten den BND, wie er die Russen beim Telefonieren observiert.«

»Also gehen wir einmal davon aus«, faßte Mackenzie zusammen, »daß das Datum stimmt, daß alles so läuft wie von den Jerries geplant. Übermorgen findet die Aktion statt. Wo genau, Alex?«

»Bei meinem letzten Gespräch mit Wellem«, erklärte

Scott, »standen noch mehrere Punkte zur Auswahl. Wir haben sie eingezeichnet auf der Karte, die Sie vor sich haben. Die Deutschen hatten sich noch nicht entschieden. Ich tippe auf die Bremke, das ist Übergang 4 auf Ihrer Karte. Aber ich werde anrufen und nach den Details fragen.«

»Anrufen?« fragte Henderson. »Sie meinen, Sie können diesen Wellem so einfach anrufen?«

»Nicht Wellem, sondern unsere Quelle. Die rufe ich an und frage ihn, wie die Dinge stehen. Das hat bis auf ein Mal immer geklappt.«

Henderson blickte Mackenzie fragend an.

»Doch«, bestätigte Mackenzie, »das geht. Die Krauts sind zwar gefährlich, aber nicht besonders schlau. Die sagen uns, was wir wissen wollen. Von wegen Freundschaft und so.«

Dann wäre es unnötig, dachte Henderson, amerikanische Posten in der Lichtenbergallee herumlaufen zu lassen. Aber wir lassen sie herumlaufen, weil wir bei aller Freundschaft doch einen Trick vermuten. Andererseits holen wir uns direkte Informationen von der Gegenseite per Telefon und vertrauen darauf, daß dabei kein Trick im Spiel ist. Merkwürdige Logik hat dieser Mackenzie. Man sagt in Washington, daß er bei den Deutschen nicht besonders gut ankommt. Ist nach allem, was ich in den letzten Tagen von ihm gesehen habe, auch nicht verwunderlich. Vom Typ her eher ein Statthalter als ein Botschafter. Aber der Präsident mag ihn. Scheint seine Strategie zu sein, in bestimmten Ländern Botschafter einzusetzen, die von ihren Gastgebern als Provokation empfunden werden.

»Wenn also das Datum stimmt und wir den genauen Ort erfahren«, sagte Henderson, »wie gehen wir dann vor, Jonathan?«

Mackenzie grinste breit. »Wir beobachten das Geschehen vor Ort und greifen ein, wann immer wir es für richtig halten. Alex Scott wird die Entscheidung treffen, wenn es soweit ist.«

Henderson räusperte sich. »Der Präsident legt Wert darauf,

daß wir auf gar keinen Fall auf dem Boden der DDR operieren. Dieser Teil der Aktion soll allein von den Deutschen durchgeführt werden.«

Mackenzie war verdutzt. »Traut der Präsident etwa den Krauts?«

»Das ist damit nicht gesagt«, erwiderte Henderson. »Aber er ist überzeugt davon, daß die Deutschen alles tun werden, um Dederichs herauszuholen. Nicht zuletzt die Berichte dieser Botschaft, Jonathan, haben ihn in dieser Ansicht bestärkt.«

»Mißtraut er etwa unserer Arbeit?«

»Nicht im geringsten, Jonathan. Es sind wichtige politische Gründe, die es geraten erscheinen lassen, daß die Deutschen den Transfer allein machen. Der Präsident wünscht darüber keine Diskussion. Er möchte diese Mitteilung als Befehl verstanden wissen.«

Mackenzie zuckte die Schultern, aber Scott nickte zufrieden. Er wandte sich an Mackenzie. »Die Devise lautet: Die anderen arbeiten, wir sahnen ab.«

Der Botschafter blickte wieder freundlicher drein.

»Gut.« Henderson lehnte sich zurück. »Die Überwachung vor Ort ist geregelt?«

McGill zog ein Etui aus der Tasche. »Ein sogenannter ›Taschenrechner‹.« Er streifte die Hülle ab. »Ein spezielles Funkgerät zur Übermittlung von Signalen. Kann an eine normale Radiofrequenz angehängt werden, wenn dort gerade Disco Fever oder der Seewetterbericht läuft. Nicht wahrnehmbar, außer man hat auch so ein Gerät. Die Deutschen benutzen das Ding bei der Operation.«

»Und woher haben wir das Gerät?«

»Bei derselben Firma in Ulm bestellt. 500 Stück für die CIA.«

Hendersons Stimme klang erstaunt. »Und die haben geliefert?«

»Aber natürlich. Waffenbrüderschaft und so. Wir verkaufen denen doch auch alles.«

»Haben wir den Code?«

»Nein.«

»Aber dann ist das Spielzeug doch wertlos!«

»Nicht ganz«, sagte McGill. »Dederichs hat auch so ein Spielzeug. Wir haben es ihm zum Geburtstag geschenkt.«

X

Am Sonntag, dem 11. September, war Karl Dederichs schon bei Sonnenaufgang wach, und das trotz des anstrengenden Abschiedes von seiner Frau am Tage zuvor und der ermüdenden Fahrt in den Harz, und obwohl er am Abend tatsächlich einmal so viel trank, wie er zu Hause allabendlich vorgetäuscht hatte.

Dederichs zog seinen Trainingsanzug und Turnschuhe an, aß einen Riegel Schokolade und machte sich auf den Weg. Im lockeren Trab folgte er eine Zeitlang den von Fuhrwerken ausgefahrenen Waldweg, bog in einen Trampelpfad ein, lief eine Strecke quer durch hohen Tannenwald. Obwohl er sich kein Ziel gesetzt hatte, war er nach zwanzig Minuten an der Stelle, an der am folgenden Tage das Treffen stattfinden sollte – ein Dutzend zyklopische Felsbrocken auf den Waldboden geschleudert, von Sträuchern und krüppelhaften Birken umwachsen, die unter turmhohen Fichten um Licht rangen. Er hielt einen Moment lang inne: ein historischer Ort, der in keinem Geschichtsbuch erwähnt werden würde. Weiter rechts war der Weg abschüssig und wurde zu beiden Seiten von einer dichten Tannenschonung gesäumt. An der Biegung des Weges standen mehrere mächtige Stämme. An einem von ihnen würde der alte Karl Dederichs verbrennen, auf daß der neue auferstehen könne.

Dederichs kehrte zurück, duschte und frühstückte in Gedanken versunken. Den Einfall, alles noch einmal zu fotografieren, hatte er verworfen. Die Bilder würden eine Bürde sein, ganz abgesehen davon, daß sie eine Spur weisen könnten, falls sie in falsche Hände gerieten. Die Erinnerung würde schon grell genug sein, da würden Fotos eher alles noch schlimmer machen. Wieso eigentlich schlimm? Das ist die falsche Perspektive. Vor dir liegt ein sorgloses Leben. Ohne Macht, aber in Luxus. Ohne Sabine, aber dafür auch ohne Erika.

Er wollte sich zwingen, das Wort nicht zu denken: Elternhaus. Dies war sein Elternhaus, und dies war sein letzter Tag hier. Dederichs dachte an Weihnachten. Tief verschneit der Wald und das Haus, auf Schnee war schließlich Verlaß in dieser Gegend.

Weihnachten in Elend. Quatsch, dachte Dederichs, wir haben September, es ist fast 30 Grad heiß, von Schnee keine Spur. Und die Eltern sind tot. Was sogar sein Gutes hat: Wären sie am Leben, würde aus der Übersiedlung nichts werden. Sabine wird sich mit deinem Tod arrangieren. Aber den Eltern – achtzig wären sie jetzt – ein Unglück vortäuschen und dann drüben fröhlich weiterleben: den Nerv müßte man erst mal haben. Wahrscheinlich hätte ich es ihnen gesagt. Alte Leute können schweigen – wie das Grab, wie man so schön sagt. Ist bei denen eine Art Vorübung. Alte Leute sind auch nicht mehr erpreßbar. Womit soll man einem Achtzigjährigen drohen? Daß er nicht mehr neunzig wird? Komisch, warum gibt es das noch nicht als Buchtitel: Alter macht frei. Ginge natürlich nur im Westen. Wäre bei uns ein hochpolitisches Buch. Alter macht frei – jeder würde an die Altersgrenze für Reisegenehmigungen denken.

Nach dem Frühstück startete Dederichs den Geländewagen und ließ den Motor im Leerlauf warm werden. Er beugte sich unter die Motorhaube und überzeugte sich davon, daß alles in Ordnung war. Er wußte, daß die Wahrscheinlichkeit, daß der

Wagen ausgerechnet am nächsten Tag nicht anspringen würde, gering war, aber er wollte es nicht darauf ankommen lassen. Er mißtraute der statistischen Wahrscheinlichkeit, die den Zufall rechnerisch widerlegen wollte. Wie groß war die Chance, daß ein Bursche aus einem Flecken im Harz namens Elend in das Präsidium des Ministerrats gelangen würde? Annähernd null, nur noch mit dem Begriff des Zufalls zu umschreiben. Und doch war er Präsidiumsmitglied geworden. Und wie ließ sich mathematisch die Wahrscheinlichkeit ausdrücken, daß ein Mitglied des Präsidiums des Ministerrats unter Vortäuschung eines Unfalls und unter Mitnahme wichtiger Dokumente zum Feind flieht, um seiner Frau zu entkommen? Das wäre wie der Absturz sämtlicher Maschinen einer großen Fluggesellschaft an einem Tag. Und genau dieses Unwahrscheinliche würde eintreten. Also inspizierte er den Wagen gründlich und beschloß, ihn an diesem Sonntag nicht mehr zu benutzen. Der Zufall konnte es wollen, daß er genau an diesem Sonntag verunglückte, einen Tag zu früh und ohne Double. Oder daß eine Achse bräche – das würde zum Scheitern des ganzen Unternehmens schon ausreichen.

Am Mittag gelang es ihm, zwei Stunden zu schlafen. Danach ging er noch einmal in den Wald hinaus. Man würde diesen Tag rekonstruieren, deshalb mußte alles so normal wie möglich aussehen. Normal wäre es, wenn er ein Stück Wild erlegen würde. Ein Reh hätte er sicher erwischt, aber er konnte es nicht transportieren – der Jeep mußte zu Hause bleiben. Es dauerte Stunden, bis er endlich einen Dachs schoß. Sie werden ihn finden, dachte er, und genau den Zeitpunkt des Abschusses feststellen. Gut so.

Am Abend überflog er noch einmal den Code für jenes merkwürdige Instrument, das wie ein Taschenrechner aussah. Er hatte alle Signale im Gedächtnis gespeichert und verbrannte den Zettel.

Gegen elf rief der Wirt aus Elend an, in dessen Kneipe schon sein Vater Stammgast gewesen war und wo auch Dederichs manchen Abend verbracht hatte mit den Leuten, die ihn noch Karl nannten.

»Karl, zwei Typen mit unangenehmen Visagen haben hier den ganzen Abend gesessen und fast nichts gesoffen. Und Lena haben sie gefragt, ob dies nicht deine Stammkneipe ist, und ob du nicht öfter mal vorbeikommst.«

»Vielleicht Touristen, Erich, die davon gehört haben, daß der weltweit bekannte und beliebte Karl Dederichs hier ein Häuschen hat.«

»Ich weiß nicht, Karl. Sahen eher wie Dienstreisende aus. Ich wollt's dir auch nur gesagt haben.«

»Ich danke dir schön, Erich. Nacht.«

»Nacht, Karl.«

Dederichs legte den Hörer zögernd auf. Dann zuckte er die Schultern. Was sollte es schon sein? Erich hatte gegen Kriegsende ein halbes Jahr im KZ gesessen. So was hält lebenslang vor. Da sieht man leicht mal Gespenster.

Botschafter Michail Wlassim stand auf und ging auf einen alten Eichenschrank zu.

»Du trinkst ein Gläschen mit, Igor?«

»Danke. Es ist nie zu spät für einen Wodka.«

»Den Wodka heben wir uns für die Heimat auf, Igor. Laß uns die Zeit nutzen, solange wir in der Fremde sind. Ich schlage Cognac vor, einverstanden?«

Igor Pontarsk grinste zustimmend. Er wurde auf der Botschaftsliste als Kulturattaché geführt, überließ aber die damit verbundenen Aufgaben seinem Stellvertreter – er war Chef der Abteilung Aufklärung in der sowjetischen Botschaft, oder unfreundlicher ausgedrückt: Er führte eine Reihe von Spionen in der Bundesrepublik und war verantwortlich für die Auswertung der angelieferten Informationen.

Wlassim trank dem Attaché zu und lehnte sich zurück. »Igor, was haben die Amerikaner vor?«

»Ich weiß es nicht, Michail, aber es sieht so aus, als ob sie es selber nicht wissen.«

»Was heißt das?«

»Sie beobachten die Lichtenbergallee, weil sie selber wissen möchten, was da vorgeht.«

»Und was geht da vor?«

»Nichts, was man von außen sehen könnte. Außer daß die Nummer 5 am Wochenende besetzt ist, was sonst wohl nicht üblich ist.«

»Man sagt mir, die Amerikaner benehmen sich sehr auffällig. Stimmt das?«

Pontarsk lachte. »Die halten das für unauffällig. Sagen wir lieber, ihre Beobachtung ist sehr aufwendig und deshalb wohl auch recht auffällig. Sie haben auch Fahrzeuge zusammengezogen, als ob sie so eine Art Ausbruch erwarteten und dann die Verfolgung aufnehmen wollten.«

Wlassim schüttelte den Kopf. »Erklär mir das, Igor. Der Bonner Stab arbeitet am Wochenende und will womöglich einen Ausbruch machen, wie du das nennst, und die Amerikaner wollen hinterherfahren. Wohin könnten sie denn ausbrechen wollen? Und was wollen sie dann machen?«

»Die Deutschen haben Willard umgebracht. Vielleicht planen sie noch eine ähnliche Aktion, und die Amerikaner haben Wind davon bekommen. Vielleicht von dem Leck, das wir in der deutschen Spitze vermuten. Aber dagegen spricht die massive Beobachtung. Von ihrer Quelle, wenn es eine gibt, hätten sie sicher Genaueres erfahren und müßten jetzt nicht in der Lichtenbergallee Schlange stehen. Nein, ich vermute eher, daß die seit Willards Tod den Bonner Stab beobachten und nun alarmiert sind, daß dort am Wochenende Überstunden gemacht werden. Das bringt sie auf die Idee, daß etwas Großes bevorsteht. Und drinnen in Nummer 5 sitzen die vielleicht nur und machen ihre Steuererklärung.«

»Denkbar wäre doch auch«, sagte Wlassim, »daß die Deutschen diesen Zirkus machen, damit die Amerikaner aufmerksam werden, um dann woanders eine Sache ungestört erledigen zu können.«

»Das wäre ihnen wohl zuzutrauen, Michail.«

»Was könnte das sein?«

»Sicher etwas, das die Amerikaner betrifft, da der Zirkus für die Amerikaner veranstaltet wird. Natürlich haben die Deutschen bemerkt, daß sie beobachtet werden.«

Wlassim schwenkte bedächtig seinen Cognac.

»Wenn es etwas ist, was die Amerikaner betrifft oder was sie fürchten müssen, was machen dann unsere Leute in der Lichtenbergallee, Igor?«

»Wir machen den Amerikanern Zirkus vor, Michail. Wenn soviel CIA spazierengeht und nicht einer von uns auftaucht, das würde doch Verdacht erregen. Nachher planen die Deutschen wirklich eine Sauerei, und es könnte so aussehen, als ob wir davon gewußt hätten. Womöglich käme einer auf die Idee, daß die Sowjetunion und die BRD Geheimnisse miteinander haben.«

Wlassim lachte behäbig. »Wie könnte nur jemand auf so eine Idee kommen!«

»Du hast recht«, stimmte Pontarsk zu, »die Phantasie der Leute kennt manchmal keine Grenzen.«

Wlassim schenkte neu ein und wurde wieder ernst.

»Und das Leck, Igor? Gibt es das?«

»Ich habe das Gefühl, daß die Deutschen ihm auf der Spur sind. Und wenn sie es haben, werden sie es gründlich stopfen.«

»Und wenn es jemand in der Regierung ist?«

»Dann erst recht. Vergiß nicht, Michail: Die wollen die Wiedervereinigung.«

Wlassim nickte. Das war logisch. Für die Wiedervereinigung würden sie alles tun. Man konnte beruhigt sein.

Am Sonntag mittag gegen ein Uhr verließen drei Fahrzeuge das Gelände des Bonner Stabes. Zuerst Wellem, Weyerthal, Lütke und Rott in Wellems Wagen, dann Haßlinghausen zusammen mit Wiedenbrück, Stankowski und Meyer, und schließlich passierte der grüne Transporter die Wache, gesteuert von Brinken und beladen mit Ausrüstungsgegenständen.

»Da sitzt der Rest drin«, gab Graham May von der amerikanischen Botschaft über Autofunk weiter. »Wir folgen in lockeren Abständen. Bitte laufend Positionen durchgeben.«

Drei weitere Fahrzeuge setzten sich in Bewegung.

Die Kolonne nahm die Bundesstraße 9 bis zur Rheinaue, fuhr dort auf die Autobahn und schwenkte, nachdem der Rhein überquert war, auf die Flughafen-Autobahn ein. Eine Ausfahrt vor dem Flughafen bogen Wellem und seine Leute in die Wahner Heide ab. May gab Anweisung, daß einer der Verfolgungswagen zum Flughafen weiterfahre und dort die Anfahrt beobachte. Die anderen beiden Fahrzeuge folgten den Deutschen. Zehn Minuten später mußten May und seine Männer beobachten, wie die Verfolgten, die bisher so leichte Beute gewesen waren, nach einem kurzen Gespräch mit den Wachsoldaten, auf das abgeschirmte Militärareal fuhren und kurz darauf aus dem Blickfeld verschwanden.

May ordnete an, zum Flughafen zu fahren.

»Die wollen von hinten auf den Flugplatz. Aber starten müssen sie auf jeden Fall am anderen Ende. Wir gehen auf die Besucherplattform und gucken uns mal an, wohin die Herren gebucht haben.«

Gegen zwei Uhr startete ein Transporthubschrauber der Bundeswehr mit den neun Männern an Bord. Die beiden Piloten hatten Wellem und die anderen begrüßt, einen guten Flug gewünscht und ansonsten keine Fragen gestellt.

»Höflich unterkühlt wie bei der Lufthansa«, kommentierte Brinken.

»Wenn auch nicht ganz der Service, den man gewöhnt ist«, stöhnte Weyerthal.

An den beiden Seitenwänden des Hubschraubers waren metallene Sitzschienen angebracht. Die Männer saßen angewinkelt, die Schultern an die Wand gedrückt von Kreuzgurten, die über der Brust verschlossen wurden.

»Frauenfeindlich, dieser Mechanismus.« Wiedenbrück tippte auf seine Gurte.

»Ganz klar, der Hubschrauber als männliches Repressionsinstrument«, stimmte Lütke zu.

»In den Armeen mit weiblicher Wehrpflicht«, bemerkte Rott, »ist dieses Problem entschärft. Dort haben die Gurte eingebaute Büstenhalter. Ehrlich, hier ein Körbchen und da eins.«

»Und zwar alle Gurte«, fuhr Brinken fort, »man weiß ja nie, wie viele Frauen mitfliegen. Auch die Männer müssen diese Dinger anlegen.«

»Einmal Johann mit so einem Ding sehen«, seufzte Rott, »und dann nie mehr fliegen.«

Kurz vor vier landete die Maschine auf dem militärischen Teil des ansonsten von Sportfliegern benutzten Flugplatzes am nördlichen Rand von Hildesheim. Ein BND-Beamter nahm die Männer vom Bonner Stab in Empfang. Während einige Soldaten die Ausrüstungsgegenstände auf einen Transporter umluden, legten Wellem und seine Männer, geführt von Weyerthals Kollegen, den Weg zu den nahegelegenen Kasernen zu Fuß zurück. Der Kommandeur begrüßte Wellem und fragte, ob er etwas zu essen oder wenigstens einen Kaffee anbieten dürfe, doch Wellem dankte – man wolle möglichst schnell weiter.

»Ich bringe Sie zu Ihren Autos«, sagte der Kommandeur.

Die Soldaten hatten das mitgeflogene Material neben den Fahrzeugen abgeladen: zwei dunkelgrüne Kombiwagen mit geräumiger Heckladefläche und ein graues Geländefahrzeug, wie es im Forstbetrieb benutzt wurde. Die Schlüssel steckten, alle Türen waren unverschlossen. Die Männer verstauten die Sachen und stiegen ein.

Der Offizier schüttelte Wellem die Hand.

»Was immer Sie machen, ich wünsche Ihnen viel Glück.«

»Danke«, sagte Wellem. »Wenn Sie nichts davon in der Zeitung lesen, dann hat alles geklappt.«

Um kurz vor fünf hatten die Männer die Stadt bereits in Richtung Süden verlassen. Gegen halb sechs erreichten sie Seesen und fuhren weiter auf der Harz-Hochstraße quer durch das Gebirge. Nördlich von Braunlage bogen sie in einen Waldweg ein. Sie machten kurz halt und brachten neben den Nummernschildern Aufkleber mit der Aufschrift »Forstverwaltung Oberharz« an.

Für das letzte Stück des Weges übernahmen Lütke und Rott im Geländewagen die Führung; sie hatten die Recherchen vor Ort durchgeführt und kannten jeden Pfad und jede Lichtung diesseits des Grenzabschnittes. Man benutzte abseits der Waldwege Pfade oder folgte auch nur Spuren, die die Schlepper der Holzfäller vorgezeichnet hatten. Am Ende war keine Spur mehr zu erkennen. Zweige schlugen auf die Frontscheiben und kratzten an den Türen. Die Autos dümpelten wie kleine Boote bei Seegang. Nach einigen hundert Metern war das Ziel erreicht: eine Lichtung mit üppiger Waldwiese, umgeben von Hochtannen, darunter dichtes Unterholz, junge Tannen und Büsche. Zur Grenze hin versperrte eine Tannenschonung den Blick, von einem Hochstand am anderen Ende der Lichtung jedoch konnte man den Grenzfluß und den einmündenden Bach beobachten und die Grenzanlagen überblikken bis zum Ende der Schneise, die man auf östlicher Seite in den Wald geschlagen hatte. Die Männer stiegen aus. Es war sieben Uhr.

»Endstation«, sagte Rott.

Wellem sah sich um. »Sehr gut. Viel besser als auf den Bildern.« Er schaute auf die Uhr. »Wir haben noch einiges zu tun und wollen früh ins Bett, wie es sich gehört. Ernst und Helmut, Sie dampfen jetzt ab in Richtung Brocken und beziehen Posten am Notausstieg. Und sofort schlafen gehen! Ab fünf Uhr sind Sie morgen früh auf Empfang.«

»Aye, aye, Sir!« Rott und Lütke verabschiedeten sich von allen mit Handschlag und schaukelten mit dem Geländewagen wieder von der Lichtung.

Die beiden verbleibenden Fahrzeuge wurden so rangiert, daß ihre Hecks sich im Abstand von drei Metern gegenüberstanden. Über den Zwischenraum wurde eine Zeltplane gespannt und an den geöffneten Heckklappen festgezurrt.

»Voilà, der Gefechtsstand«, sagte Stankowski. »Sollen wir das Zelt auch aufschlagen, Chef?«

»Nicht nötig, bei der Hitze. Wer will, kann im Auto schlafen. Obwohl es auf kuscheligem Wiesengrund angenehmer sein dürfte.«

Weyerthal stöhnte.

»Nie Pfadfinder gewesen, Johann?«

»Nein, nur Meßdiener, Chef.«

Haßlinghausen, Meyer, Stankowski und Wiedenbrück machten eine Ortsbesichtigung an der Grenze, während Wellem, Brinken und Weyerthal sie vom Hochstand aus beobachteten. Anschließend aß man zu Abend und zwängte sich in die Schlafsäcke. Außer Martin Wellem waren alle nach kurzer Zeit eingeschlafen.

Werner Marfels hatte nach dem Abmarsch der anderen noch eine halbe Stunde in der Lichtenbergallee gewartet und war dann, mit der Leiche im Kofferraum, unbeobachtet nach Hause gefahren, hatte den Wagen in der Garage eingeschlossen und sich schlafen gelegt. Alfred Ebeling und Dieter Rentsch waren in Abständen von fünf Minuten gefolgt und ebenfalls nach Hause gefahren. Leo Rieck war in der Lichtenbergallee geblieben.

Als Wellem und seine Leute Hildesheim in Richtung Harz verließen, waren im Kanzlerbungalow einige Männer versammelt und warteten auf Pauls, der am frühen Nachmittag die Eröffnungsrede auf dem Europäischen Historiker-Kongreß gehalten hatte.

»Sie sind gelandet«, sagte General Hoff und legte den Hörer auf.

Staatsminister Förster nahm die Nachricht ohne sichtbare Regung auf. Innenminister Henrici nickte knapp. Staatssekretär Wenzel blickte nachdenklich auf den Telefonapparat. Außenminister Hansen ging unruhig auf und ab.

»Was bedeutet das konkret, General Hoff?«

»Daß das Unternehmen Harzreise morgen früh abgewickelt wird.«

»Das ist also nicht mehr zu stoppen?«

»Ich verstehe Sie nicht, Herr Minister. Warum sollte das Unternehmen gestoppt werden?«

»Ich meine, wenn etwas dazwischenkäme. Etwas Unvorhergesehenes.«

»Natürlich stehen wir in Verbindung mit der Gruppe und können jederzeit neue Anweisungen durchgeben.

»Aber dort vor Ort, dort arbeiten die doch völlig auf eigene Faust, oder? Oder steht der BND oder der BGS in der Nähe, falls etwas schiefgeht?«

Hoff war ein wenig verwundert über die Fragen des Außenministers, der als Mitglied des politischen Stabes mittlerweile einiges über die Arbeitsweise des Bonner Stabes mitbekommen haben mußte. Aber er nahm an, daß Hansen einfach so viel am Hals hatte, daß er sich gar nicht auf Details konzentrieren konnte.

»Nein, Herr Minister, wir sind dort nicht präsent. Es soll möglichst wenig Aufsehen erregt werden.«

»Ja, ja, natürlich.« Hansen wirkte zerfahren. Er schien an etwas anderes zu denken und sich Sorgen zu machen. »Wenn das schiefgeht, General Hoff, dann können wir das Ressort Außenpolitik streichen, dann brauchen wir gar keine Außenpolitik mehr.«

»Ich versthe Ihre Sorge, Herr Minister. Ich kann Ihnen nur versichern, daß wir optimal geplant haben, und daß die Männer allererste Garnitur sind. Aber trotzdem, ein Fehlschlag ist auch für mich ein Alptraum.«

Hansen berührte Hoff am Arm. »Tut mir leid, General, ich wollte nicht Trübsal blasen.«

Hoff lächelte. »Ich bin sowieso trübselig, Herr Minister. Von Natur aus.«

»Die beste Qualifikation für Ihr Amt. Hoffentlich sind die beim Bonner Stab nicht in derselben Stimmung. Übrigens, wo sind die Leute jetzt?«

General Hoff öffnete seinen Aktenkoffer und zog eine großformatige Landkarte heraus, die so gefaltet war, daß das Gebiet um Braunlage und der Forst Elend zuoberst lag.

»Hier.« Hoff markierte mit einem Bleistift einen Punkt auf der Karte. »Etwas nördlich der Höhe 533. Das heißt, im Moment sind sie auf dem Weg dahin. Aber hier werden sie ihr Lager aufschlagen, in einer Stunde oder so. Auf einer Lichtung, von der aus sich das Gelände gut beobachten läßt. Und hier geht es morgen früh rüber, diesen Bach entlang.«

Hansen blickte lange auf die Karte. Schließlich schüttelte

er den Kopf und wandte sich wieder General Hoff zu. »Merkwürdig, wie abstrakt das ist. Ein Punkt auf der Karte. Schwer vorstellbar, für mich jedenfalls, daß dieser Punkt ein konkreter Ort ist, und daß dort die Menschen leibhaftig sind, über die wir hier sprechen. Geht Ihnen das ähnlich?«

»In diesem Fall habe ich es nicht so schwer, mir das vorzustellen. Ich war schon mal dort, und ich kenne die Leute.«

Das Gespräch wurde unterbrochen, als Bundeskanzler Pauls den Raum betrat. Er nickte den Anwesenden zu und ließ sich in einen Sessel fallen.

»Tut mir leid, Leute, es ging nicht eher.«

»Haben die Herren Historiker so lange applaudiert?« fragte Bodo Förster, »oder hast du ihnen diktiert, wie du deine historische Rolle in den künftigen Geschichtsbüchern dargestellt wissen möchtest?«

»Der Applaus war überwältigend und langanhaltend wie immer«, sagte Pauls, »wenn auch differenziert. Die Ausländer haben mehr geklatscht als die einheimischen Gelehrten. Verstehst du das?«

»Das böse Werk der Opposition. Wir hätten sie längst verbieten sollen.«

»Dafür ist es nie zu spät.«

»Richtig. Bert«, wandte sich Förster an Innenminister Henrici, »bitte notieren Sie: der Kanzler wünscht keine Opposition mehr.«

»Wird gemacht, Bodo. Einsperren oder liquidieren?«

»Beides, Bert.«

»In dieser Reihenfolge?«

»Kinder, hört auf«, stöhnte Pauls. Er stopfte sich eine Pfeife. Staatssekretär Wenzel zündete sich einen Zigarillo an.

»Alles klar?« fragte Pauls und sah General Hoff an.

»Alles klar soweit, Herr Bundeskanzler. Sie sind gelandet und unterwegs zu ihrem Einsatzort.«

»Gut. Und Dederichs?«

»Planmäßig in Elend eingetroffen, keine besonderen Vorkommnisse.«

»Na also. Rundum gute Nachrichten. Was haben die Amerikaner gemacht?«

»Die sitzen immer noch am Flughafen und beobachten jede abfliegende Maschine, selbst Pan American.«

»Das wäre die Höhe«, lachte Pauls. »Wir lassen den Bonner Stab mit PanAm fliegen.«

Er zündete seine Pfeife an.

»Liebherr ist krank, und Roelling habe ich beurlaubt. Der hat seit acht Wochen kein Wochenende mehr gehabt.«

Mehrere Anwesende dachten: Ich auch nicht. Aber niemand sagte etwas.

»Ich weiß, ihr auch nicht«, fuhr Pauls fort. »Ich übrigens auch nicht. Aber das ist der Preis der Macht und der guten Bezahlung. Wir müssen uns mal überlegen, was wir mit unserem Republikflüchtigen anfangen, wenn er hier ist.«

Förster sagte: »Unser Problem ist: Dederichs läuft hier als freier Mann herum. Was machen wir, damit er nicht erkannt wird? Wie verhindern wir, daß er seine Tochter anruft? Können wir ihm lebenslänglich verbieten, seine Memoiren zu schreiben? Was tun wir, wenn der mal am Blinddarm operiert werden muß und unter Narkose brabbelt: Ich bin der große Karl Dederichs, und in Wirklichkeit bin ich gar nicht tot. Kurzum, wir werden wohl noch einige Fragen klären müssen.«

»Also, wer fängt an?« fragte Pauls. »Sie, Herr General?«

Hoff deutete auf Staatssekretär Wenzel.

»Dr. Wenzel hat das Programm entworfen. Ich habe nur die technischen Details erledigt.«

»Also, Lothar.«

»Der General untertreibt«, begann Staatssekretär Wenzel. »Wir haben den Vorschlag zusammen ausgearbeitet. Nun denn. Wir sind der Ansicht, daß die erste Phase sechs bis acht

Wochen dauern soll. In dieser Zeit wird Dederichs völlig abgeschirmt. Das ließe sich in der Bonner Filiale des BND machen, aber ein entfernterer Ort dürfte günstiger sein. Wir schlagen ein Gästehaus des BND im Westerwald vor: Villa, einsam gelegen, großes Grundstück, gut zu bewachen. Sind Sie einverstanden?«

Bundeskanzler Pauls machte eine Bewegung mit seiner Pfeife, die besagte: Ja, weiter.

»In diesen Wochen laufen drei Programme parallel ab. Dederichs wird von der deutsch-amerikanischen Kommission verhört, acht Stunden am Tag, Mittagspause anderthalb Stunden. Gleichzeitig gewöhnt er sich an den Western way of life oder das, was er sich darunter vorstellen mag. Abgesehen davon, daß er das Grundstück nicht verlassen darf, hat er jeden Luxus zur Verfügung, der ihm einfällt. Er soll fernsehen, so viele Zeitungen lesen wie er möchte und sich bestellen, was er will. Drittens soll er sich in seine neue Identität einleben. Wir haben eine Vita für ihn aufgebaut, die muß er absorbieren. Er muß sich in seine Papiere einfinden, die Institutionen kennenlernen, Formulare ausfüllen, wissen, was eine Bankleitzahl ist und so weiter. Er sollte vom ersten Tag an mit seinem neuen Namen angeredet werden. Er müßte öfter angerufen werden und sich mit dem neuen Namen melden, spontan mit diesem Namen Unterschriften leisten, auch unter die offiziellen Verhörprotokolle. Den Vornamen Karl haben wir übrigens gelassen, das scheint uns psychologisch sinnvoll zu sein.«

»Warum?« fragte Henrici.

»Laienpsychologie. Er soll ein Bindeglied zur Vergangenheit haben. Wir haben uns auch gedacht, daß man sich vom Vornamen schwerer als vom Nachnamen trennt. Vielleicht lernt er eine neue Frau kennen. Er würde womöglich immer zusammenzucken, wenn die Eduard zu ihm sagt.«

»Mein Gott«, polterte Pauls, »hier sitzt nun die halbe Regierung an einem Sonntag nachmittag und beschäftigt sich mit den Feinheiten der Psyche dieses Halunken.« Und, als Wenzel nicht weitersprach: »Schon gut, also weiter, Lothar.«

»Das ist es im wesentlichen. Ach ja, er soll sich in dieser Zeit einen Vollbart wachsen lassen. Am Ende entscheiden wir dann, ob er unkenntlich genug geworden ist, oder ob er operiert werden muß.«

»Das war die erste Phase«, stellte Hansen fest. »Wie geht es dann weiter?«

General Hoff übernahm das Wort.

»Danach ist er frei und kann seine neue Identität ausprobieren. Wir haben ihn wasserdicht installiert: vom Paß über den Führerschein bis zur Krankenversicherung. Alles echt. Wenn er hier bleibt, wird er sich ein Haus kaufen wollen. Er bekommt einen Helfer von uns, wenn er das will. Der kann ihm ein Grundstück besorgen und ihm die Steuererklärung ausfüllen.«

»Wie machen wir ihm nachdrücklich klar, daß er Bedingungen einzuhalten hat?« fragte Henrici.

»Zuckerbrot und Peitsche«, antwortete Hoff. »Er weiß, daß er sein Monatsgehalt nicht für sein mitgebrachtes Material, sondern für sein Schweigen bekommt.«

»Und wenn er sich finanziell unabhängig macht? Nehmen wir an, er würde ein erfolgreicher Grundstücksmakler.«

»Dann kommt die Peitsche. Wir werden ihm deutlich machen, daß der Bonner Stab auch weiterhin über sein Wohlverhalten wachen wird. Er weiß, was mit Willard passiert ist. Die Andeutung eines plötzlichen Todes wird ihm durchaus glaubhaft erscheinen.«

Pauls schaute auf die Uhr.

»Jetzt dürften sie übrigens am Tatort sein.«

Die Besprechung dauerte noch eine Stunde. Man verständigte sich, am nächsten Tag in Bonn zu bleiben und immer zu einer neuen Zusammenkunft auf Abruf bereit zu sein.

Schließlich wurde noch die Frage gestreift, in welcher Form der DDR das offizielle Beileid zum Tode des Genossen Dederichs bezeugt werden sollte.

Als Martin Wellem, Gert Brinken und Johann S. Weyerthal von dem Hochstand ihrer Lichtung aus mit Feldstechern ihre Kameraden beobachteten, wie sie die Grenze inspizierten, die sie am nächsten Morgen überqueren würden, stand auf der anderen Seite des Todesstreifens, kaum fünf Kilometer Luftlinie entfernt, auf einer anderen Lichtung, die den Blick weithin freigab, eine junge Frau und starrte reglos auf die Grenze, die im Licht der untergehenden Sonne unwirklich und geradezu friedlich aussah, fast als ob sie ein natürlicher Teil der Landschaft sei und nur dazu da, das Tal hervorzuheben gegenüber den mächtigen Wäldern, die es auf den Bergen ringsum einschlossen und die in dem abendlichen Zwielicht bedrohlicher wirkten als jener kleine Zaun, der sich zusammen mit dem Flüßchen und mit der Fahrspur dort unten dahinschlängelte. Hätte die Frau ein Fernglas gehabt, sie hätte Claus Haßlinghausen und die anderen drei Männer erkennen können, die durch das Glände robbten, hinter jedem Strauch Schutz suchend und mit ihren Gläsern Ausschau haltend.

Sie verbrachte seit drei Jahren jeden Urlaub und fast jedes zweite Wochenende in diesem Teil des Harzes. Sie stieg immer in demselben Hotel in Wernigerode ab. Sie hatte diesen Ort gewählt, weil er weit genug vom eigentlichen Objekt ihres Interesses entfernt lag, aber doch nah genug, um jeden Tag mit ihrem Auto das erreichen zu können, was sie suchte. Sie hatte jeden Flecken an der Grenze zwischen dem Brocken und Sorge gesehen und in sich aufgesogen und in ihrem Gedächtnis wie Fotografien gespeichert.

Als sie an diesem Sonntagabend auf die Grenze hinunterblickte, stand ihr Entschluß fest. Der Urlaub ging zu Ende, die Zeit drängte. Es war sinnlos, das Gebiet weiter zu erkunden: Sie hatte alles dutzendemale gesehen. Wenn es eine Stelle gab, die überwindbar war, dann diese. Die Hindernisse waren nicht so vielfältig, wie an anderen Abschnitten. Wachtürme mit Scheinwerfern waren nicht in der Nähe, es gab keine Hundelaufleine und keinen mit Bodenplatten ausgelegten Graben. Und da war nur ein Metallgitterzaun, nicht wie an anderen Stellen zwei parallel verlaufende Barrieren mit dazwischenliegendem Minenfeld. Auch Selbstschußanlagen, die sie weiter nördlich gesehen hatte, schienen hier wohl nicht installiert zu sein. Sie wußte, daß sich am Waldrand noch ein Erdbunker befand, ausgelegt für einen Mann, aber so oft sie das Terrain beobachtet hatte – häufig viele Stunden lang hintereinander – hatte sie nie einen Posten dort gesehen, war es nie zu einem Wachwechsel gekommen. Der Bunker war leer. Einen Strick, an dessen einem Ende ein eiserner Anker mit vier Armen befestigt war, hatte sie in einer Reisetasche in der Nähe von Wernigerode im Wald versteckt. So was konnte man nicht im Hotel lassen, auch nicht im Auto. Am nächsten Tag würde sie die Tasche herbringen und hier verstecken. Und dann würde sie nur noch eine Nacht von ihrem Ziel entfernt sein, wenn auch wahrscheinlich eine schlaflose. Aber schlafen konnte man noch lange – drüben.

Gegen neun Uhr am Abend rief Werner Marfels den Verkehrsdienst an und erfuhr, daß die Staus von sonntäglichen Ausflüglern sich aufgelöst hatte. Er überprüfte noch einmal den Inhalt seiner Taschen: Fahrzeugpapiere, Paß, Geld; links Westgeld, rechts Ostgeld. Dann wählte er die Nummer der Lichtenbergallee. Leo Rieck meldete sich sofort.

»Ja?«

»Auf geht's«

»Viel Glück.«

Die erste halbe Stunde auf der Autobahn fuhr er langsam und überholte nicht. An einer Baustelle, als die Fahrbahn uneben wurde, ertappte er sich dabei, daß er horchte, ob der Tote mit dem Kopf gegen die Haube des Kofferraumes schlug. Er grinste verlegen und gab Gas. Immerhin, dachte er, ein Rest von Pietät. Aber wenn du so weiterfährst, bist du am Mittag noch nicht da. Fahr zügig, denk nicht an die Ladung, konzentrier dich aufs Fahren. Du hast den besten Job von allen. Von allen, die rübermüssen. Du bist als erster drin und als erster wieder draußen. Und wenn was schiefgeht, dann mimst du ein paar Tage den perversen Heini. Haftbefehl aus der Heimat, Auslieferungsersuchen. Ob sie die Leiche wohl mit ausliefern würden? Klar, was sollen die damit.

Gegen halb zwölf passierte er das Autobahnkreuz Hannover-Ost, kurz nach Mitternacht erreichte er den Grenzübergang Helmstedt/Marienborn. Er fuhr auf einen Parkplatz und schaltete den Motor ab. Bis zum Treffpunkt würde er kaum eine Stunde brauchen und müßte dann eine weitere Stunde auf Dederichs warten. Er zündete sich eine Zigarette an und schaltete das Radio ein. Die Zeit diesseits der Grenze totzuschlagen, war auf jeden Fall nervenschonender.

Um ein Uhr startete er wieder und rollte langsam auf den Kontrollpunkt zu. Der westdeutsche Beamte winkte ihn durch, ohne einen Blick auf seinen Paß zu werfen. Marfels fuhr zwischen zwei hohen Maschendrahtzäunen einen Korridor entlang, der mehrmals in eine andere Richtung abknickte, hinweg über eine einzelne in den Beton eingelassene Schiene: bei Alarm würde eine Sperrwand auf Rädern den Durchgang blockieren. Der Korridor mündete auf einem asphaltierten Platz, auf dem Bahnen markiert waren, die zu dem überdachten Abfertigungstrakt führten. Scheinwerfer sorgten für gleißende Helligkeit, in der alle Farben unnatürlich erschienen.

Über jeder Bahn hing eine Ampel mit zwei Lampen, die im Moment alle rot zeigten. Marfels hielt an und kurbelte das Fenster herunter. Ein Grenzbeamter in einem langen Mantel trat auf ihn zu. Mantel, schoß es Marfels durch den Kopf, wir hatten tagsüber dreißig Grad, und der trägt einen Mantel.

»Guten Morgen. Wohin fahren Sie bitte?«

Marfels war verblüfft. Guten Morgen? Er schaute auf die Uhr.

Ja, natürlich. Der Beamte verstand die Geste und lächelte. »Es ist bereits Montag. Wohin wollen Sie?«

»Ja, natürlich. Guten Morgen. Ich fahre nach West-Berlin.«

»Ihren Paß und den Fahrzeugschein bitte.«

Marfels reichte auch seinen Führerschein mit hinaus. Der Grenzer gab ihn zurück. »Den brauchen wir nicht. Danke.«

»Danke.«

Der Beamte prüfte die Papiere und schob sie dann durch einen Schlitz in einen Metallkasten, von dem aus ein langes Rohr zum Abfertigungstrakt führte: auf einem Fließband, von außen unsichtbar, wurden die Dokumente zum Kontrollraum transportiert. Ob die dort wohl Computer haben? dachte Marfels. Oder schlagen die in einem dicken Buch nach? Komisch, seine Papiere verschwinden zu sehen. Alles Psychologie. Einen Zustand der Schutzlosigkeit künstlich herbeiführen. Im Niemandsland stehen, ohne Papiere.

Eine uniformierte Frau beugte sich zu seinem Fenster hinunter. »Guten Morgen.«

Wieder wollte Marfels auf die Uhr sehen. Verdammt nochmal, zweimal in zwei Minuten auf denselben Trick reingefallen!

»Führen Sie Waffen oder Munition mit sich?«

»Nein.«

»Funkgerät, Autotelefon?«

»Nein.«

»Danke.«

Die Ampel sprang auf grün, und Marfels blickte die Frau fragend an.

»Sie können fahren.«

Marfels fuhr langsam weiter. Am Ende der Bahn bedeutete ihm ein anderer Grenzposten mit einer sparsamen Handbewegung, daß er anhalten solle. Der sagte nicht guten Morgen, sondern musterte ihn lange, betrachtete das Paßfoto, blickte ihn dann wieder an.

»Sie reisen alleine, Herr Marfels?«

»Ja.«

»Bitte nehmen Sie Ihre Brille ab.«

Eine Szene aus einem Fernsehfilm blitzte vor ihm auf. Zynismus eines KZ-Wächters. Bitte nehmen Sie Ihre Brille ab: zu einem Häftling gesprochen. Der nimmt die Brille ab, und im nächsten Moment saust ihm ein Knüppel quer durchs Gesicht. Sie reisen alleine, Herr Marfels? Und was ist mit dem Herrn in Ihrem Kofferraum?

Marfels nahm die Brille ab. Der andere nickte kurz, klappte den Paß zu und reichte ihm die Papiere zusammen mit einem Transitvisum herein. »Danke.«

Herrgott, natürlich! Auf dem Paßbild trug er keine Brille.

»Danke schön.«

Marfels legte den Gang ein.

»Wir haben Anschnallpflicht in der DDR.«

»Ach ja, Entschuldigung.«

Er nahm den Gang heraus und legte sich den Gurt an.

»Sie können Ihre Brille wieder aufsetzen.«

»Ja, sicher. Vielen Dank.«

Marfels fuhr an. 200 Meter weiter die Autobahn. Vorbei an dem Schild mit den Höchstgeschwindigkeiten, 100 Kilometer für die Autobahn, 80 Kilometer für Landstraßen. Mehr lassen eure Scheißstraßen ja auch nicht zu ohne Gefahr für Leib und Leben. Grenzkontrolle in der DDR: widerlich, ekelhaft! Sobald die Typen auftauchen, fühlt man sich irgendwie schuldig. Haben Sie eine Waffe? Man weiß genau, man hat keine, aber man hat ein schlechtes Gewissen, wenn man nein sagt. Denkt, die greifen ins Handschuhfach und sagen: Und was ist das, Herr Marfels? Bitte steigen Sie doch mal aus. Die geben dem harmlosesten Bürger das Gefühl, ein Verbrecher zu sein. Dann fiel ihm wieder der Kofferraum ein. Na ja, das ist etwas anderes. Das hat damit gar nichts zu tun. Die wußten ja nicht, was ich im Kofferraum habe. Und trotzdem diese Schikanen.

Die Autobahn war leer, und Marfels beschleunigte auf 120. Er nahm die erste Ausfahrt und bog rechts ab nach Hakenstedt, von dort noch mal rechts ab an Eilsleben vorbei, wieder in Richtung Grenze. Eine Viertelstunde später hatte er den Wegweiser nach Hamersleben im Scheinwerfer und schwenkte nach links ein. Er fuhr die Strecke herunter, als ob es der tägliche Weg zur Arbeit sei: nördlich von Halberstadt rechts rein in Richtung Eilenstedt, die nächste links führte geradewegs in den Huy, einen Höhenzug im Harzvorland. Dederichs hatte diesen Treffpunkt vorgeschlagen – in sicherer Entfernung vom Harz, aber schnell zu erreichen; nahe an der Transitstrecke, dicht bewaldet, dünn besiedelt. Marfels fand den ausgemachten Parkplatz auf Anhieb. Er bog ein, ließ den Wagen ausrollen, löschte die Scheinwerfer und stellte den Motor ab. Es war fünf vor zwei. Dederichs war noch nicht da. Zwei Uhr war ausgemacht, plus eine halbe Stunde, man konnte schließlich nicht auf die Sekunde planen. Marfels steckte sich eine Zigarette an. Sein Beitrag zum Unternehmen Harzreise war so gut wie geschafft.

Dederichs brach um ein Uhr auf, um den Toten abzuholen. Er hatte sich gegen diese Prozedur der Überführung gewehrt und hielt den Gedanken für absurd, daß er in der Nacht mit einer Leiche durch die Gegend fahren sollte. Schließlich war das ganze umständliche Unternehmen von der anderen Seite geplant worden, also waren die auch für die Durchführung verantwortlich. Aber der Kurier war hart geblieben – man könne schlecht mit einem westdeutschen Wagen auf Waldwegen in der Grenzsperrzone spazierenfahren, um den Leichnam am vorgesehenen Unfallort abzuliefern. Einen Transport über die vorgesehene Grenzroute durch den Bonner Stab hatte er abgelehnt: Das sei technisch nicht durchführbar, die Männer müßten sehr schnell operieren und beweglich bleiben und könnten über diese Entfernung nicht eine solche Last tragen. Auf Dederichs' Bemerkung, er könne auch ohne das ganze Unternehmen sein Reiseziel erreichen, hatte der andere offen gedroht, daß er einen solchen Versuch nicht lange überleben würde. Und da er seit Willards Tod wußte, daß die Gegenseite bereit war, drastische Mittel anzuwenden, hatte er den Huy als Übergabeort vorgeschlagen. Offensichtlich waren ja sogar die Amerikaner vorsichtig geworden und überließen den Deutschen die Abwicklung. Aber er wurde den Verdacht nicht los, daß der Transfer des Toten weniger ein technisches Problem war, sondern daß man ihm einen Teil des Risikos aufhalsen wollte. Als ob sein Risiko nicht schon groß genug wäre! Schließlich war er der einzige, der im Falle des Scheiterns am Galgen enden würde.

Dederichs bog auf die Hauptstraße ein und fuhr in Richtung Elend. Er hatte die nächste Biegung fast passiert, als er glaubte, weiter hinter sich Scheinwerfer aufleuchten zu sehen. Gleich danach war der Rückspiegel wieder schwarz. Er verlangsamte die Fahrt und wartete. Tatsächlich: Nach zwanzig Sekunden tauchten die Lichter aus der Kurve auf. Da die Straße in der entgegengesetzten Richtung direkt zur Grenze führte, mußte der Wagen hinter ihm unmittelbar aus dem Sperrgebiet kommen. Oder aber jemand hatte an der Zufahrt zur Hauptstraße auf ihn gewartet. Ihm fiel der Anruf des Wirts wieder ein.

Dederichs blieb ruhig. Es konnte sich ja auch um ein Fahrzeug der Grenztruppen handeln, das mußte erst einmal geklärt werden. Er lenkte den Volvo an den Straßenrand und hielt an. Der andere Wagen kam mit gleichbleibender Geschwindigkeit näher und fuhr vorbei: ein Privatwagen. Dederichs wartete drei Minuten und setzte dann die Fahrt fort. Hinter der nächsten Kurve stand das andere Auto, mit laufendem Motor und eingeschalteten Scheinwerfern. Sobald der Volvo vorbei war, starteten die Verfolger wieder. Also doch, dachte Dederichs. Kühl bleiben. Kontrolle behalten. Es ist dein letzter Tag in der DDR. Du wirst beschattet, nicht zum erstenmal in deinem Leben. Das letzte Mal ist allerdings schon lange her und war nicht so dilettantisch wie dies hier. Jetzt systematisch vorgehen. Hat die Beschattung etwas mit der Flucht zu tun? Nein. Ausgeschlossen. Wenn die das wüßten, wenn die davon auch nur einen Hauch von Ahnung hätten, dann würden sie dich nicht beobachten, dann hätten sie dich längst in dem tiefsten Gewölbe der Republik angekettet. Warum also? Diese beiden Stümper in der Kneipe und jetzt diese Anfänger am Steuer – sieht fast so aus, als ob sie es darauf absehen aufzufallen. Ein Wink? Die Verbundenheit mit dem Volk nicht zu übertreiben? Sich nicht in der Öffentlichkeit zu besaufen? Wahrscheinlich irgend so was. Oder hatten die doch Wind bekommen von den Kontakten? Wollte Erika vielleicht ihrer Drohung Nachdruck verleihen und hatte eine Andeutung gemacht, noch nichts Konkretes, aber genug, um ihm diese Clowns auf den Hals zu hetzen und ihn zu warnen? Egal, jedenfalls war die Situation verändert, und zwar gründlich. Von wegen, jetzt mit einer Leiche durch die laue Sommernacht fahren, der Plan war ex und hopp. Wenn die cleveren Helfer vorgehabt hatten, ihn an dem Risiko zu beteiligen, so war ihre Absicht nun verwirklicht, sogar ohne ihr Zutun. Du hast jetzt deinen Anteil, und damit ist es genug.

Dederichs überlegte, ob er umkehren sollte. Er verwarf den Gedanken gleich wieder: Er konnte den Mann im Huy nicht einfach stehen lassen. Der würde vielleicht in Panik geraten und was Falsches machen. Wenn er geschnappt würde, wäre das vielleicht das Ende des Unternehmens. Man konnte nicht wissen, wie schnell der auspacken würde, um seine Haut zu retten.

Dederichs fuhr durch das nächtliche Elend, der andere Wagen folgte ihm. Am Ortsausgang gab er Gas, der andere beschleunigte ebenfalls. Nur eine kurze Zeit konnte der Verfolger mithalten, dann hatte der Volvo ihn abgehängt. Dederichs raste mit aufgeblendeten Scheinwerfern in Richtung Elbingerode, in den Kurven beide Fahrspuren benutzend wie ein Rallyfahrer. An einem Waldweg, der zur linken Seite in die Straße mündete, bremste er scharf und brachte den Wagen zum Stehen. Er setzte zurück und stieß rückwärts in den Weg hinein. Nach zwanzig Metern hielt er an und löschte die Lichter. Sobald die Verfolger vorbei wären, würde er auf dem Waldweg weiterfahren, der am anderen Ende in eine Straße nach Wernigerode mündete. Falls sie den Trick bemerkten, würde er lieber auf die Landstraße zurückkehren, wo er die Überlegenheit des Volvo besser ausnutzen konnte.

Mit Genugtuung stellte er fest, daß die Verfolger erst nach mehr als fünf Minuten in Sicht kamen. Der Wagen fuhr mit der ihm gegebenen Höchstgeschwindigkeit vorbei. Dederichs zählte langsam bis dreißig und ließ den Volvo mit Standlicht auf die Straße zurückrollen. Dort wendete er und fuhr wieder in den Wald hinein. Nach ein paar hundert Metern schaltete er die Scheinwerfer wieder auf normales Licht. Der Rest der Fahrt verlief ohne Zwischenfälle. Um Viertel nach zwei hielt er neben Marfels' Wagen auf dem einsamen Waldparkplatz.

»Na also«, begrüßte ihn Marfels, »dann hat ja alles geklappt.«

»Nichts hat geklappt. Die Leiche muß weg, und dann verschwinden Sie so schnell Sie können.«

»Ich verstehe nicht.«

»Ich habe keine Zeit, Ihnen das zu erklären. Ich kann den Toten nicht übernehmen, ich werde beobachtet.«

»Werden Sie verfolgt?«

»Jetzt nicht mehr. Ich habe die abgeschüttelt. Der Plan muß geändert werden.«

»Aber wie?«

»Erkläre ich Ihnen. Aber erst weg mit der Leiche. Los, öffnen Sie den Kofferraum.«

Marfels hastete um den Wagen herum, schloß den Kofferraum auf und schlug eine Decke zurück.

Dederichs kniete sich auf den Boden. »Legen Sie ihn mir auf die Schultern.«

Und als Marfels einen Moment zögerte: »Los, machen Sie schon!«

Marfels zerrte den Leichnam hoch, Dederichs griff mit beiden Händen über seine Schultern nach hinten und zog.

»Helfen Sie mir hoch.«

Dederichs hielt die Beine und den Hals des Toten umklammert und richtete sich mir Marfels' Hilfe auf.

»Sie halten die Taschenlampe. Nehmen Sie noch ein Tuch und einen Hammer mit.«

Marfels schien nach dem Grund fragen zu wollen.

»Los, verflucht nochmal«, keuchte Dederichs. »Hammer oder Wagenheber.«

Marfels griff ein ölverschmiertes Tuch, öffnete die Werkzeugtasche und nahm einen Hammer heraus.

»Da lang. Leuchten.«

Marfels ging voran in den Wald, Dederichs folgte ihm. Zweimal lehnte er sich mit dem Rücken gegen einen Baum, um zu verschnaufen, ohne aber seine Last abzulassen. Nach etwa zweihundert Metern ließ er den Körper in eine Mulde fallen.

Mit pfeifendem Atem befahl er: »Rumdrehen.«

Marfels drehte den Toten in Rückenlage. Dederichs nahm das Tuch, faltete es einmal und legte es auf das wächserne Gesicht. Er ließ sich den Hammer geben. Einen Augenblick lang zögerte er. Dann holte er aus und zertrümmerte mit wuchtigen Schlägen das Gesicht des Toten. Marfels hatte gerade noch Zeit, sich abzuwenden, als es aus ihm herausschoß wie eine Fontäne. Er erbrach sich in einem weiten Bogen, sank auf die Knie und würgte, bis er auch die Galle ausgespuckt hatte. Dederichs wischte den Stiel des Hammers sorgfältig ab.

»Nicht meine Idee«, knurrte er, »habe ich mal in einem Roman gelesen. War notwendig. Kann ja sein, daß er gleich morgen früh gefunden wird. Wir wollen doch nicht, daß jemandem die Ähnlichkeit auffällt, oder? Sehen Sie, Kollege, so wird die Dichtung von der Realität eingeholt.«

Dederichs ging zurück zum Parkplatz, Marfels stolperte hinter ihm her. Dederichs warf den Hammer in Marfels' Kofferraum und drückte die Haube zu.

»Haben Sie DDR-Geld, Münzen?«

Marfels nickte.

»Dann hören Sie jetzt gut zu. Sie fahren mit Vollgas zur Autobahn zurück. Am Rastplatz Magdeburg telefonieren Sie: Die sollen den Doppelgänger mitbringen. Kapiert? Den Doppelgänger.«

»Woher wissen Sie ...?«

»Ihr haltet mich wohl für blöd, was? Also den Doppelgänger. Das ist die letzte Chance für euer Spiel. Danach mache ich mein eigenes Spiel.«

Ohne ein weiteres Wort stieg er in seinen Wagen und fuhr ab. 40 Minuten später wählte Marfels Ebelings Privatnummer.

»Ja?«

»Die Reise muß über Emmerich gehen. Unbedingt. Sofort. Ladung unbrauchbar.«

»Verstanden.«

Ebeling rief Rieck in der Lichtenbergallee an und gab die Nachricht weiter, Rieck ließ sie über Scrambler-Funk an Wellem gehen.

Um Viertel nach vier passierte Marfels am Übergang Dreilinden ungehindert die Grenze nach West-Berlin. Von der nächsten Zelle aus rief er Rieck an.

»Ja?«

»Ich bin's, aus West-Berlin.«

»Schieß los, was ist passiert?«

»Treffpunkt wie abgemacht erreicht, Partner getroffen. Kam eine Viertelstunde später. Weigerte sich, die Ladung zu übernehmen, sei beobachtet worden, habe Verfolger aber abgeschüttelt. Bestand darauf, die Ladung in der Nähe des Treffpunktes zu deponieren und zu zerstören.«

»Was heißt zerstören?«

Marfels würgte wieder. »Hat mit einem Hammer Ähnlichkeiten beseitigt.«

Nach einer kurzen Pause sagte Rieck: »Erzähl weiter!«

»Hat ultimativ gefordert, Mann aus Emmerich zum vereinbarten Zeitpunkt mitzubringen.«

»Wie hat der den Mann aus Emmerich genannt? Beim Namen?«

»Nein. Gebrauchte das Wort Doppelgänger. Auf meine Frage, was er meine, antwortete er, er sei nicht blöd. Falls der Ablauf nicht unter den genannten Bedingungen erfolgt, droht er eigenes Vorgehen an.«

»Was konkret?«

»Hat er nicht gesagt.«

»Seine Beobachtung, die Verfolger: Wie sicher ist er da?«

»Hat er nicht gesagt.«

»Okay. Komm sofort rüber, wenn du gelandet bist.«

Marfels fuhr langsam zum Flughafen.

Dederichs war längst zu Hause. Auf dem Rückweg hatte er nichts Verdächtiges mehr bemerkt.

XI

Am Montag, dem 12. September, gegen fünf Uhr in der Frühe saßen Wellem und seine sechs Männer unter der Zeltplane um einen Spirituskocher versammelt und tranken Kaffee. Einem Beobachter hätte sich das Bild einer friedlichen Campingrunde geboten: Sieben Männer, zünftig gekleidet und mit gutem Schuhwerk, hockten um ein Lagerfeuer, wenn auch von Spirtus gespeist, waren früh aufgestanden, um viel unternehmen zu können an diesem Tag, der schön zu werden versprach.

»War das Leo Rieck?« fragte Haßlinghausen und deutete mit einer Kopfbewegung auf das Funkgerät.

»Ja.« Wellem trank seinen Becher leer und goß sich nach. »Folgendes ist passiert. Der Kontakt hat stattgefunden, aber Dederichs hat den Toten nicht übernommen, weil er im Raum Elend observiert und wohl auch ein Stück verfolgt worden ist. Er und Werner haben die Leiche am Treffpunkt versteckt. Dederichs fordert statt dessen Einsatz des Doppelgängers, und zwar sofort, das heißt heute. Hat gedroht, sonst auf eigene Faust zu handeln.«

»Moment mal«, unterbrach ihn Wiedenbrück. »Wieso Doppelgänger? Was weiß der davon?

»Er weiß es. Fragt mich nicht, woher.«

»Der Plötz hat gequatscht«, rief Meyer.

»Glaube ich nicht«, sagte Haßlinghausen.

»Die Amis«, murmelte Stankowski. »Die Amis haben ihm das gesteckt.«

Meyer war nicht überzeugt. »Und woher haben die das?«

»Ist doch egal, Leute.« Weyerthal starrte in die Flamme. »Er weiß es. Wir werden ihn fragen, woher. Wichtiger ist, daß die Aktion in einer halben Stunde losgehen soll, die Leiche aber nicht an Ort und Stelle ist und wir hier keinen Doppelgänger haben. Der schläft friedlich in seinem Bett zu Emmerich. Frage, was machen wir jetzt?«

Brinken sprach, ohne Wellem anzusehen: »Warum ist Plötz eigentlich nicht hier, Chef?«

»Weil ich seinen Einsatz nicht für nötig gehalten habe, Gert.«

»Könnte der entscheidende Fehler gewesen sein, Chef.«

»Möglich.« Wellems Stimme blieb ruhig. »Wenn es so sein sollte, werde ich keinen Versuch machen, das zu leugnen.«

»Es könnte sein, daß das dann nicht mehr viel hilft.«

Weyerthal griff ein. »Die Frage bleibt: Was machen wir jetzt?«

»Ich schlage vor, wir setzen Dederichs selbst in sein Auto und lassen alles wie geplant ablaufen«, sagte Brinken. Die anderen außer Wellem und Haßlinghausen nickten.

»Dederichs soll warten, bis Plötz zur Stelle ist«, schlug Haßlinghausen vor.

»Ich bitte um Abstimmung.« Wieder gaben die anderen zu erkennen, daß sie Brinken zustimmten.

»Nein.«

Alle blickten Wellem schweigend an, Brinken ein wenig amüsiert; Haßlinghausen setzte an, um etwas zu sagen.

»Moment bitte, Claus. Ich bin noch nicht fertig.« Wellem schüttete den Rest Kaffee auf den Boden.

»Nein«, wiederholte er und blickte in die Runde. »Ich habe

entschieden, und darüber gibt es nichts abzustimmen. Die Aktion läuft mit Plötz ab, und zwar morgen früh zur gleichen Zeit. Dederichs wird so lange warten. Claus, du gehst rüber und machst ihm das klar. Unmißverständlich. Götz, Manfred und Olaf, es ist nicht nötig, daß Sie mitgehen. Ihr großer Augenblick wird auf morgen verschoben. Sei vorsichtig, Claus, falls Dederichs wirklich beobachtet wird. Ich glaube übrigens nicht daran. Wenn die drüben wirklich was ahnen würden, hätten sie Dederichs längst eingesackt. Sag ihm, Claus, daß er bis morgen sein Haus nicht mehr verlassen darf. Daß einer unserer Leute ihm Gesellschaft leisten wird. Und daß der alle 15 Minuten funken wird, daß alles läuft wie vorgesehen. Daß wir höchstpersönlich die Staatssicherheit anrufen werden, sobald das Signal drei Minuten überfällig ist, und ihr mitteilen, daß Dederichs im Begriff sei, sich zu den Amerikanern abzusetzen. Mach ihm klar, daß er dann nicht mehr die geringste Chance hätte, das Land zu verlassen. Mach ihm das klar. Danach kommst du zurück.«

Haßlinghausen nickte. »Und wer bleibt drüben?«

»Gert Brinken.«

Brinken war nicht überrascht.

»Sie müssen das machen«, wandte sich Wellem an ihn, »weil die anderen morgen früh fit sein müssen. Ausgeschlafen. Sie werden nicht schlafen können. Sie haben den härtesten Job von allen, Gert. Alle Viertelstunde Signal, die ganze Nacht durch. Hier werden wir uns wenigstens ablösen können. Wenn er fliehen will, erschießen Sie ihn. Wenn es ihm gelingt abzuhauen, nicht verfolgen. Signal geben und rüberkommen. Wenn alles glatt geht, kommen Sie morgen mit den anderen zurück.«

»Alles klar, Chef«, sagte Brinken.

Haßlinghausen holte die Geländekarte aus der Innentasche seines Anoraks und gab Brinken ein Zeichen. Die beiden Männer standen auf und gingen zu einem der Autos. Haßlinghausen breitete die Karte auf dem Dach aus.

»Hier der Treffpunkt. Da ist Dederichs' Haus. Bis hierher können wir zusammen gehen. Du nimmst dann am besten diesen Weg. Schleich dich ran bis an den Gartenzaun und peil die Lage in aller Ruhe. Dann rüber und rein ins Haus. Offenes Fenster oder so. Vielleicht hat er auch die Tür nicht abgeschlossen. Sonst an der Rückseite die Tür zum Keller aufbrechen. Gib Signal, wenn du was Verdächtiges bemerkst. Ansonsten: Unterhaltet euch gut. Ein langer Tag und eine lange Nacht.«

»Uns wird schon der Gesprächsstoff nicht ausgehen. Ich lasse ihn aus seiner Ehe erzählen, und dann erzähle ich ihm von meiner.«

»Daß ihr darüber morgen früh bloß nicht den Aufbruch verpaßt.«

»Wer weiß, vielleicht finde ich einen neuen Freund.«

Haßlinghausen faltete die Karte zusammen, steckte sie weg und begann, die Ausrüstung zu überprüfen: Pistole und Schalldämpfer im Schulterhalfter, Dolch im Hosenfutteral, »Taschenrechner« in der wasserdichten Brusttasche des Anoraks, Fernglas um den Hals. Er schnallte sich eine Ledertasche um und schob sie am Gürtel entlang bis über sein Gesäß; sie enthielt den Spaten mit eingeschobenem Stiel.

»Früher in der Schule hätte man so was haben müssen«, kommentierte Brinken.

»Mein Lehrer hatte nie Anlaß, mich zu schlagen.« Haßlinghausen zog den Reißverschluß seines Anoraks zu. »Wie wäre es, wenn du dich auch fertigmachen würdest, Gert?«

Brinken verbeugte sich und machte sich mit wenigen Handgriffen reisefertig.

Wellem und Weyerthal kamen auf sie zu.

»Fertig?«

»Fertig.«

Weyerthal musterte die beiden. »So, dann nehmt eure Pferde und steckt euch eine Marlboro zwischen die Zähne, und los geht's.«

Brinken verzog keine Miene. »Ha, ha.«

»Von mir ein doppeltes ha, ha«, sagte Haßlinghausen.

Wellem gab beiden die Hand. »Macht's gut.«

Die anderen waren aufgestanden.

»Verlauft euch nicht.«

»Nicht mit fremden Männern gehen.«

»Grüßt schön.«

Die beiden Männer gingen auf die Schonung zu. Wellem machte sich an dem Funkgerät zu schaffen.

»Großer Gott!« rief Brinken und blieb stehen.

Wellem fuhr herum. »Was ist?«

»Wir haben die Regenschirme vergessen.«

»Du Arschloch!« rief Wellem.

»Ich nehme das Du an, Chef«, tönte Brinken fröhlich und lief weiter.

Alle lachten, auch Wellem.

Leo Rieck wurde über Funk aufgetragen, Rentsch anzurufen und ihn nach Emmerich zu schicken. Er solle Plötz sofort in den Harz bringen. Dann kletterten Wellem, Stankowski und Weyerthal auf den Hochstand am anderen Ende der Lichtung. Olaf Wiedenbrück blieb bei dem Funkgerät.

Claus Haßlinghausen und Gert Brinken lagen am Ufer der Bremke unter einem ausladenden Busch, dessen Zweige an den Enden bis zum Boden reichten.

»Na also.« Brinken tippte auf den »Taschenrechner«. »Meldung vom Hochsitz: Patrouille kommt.«

Sehen konnten sie den Jeep der Grenzwächter nicht. Die Fahrspur lag jenseits des Metallzaunes. Links von ihnen am anderen Ufer mündete der Bach in den kleinen Fluß, der am Ende des heißen Sommers nur noch spärlich Wasser führte, knietief allenfalls. Drüben breitete sich bis zur Sperre ein

Streifen sumpfiger Wiese aus mit hohem Gras, moosigen Flecken, Krüppelbirken und kleinen bis mittelgroßen Tannen in lockeren Abständen, die meisten davon abgestorben. Der Zaun war zum Teil durch Büsche verdeckt. Jenseits der Sperre ragte dichter Tannenwald empor, dahinter stiegen, in bläulichen Dunst gehüllt, die Bergwälder an. Aber der Blick täuschte – dazwischen lag, aus der Perspektive diesseits des Ufers nicht einzusehen, die Grenzschneise, auch Todesstreifen genannt.

»Entwarnung, Claus. Patrouille außer Sicht.«

Die beiden Männer krochen unter dem Busch hervor und sprangen mit großen Schritten durch das Wasser. Am anderen Ufer, bereits auf dem Boden der DDR, sprinteten sie geduckt am Lauf des Baches entlang, hinter jedem Baum und Strauch Deckung suchend, ohne aber im Laufen innezuhalten. Nach weniger als zwei Minuten hatten sie den Metallzaun erreicht. Sie kauerten sich nieder, zogen ihre Pistolen aus dem Halfter und steckten sie in die wasserdichte Tasche im Anorak. Haßlinghausen sprang in den Bach, der unter der Barriere durchfloß. Das Rost, das den Durchgang versperrte, war präpariert worden: Es wurde von einer einzigen Metallklammer an der obersten Strebe gehalten. Er riß die Klammer ab, klappte das Rost zur anderen Seite ins Wasser und schob sich auf dem Rücken durch die Öffnung, wobei er das Fernglas mit der linken Hand in die Luft hielt, damit es nicht naß wurde. Brinken folgte ihm. Sie waren in der Schneise völlig ungeschützt, jede natürliche Deckung war beseitigt worden. Sie steckten ihre Pistolen zurück ins Halfter, Haßlinghausen klappte das Rost hoch und steckte die Klammer wieder auf. Sie hechteten gebückt durch den Bach aufwärts, spurteten nach 20 Metern über den betonierten Fahrstreifen, ohne den Erdbunker weiter rechts im Gelände zu beachten, und hatten dann noch 50 Meter vor sich, die sie in verbissenem Sprint zurücklegten. Sie erreichten den Waldrand, gingen keuchend in Deckung und suchten mit ihren Ferngläsern das Gelände ab, das sie gerade hinter sich gebracht hatten. Nichts regte sich.

»Willkommen in der DDR«, stieß Brinken hervor.

»Das war meine Weltbestzeit im Überqueren der Friedensgrenze, Gert.«

»Wart's ab, Claus. Kann sein, daß du auf dem Rückweg noch schneller bist.«

Haßlinghausen gab über »Taschenrechner« das vereinbarte Signal, daß die Grenze überschritten sei.

Nach einigen Minuten des Ausruhens brachen sie auf und drangen, dem Lauf des Baches folgend, in das Innere des Forstes vor. Es ging bergan durch dichtes Unterholz. Streckenweise war das Dickicht des Gestrüpps so undurchdringlich, daß sie in die Rinne des Baches, die, je höher sie kamen, immer mehr von Felsquadern übersät war, ausweichen mußten. An engen Stellen wateten sie bis zur Hüfte in dem kalten Bergwasser, das auch der heiße Sommer nicht erwärmt hatte. Ein leichterer Anstieg durch offenen Hochwald wäre möglich gewesen und hätte Zeit erspart, aber aus guten Gründen war man auf diese Route verfallen.

»Der Treffpunkt muß jetzt rechts liegen«, sagte Haßlinghausen, »höchstens noch zehn Minuten weit. Am besten trennen wir uns hier, Gert. Du hast bestimmt noch eine Stunde von hier bis zu dem Haus. Du mußt vor ihm da sein.«

»Halt ihn auf, so lange es geht.«

»Klar. Ich werde vor dem Ziel eine Viertelstunde verschnaufen und dann erst einlaufen. Mach's gut, Gert.«

»Mach's gut, Claus.«

Brinken verschwand in den Büschen, und Haßlinghausen schlug einen Bogen nach rechts. Das Gelände wurde allmählich lichter und zugänglicher. Die Schottertrasse des Weges war weiter oberhalb schon sichtbar, hinter der zweiten Kurve würde Dederichs warten. Haßlinghausen beschloß, sich dem

Treffpunkt von oben zu nähern. Er kletterte höher, erreichte den Weg, sicherte nach beiden Seiten, setzte mit einigen Sprüngen über den Weg hinweg und verschwand im Holz. Er überquerte die Kuppe und gelangte an den Rand einer Tannenschonung. Der Ausblick war gut: zwanzig Meter unterhalb die scharfe Biegung, markiert von einigen ausgewachsenen Tannen. Dederichs war noch nicht da.

Haßlinghausen vergewisserte sich noch einmal auf der Karte, daß er sich tatsächlich am Treffpunkt befand. Als er die Karte wegsteckte und wieder auf die Uhr blicken wollte, hörte er Motorengeräusch. Es kam von links, Elend aber lag in der entgegengesetzten Richtung. Er ließ sich zur Seite fallen und zog die Pistole aus dem Halfter. Nach dreißig Sekunden kam das Fahrzeug in Sicht: ein Geländewagen von dem Typ, an dem sie geübt hatten. Ein Dutzend Meter vor der Kurve hielt er an. Der Motor wurde abgestellt.

Einige bleierne Minuten lang herrschte Stille, totale Stille nach Haßlinghausens Gefühl, er hätte geschworen, daß auch die Vögel nicht mehr sangen. Er konnte nur das Dach des Wagens sehen, das trotz des strahlenden Morgens geschlossen war. Der Fahrer konnte sich noch nicht entschließen auszusteigen. Sollte er einen Stein runterwerfen und gucken, was passierte? Zu albern. Einfach runtergehen und an die Scheibe klopfen? Einen Augenblick lang plagte ihn die Vision von vier Volkssoldaten, die ihn angrinsten, dann alle gleichzeitig die Türen aufstießen und sich mit gezogenen Waffen auf ihn stürzten. Die Entscheidung wurde ihm abgenommen: Die Fahrertür öffnete sich, der Lauf eines Jagdgewehrs wurde sichtbar, ein Mann stieg aus, hängte sich die Waffe um und blickte in die Runde. Das war Karl Dederichs, ohne jeden Zweifel.

Haßlinghausen dachte an Brinken. Die versprochene Viertelstunde war verstrichen, Dederichs hatte auf sich warten lassen. Er stand auf und hob eine Hand als eine Art Begrüßungsgeste. Dederichs blickte zu ihm herauf, ohne das Zeichen zu erwidern. Haßlinghausen stieg den Hang hinab und stand dem Mann gegenüber.

»Ich heiße Haßlinghausen. Wir sind verabredet, Herr Dederichs.«

»Wo sind die anderen?«

»An verschiedenen Stellen. Ich erkläre Ihnen das genauer. Sollen wir hier auf dem Weg stehen bleiben?«

»Was soll das heißen, erklären? Läuft die Sache jetzt ab oder nicht?«

»Die Sache ist um vierundzwanzig Stunden verschoben worden.«

»Sind Sie wahnsinnig?« Dederichs brachte das Gewehr in Anschlag und richtete es auf Haßlinghausen. Drohend fügte er hinzu: »Sie lassen mich hierher kommen, und das ist alles, was Sie mir zu sagen haben?«

»O nein, ich habe Ihnen eine Menge zu sagen. Sie haben gefragt, wo die anderen sind. Einer zum Beispiel sitzt bei Ihnen im Haus.«

Dederichs war so verblüfft, daß Haßlinghausen lachen mußte. »Wenn Sie jetzt Ihr Gesicht sehen könnten, Herr Dederichs. Übrigens stört es mich, wie Sie Ihre Knarre halten. Und vielleicht sollten wir einen etwas gemütlicheren Ort aufsuchen. Da wo ich vorhin gesessen habe, war es recht angenehm.«

Dederichs hängte sich schweigend sein Gewehr um und folgte Haßlinghausen den Hang hinauf.

»Hier, Herr Dederichs. Wir setzen uns und machen es uns gemütlich. Wir können sehen, ohne gesehen zu werden.«

Sie setzten sich, und Dederichs verlor keine Zeit.

»Also los, was soll der Mann in meinem Haus?«

»Wir mußten den Plan kurzfristig ändern und wollen sichergehen, daß er von allen Seiten eingehalten wird, zum Beispiel auch von Ihnen.«

»Ich bin kein Befehlsempfänger. Sie können nicht einfach einen Aufschub beschließen und erwarten, daß ich mitmache.«

»Sie haben den Aufschub verschuldet, Herr Dederichs. Sie haben sich letzte Nacht nicht an die Verabredung gehalten und das Material übernommen, das wir jetzt an dieser Stelle dringend gebraucht hätten.«

»Ich bin verfolgt worden. Hat Ihnen das dieser Hampelmann nicht erzählt?«

»Sie sprechen sicher von meinem Kollegen. Doch, er hat es erzählt. Beschreiben Sie doch mal genau, was passiert ist.«

»Sagen Sie, sind Sie verrückt oder was? Mal genau beschreiben, was passiert ist! Als ob wir hier ein Kaffeekränzchen hätten. Ist Ihnen eigentlich bewußt, daß mein Leben in Gefahr ist, seit ich mich auf Ihren absurden Plan eingelassen habe, statt einfach abzuhauen, wie ich es gekonnt hätte. Wie ich es immer noch kann.«

Haßlinghausen gab sich keine Mühe, seinen Ärger zu verbergen. »Daß Sie immer noch auf eigene Faust abhauen können, bezweifle ich. Aber darauf komme ich noch zurück. Was die Gefährdung Ihres Lebens anbetrifft, so befinden Sie sich in guter Gesellschaft. Mein Leben ist auch gefährdet, das meiner Kollegen ebenfalls. Das des Hampelmanns heute nacht war es auch. Und von dem Doppelgänger wollen wir erst gar nicht sprechen. Der Unterschied zwischen Ihnen und uns besteht allerdings darin, daß wir für unsere Lebensgefahr nicht so fürstlich bezahlt werden wie Sie.«

»Ich muß mir Ihre Unverschämtheiten nicht anhören«, sagte Dederichs wütend und machte Anstalten aufzustehen.

»Setzen!« Haßlinghausen hielt die Pistole in der Hand. »Ich bin noch nicht fertig, Dederichs.«

»Sie würden es nicht wagen ...«

»Doch, ich würde es wagen. Wäre sogar geräuschlos, wie Sie sicher bemerken. Wir haben heute früh noch diskutiert, ob es nicht besser wäre, Sie selber in Ihr Auto zu setzen und abbrennen zu lassen. Der Vorschlag stammt übrigens von dem Mann, der Ihnen bis morgen Gesellschaft leisten wird.«

Dederichs starrte ihn fassungslos an.

»Der Chef meinte aber, Sie sollten noch eine Chance haben. Sie haben oft genug gemogelt, selbst nach Willards Tod sind Sie nicht klüger geworden. Und das sind wir jetzt leid. In den nächsten vierundzwanzig Stunden werden Ihnen auch keine Amerikaner helfen.«

»Sie werden das noch bereuen, das verspreche ich Ihnen.«

»Vielleicht, falls Sie am Leben bleiben. Und jetzt hören Sie mir zu.«

Dederichs sah ihn wütend an, schwieg aber.

»Sie fahren von hier aus nach Hause und bleiben dort bis morgen früh, gleiche Zeit wie heute. Unser Mann wird alle Viertelstunde Signal geben, daß Sie noch da sind. Wenn das Signal ausbleibt, informiert mein Chef den Stasi persönlich, daß Sie auf der Flucht sind. Finsteres Komplott mit den Amerikanern und so. Danach können Sie mal versuchen, einen Grenzübergang zu passieren oder sich ein Flugticket zu kaufen. Ach ja, der Mann in Ihrem Haus hat Befehl, Sie zu erschießen, falls Sie Dummheiten machen. Das würde den Anruf ersparen. Am besten legen Sie sich hin und versuchen zu schlafen. Unser Mann hat es da nicht so gut, der muß ja die ganze Nacht wach bleiben.«

Dederichs bemühte sich, beherrscht zu sprechen: »Die Amerikaner werden davon erfahren.«

»Natürlich. Sie können es ihnen sogar selbst erzählen, wenn Sie einmal drüben sind. Aber rüber kommen Sie nur mit uns, wenn Sie sich das bitte einprägen wollen.«

Als Dederichs schwieg, sagte Haßlinghausen: »Wir möchten noch gerne wissen, wie Sie verfolgt worden sind.«

Dederichs hatte offensichtlich beschlossen zu kooperieren und schilderte, was geschehen war. Als er fertig war, sagte Haßlinghausen: »Wie deuten Sie die Sache?«

»Keine Ahnung.«

»Wir haben das drüben besprochen und gehen davon aus, daß es nichts mit unserer Aktion zu tun hat. Die würden Sie nicht frei herumlaufen lassen, wenn sie was wüßten. Könnte es ein Warnschuß Ihrer Frau sein?«

Dederichs zuckte die Schultern.

»Es bleibt bei morgen früh«, sagte Haßlinghausen und stand auf. »Ich will jetzt zurück.«

»Wie lange haben Sie hierher gebraucht?« fragte Dederichs.

»Nachdem wir die Schneise hinter uns hatten etwa vierzig Minuten.«

»Das ist viel.«

»Es ging bergauf, wir waren sehr vorsichtig, und wir kannten das Gelände nicht. Runter brauchen wir allenfalls zwanzig Minuten. Und ich mache die Strecke dann zum viertenmal. Totale Ortskenntnis, wie Sie sich vorstellen können.«

Er wandte sich zum Gehen. »Bis morgen, Herr Dederichs. Und vergessen Sie nicht, den Wecker zu stellen.«

Am frühen Nachmittag gegen halb drei wurde Oberst Werner, Chef der Sonderabteilung im Ministerium für Staatssicherheit der DDR, beim Staatsratsvorsitzenden vorgelassen. Er hatte eine halbe Stunde lang darauf beharrt, mit Wodetzky persönlich verbunden zu werden, und schließlich Erfolg gehabt. Auf seine Bitte nach einer sofortigen Unterredung hatte Wodetzky einen Termin für den Abend in Aussicht gestellt, weil er bei der polnischen Delegation erwartet werde. Die Antwort des Obersten hatte ihn verblüfft: Er möge den Termin verschieben und ihn vorher empfangen. Wodetzky hatte die Erregung in Werners Stimme gespürt und ihn kommen lassen.

Werner verbeugte sich knapp, als er den Raum betrat.

»Genosse Staatsratsvorsitzender, wenn das, was ich zu melden habe, sich als falsch erweist, stelle ich mein Amt zur Verfügung.«

Wodetzky gab sich jovial. »Lieber Genosse Werner, wenn jeder aus einem solchen Grunde zurücktreten würde, hätte ich bald keine Mitarbeiter mehr. Setzen Sie sich.«

Werner setzte sich, während Wodetzky zwei Gläser Cognac einschenkte.

»Fangen Sie ruhig schon an, Oberst.«

»Es geht um Genosse Dederichs.«

Wodetzky schien nicht überrascht. »Ja?«

»Erlauben Sie mir eine Frage, Herr Staatsratsvorsitzender.«

»Bitte.«

»Hat Genosse Dederichs in seinem Urlaub irgendeinen Auftrag zu erledigen?«

»Was zum Beispiel?«

»Kontakte zu pflegen, ungewöhnliche Kontakte, wie das hier in Berlin zu seinem Aufgabenfeld gehört.«

»Zum Beispiel zu den Amerikanern, meinen Sie? Nein, das macht jetzt der Genosse Walcha für ihn.«

»Dann, Genosse Wodetzky, lesen Sie bitte diese Papiere.«

Werner zog einige gefaltete Blätter aus der Innentasche seiner Jacke, klappte sie auf und legte sie auf den Tisch. Wodetzky stellte die beiden Gläser ab, setzte sich und griff nach den Papieren. Er las sie schweigend durch, und als er fertig war, begann er wieder von vorne; diesmal brauchte er mehr Zeit als beim ersten Mal. Schließlich trank er entgegen seiner Gewohnheit den Cognac in einem Zug herunter, lehnte sich zurück und starrte wie geistesabwesend auf die gegenüberliegende Wand.

»Soll ich ihn verhaften lassen?« fragte Werner nach einigen Minuten.

Wodetzky ging nicht auf die Frage ein, sondern sagte, ohne Werner dabei anzusehen: »Weiß Ihr Chef Bescheid?«

»Ich habe Minister Semmeling nicht mehr erreicht, er war schon unterwegs zu den Polen.«

Wieder vergingen einige Minuten, ohne daß gesprochen wurde. Wodetzky griff nach seinem Glas und merkte, daß es leer war. Oberst Werner stand auf, holte die Flasche aus dem offenstehenden Schrank und schenkte ihm nach. Wieder leerte der Staatsratsvorsitzende das Glas in einem Zug. Als ob ihn der Trunk aus einer Trance befreit hätte, erhob er sich plötzlich, ging zum Schreibtisch hinüber und wählte eine Nummer.

»Kommen Sie sofort«, sagte er und legte den Hörer auf.

»Ich habe Außenminister Eberle hergebeten«, erklärte er, als er sich wieder zu Werner an den Tisch setzte. Er deutete auf die Papiere.

»Wie haben Sie das gemacht? Sie können doch nicht hinter jedem Busch einen Mann postieren.«

»Als er unsere Leute abgehängt hatte, bin ich stutzig geworden. Nicht so sehr, weil er es getan hat – das hätte für ihn ja so eine Art Sport sein können –, sondern wegen der Begleitumstände. Unsere Leute haben ihn den ganzen Abend im Visier gehabt, und er hat nichts getrunken. Untypisch bei seinem sonstigen Konsum. Hat öfter auf die Uhr geschaut. Um ein Uhr nachts geht er nicht ins Bett, sondern fährt aus. Keine Kneipe hat um die Zeit offen, und wenn man Freunde besuchen will und Urlaub hat, wählt man wohl eine andere Tageszeit. Dann hängt er die Verfolger ab und taucht erst nach halb vier wieder auf. In der Zwischenzeit habe ich einen Minisender an seinem Geländewagen anbringen lassen. Der hat den Leuten dann heute morgen die Arbeit erleichtert.«

»Und hat er diesmal nichts gemerkt?«

»Nein. Zwei Männer auf Motorrädern konnten in weiten Abständen folgen, der Sender funkte ja ständig Dederichs' Position. Er fuhr einen großen Bogen und hielt schließlich an der Stelle, die in dem Bericht beschrieben ist. Einer unserer Leute hat sich dann bis auf Sichtweite herangepirscht, leider nicht Hörweite. Der andere ist in Bereitschaft geblieben, falls Dederichs plötzlich aufbrechen würde. Der ist ihm dann später auch gefolgt, während der erste Mann den Grenzverletzer auf dem Rückweg beobachtet hat.«

»Sie haben ausgezeichnet gearbeitet, Genosse Werner.«

»Danke.«

»Was jetzt zu tun ist, müssen Sie vor Ort leiten. Nach der Besprechung mit Eberle reisen Sie in den Harz.«

Als Außenminister Eberle eintrat und Oberst Werner beim Staatsratsvorsitzenden sah, sagte er: »Dederichs?«

»Ja.«

Wodetzky gab ihm die Papiere. Auch er las sie zweimal durch, ehe er sich äußerte.

»Heißt das, Herr Werner, daß dieser Mann noch bei ihm im Haus ist?«

»Ja. Ich habe augenblicklich Meldung angeordnet, sobald die Situation sich ändert. Bisher ist nichts gekommen.«

Eines der drei Telefone auf dem Schreibtisch läutete. Wodetzky nahm den Hörer ab und gab ihn an Werner weiter.

»Für Sie.«

Der Oberst hörte eine Minute lang schweigend zu und sagte dann: »Danke. Nein, es war richtig, daß Sie hierher haben durchstellen lassen.«

»Situation verändert?« fragte Eberle.

»Nein, nur ergänzt. Auf der anderen Seite, unmittelbar an der Grenze, funkt seit gestern abend eine Quelle stationär. Texte verschlüsselt. Ferner drei mobile Quellen in der Nähe, ebenfalls verschlüsselt.«

»Und Dederichs? Haben Sie einen Sender in seinem Haus geortet?«

»Nein.«

»Wir haben jetzt eine ganze Reihe von Informationen«, stellte Eberle fest. »Wie deuten Sie die, Oberst Werner?«

»Er hat konspirative Kontakte zu einer feindlichen Macht«, begann Werner nachdenklich.

»Das wissen wir«, unterbrach ihn Eberle, »die Schlüsse daraus sind interessant.«

»Ich würde gern meinen Gedanken entwickeln«, erwiderte Werner kalt, »es dauert nicht lange.«

»Ja, fahren Sie fort«, ermunterte ihn Wodetzky.

»Die Kontakte reichen, um ihn zu verhaften. Aber da scheint noch mehr zu sein, die Begleitumstände geben mir zu denken. Er muß schon früher Kontakte gehabt haben, aber die haben wir nicht bemerkt, da muß er sehr viel vorsichtiger gewesen sein. Jetzt auf einmal treibt er es ganz massiv, obwohl er mittlerweile weiß, daß wir ein Auge auf ihn haben. Er hängt nachts Verfolger ab und fährt zu einem Treffpunkt. Er trifft sich mit einem Agenten, der über die Grenze robbt und nicht etwa einen legalen Übergang benutzt. Auf demselben Wege kommt ein anderer Agent rüber und quartiert sich in sein Haus ein. Drüben haben sich Helfer etabliert. Dederichs benimmt sich so, als ob ihm alles egal sein könnte. Ich weiß, daß es unlogisch ist, aber ich glaube, daß er in den Westen fliehen will.«

Wodetzky starrte ihn mit weitgeöffneten Augen an, Eberle dagegen ließ sich keine Überraschung anmerken.

»Warum ist es Ihrer Meinung nach unlogisch?«

»Weil es so umständlich ist. Er hat unbeschränkte Reisemöglichkeiten. Er könnte einfach rüberfahren oder fliegen. Es sei denn . . .«

Werner brach ab.

»Sprechen Sie weiter, Mann.«

»Es sei denn, er will es irgendwie vertuschen. Ich kann mir allerdings schwer vorstellen, wie. Wenn er weg ist, fällt das ja wohl auf.«

»Vielleicht will er eine Spur legen, die sein Verschwinden plausibel erscheinen läßt.«

»Sie halten das also auch für möglich?« fragte Wodetzky den Außenminister.

»Ja, Genosse Wodetzky. Und ich glaube, daß das die Chance für uns ist.«

Wodetzky wandte sich abrupt an Werner. »Genosse Werner, bitte lassen Sie uns allein. Aber bleiben Sie im Haus, wir brauchen Sie nachher wieder. Ich nehme an, Sie haben noch nicht zu Mittag gegessen. Das Vorzimmer soll Ihnen was besorgen.« Oberst Werner verbeugte sich knapp und verließ den Raum.

Gert Brinken stand an den Tührrahmen gelehnt und beobachtete Dederichs, der sich in der Küche ein Butterbrot strich. »Dabei fällt mir ein, Herr Dederichs, daß ich noch nicht zu Mittag gegessen habe. Ob Sie wohl so freundlich sind und mir auch eine Schnitte machen?«

Dederichs blickte nicht auf.

»Sie können sich selbst bedienen.«

»Ja, natürlich. Wer hätte gedacht, daß ich einmal in einem fremden Land um Brot bitten muß. Aber Sie können sicher nicht verstehen, wie ich mich fühle. Zwar sind Sie ab morgen auch in einem fremden Land, aber Sie werden nie in die Verlegenheit kommen, um ein Stück Brot zu betteln. An der Auffahrt zu Ihrer Villa werden Sie ein Schild anbringen lassen: Betteln und Hausieren verboten.«

Dederichs sah ihn verächtlich an. »Das läßt Sie nicht los, wie? Das hat auch schon Ihren Kollegen heute morgen beschäftigt.«

»Nicht, daß ich es Ihnen nicht gönne, keine Spur. Ich finde es nur irgendwie ungerecht, wenn Sie verstehen, was ich meine.«

»Sie können ja hier bleiben und Ihre Erlebnisse beim Bonner Stab an das ›Neue Deutschland‹ verkaufen.«

»Ja, das wäre eine Möglichkeit. Vielleicht sollte ich auch Ihre Frau heiraten.«

»Klar. Nur kann ich leider nicht als Trauzeuge zur Verfügung stehen.«

»Macht nichts. War ja auch nur Spaß. Um ehrlich zu sein, ich bin froh, wenn ich hier wieder raus bin. Genau wie Sie.«

Dederichs antwortete nicht. Brinken beobachtete ihn, wie er seinen Kaffee filterte. Plötzlich kam ihm eine Idee, und er zog seine Brauen zu einem bösen Grinsen zusammen.

»Wenn dies hier vorbei ist, fange ich ein neues Leben an. Ich habe schon Pläne.«

»Ach ja?« fragte Dederichs ironisch.

»Ich werde jedes Wochenende nach Berlin fliegen und rüberfahren in die Hauptstadt der DDR.«

»Oh, viel Vergnügen. Und was wollen Sie dort?«

»Ich habe mir in den Kopf gesetzt, Ihre Tochter zu bumsen.«

Dederichs fuhr herum und starrte ihn an.

»Als Gegenleistung, Herr Dederichs. Tit for tat, wie der Engländer sagt. Tat, das sind Sie und alles, was ich bis morgen für Sie tun muß. Tit, das ist das, was Ihre Tochter hat.«

Dederichs war bleich geworden. Er stand da, ein wenig gebeugt, mit herunterbaumelnden Armen und halbgeöffneten Händen. Brinken beobachtete ihn aufmerksam, die rechte Hand lässig auf das Pistolenhalfter unter seinem linken Arm gelegt.

»Wenn Ihre Küchenuhr richtig geht, Herr Dederichs, dann muß ich jetzt wieder Signal geben.«

Wie im Reflex warf Dederichs einen Blick auf die Uhr. Langsam entspannte er sich wieder und setzte sich. Brinken zog das Gerät aus der Hosentasche, drückte mehrere Tasten und steckte es wieder ein.

»Sie suchen einen Vorwand, mich umzulegen«, sagte Dederichs, nun wieder beherrscht. »Obwohl ich mir nicht vorstellen kann, daß Sie wirklich autorisiert wären, das zu tun. Ihre Regierung hätte keinen Nutzen, wenn ich nicht mehr reden könnte.«

»Meine Regierung ist an Ihnen weniger interessiert, als Sie annehmen. Meine Regierung sähe Sie am liebsten in Sibirien, glauben Sie mir.«

Dederichs antwortete nicht.

»Naja, ich verstehe, daß Sie sich dazu nicht äußern möchten. Und Ihre Zweifel kann ich zerstreuen: Ich *habe* Anweisung, Sie umzulegen, wenn Sie jetzt nicht ganz streng nach unseren Regeln spielen. Sie bekommen drüben Ihre Villa und Ihr dickes Bankkonto, aber nicht weil man Sie so sehr liebt und schon so lange auf Sie gewartet hätte, sondern um Schlimmeres zu verhüten.«

»Ich glaube, ich kenne Ihr Motiv.«

»Was meinen Sie?«

»Die Villa und das Bankkonto. Haben Sie vorhin schon einmal erwähnt. Genau wie Ihr Kollege. Es ist der Neid. Sie sind außen ganz gelb und innen ganz zerfressen vor Neid, weil ich so viel zu verkaufen habe, daß ich den Rest meines Lebens nicht mehr arbeiten muß. Und Sie müssen weiter diesen Scheißjob machen, bis an Ihr Lebensende.«

»Daß ich die Pensionsgrenze erreichen könnte, damit scheinen Sie nicht zu rechnen.«

»Es ist der Neid«, beharrte Dederichs. »Der Neid macht Sie fix und fertig.«

»Ungerecht finde ich es, Herr Dederichs, das habe ich Ihnen schon gesagt, Sie sind Kommunist und werden reich, ich war nie Kommunist, nicht mal in meiner Jugend, und vegetiere dahin. Eine verkehrte Welt, finden Sie nicht?«

»Sie sind einfach neidisch«, sagte Dederichs milde. Dann begann er, seine Mahlzeit zu verzehren: vier Schnitten Brot mit Wurst, zwei Tassen Kaffee. Er aß langsam und genußvoll und betrachtete jede Scheibe anerkennend, bevor er hineinbiß. Brinken sah ihm gleichmütig zu. Zwischendurch drückte er wieder das vereinbarte Signal.

Als Dederichs sein Mahl beendet hatte, lehnte er sich behaglich zurück und verschränkte die Hände hinter dem Kopf.

»Ich glaube, ich lege mich jetzt ein wenig schlafen.«

»Wo?«

»Im Jagdzimmer, auf der Couch. Recht so?«

»Meinetwegen.«

»Aber vorher muß ich noch zur Toilette.«

»Klar. Da fällt mit ein, daß wir beide seit heute morgen noch nicht gepinkelt haben. Wie viele Klosetts haben Sie im Haus?«

»Zwei.«

»Gut. Ich will sie sehen.«

»Wählerisch?«

Dederichs stand auf, ging an Brinken vorbei und öffnete die gegenüberliegende Tür. »Das Bad«, sagte er mit einer Handbewegung wie ein Hoteldiener. Er schloß die Tür wieder und führte Brinken den Flur entlang. Er öffnete eine andere Tür und knipste das Licht an. Es war ein hoher, fensterloser Raum, grün gestrichen, kaum mehr als ein Quadratmeter groß, nahezu ausgefüllt von dem Klosettbecken.

»Das Gäste-WC«, sagte Dederichs.

»Sie benutzen dies«, sagte Brinken und zog den Schlüssel von der Innenseite des Schlosses ab.

»Immer schön vorsichtig, wie?« grinste Dederichs und zwängte sich in den Raum.

Brinken drückte die Tür von außen zu, schob den Schlüssel ein und schloß ab.

»Nun wünsche ich gute Verrichtung«, rief er. »Aber überstürzen Sie nichts. Sie haben elf Stunden Zeit.«

Ein paar Sekunden lang herrschte Stille, dann hämmerte Dederichs an die Tür. »Sind Sie wahnsinnig? Machen Sie sofort die Tür auf!«

»Sie verbringen Ihre letzten Stunden in der DDR auf einem Scheißhaus, Dederichs. Sie können jetzt stundenlang klopfen oder winseln, aber das nützt nichts, und Sie wissen das. Schonen Sie lieber Ihre Kräfte. Sehen Sie es positiv: Da drinnen sind Sie sicher vor mir.«

Dederichs rührte sich nicht mehr. Na also, der hat schnell begriffen, dachte Brinken und ging in die Küche.

Etwa zur gleichen Zeit trafen Dieter Rentsch und Friedhelm Plötz auf der Lichtung ein. Die Männer hatten sich schattige Plätze gesucht. Wellem und Haßlinghausen tranken Tee, Meyer, Stankowski und Wiedenbrück spielten Skat. Weyerthal lag unter der Plane am Boden und schlief.

Plötz blickte sich um.

»Der Kommandotrupp in voller Aktion«, kommentierte er mit einem verächtlichen Lächeln.

Die anderen außer Weyerthal standen auf, Wellem begrüßte die Ankömmlinge.

»Guten Tag, Herr Plötz. Sie werden sich noch einen halben Tag gedulden müssen, aber dann kommt die Aktion ganz bestimmt.«

Meyer und Wiedenbrück warfen sich einen verstohlenen Blick zu. Wellem bemerkte es und schluckte seinen Ärger hinunter. Zynische Bastarde; so hatte er es nicht gemeint. Er gab Rentsch die Hand.

»Glatt durchgekommen?«

»Keine Probleme, Chef.«

»Hat Werner sich gemeldet?«

»Sitzt bei mir zu Hause und vertritt mich.«

»Gut. Fahren Sie zurück und lösen ihn ab. Er wird irgendwann mal schlafen wollen. Möchten Sie etwas trinken?«

»Danke nein. Ich halte unterwegs mal. Hier alles klar?«

»Alles in Ordnung. Morgen um diese Zeit sind wir wieder in Bonn.«

»Also dann.«

Rentsch verabschiedete sich mit einem Kopfnicken, nur Plötz schüttelte er die Hand.

»Machen Sie es gut, Herr Plötz.«

»Bis morgen.«

Rentsch schluckte. »Ja, bis morgen, Herr Plötz.«

Haßlinghausen blickte verlegen auf die Uhr. Rentsch wandte sich um und ging zu seinem Auto zurück. Erst als er startete, wurde Weyerthal wach, rieb sich die Augen und richtete sich auf.

»Ah, Herr Plötz. Grüß Gott. Haben Sie Dieter Rentsch nicht mitgebracht?«

Die anderen lachten.

»Wir wollten dich nicht wecken«, sagte Wiedenbrück.

»Ihr habt recht getan, meine Lieben.«

»Ich habe Gert Brinken drauf«, rief Meyer und tippte auf seinen »Taschenrechner«. »Er ist sehr gesprächig, aber ich verstehe das nicht.«

Die anderen versammelten sich um Meyer.

»Dreimal hintereinander ›keine Vorkommnisse‹, dann dreimal ›alles in Ordnung‹. Dann ›Funkstille‹ und ›zwei Stunden‹ und ›Antwort‹. Versteht ihr das?«

»Senden Sie ›wiederholen‹«, sagte Wellem.

Meyer drückte das Signal und wartete.

»Da. Dasselbe.«

»Senden Sie ›nicht verstanden‹.«

Meyer bediente das Gerät. Ein paar Sekunden später kam die Antwort: je einmal »alles in Ordnung«, »keine Vorkommnisse«, »zwei Stunden« und »Funkstille«.

»Ob Dederichs ihn überwältigt hat?« murmelte Haßlinghausen.

Wellem sah ihn scharf an, und Haßlinghausen merkte, daß ihm der Name in Plötz' Beisein herausgerutscht war. Er hob die Schultern, was bedeuten mochte: Ist doch jetzt auch egal. »Der könnte ihn dann zwingen, frohe Botschaften zu funken«, setzte er hinzu.

»Glaube ich nicht«, sagte Wiedenbrück. »Der kennt ja den Code nicht und müßte sich ganz auf Gert verlassen. Gert könnte ›Gefahr‹ senden, ohne daß der es merkt.«

»Senden Sie ›Gefahr‹«, sagte Wellem.

Meyer gab das Signal, und die Antwort kam prompt: »Nein.«

»Jetzt hätte er ›ja‹ gedrückt, wenn was los wäre.«

»Es könnte umgekehrt sein«, gab Stankowski zu bedenken. »Gert hat Dederichs kaltgestellt. Was weiß ich, vielleicht hat er ihn an die Heizung gefesselt oder aber in den Keller gesperrt.«

»Klar, und jetzt will er schlafen«, strahlte Weyerthal. »Und da kann er nicht jede Viertelstunde senden.«

Meyer nickte. »Das könnte es sein, Chef.«

»Senden Sie ›ja, eine Stunde‹.«

Alle grinsten über Brinkens Antwort: »Nein, zwei Stunden.«

»Also gut, funken Sie ›ja, zwei Stunden‹.«

Brinken bedankte sich mit ›verstanden‹ und ›keine Vorkommnisse‹.

Haßlinghausen schüttelte den Kopf. »Ich möchte wissen, was er mit dem gemacht hat.«

»Wer weiß«, überlegte Weyerthal, »vielleicht gehen beide zusammen ins Bett?«

»Aber doch nicht im Dienst!« entrüstete sich Meyer.

Haßlinghausen wandte sich an den Doppelgänger. »Möchten Sie etwas essen, Herr Plötz?«

»Danke, aber ich esse nur zu den Mahlzeiten. Ich würde gern wissen, wie die Aktion abläuft.«

»Gut.«

Haßlinghausen breitete eine Karte auf dem Feldtisch aus und zog zwei Stühle heran.

»Bitte.«

»Was sind das für Dinger, mit denen Sie eben gefunkt haben?«

»Signalgeber, sogenannte Taschenrechner. Werden an Radiowellen angehängt und können deshalb nicht abgehört werden.«

»Aber man kann keinen Klartext damit senden?«

»Nein, nur bestimmte Signale, die vorher ausgemacht worden sind. Daher die Verständigungsschwierigkeiten, die Sie vorhin miterlebt haben.«

»Und Brinken, warum ist der drüben bei dem Mann?«

»Der soll Vorbereitungen vor Ort treffen und sicherstellen, daß der Mann im letzten Moment keinen Fehler macht.«

»Abspringt oder so?«

»Nein. Nicht auffällt.«

»Wie lösen Sie das Problem, daß der Mann verschwindet, ohne daß es auffällt? Sie hatten damals einen Unfall erwähnt.«

»Richtig. Sein Haus wird abbrennen mit einem Toten drin.«

»Wo ist der Tote?«

»Schon an Ort und Stelle. Wir haben ihn gestern nacht rübergebracht.«

»Hier über die Grenze?«

»Nein, mit dem Auto über Helmstedt. Unser Mann ist schon wieder zurück.«

»Aha. Und Brinken ist glatt über die Grenze gekommen?«

»Brinken und ich. Ich war heute morgen auch drüben.«

Plötz nickte anerkennend. »Gründlich vorbereitet.«

»Das freut mich, Herr Plötz. Als wir uns kennenlernten, waren Sie skeptischer.«

»Zugegeben. Vergessen.«

Haßlinghausen deutete auf die Karte.

»Sie wollen jetzt sicher wissen, wie es morgen früh weitergehen soll.«

Plötz ging nicht darauf ein.

»Was ist, wenn das Haus nicht richtig brennt?«

»Wir helfen nach.«

»Wie?«

»Wir nehmen zwei Kanister Kerosol mit.«

»Was ist das?«

»Genau weiß ich es nicht, aber unsere Chemiker sagen, daß es nichts gibt, was besser brennt.«

»Wir stecken also das Haus an und hauen ab? Und wenn die drüben auf das Feuer reagieren?«

»Zeitzünder. Wir hauen erst ab, und dann brennt es.«

»Und wenn das nicht klappt? Ich meine, wenn keiner von uns mit eigenen Augen sieht, daß es wirklich brennt?«

»Ein gewisses Risiko, ja. Aber wir sind dann auf jeden Fall in Sicherheit.«

»Mann, gut.« Und zögernd fügte er hinzu: »Wenn Sie später noch einen ständigen Mitarbeiter brauchen . . .«

»Darüber könnte man reden, Herr Plötz, wenn dieses Unternehmen abgeschlossen ist.«

»Ja, natürlich.«

Schwein, dachte Haßlinghausen, elendes Schwein, und meinte sich selbst.

Später, beim gemeinsamen Abendessen, war eine gewisse Befangenheit unter den Männern spürbar, die Plötz auf den bevorstehenden Einsatz zurückführte. Die Atmosphäre wurde aber wieder normal, als doch noch das Zelt aufgeschlagen werden mußte, weil eine Gewitterfront aufzog. Bevor man schlafen ging, signalisierte Brinken, daß die Lage unverändert sei. Daraufhin konzedierte ihm Wellem Funkstille bis um vier in der Frühe.

Gert Brinken schloß die Tür des Klosetts um kurz vor halb fünf auf.

»Kommen Sie raus, Dederichs.«

Wenn er einen gebrochenen Mann erwartet hatte, so mußte ihn der Anblick enttäuschen. Dederichs war bleich, die schwarzen Bartstoppeln verstärkten diesen Eindruck noch, die Augenhöhlen waren dunkel eingefallen, die Lider gerötet; aber er torkelte nicht, als er in den Flur trat, und wankte nicht auf dem Weg zur Küche. Brinken folgte ihm.

»Wir haben noch etwa zweieinhalb Stunden dienstlich miteinander zu tun. Sie haben eine Stunde Zeit für das Frühstück. Um halb sechs müssen Sie aufbrechen. Ich hoffe, daß Ihr Wagen anspringt, es hat die ganze Nacht geregnet. Vielleicht sollte ich es mal probieren, bevor ich gehe?«

»Was?«

»Den Wagen zu starten.«

»Sie fahren nicht mit?«

»Ich brauche etwas Bewegung und ziehe die frische Luft vor. Außerdem wollen wir alles vermeiden, was auffällig aussehen könnte, nicht wahr?«

»Sie glauben also, daß wir beobachtet werden?«

»Nein. Ich möchte Ihnen nur nicht wieder beim Essen zusehen. Sie hatten recht, es macht mich neidisch.«

»Hat der Regen etwas für den Ablauf der Aktion zu bedeuten?«

»Nein. Wir haben das schon mal durchgespielt, das Feuerwerk und so. Damals hat es auch geregnet und trotzdem geklappt.«

»Na dann. Lassen Sie sich nicht aufhalten.«

»Eine Kleinigkeit wäre noch zu klären.«

»Ja?«

»Wer von uns beiden erledigt nachher die Dreckarbeit?«

»Die Planung hat Ihre Seite zu verantworten, Herr Brinken. Meine Rolle beschränkt sich darauf, die Konten zu verwalten, die Ihre Regierung mir freundlicherweise eingerichtet hat.«

»Ich werde mich an Sie wenden, wenn ich mal in Not bin.«

»Darauf freue ich mich, Herr Brinken.«

»Das heißt, falls Sie heil rüberkommen.«

»Sie haben Zweifel?«

»Nicht doch.«

»Dann ist ja alles gut.«

Brinken zog sich langsam einen Stuhl heran und setzte sich zögernd. Dederichs blickte verwundert auf.

»Wollten Sie nicht gehen?«

Wie im Selbstgespräch murmelte Brinken, ohne sein Gegenüber anzusehen: »Mir ist gerade etwas eingefallen.«

Dederichs spürte den besorgten Unterton und war beunruhigt. »Haben Sie irgendwas Verdächtiges bemerkt?«

»Nicht direkt. Sagen Sie, ruft hier keiner an?«

»Wann?«

»Überhaupt. Bekommen Sie hier keine Telefonanrufe?«

»Doch, sicher.«

»Wie viele?«

»Um Himmels willen, Mann, nun sagen Sie schon, was los ist.«

»Ich weiß nicht. Wahrscheinlich bedeutet es nichts. Mir fiel gerade ein, daß gestern den ganzen Tag das Telefon nicht geklingelt hat. Ich meine, ein Mann in Ihrer Position, der wird doch auch im Urlaub angerufen, oder?«

Dederichs hatte nachdenklich zugehört, dann schüttelte er den Kopf.

»Ungewöhnlich ist es nicht. Ist schon öfter vorgekommen.« Und nach einer Pause fügte er hinzu: »Ich glaube, wir werden jetzt nervös und fangen an, den Dingen eine Bedeutung zu geben, die gar keine haben.«

»Wahrscheinlich. Ich habe halt schlecht geschlafen.«

»Ich auch«, sagte Dederichs trocken.

Brinken stand auf und ging zum Fenster.

»Es regnet wieder. Ich glaube, ich gehe doch nicht zu Fuß. Wir fahren zusammen.«

XII

Dederichs hielt an derselben Stelle wie am Vortag. Er ließ den Motor und die Scheibenwischer laufen.

»Niemand da«, stellte Brinken fest.

Dederichs deutete mit einer Kopfbewegung nach rechts. »Ihr Kollege war gestern morgen dort oben. Warten Sie.« Er stieg aus, ging bis an den Rand des Weges und blickte den Hang hinauf. Als sich nichts rührte, stieg er wieder ein. »Noch nichts. Ist auch noch zehn Minuten vor der Zeit.«

Sie saßen mehrere Minuten schweigend und rauchten.

»Was soll ich machen?« fragte Dederichs schließlich.

»Was meinen Sie?«

»Ich bin bereit, es selber zu machen.«

Brinken sah ihn lange an, dann schüttelte er den Kopf. »So wie Sie die Nacht verbracht haben, dürften Sie nicht besonders fit sein. Meine Schuld, daß ich das nun selber erledigen muß.«

»Haben Sie den Amerikaner getötet?«

Brinken nickte.

»Wir haben mit dem Staatsratsvorsitzenden gerätselt, warum. Warum?«

»Wenn der noch ein paar Tage frei rumgelaufen wäre, hätten wir die Sache abblasen können. Fährt mit einem gelben Chevrolet konspirativ durch die Gegend!«

Dederichs stieß ihn an und deutete nach vorne. Drei Männer stapften den Weg herauf.

»Welcher ist es?« fragte Dederichs.

»Der, der keinen Kanister trägt.«

»Mein Gott.«

»Was?«

»Ich will dieses Opfer nicht.«

»Zu spät. Kommen Sie.«

Sie stiegen aus und begrüßten Haßlinghausen, Meyer und Plötz mit Handschlag.

»Irgendwelche Vorkommnisse?«

»Nein. Und bei euch?«

»Nein.«

Dederichs starrte Plötz an. Der merkte es und lächelte. »Ich bin Ihr Doppelgänger. Was meinen Sie, würde Ihre Frau mich mit Ihnen verwechseln?«

»Meine Frau weiß gar nicht, wie ich aussehe«, sagte Dederichs leise.

»Gut.« Haßlinghausen schaute auf die Uhr. »Genug der Philosophie. Fangen wir an. Gert?«

Brinken wandte sich an Dederichs und Plötz. »Sie müssen Ihre Jacken tauschen.«

Plötz zog seinen Anorak aus; Haßlinghausen nahm ihn. Brinken half Dederichs aus der Jacke und ging damit zu Plötz hinüber. Er hielt sie mit beiden Händen wie ein Kellner, der einem Gast behilflich ist.

»Bitte.«

Plötz drehte sich herum. Er schob die Arme in die Jacke und wollte sie hochziehen. Brinken ließ die Jacke los und krallte seine linke Hand in die Haare des Mannes. Gleichzeitig trat er ihn mit Wucht in die rechte Kniekehle. Plötz ging ruckartig in die Knie, Brinken hielt seine Haare fest. Mit der rechten Hand umklammerte er das Genick des Opfers, mit der linken riß er seinen Kopf nach hinten. Mit einem trockenen

Krachen brach der Halswirbel. Aus dem Gebüsch an der linken Seite des Weges kam ein gellender Schrei.

Die Männer fuhren herum. Brinken schnellte hoch und warf sich mit einem Hechtsprung in die Büsche. Haßlinghausen und Meyer zogen ihre Pistolen, Dederichs rannte zum Auto und zerrte sein Jagdgewehr heraus. Nach einigen Sekunden tauchte Brinken wieder auf und stieß eine junge Frau, die Arme nach hinten gebogen, auf den Weg. Sie schien den schmerzhaften Griff nicht zu spüren, sondern starrte bleich und mit weitaufgerissenen Augen auf den toten Plötz.

»Sind Sie allein?« herrschte er sie an.

Die Frau antwortete nicht. Brinken ließ ihre Arme los, faßte sie an den Schultern und drehte sie zu sich herum.

»Wo sind die anderen?«

Die Frau blickte ihn verständnislos an. Brinken holte aus und schlug ihr mit der flachen Hand ins Gesicht, dann gleich mit den Handrücken noch einmal.

»Sind Sie allein?«

Der Schock löste sich, die Frau richtete ihren Blick auf Brinken.

»Ich protestiere entschieden . . .«

»Halt die Schnauze, Puppe. Wo sind die anderen? Antworte, oder ich drehe dir den Hals um, genauso wie dem da.«

»Ich bin allein. Ich habe eine Genehmigung zum Aufenthalt im Grenzgebiet.«

Die Frau griff mit zitternden Fingern in die Innentasche ihres Regenmantels und hielt Brinken eine durchsichtige Plastikhülle hin, in der ein Stück Papier steckte. Er warf einen Blick darauf.

»Bettina Machens. Was tun Sie hier?«

»Ich sammle Mineralien.«

Brinken schien etwas einzufallen. Er verschwand in dem

Gebüsch und kam mit einer Reisetasche zurück. Er zog den Reißverschluß auf und kippte den Inhalt auf den Boden: einen langen Strick mit einem eisernen Wurfanker.

»Mit dem Ding wollen Sie also über die Grenze«, stellte Dederichs in sachlichem Ton fest.

Die Frau schien Dederichs erst jetzt wahrzunehmen. Sie blickte ihn an, ihr Gesichtsausdruck veränderte sich und spiegelte ihre Fassungslosigkeit wider. Die Männer wußten, daß sie Dederichs erkannt hatte. Brinken sah Haßlinghausen fragend an.

»Sie kommt mit«, entschied Haßlinghausen.

Die Frau verstand nicht, was vorging.

»Sie haben Glück«, wandte sich Haßlinghausen an sie. »Wir haben denselben Weg. Sie werden mit uns über die Grenze gehen.« Brinken wollte etwas sagen, doch Haßlinghausen schnitt ihm das Wort ab.

»Keine Diskussion jetzt, Gert!«

Er wandte sich an die Frau.

»Sie verstehen das nicht, und ich kann es Ihnen jetzt nicht erklären. Wir bringen Sie über die Grenze. Auch wenn Sie eine harmlose Spaziergängerin wären, müßten Sie jetzt mit. Da trifft es sich gut, daß Sie ohnehin rüber wollten. Packen Sie die Tasche wieder ein. Ziehen Sie Ihren Mantel aus und tun Sie den auch in die Tasche. Und machen Sie keine Schwierigkeiten, wir haben es eilig.«

Er gab Dederichs ein Zeichen, bei ihr zu bleiben, und drehte sich zu Brinken und Meyer um.

»Los jetzt.«

Meyer nahm Dederichs' Gewehr und trug es zum Auto zurück.

Brinken hielt die Hand auf und sagte zu Dederichs: »Das Gebiß.«

Dederichs zog eine Platiktüte aus der Hosentasche. Brinken beugte sich zu dem Toten herunter, griff ihm unter die

Arme und hievte ihn in Sitzposition. Haßlinghausen hielt ihn in dieser Stellung fest. Der Kopf pendelte locker über der Brust. Brinken hielt ihn an den Haaren fest, klappte den Kiefer des Toten herunter und zog an der oberen Gebißhälfte. Er mußte mehrere Male zerren, bis sie sich mit einem schmatzenden Geräusch vom Gaumen löste. Er legte sie auf die Erde. Die untere Hälfte konnte er mit einem Griff entfernen. Er nahm die frischen Zähne aus der Tüte, schob sie dem Toten in den Mund, drückte sie an Gaumen und Unterkiefer und preßte dann das Kinn wieder nach oben. Er hob das andere Gebiß vom Boden auf, ließ es in die Tüte fallen und hielt es Dederichs hin, der es in die Tasche steckte.

Brinken schnallte die Pistole des Toten ab und reichte Dederichs das Halfter.

»Binden Sie sich das um.«

Er zog Plötz die Jacke über die Schulter und knöpfte sie zu.

»Fertig.«

Haßlinghausen richtete sich auf und hob die Hand. Meyer stieg in den Geländewagen und startete. Er brauchte nur wenig zu beschleunigen und bekam auf der abschüssigen Strecke sofort Fahrt. Auf halbem Wege schaltete er die Zündung ab und mußte sogar etwas bremsen, damit der Tank beim Aufprall nicht beschädigt würde. Kurz vor der Biegung ließ er sich herausrollen. Der Wagen schoß über die Kurve hinaus und prallte gegen einen Baum. Das linke Vorderrad sprang ab und hüpfte in mehreren Bögen ein Stück den Weg hinunter, ehe es von der Böschung zurückfederte, sich ein paarmal wie ein Kreisel drehte und schließlich im Schlamm liegen blieb. Die Kühlerhaube hatte sich gewölbt, sämtliche Scheiben waren zersprungen.

Meyer lag noch am Boden, als Haßlinghausen ihn erreichte. »Götz, was ist los?«

»Die Schulter.«

»Gebrochen?«

»Ich glaube nicht. Hilf mir hoch.«

Er hielt die rechte Hand hin. Haßlinghausen zog, und mit schmerzverzerrtem Gesicht kam Meyer wieder auf die Beine.

»Kannst du laufen?«

»Klar. Was ist mit dem Tank?«

Haßlinghausen rannte zu dem zertrümmerten Wagen, legte sich auf die Erde und kontrollierte die Unterseite. Er richtete sich auf und lief zu Meyer zurück.

»Es tropft.«

»Viel?«

»Etwas. Wir müssen schnell machen. Wie geht es?«

»Besser.«

»Gut. Bleib hier stehen.«

Er hastete den Weg hinauf.

»Dederichs, Sie nehmen die Kanister. Die Frau trägt die Tasche. Schnell.«

Er ergriff die Füße des Toten, Brinken faßte unter die Schultern. Im Laufschritt trugen sie Plötz zu der Kurve, Dederichs und die Frau folgten.

»Die Glassplitter vom Fahrersitz weg!« befahl Haßlinghausen.

Dederichs stellte die Plastikkanister ab und fegte mit der Hand den Sitz sauber.

»Einfüllen!«

Brinken nahm einen Kanister und füllte den Tank nach. Haßlinghausen kroch in den Fond und schüttete das Kerosol in die metallenen Reservekanister. Den Rest goß er auf den Beifahrersitz und zwängte sich wieder heraus.

»Los, Dederichs, packen Sie mit an.«

Dederichs und Brinken hoben die Leiche auf und bugsierten sie auf den Fahrersitz. Brinken schloß die Finger des Toten um das Lenkrad und drückte seinen Oberkörper nach vorne.

»Quatsch«, zischte Haßlinghausen. »Der ist beim Aufprall zurückgeschleudert!«

Brinken preßte Plötz an die Rückenlehne.

»Kopf nach vorne oder nach hinten?«

»Nach vorne.«

»Ihre Brille.«

Dederichs nahm seine Brille ab, Brinken setzte sie dem Toten auf.

Als Brinken versuchte, die Tür zuzurammen, fiel Haßlinghausens Blick auf einen kleinen Gegenstand auf der Erde. Er hob ihn auf, betrachtete ihn und wurde blaß.

»Ist was, Claus?« fragte Meyer.

»Nein, nichts«, sagte Haßlinghausen und steckte den Gegenstand rasch in die Tasche.

»Meine Tasche!« Dederichs riß die Hintertür des Wagens auf und zog eine Reisetasche heraus.

»Aha, die Eintrittskarte«, kommentierte Meyer abfällig.

Haßlinghausen hatte den Vorfall nicht beachtet. Er holte seinen »Taschenrechner« hervor und ließ sich von Wiedenbrück und Stankowski die Lage geben. Beide funkten »keine Vorkommnisse«. Haßlinghausen befahl Stankowski, der auf halbem Wege zur Grenze in Position stand, zu Wiedenbrück zu gehen, der an der Grenzschneise Wache hielt, und fügte hinzu: »Besondere Vorsicht.« Stankowski ließ sich die Meldung bestätigen.

»Ist was?« fragte Brinken.

Haßlinghausen ging nicht auf die Frage ein.

»Götz, alles klar?«

»Alles klar, Claus«, antwortete Meyer.

»Also dann«, sagte Haßlinghausen, »der Rückzug. Herr Dederichs, Sie tragen die beiden Taschen, Ihre und die der Dame. Frau . . .«

»Machens.«

»Frau Machens, Sie nehmen die beiden Plastikkanister. Gert, du kümmerst dich um Götz. Ich übernehme die Führung. Wir nehmen eine andere Strecke, nicht den Bach runter, sondern durch freieres Gelände.«

»Warum?« unterbrach Brinken.

»Weil ich es befehle.«

»Und Manfred?«

»Ich habe Stankowski Signal gegeben, daß er zu Wiedenbrück runtergeht. Dort treffen wir uns alle und springen rüber. Und die ganze Strecke Laufschritt.«

»Was ist los?« fragte Dederichs scharf.

»Erklärungen später. Sie nehmen jetzt die Taschen, Herr Dederichs, und sprechen etwas leiser, ja? Am besten sprechen Sie gar nicht.«

Dederichs schwieg und nahm die Taschen auf.

»Zurücktreten!«

Haßlinghausen ging an den Wagen heran, zündete ein Streichholz an, wartete, bis es mit großer Flamme brannte, und warf es hinein. Er sprang zurück, und die Flammen schlugen sofort aus den Fenstern heraus und griffen über das Dach.

»Weg jetzt!«

Haßlinghausen lief hangabwärts in den Wald hinein, die anderen folgten ihm. Komisch muß unsere Prozession aussehen, dachte Brinken bitter. Claus scheint nach dem Prinzip zu führen, jeder natürlichen Deckung aus dem Wege zu gehen. Dann Dederichs, dem die Taschen immer wieder an die Knie schlagen. Die Frau mit den beiden Kanistern. Götz mit einem schlaff herunterhängenden Arm, der selbst im Laufen nicht pendelt. Götz und ich, wie wir Hand in Hand laufen, wenn der Boden etwas schwierig wird. Falls uns ein Grenzer begegnet, brauchen wir gar nicht zu schießen – der lacht sich ganz alleine tot.

Die Explosion des Tanks und gleich darauf der Reservekanister drang noch dumpf und durch die Entfernung gedämpft zu ihnen. Haßlinghausen ließ anhalten und funkte die Nachricht an Wellem. Er peilte Stankowski und Wiedenbrück an – beide bestätigten ihm, daß alles in Ordnung sei. Er gab Zeichen weiterzulaufen, und die Gruppe setzte sich wieder in

Bewegung. Brinken stellte sich vor, wie Wellem und Weyerthal auf dem Hochstand sie in ihre Ferngläser bekommen würden. Sie würden zählen, die Gläser absetzen, sich vergewissern, daß sie beide sieben gezählt hätten, zunächst denken, daß Plötz doch noch lebe und dann die Frau erkennen. Gott, werden die Augen machen, wenn wir mit der Frau drüben auftauchen. Falls wir jemals drüben auftauchen. Irgendwas ist passiert, nur komisch, daß es keiner von uns mitgekriegt hat. Claus ist kein Idiot und läßt uns ohne Grund durch den Hochwald rasen, als wären wir harmlose Zeitgenossen, die in gesunder Luft etwas für ihren Kreislauf tun. Der will Zeit rausschinden, und zwar um jeden Preis. Seine Antwort: Weil ich es befehle! Muß irgendwas mit der Frau zu tun haben. Hat uns wertvolle Zeit gekostet. Das Herzchen, will im Regenmantel über die Grenze. Dein Glück wird von kurzer Dauer sein, Puppe.

Haßlinghausen bedeutete der Gruppe anzuhalten.

»Die Grenze. Da vorne beginnt die Schneise. Kurze Pause. Setzen und nicht sprechen.«

Er nahm Kontakt mit Wellem und Wiedenbrück auf. Beide meldeten »Keine Vorkommnisse«. Stankowski war inzwischen zu Wiedenbrück gestoßen und hatte ebenfalls nichts Verdächtiges bemerkt.

»Gert, wir sehen uns das selber an. Die anderen bleiben sitzen, bis wir zurück sind.«

»Weil du es befiehlst, Claus«, sagte Brinken und folgte Haßlinghausen. Sie huschten, hinter jedem Baum Deckung suchend, gebückt auf den Rand des Waldes zu. Das letzte Stück robbten sie und blieben unter einem Busch liegen, von wo aus sie die Grenzschneise überblicken konnten.

»Alles ruhig«, flüsterte Haßlinghausen fast ungläubig.

»Was hast du erwartet?«

»Alles Mögliche.«

»Deshalb dein Ton, ›Weil ich es befehle‹, und so?«

»Ja.«

»Und was erwartest du?«

Haßlinghausen griff in die Jackentasche und hielt Brinken auf der flachen Hand einen Gegenstand hin.

»Weißt du, was das ist?«

Nun war es an Brinken, blaß zu werden.

»Ein Minisender.« Und obwohl er die Antwort wußte, fügte er hinzu: »Woher hast du den?«

»Der ist beim Aufprall von Dederichs' Wagen abgefallen.«

»Das bedeutet, daß wir entdeckt sind?«

»Das bedeutet zunächst nur, daß sie ihm einen Sender angeklebt haben. Das kann noch viel mehr bedeuten, nur möchte ich jetzt nicht darüber nachdenken. Falls wir dazu noch Gelegenheit haben, werde ich mir drüben Gedanken machen.«

Vor ihnen, kaum zwanzig Meter entfernt, lag der Erdbunker. »Soll ich nachsehen, ob er besetzt ist?« fragte Brinken. »Nein.«

»Und wenn er besetzt ist?«

»Du müßtest den Mann töten. Und wenn du ihn tötest, müssen wir ihn hier verscharren, damit es wie Republikflucht aussieht. Es gilt immer noch der Plan, Wellem hat nichts widerrufen. Und wenn wir ihn begraben, kostet das Zeit. Und wenn der nun eine Standleitung hat? Dann merken die anderen, wo immer die sind, was los ist. Nein, wir gehen rüber wie geplant.«

»Und wenn er schießt?«

»Dann werden wir uns ducken.«

»So einfach ist das.«

»So kompliziert ist das im Moment. Und nun halt die Schnauze. Wir sehen nichts Verdächtiges. Also gehen wir jetzt und erledigen den Rest.«

Sie krochen zurück.

»Alles klar«, sagte Haßlinghausen zu den Wartenden.

»Wir gehen jetzt ein Stück in diese Richtung bis zum Bach und treffen auf zwei von unseren Leuten. Kein Wort, kein Geräusch. Nicht auf Zweige treten. Übergang wie folgt:

Gert Brinken als erster und alleine. Sobald er drüben ist, folgen wir alle auf einmal. Götz zuerst. Manfred als nächster, du hilfst Götz, wenn er stolpert. Dann Dederichs, Frau Machens und Olaf. Ich mache das Schlußlicht. 50 Meter durch den Bach, gebückt, dann über die Fahrspur, nochmal 30 Meter durch den Bach, dann unter dem Zaun durch. Alles Gepäck muß mit, nichts fallen lassen. Die ganze Zeit höchstes Tempo, egal was passiert. Nicht ablenken lassen, auch nicht durch Schüsse. Unter dem Zaun durch, dann noch 100 Meter den Bach entlang. Durch den Fluß durch. Höchstens knietief. Am anderen Ufer raus, und wir sind da. Fragen?«

Niemand fragte.

»Also dann los.«

Nachdem sie die Meldung von der Explosion des Geländewagens empfangen hatten, waren Martin Wellem und Johann Weyerthal auf dem Hochsitz in Stellung gegangen und hatten ihre Feldstecher auf die Grenzschneise gerichtet. Wellem sah auf die Uhr. »Sie müßten langsam kommen.«

Weyerthal setzte sein Glas nicht ab. Er hatte die Brille bis zum Haaransatz hochgeschoben und schien auf einen bestimmten Punkt auf der anderen Seite fixiert zu sein. Mehrmals hatte er die Brennweite verändert, ohne aber das Ziel aus den Augen zu lassen.

»Sie werden gleich da sein, Chef.«

»Claus Haßlinghausen hat den Plan geändert«, gab Wellem zu bedenken.

»Wieso?«

»Er hat Stankowski zurückbeordert. Das kann nur bedeuten, daß er die Route geändert hat.«

»Das kann einfach bedeuten, daß er einen besseren Weg gefunden hat.«

»Was heißt gefunden. Der ist ja nicht spazierengegangen und hat die verschiedenen Wege getestet. Der hat im letzten Augenblick entschieden, aufgrund von Fakten, die wir nicht kennen.«

Weyerthal verharrte in seiner Haltung, das Fernglas unbeweglich auf eine Stelle gerichtet.

»Faktum ist, daß Haßlinghausen keine Gefahr gemeldet hat, keine besonderen Vorkommnisse.«

»Ich weiß nicht«, sagte Wellem, »vielleicht will er uns nicht beunruhigen.«

»Schonung unserer Nerven und unserer Herzmuskeln dürfte wohl so ziemlich das letzte sein, was einer im Sinn hat, der auf feindlichem Gebiet operiert.«

Wellem musterte den dicken Mann neben sich.

»Können Sie ohne Brille überhaupt was sehen?«

»Nur Schemen und Umrisse, hell oder dunkel.«

»Klingt wie ein Ergebnisbericht des BND.«

»Chef, Sie haben echt Humor. Schade, daß ich das erst erkenne, wo mein Engagement in Ihrem Zirkus zu Ende geht.«

»Ich weiß immer noch nicht, Johann, welche Rolle Sie in meinem Zirkus hatten.«

»Ich bin der Clown, der dem König die Wahrheit sagt.«

Wellem sah ihn amüsiert an. »Und wer ist der König?«

»Das wechselt. Im Moment sind Sie es.«

»Und was für eine Wahrheit haben Sie für mich?«

»Ich glaube, ich habe Haßlinghausen und das Fähnlein seiner Aufrechten.«

Wellem riß sein Fernglas hoch.

»Wo?«

»Da. Genau am Bach. Wie verabredet.«

»Ich sehe nichts.«

Im gleichen Moment kam das Signal von Haßlinghausen, daß man bereit sei zum Übertritt.

»Sie haben recht«, sagte Wellem erleichtert. Er funkte »Alles klar«.

Aus dem Wald auf der gegenüberliegenden Seite der Schneise löste sich eine Gestalt und rannte gebückt durch das Bett des Baches, setzte mit ein paar Sprüngen über die Fahrspur hinweg, sprang wieder in das knöcheltiefe Wasser und spurtete auf den Grenzzaun zu.

»Gert Brinken«, murmelte Wellem.

Das letzte entscheidende Stück des Weges war von dem Hochstand aus nicht mehr einzusehen, aber nach knapp einer Minute signalisierte Brinken den anderen, daß er es geschafft hatte.

Wellem schlug Weyerthal auf die Schulter.

»Er ist hier, Johann!«

»Gut.«

Weyerthal hatte sein Glas auf einen ganz anderen Punkt gerichtet.

»Wo gucken Sie eigentlich hin?«

»Sie wollten eben die Wahrheit für den König wissen. Der Erdbunker ist besetzt.«

»Sind Sie wahnsinnig? Das sagen Sie jetzt ...«

»Chef, beobachten Sie die anderen.«

»Wie kommen Sie darauf ...«

Weyerthal sprach eindringlich, ohne den Feldstecher abzusetzen.

»Chef, später. Bitte. Kümmern Sie sich um die anderen.«

Wellem nahm sein Glas auf und hatte die Gruppe sogleich im Blickfeld. Götz Meyer lief voran, hoch aufgerichtet und merkwürdig steif, die anderen folgten geduckt. An der Betonpiste schob Stankowski ihn die Böschung hoch, auf der anderen Seite nahm er Meyers rechten Arm über seine Schulter und half ihm in kleinen Schritten herunter.

»Götz ist verletzt«, sagte Wellem.

Einen Augenblick lang stand die Gruppe völlig ungedeckt auf der Fahrbahn, bis Meyer und Stankowski den Abstieg bewältigt hatten.

»Die stehn da rum wie auf einem Zebrastreifen in der Fußgängerzone!«

»Fußgängerzonen haben keinen Zebrastreifen«, erwiderte Weyerthal lakonisch.

»Gott im Himmel!« Wellem schrie fast, und Weyerthal fuhr herum. »Die haben eine Frau dabei!«

Weyerthal starrte ungläubig auf die Szene, bis die Gruppe sich in die Nähe des Gitterzaunes vorgearbeitet hatte und aus dem Blickfeld verschwand. Er schwenkte sein Glas wieder auf den Erdbunker weiter rechts im Gelände.

Nichts rührte sich.

Es dauerte sechs quälende Minuten, bis Haßlinghausen funkte: »Sperre überwunden«.

Noch hundert Meter Sumpfdickicht und der Grenzfluß. Weyerthal tippte Wellem an und deutete mit einer Kopfbewegung auf den Horizont. Die Bergwälder dampften nach dem Regen. In der Ferne stieg, inmitten der Schwaden nicht leicht zu erkennen, eine dünne Rauchkerze steil in den Himmel. Dederichs' Wagen brannte immer noch.

Dann kam das Signal, daß der Grenzfluß überschritten sei. Wellem schaltete das Gerät ab, ohne zu antworten.

»Das war's, Johann«, sagte er müde. »Sie haben's geschafft. Gehen wir. Unternehmen Harzreise ist zu Ende«

»Hoffen wir es, Chef.«

Wellem lächelte. »Immer noch skeptisch? Seien Sie doch froh, daß Sie sich geirrt haben.«

»Womit?«

»Mit dem Bunker haben Sie mir einen ganz schönen Schrecken eingejagt.«

Weyerthal putzte umständlich seine Brille, prüfte mehrere

Male das Ergebnis, indem er sie gegen das Licht hielt, und setzte sie endlich auf.

»Der Bunker ist besetzt, Chef.«

»Hören Sie auf, Johann. Dederichs ist hier.«

»Ja, ich weiß.«

»Dann gehen wir. Die anderen werden bald kommen.«

Wellem stieg die Leiter hinunter und wartete, bis Weyerthal, mit dem Fuß unsicher nach jeder Sprosse tastend, den Abstieg ebenfalls geschafft hatte. Schweigend überquerten sie die Lichtung. Wellem zog den »Taschenrechner« hervor und gab Lütke und Rott Nachricht, sie könnten ihre Position am Brocken räumen. Unter dem Zeltdach zwischen den beiden Autos angekommen, rief er über Funk Leo Rieck in der Lichtenbergallee.

»Leo?«

»Ja?«

»Unternehmen abgeschlossen. Erfolgreich. Mach Meldung an Paulskirche. Wenzel oder sonst einer soll erreichbar bleiben. Nächste Meldung in 30 Minuten. Könnte wichtig sein.«

»Mensch, Chef, erzählen Sie doch mal.«

»Nächste Meldung in 30 Minuten, Leo«, sagte Wellem und unterbrach die Verbindung.

»Das mit dem Bunker haben Sie nicht erwähnt, Chef?« fragte Weyerthal beiläufig.

Wellem sah ihn verärgert an.

»Johann, das reicht jetzt. Für Scherze bin ich erst ab morgen wieder empfänglich.«

»Der Bunker ist besetzt, Herrgott verdammt nochmal, Wellem. Darf ich gnädigst vortragen, oder soll ich das für General Hoff aufsparen?«

»Aber bitte, Weyerthal«, sagte Wellem kühl. »Schütten Sie Ihr Herz aus.«

»Danke. Ich habe es zufällig gesehen. Irgendwas hat reflektiert in dem Bunker.«

»Ah ja?«

»Ich habe es dann die ganze Zeit beobachtet. Es ist noch ein paarmal passiert. Es hat was reflektiert. Da ist ein Mann drin.«

»Und was hat reflektiert?«

»Ich habe zunächst an ein Zielfernrohr gedacht. Aber das kommt wohl nicht hin.«

»Und warum nicht?«

»Weil nicht geschossen worden ist. Wenn da einer mit einem Zielfernrohr dringesessen hätte, hätte er geschossen. Er hatte die Leute praktisch auf dem Präsentierteller.«

»Richtig. Ich kann Ihnen nur zustimmen. Und warum hat der Mann Ihrer Meinung nach nicht geschossen?«

»Weil er gar kein Gewehr hatte.«

»Na, Gott sei Dank.«

»Chef, der hat unser Unternehmen Harzreise gefilmt. Ich weiß, Sie halten mich für verrückt.«

»Nein, Johann. Ich zwinge mich, Ihrem Argument zu folgen. Der hat also gefilmt, ansonsten aber nichts unternommen. Warum?«

»Ich weiß nicht, Chef. Wir müssen darüber nachdenken. Es hat geblitzt, ein paarmal. Es war eine Linse.«

»Gut, wir werden darüber nachdenken.«

Er blickte auf den Rand der Lichtung. »Ich glaube, unsere Leute kommen.«

Wellem umarmte Haßlinghausen. Dann wandte er sich an Meyer und strich ihm vorsichtig über den linken Arm. »Was ist los, Götz?«

»Zerrung, Prellung, Bruch womöglich. Aber nichts Ernstes, Chef.«

»Gut.«

Wellem taxierte Dederichs.

»Die Hauptperson. Also dann, willkommen im Westen.«

Dederichs musterte ihn kalt.

»Sie klingen nicht sehr überzeugend.«

»Der Preis ist hoch. Aber andere werden zu entscheiden haben, ob er sich gelohnt hat.«

»Was immer der Preis gewesen sein mag, Sie haben ihn nicht gezahlt, Herr Wellem.«

Wellem verzichtete auf eine Antwort und wandte sich Brinken zu: »Was ist mit der Frau?«

»Ich kann selber sprechen«, sagte Bettina Machens.

Brinken ignorierte ihren Einwurf.

»Sie hat uns bei der Arbeit beobachtet, Chef. Wollte aus dem Paradies der Werktätigen abhauen, und zwar am selben Schauplatz wie wir. Da mußten wir sie mitbringen.«

»Stimmt das?« fragte Wellem. »Sie wollten die DDR verlassen? Sie sind also freiwillig mitgegangen?«

Die Frau versuchte, ihre Erregung zu beherrschen.

»Nachdem man mir in Aussicht gestellt hatte, mir augenblicklich den Hals umzudrehen, bin ich freiwillig mitgegangen.«

»Wer hat Ihnen gedroht?«

»Ich, Chef«, gab Brinken lakonisch Auskunft.

»Also wollten Sie gar nicht fliehen?«

»Chef«, unterbrach Brinken und stieß mit dem Fuß gegen die Reisetasche. »Da ist ein Strick drin, mit einem Anker dran. So was braucht man, wenn man über ein hohes Hindernis will, aber keine Leiter benutzen möchte.«

Die Frau begann zu schluchzen.

»Natürlich wollte ich fliehen. Aber nicht so. Nicht mit diesen Gangstern. Ich habe nie geglaubt, was man bei uns über die BRD gesagt hat. Ich habe das immer für Propaganda gehalten. Daß es kriminelle Fluchthilfeunternehmen gibt, die man bei uns als Menschenhändler bezeichnet. Billige Hetze, habe ich gedacht. Aber die Propaganda war noch viel zu harmlos, die Wirklichkeit ist viel schlimmer. Daß die Westgangster lebende Sklaven mitbringen, an Ort und Stelle ermorden und dann verbrennen, das würde selbst der dümmste Funktionär nicht behaupten, weil er wüßte, daß es niemand glauben würde.«

Wellem bot ihr ein Taschentuch an, aber sie ignorierte ihn. Sie wischte sich mit dem Ärmel ihre Tränen ab, bückte sich zu ihrer Reisetasche und nahm ihren Regenmantel heraus. Mit einer verlegenen Geste machte Wiedenbrück Anzeichen, ihr behilflich zu sein, aber sie drehte sich abrupt weg und zog den Mantel an. Ihre Stimme war jetzt fest und klang entschlossen.

»Aber ich habe es mit eigenen Augen gesehen. Hätte dieses Monster mich nicht entdeckt, ich wäre nicht mehr geflohen. Und jetzt will ich wieder zurück. Ich werde Zeugnis geben. Ich werde überall berichten, wie der beliebte Genosse Dederichs in den Westen gelangt ist. Daß er sich eine Horde von Banditen gemietet hat, eine Killerbande, die ihr Mordopfer lebend zum Tatort treibt und es dort schlachtet. Was kostet so ein Service, Genosse Dederichs? Wie teuer ist es, einen lebenden Doppelgänger zu ordern?«

»Ihre Erregung ist verständlich«, sagte Wellem hilflos. Die Frau schien ihn nicht zu hören. »Ich will zurück. Ich gehe wieder rüber. Ich muß Zeugnis ablegen.«

Die Kugel schlug in ihren Nacken ein. Ihr Kopf schleuderte nach vorne und peitschte sogleich zurück, ihre Haare wirbelten hoch und schlossen sich über ihrem Gesicht wie ein Vorhang. Sie riß die Hände hoch und blieb eine Sekunde lang im Tode stehen, ehe sie wie in Zeitlupe einknickte und auf den Boden glitt.

Brinken steckte die Pistole wieder ins Halfter.

Wellem brüllte wie ein verwundetes Tier, als er sich auf Brinken stürzte. »Du Sau. Du verfluchte Killersau!«

Haßlinghausen fiel ihm in den Arm und drängte ihn zurück, Stankowski kam ihm zu Hilfe. Wellem blieb in ihren

Armen hängen wie ein angeschlagener Boxer, der nur noch von den Seilen gehalten wird. Keuchend stierte er Brinken an.

»Du Tier. Sie hat recht gehabt. Du bist ein Monster.«

Weyerthal zog einen Feldstuhl heran, und Haßlinghausen drückte Wellem auf den Sitz.

»Beruhige dich, Martin.«

»Sieh dir dieses Schwein an, Claus. Der kann ohne Blutgeruch nicht leben. Der muß Menschen abmurksen, sonst fühlt er sich nicht wohl.«

Brinken ging ein paar Schritte auf Wellem zu.

»Schweine sind nützliche Lebewesen, Chef.«

»Du schweigst jetzt, Gert«, herrschte Haßlinghausen ihn an.

»Ich schweige nicht!« gab Brinken scharf zurück. »Der wird sich anhören, warum Schweine so wichtig sind, so bequem für alle, die keine Schweine sein wollen. Ihr Verein funktioniert nur, Chef, wenn wenigstens ein Schwein drin ist. Leute wie Sie, Wellem, können nur dann Chef von so einem Verein sein, wenn ein Schwein die Dreckarbeit macht. Nur so kann der Chef sich an seinen Briefmarken freuen und an seinen schönen Stichen und kann mit gutem Gewissen sein schmuckes Häuschen bewohnen. Er weiß ja, die Arbeiten, die ihm den Spaß verderben und den unbeschwerten Feierabend versauen würden, die macht ja das Schwein. Wenn man das selber machen müßte, um Gottes willen nein, dann könnte man nicht Chef sein, da würde das empfindsame Gewissen ausschlagen wie ein Seismograph beim Erdbeben. Aber andererseits möchte man doch ganz gerne Chef sein, da kann man sich die Stiche und all die schönen Sachen einfach besser leisten. Und wie macht man das, Chef zu sein und dennoch sein Gewissen vor Schaden zu bewahren? Man hält sich ein Schwein. Man beruhigt sich: So was wie das Schwein würde man nie selber machen. Und man sagt sich: Besser ich bin der Chef, als daß so ein Schwein mal Chef würde. Können Sie mir folgen, Chef?«

»Sie können meinen Posten haben, Brinken.«

»Ich will Ihnen das sogar glauben, Chef. Ja, ich glaube, daß Sie das ernst meinen. Nur, wenn ich Ihren Posten übernehme, wer übernimmt dann meinen? Sie, Wellem? Wenn ich Chef würde, brauchten wir ein anderes Schwein. Und wer soll das sein? Ich sehe keins weit und breit. Claus Haßlinghausen vielleicht? Sicher, der ist nicht ganz so sensibel wie Sie, aber würde der meinen Job wollen? Klar, der hat gute Nerven, das hat er heute morgen wieder mal bewiesen, aber trotz allem – der gehört in die Chefetage und nicht in den Schweinestall. Chef, warum sind Sie so böse mit dem Schwein, wo Sie es doch so sehr brauchen? Sie können doch nur Martin Wellem sein, weil ich das Schwein bin.«

»Das ist nicht wahr, Brinken. Ich habe die Verantwortung für alles!«

»Das ist eine sehr vage Verantwortung, Chef. Die Verantwortung der Chefetage. Die Verantwortung, die in Clubsesseln getragen wird.«

»Das ist ungerecht.«

»Bist du jetzt vielleicht fertig?« warf Haßlinghausen gereizt ein. »Oder sollen wir uns lieber alle setzen?«

»Gleich, Claus. Ich bin gleich fertig. Der Bundeskanzler sagt Ihnen, Chef, daß ein gewisser Willard sterben muß. Sie tragen schwer an der Verantwortung und akzeptieren sie schließlich. Widerwillig, versteht sich. Und ich fahre dann los und erledige den Rest. Als wir heute morgen mit Plötz loszogen, wußten Sie, was mit ihm passieren würde. Eine schwere Gewissenslast. Die paar notwendigen Handgriffe habe ich dann besorgt. Wir sind rübergegangen mit Pistolen. Warum wohl? Um zu schießen, wenn es notwendig sein sollte. Sie haben das gewußt. Und Sie wußten auch, warum wir diese Spaten mithatten – um den oder die Grenzwächter zu verscharren, die uns in die Quere kommen. Und notfalls, hat der Bundeskanzler gesagt, sollten wir Dederichs umlegen. Wer hätte das gemacht? Mittlerweile wissen Sie es: ich, das

Schwein. Und nun dieses Mädchen hier. Wenn es eine einzige Möglichkeit gegeben hätte, nur den Schimmer einer Möglichkeit, mit ihr ins Bett zu gehen statt sie abzuknallen, ich hätte es getan. Aber es gab keine Möglichkeit. Sie hatte Dederichs erkannt. Sie hätte gesungen. Sie mußte zum Schweigen gebracht werden. Sie hätten das verzögern können. Sie hätten in Bonn anrufen können und den Befehl bekommen: zum Schweigen bringen. Dann hätte es einer machen müssen. Sie ahnen schon, wer. Da habe ich es lieber gleich gemacht. Es war unvermeidbar, Chef.«

»Aber es nützt nichts mehr«, rief eine fremde Stimme aus dem Unterholz. Alle fuhren herum, als ein Mann die Zweige auseinanderbog und auf die Lichtung trat.

»Alex!«

»Grüß dich, Martin.«

Brinken ließ sich zu Boden fallen und zog gleichzeitig seine Waffe. Alex Scott schoß dreimal. Die erste Kugel traf Brinkens Schulter. Er schnellte hoch und wurde in die Brust getroffen. Er kippte nach vorne, und Scott machte mit einem Schuß auf die Schädeldecke seinem Leben ein Ende. Brinken blieb reglos liegen, die Finger ins Gras gekrallt.

»Ich bitte Sie, keine Bewegung zu machen«, sagte Scott leise. Vier Männer traten mit gezogenen Pistolen aus dem Unterholz und bildeten in einiger Entfernung einen Halbkreis um die Gruppe.

»Die vier bestehen nur aus Reflexen«, erläuterte Scott. »Wenn einer von euch hustet, ist er sofort tot. Und jetzt kommt jeder einzeln mit erhobenen Händen zu mir. Ich bitte Sie, keine Tricks zu versuchen, Sie würden das nicht überleben. Wenn Sie keine Schwierigkeiten machen, passiert Ihnen nichts.«

»Was willst du, Alex?« fragte Wellem.

»Ich hole Dederichs ab.«

»Das wurde auch Zeit«, sagte Dederichs.

Scott wandte sich an ihn. »Fangen wir mit Ihnen an, Herr Dederichs. Haben Sie eine Waffe?«

»Wieso? Ich habe doch mit denen hier nichts zu tun!«

»Kommen Sie her, Herr Dederichs.«

Dederichs blickte in die Runde, taxierte die unbewegten Gesichter der vier Amerikaner im Hintergrund und ging zögernd auf Scott zu.

»Nehmen Sie die Hände hoch.«

Scott zog ihm wortlos die Pistole aus dem Halfter und ließ sie auf den Boden fallen.

»Gehen Sie wieder zurück. Der nächste.«

Nacheinander kamen Meyer, Haßlinghausen, Stankowski und Wiedenbrück und ließen sich ihre Waffen abnehmen.

»Sie da«, rief Scott Weyerthal zu.

»Ich bin nicht bewaffnet.«

»Kommen Sie her.«

Weyerthal baute sich mit erhobenen Händen vor Scott auf, der ihn kurz abklopfte und wieder zurückschickte.

»Okay.«

Wellem saß noch immer auf dem Feldstuhl. Scott ging zu ihm hinüber, griff ihm unter die Jacke und zog seine Pistole heraus. Er nahm die Reisetasche, schüttete den Inhalt auf den Boden, legte die eingesammelten Waffen hinein, schloß den Reißverschluß und warf sie einem der Bewacher zu. Seine eigene Pistole steckte er ins Halfter zurück.

»Und nun möchte ich mit meinem Freund ein paar Worte wechseln. Die anderen leisten den Herren dort hinten ein wenig Gesellschaft, ja?«

»Es gibt nichts mehr zu reden, Alex.«

»Ich wäre dankbar, wenn wir aufbrechen könnten«, sagte Dederichs.

Scott musterte ihn kühl.

»Wir brechen zusammen auf, Herr Dederichs, sobald ich hier fertig bin. Würden Sie nun bitte gehen?«

Dederichs entfernte sich widerstrebend. Scott zog sich einen Stuhl heran und wandte sich an Wellem.

»Doch, Martin, es gibt einiges zu reden. Etwas, was du unbedingt wissen mußt, bevor wir hier weggehen.«

»Claus, bleib hier«, sagte Wellem tonlos.

Haßlinghausen blickte Scott fragend an.

»Meinetwegen, Herr Haßlinghausen. Setzen Sie sich.«

Wellems Gesicht zeigte keinen Haß, keine Verachtung, nur Traurigkeit.

»Willst du jetzt deinen Verrat rechtfertigen, Alex? Spar es dir. Du wirst schon deine guten Gründe haben.«

»Ich habe dich weniger verraten, als du glaubst, Martin. Ich hatte den Auftrag, euch Dederichs abzunehmen. Ich habe bis gestern alles getan, um diesen Auftrag scheitern zu lassen.«

Wellem deutete mit einer Kopfbewegung auf die beiden Toten.

»Das sehe ich.«

»Brinken mußt du vergessen, Martin. Der hat mit uns beiden nichts zu tun. Der hat Willard getötet. Den hätte ich umgelegt, auch wenn es nie zum Unternehmen Harzreise gekommen wäre. Der hat das Mädchen abgeknallt. Um den kannst du nicht trauern. Das Mädchen, das hat schon eher mit uns beiden zu tun. Ich habe nicht damit gerechnet, daß Brinken sie sofort töten würde. Ich hätte sonst eingegriffen. Ich dachte, ihr würdet sie erst nach Bonn schaffen. Inzwischen hättet ihr sowieso alles erfahren, und sie wäre am Leben geblieben.«

»Was hätten wir erfahren?«

»Die Gegenseite hat alles gewußt, Martin.«

Wellem lachte bitter. »Ah so! Und deshalb ist Dederichs jetzt hier, ja? Und meine Leute sind unverletzt zurück.«

»Ja, das ist richtig. Die DDR hat alles gewußt und Dederichs und deine Leute ziehen lassen.«

Wellem fühlte ein Ekelgefühl in sich aufsteigen.

»Alex, erspar mir das. Es ist widerlich. Vielleicht hast du mich schon immer belogen, aber diesmal lügst du so schlecht, daß ich es merke. Du brauchst dich jetzt nicht rauszuschwindeln. Ich verstehe, daß du das hier tun mußtest. Ein Befehl des Präsidenten wiegt eben schwerer als eine sogenannte Freundschaft. Ich hätte es wahrscheinlich genauso gemacht. Aber hör auf, dich auf diese Tour zu rechtfertigen. Ich glaube dir nicht.«

Haßlinghausen legte seine Hand auf Wellems Arm.

»Mr. Scott, wir alle, auch Sie, sind davon ausgegangen, daß es keine größere Katastrophe geben könnte, als wenn die DDR etwas von Dederichs' Abgang erfahren würde. Warum also sollte sie ihn freiwillig laufen lassen?«

»Ich vermute, daß es etwas mit den gemeinsamen Interessen der DDR und der USA zu tun hat.«

»Das ist doch absurd!« rief Haßlinghausen.

»Eine Vermutung, wie gesagt. Vielleicht bleiben wir besser bei den Fakten. Die Grenztruppen der DDR haben seit gestern abend Anweisung, bei Grenzverletzungen auf gar keinen Fall einzugreifen.«

»Und woher wollen Sie das wissen?«

»Unsere Station auf dem Bocksberg hat das aufgefangen.«

»Blocksberg?«

»Nein, Bocksberg. Bei Hahnenklee, wo Willard ermordet wurde. Die haben den Code, und die haben auch den gesamten lokalen Funkverkehr mitgeschnitten. Die Anweisung lautete: Bei Grenzverletzungen sofort zurückziehen, beobachten, aber nicht eingreifen, bis auf Widerruf. Der Widerruf wird inzwischen schon erfolgt sein, denn eure Aktion ist beobachtet worden. Der Erdbunker da hinten ist besetzt. Was der funkt, nehmen wir auch auf Band.«

Wellem starrte Haßlinghausen an.

»Johann behauptete, aus dem Bunker sei gefilmt worden.«

»Daran habe ich auch schon gedacht«, sagte Scott. »Wer ist Johann? Der Dicke?«

Haßlinghausen nickte, griff in die Tasche und legte etwas auf den Tisch. Scott betrachtete den Gegenstand.

»Ein Minisender, tschechisches Fabrikat. Wo haben Sie den her?«

»Der klebte an Dederichs' Wagen.«

Wellem schloß die Augen und saß eine Weile in sich versunken da. Scott und Haßlinghausen sahen ihn schweigend an. Als er die Augen wieder öffnete, hatte er die Müdigkeit abgeschüttelt, seine Stimme war fest.

»Also gut, Alex. Du scheinst recht zu haben. Die Gegenseite hat alles gewußt. Woher?«

»Ich weiß es nicht. Aber ich werde es rauskriegen.«

»Die haben alles gewußt und Dederichs ziehen lassen. Warum?«

»Die wissen von euren Verhandlungen mit der Sowjetunion. Die sehen nur eine Möglichkeit, das zu stoppen: indem sie einen Überläufer präsentieren, der dem Westen vitale Geheimnisse der Sowjetunion verrät. Das ist das Ende der Verhandlungen. Das garantiert ihnen die Existenz. Morgen wird es in allen Zeitungen stehen. Die brauchen dann keinen Finger mehr zu rühren.«

»Ist es das, was du mit den gemeinsamen Interessen der DDR und der USA meinst?«

»Ja. Auch mein Land will eure Wiedervereinigung nicht, jedenfalls nicht um den Preis, den ihr angeboten habt.«

»Also habt ihr das Unternehmen Harzreise verraten?«

»Nein. Das nicht. Die Harzreise haben sie nicht von uns.«

»Woher wißt ihr von unseren Verhandlungen mit Rußland?«

»Ein Mitglied eurer Regierung informiert uns.«

»Auch über die Harzreise?«

»Auch darüber. Aber das haben wir nicht weitergegeben.«

»Aber das andere? Das habt ihr weitergegeben?«

»Ich glaube ja, Martin. Unsere Regierung hat die DDR über den Stand der Verhandlungen informiert, weil sie annahm, daß die DDR einen Erfolg der Verhandlungen mit allen Mitteln verhindern würde.«

Wellem nickte. »Die Rechnung ist ja wohl aufgegangen.«

»Ja. Aber ihr wußtet doch längst Bescheid!«

»Wieso?«

»Ihr habt doch Willard getötet.«

»Was hat das denn damit zu tun?«

»Willard war unser Kurier. Er hat die Informationen über den Stand der Verhandlungen an die DDR übergeben. Sein Kontaktmann war Dederichs. Deshalb habt ihr ihn doch umgelegt, oder?«

Wellem schüttelte verwirrt den Kopf.

»Moment, Alex, ich komme nicht mit. Einer aus unserer Regierung hat euch über unsere Verhandlungen mit den Russen informiert?«

»Ja. Und über die Planung von Harzreise.«

»Wer?«

»Weiß ich nicht. Ehrlich.«

»Und ihr habt die Informationen an die DDR weitergegeben?«

»Über die Verhandlungen ja. Nicht über Harzreise. Wir wollten Dederichs ja haben.«

»Und Willard hat die Informationen zu Dederichs getragen?«

»Ja. Und Dederichs hat sie der DDR-Führung mitgeteilt.«

»Dann habt ihr Willard also geopfert, Alex.«

»Wieso?«

»Wenn der Informant euch auch über Harzreise auf dem laufenden gehalten hat, dann hat er euch auch den Beschluß mitgeteilt, Willard zu töten. Also hättet ihr es verhindern können.«

»Nein, es muß eine Panne gegeben haben oder ein Mißverständnis. Als wir die Nachricht von dem Beschluß erhielten, war Willard schon tot.«

Wellem und Haßlinghausen sahen sich stumm an, und beide hatten denselben Gedanken: Das war kein Mißverständnis, sondern der Verräter mußte bei der entscheidenden Sitzung gefehlt und erst später von dem Beschluß erfahren haben.

»Aber daß ihr ihn getötet habt«, fuhr Scott fort, »kann ich nicht verstehen. Daß wir wegen des Todes eines Kuriers nicht unsere Politik ändern würden, mußtet ihr doch wissen.«

»Wir haben nicht im Traum geahnt, Alex, welche Funktion Willard hatte.«

»Aber warum habt ihr ihn dann getötet?«

»Wir dachten, er sei euer Kontaktmann in Sachen Harzreise. Seine Kontakte zu Dederichs waren so auffällig, daß wir gefürchtet haben, der Staatssicherheitsdienst würde jeden Moment eingreifen. Woher sollten wir wissen, daß das alles mit Billigung der DDR-Führung geschah?«

»Ihr habt also nichts gewußt!« Scott starrte Wellem ungläubig an. »Über die Harzreise brauchten wir uns doch gar nicht zu informieren. Du hast mir doch das Wichtigste immer gesagt.«

»Woher solltet ihr wissen, daß es die Wahrheit war?«

»Wir haben deine Angaben mit denen unseres Informanten verglichen.«

»Und warum habt ihr uns dann so penetrant beobachtet? Noch am Tag unseres Abfluges habt ihr in der Lichtenbergallee Schlange gestanden.«

»Ich dachte, das hättest du verstanden«, sagte Scott langsam. »Das mit der Observierung, das habe ich extra für dich arrangieren lassen, Martin, damit bei euch niemand auf die Idee käme, du hättest mir den Termin verraten.«

Wellem machte eine abwehrende Handbewegung. »Du

drängst mich in die Ecke, daß ich mich auch noch bei dir bedanken muß.«

Scott schwieg.

»Und die Vorstellung hier heute?« fragte Haßlinghausen. »Warum hat Ihre Seite sich nicht an das Abkommen gehalten, die Beute zu teilen?«

Scott nickte. »Darauf gibt es zwei Antworten. Die erste galt bis gestern: Der Präsident wollte nicht, daß Ihre Seite etwas von unseren Kontakten zur DDR erfährt. Dederichs hätte vielleicht etwas ausgeplaudert. Das alles ist jetzt gegenstandslos. Da nun offensichtlich ist, daß die DDR den Mann hat laufen lassen, dürfte für Ihre Regierung das Motiv auch klar sein.«

»Und warum dann jetzt noch dieses Kidnapping?«

»Das ist die zweite Antwort, Herr Haßlinghausen. Der Präsident möchte Ihre Regierung schonen. Er weiß, was es für den Bundeskanzler bedeutet, den Traum von der Wiedervereinigung nun endgültig begraben zu müssen. Als Gegenleistung möchte er Sie aus der Affäre heraushalten. Morgen wird es in allen Zeitungen stehen, daß ein äußerst prominenter Genosse in den Westen geflohen ist. Der Präsident möchte, daß es heißt: Er ist zu den Amerikanern übergelaufen. Das kann der deutschen Regierung nur recht sein – sie kann behaupten, daß sie mit der Sache nichts zu tun hat. Und den USA kann der Zorn der Russen wenig anhaben.«

»Und den Gewinn brauchen Sie auch nicht zu teilen, nicht wahr?«

Wellem stand auf und blickte auf die Uhr.

»Dann ist ja alles klar, Alex. Wieder einmal hat sich gezeigt, daß ein Gespräch unter Freunden alles klärt. Wir sollten uns öfter treffen.«

»Ich verstehe, daß du verbittert bist«, sagte Scott und stand ebenfalls auf.

»Bitte, geh jetzt, Alex.«

Die anderen hatten das Ende der Unterredung bemerkt und kamen langsam näher. Dederichs ging auf Wellem zu.

»Sie haben das Ganze geplant, Herr Wellem, und ich müßte mich wohl bei Ihnen bedanken.«

»Bedanken Sie sich bei den Toten. Die haben den Preis für Sie bezahlt.«

»Ich habe niemanden getötet. Das haben Sie zu verantworten. Ihr Plan, Herr Wellem. Aber immerhin, er war erfolgreich. Ich bedaure, daß Sie am Ende nicht zu Ihrer Trophäe kommen. Ihre Vorgesetzten werden nicht zufrieden sein mit Ihnen.«

»Ihre auch nicht, Herr Dederichs.«

»Im Gegensatz zu Ihnen braucht mich das nicht mehr zu kümmern.«

»Sie nicht, aber Ihre Frau und Ihre Tochter.«

Dederichs war verblüfft, fing sich aber sofort wieder.

»Eine kleinliche Rache, Herr Wellem. Da Sie schon nichts mehr ausrichten können, wollen Sie wenigstens noch einmal drohen.«

»Alex, erklär es ihm.«

Dederichs sah Scott gespannt an.

»Gibt es etwas zu erklären, Mr. Scott?«

Scott zog die Schulern hoch und schwieg.

»Was geht hier vor?« schrie Dederichs.

Die vier Bewacher am Rand der Lichtung horchten auf und machten Anstalten näherzukommen, doch Scott winkte ihnen ab.

»Ihre ehemaligen Arbeitgeber«, sagte Haßlinghausen, »wissen Bescheid und haben Bescheid gewußt. Die haben alles getan, damit Sie heil die Grenze überqueren konnten.«

»Absurd! Scott, sagen Sie was!«

Scott nickte.

Dederichs starrte fassungslos in die Runde.

»Beweise. Ich will Beweise!«

»Beweis Nummer eins.« Haßlinghausen hielt ihm den Minisender hin. »Sie wissen, was das ist. Das ist von Ihrem Auto runtergefallen. Heute morgen. Beweis Nummer zwei. Die Grenzpatrouillen hatten Anweisung, Sie ungehindert passieren zu lassen. Die Amerikaner haben das aufgefangen. Mr. Scott wird Ihnen die Einzelheiten später erklären.«

»Es reicht, Herr Haßlinghausen«, sagte Scott. »Ich werde Herrn Dederichs schon informieren.«

»Beweis Nummer drei«, fuhr Haßlinghausen schneidend fort und deutete auf Weyerthals Aktentasche. »Johann, zeig es ihm!«

»Der Erdbunker war besetzt, Herr Dederichs«, sagte Weyerthal.

»Richtig.« Haßlinghausen tippte mit der Fußspitze gegen die Aktentasche. »Zeig's ihm, Johann. Sonst glaubt er es nicht.«

»Was? Ach so, ja.«

Weyerthal bückte sich ächzend, hob die Tasche auf und hielt sie Dederichs mit ausgestrecktem Arm hin. Der blickte ihn verständnislos an. Weyerthal zog die Tasche wieder an sich und machte sich umständlich an den beiden Schnappschlössern zu schaffen. Als er sie geöffnet hatte, wandte er sich hilfesuchend um. »Äh, Mr. Scott, könnten Sie mal halten?«

Widerwillig packte Scott den Griff und hielt die Tasche; Weyerthal wühlte darin herum.

»Also, Beweis Nummer drei!«

Er hielt die großkalibrige Pistole mit beiden Händen, fuhr herum und drückte ab. Die Kugel schlug über Dederichs' Nasenwurzel ein und riß einen Krater in seine Stirn. Weyerthal sprang zu Scott hinüber, legte von hinten seinen linken Arm um dessen Hals und drückte die Pistole an seine rechte Schläfe. Dederichs fiel steif wie ein Brett nach hinten. Beim Aufprall spritzte graue Gehirnmasse über sein Gesicht. Haßlinghausen riß Scott die Pistole aus dem Halfter.

»Nicht atmen!« zischte Weyerthal in Scotts Ohr. »Sonst blase ich Ihren Gehirnschleim zu den Ohren raus.«

Scotts Begleiter hatten sich auf den Boden geworfen, die Waffen im Anschlag.

»Nicht schießen!« schrie Scott auf englisch.

»Wenn ihr diesen Clown lebend mitnehmen wollt«, rief Haßlinghausen ebenfalls auf englisch, »dann steht auf und laßt eure Waffen fallen.«

Zögernd, einer nach dem anderen, standen sie auf und ließen ihre Pistolen fallen. Wiedenbrück rannte hinüber, sammelte sie auf und verteilte sie an Wellem, Stankowski und Meyer. Die vierte Waffe behielt er. Haßlinghausen holte die Reisetasche, in der sich die Pistolen des Bonner Stabes befanden.

Weyerthal ließ Scott los.

»Hau ab, Alex«, sagte Wellem leise. »Wenn ich dich in 30 Sekunden noch sehe, knalle ich dich ab.«

Scott massierte sich den Hals.

»Du, Martin? Das ist doch nicht dein Stil. Du läßt abknallen, aber du machst es doch nicht selber.«

»Noch 20 Sekunden, Alex.«

»Ich will Sie ja nicht drängen, Mr. Scott.« Haßlinghausen schaute auf die Uhr. »Aber an Ihrer Stelle würde ich jetzt wirklich gehen.«

Scott ging wortlos. Seine Begleiter folgten ihm. Wellem blickte auf die Frau, auf Brinken, auf Dederichs. »Unternehmen Harzreise abgeschlossen«, sagte er.

In Bonn wartete man wie gelähmt auf die Katastrophe, aber die Presseagenturen meldeten nichts über Dederichs' Flucht und Ende. In Ost-Berlin wurden die Überreste von Friedhelm Plötz aus Emmerich in einem Staatsakt beigesetzt. Frau Dederichs beeindruckte durch ihre Fassung und Stärke. Sabine Dederichs erlitt am Grab einen Nervenzusammenbruch. Der russische Botschafter Michail Wlassim ließ eine Einladung von Bundeskanzler Pauls unbeantwortet und reiste nach Moskau. Ein Chauffeur der russischen Botschaft gab am Bundeskanzleramt einen Brief ab, in dem, ohne Anrede und Unterschrift, alle ausgemachten Termine ohne Begründung abgesagt wurden. Mehrere Versuche des Bundeskanzlers, den amerikanischen Präsidenten anzurufen, endeten beim Pressesprecher des Weißen Hauses. Außenminister Hansen, der in Brüssel zu tun gehabt hatte, als man im Kanzleramt Willards Tod beschloß, trat einen längeren Urlaub an.

»Sie wollen ihn nicht wenigstens feuern?« fragte Staatssekretär Wenzel.

»Feuern?« Der Bundeskanzler schüttelte den Kopf. »Warum? Weil er guten Kontakt zu unseren amerikanischen Verbündeten gehalten hat?«

»Aber er hat alles verraten!«

»Verrat ist eine Kategorie, die gegenüber Freunden nicht gilt, Lothar. An Feinde kann man Geheimnisse verraten, mit Freunden teilt man sie. Sollen wir vor Gericht die Sensation zugeben, mit unserer Außenpolitik mal wieder gescheitert zu sein? Sollen wir in einem Prozeß die Harzreise rechtfertigen, mit dem Bonner Stab als Zeugen? Soll die gesamte Weltpresse monatelang auf unsere Kosten lachen? Nein! Das nicht auch noch!«

»Also wird er einfach weitermachen? Als ob nichts geschehen wäre?«

»Wellem soll kommen«, sagte Bundeskanzler Pauls.

CIP-Kurztitelaufnahme der Deutschen Bibliothek

Sülzer, Bernd: Unternehmen Harzreise : Roman / Bernd Sülzer. –
1. Aufl., 1.–5. Tsd. – München : Weismann, 1986.
ISBN 3-88897-024-5

1. Auflage 1986
Erstes bis fünftes Tausend

Umschlaggestaltung: Michel Keller, München, unter Verwendung eines Gemäldes von Caspar David Friedrich.
Gesamtherstellung: Hieronymus Mühlberger, Augsburg
ISBN 3 88897 024 5